著名女作家散文经典

阎纯德——主编

我写我在

[法]卢岚 著

北方文艺出版社

图书在版编目（CIP）数据

我写我在 /（法）卢岚著 . -- 哈尔滨 : 北方文艺出版社，2016.7

（著名女作家散文经典 / 阎纯德主编）

ISBN 978-7-5317-3662-2

Ⅰ . ①我… Ⅱ . ①卢… Ⅲ . ①散文集 – 法国 – 现代 Ⅳ . ① I565.65

中国版本图书馆 CIP 数据核字（2016）第 141920 号

我写我在

Woxie Wozai

作　者 /（法）卢岚

主　编 / 阎纯德

责任编辑 / 王金秋　赵　芳

装帧设计 / 锦色书装

出版发行 / 北方文艺出版社

网　址 / www.bfwy.com

邮　编 / 150080

经　销 / 新华书店

地　址 / 黑龙江现代文化艺术产业园 D 栋 526 室

印　刷 / 北京诚信伟业印刷有限公司

开　本 / 880 × 1230　1/32

字　数 / 265 千

印　张 / 11

版　次 / 2016 年 7 月第 1 版

印　次 / 2016 年 7 月第 1 次印刷

书　号 / ISBN 978-7-5317-3662-2

定　价 / 48.50 元

序

散文·经典·女作家

阎纯德

一

散文的历史源远流长，是中国文学史上连绵起伏的山脉，属于最原始的文学形式之一。诸子散文算是散文成熟的起点，其后无论是唐宋散文、明清小品，还是“五四”散文，都是中国散文天空里灿烂的星座。中国当代文学经历了不平凡的风雨岁月，“文革”反思之后，作家的创作驶上了文学正道，跨越世纪，名家辈出，女作家则成为文学大军驰骋至今的一支劲旅，为中国文学的辉煌崛起贡献了智慧。因此，无论是中国文学的前世还是今生，说文学不可不说女性文学，讲作家不能不讲女作家。

自秋瑾时代，女作家蜂起，她们的创作曾与中华民族的生存同呼吸共命运，她们笔下除了小说、诗歌和戏剧，更有散文参与了中国新文学的奠基与发展。

二

当代散文的发展，自20世纪80年代走出政治或准政治之门以后，解放之风将散文吹拂得花枝招展，尤其90年代出现的那股关注女性经验和生存状态的“身体写作”思潮，更为中国散文历史所难忘。“身体”从隐匿到发现，新的女性意识普遍进入女性创作视野是文学创作的一个进步。那些钟情于“身体写作”的女作家，笔下所呈现的女性意识的觉醒和女性身体经验的书写，意味着对女性独立精神尊重的“时尚”，曾是女性创作风靡一时的潮流。女性“身体写作”是灵肉之写作，以独白或自语，用自己的肉体表达自己的思想，将爱情、婚姻、亲情、友情、温情、柔情、性具象化，但实际上是联系着社会、历史、政治、经济、道德、法律的理性法则，所呈现的是属于女性的生命意义。“身体写作”所涉内容多为“青春的迷茫与痛楚，孕育的艰辛与幸福，死亡的残酷与升华，大胆地抵达了身体的本质，既关照自己，也关照他人”。这个讲述女性身体成长史的时间大约有十几年，与此同时，还有受到非议的所谓“小女人散文”盛行于世。那些书写“日常生活”的“小散文”并非没有意义，她们所写的日常生活和感受属于时代的投影，是那个时代历史的宝贵遗存。

之后，女性散文作者年轻化，开始了女性散文从“女性”到“新生代”和“网络写手”的过程，其作品的人格与精神也在迷茫中发生了一些嬗变。21世纪以降，在金钱的忽悠下，尽管文学比较疲软，但是作家依然以其忠勇驰骋疆场，那些走过“文革”，咀嚼了较多社会、历史、人生苦味的女作家，这时的创作更臻成熟、老道，更加深入历史和生活的肌理，文风也更为清丽、朴实而厚重。

三

天地岁月运行至今，仅就所观女性散文而言，不乏大家的经典之作。“大家”，当然不是从天而降，既不是别人所封，更不是自封，而是作家自己的创作百炼而成。一般说来，无论是沸腾喧嚣的生活，还是懒散平凡的生活，作家们只要无止境地追问社会、历史和人生，就可从生活、历史中寻找出思想和理想，并让真实、动人、温馨、睿智、冷峻、幽默变成文心，坚守住真善美，守望住文学的经典精神。

“操千曲而后晓声，观千剑而后识器。”学习很重要。就我所知，大凡有成就的作家都很在意学习、研读古今中外的文学名著。女作家筱敏说：“文学就像一个人在牢房里唱歌，阅读它就像收到一封传说中装在漂流瓶里在大海上漂泊已久的信。写作是单个人的事，阅读也是单个人的事，这是个人内心生活的需要，与外面的热闹无关。”生活、阅读、写作，是作家生命的三部曲，作家只有在生活里沉下心来，作品才会获得文学应得的大气场。

现在，这些资深女作家，凭借与生俱来的文学天分和捕捉人情世故的文学敏感，加之丰富的生活经历及家国意识、人间情怀，在照亮黑暗世界的理想光芒陪伴下，走向书写命运万千气象及人生有幸与不幸的作品经典。

四

北方文艺出版社出版的“著名女作家散文经典”书系，是“女人的文学”，属于女作家心灵铸就的作品。以小说起家的张抗抗，她的《隐形伴侣》《赤彤丹朱》《情爱画廊》《作女》等长篇小说及其中短篇小说《爱的权利》《夏》《白罂粟》《淡淡的晨雾》和

《北极光》等在当代文学史和读者的阅读视野里是一道美丽幽深的画廊。她除了右手绣出美丽的小说，左手还奉献出精美的散文。她笔下那些充满对于自然、女人、人生、社会思考的散文，以“大气魄”和“大艺术”令读者难以忘怀。这部《有女如云》以“女忆”“女行”“女书”“女声”“女友”“女思”的精心结构，展现了她对女性命运的极大关注。真挚与自然，记忆与叹息，“高山仰止，流水知音”成为她这部优美散文的特点。她这部散文的开篇《故乡在远方》只有1670字，但每个字都能捉住我的心。“我总觉得自己是一个流浪者。几十年来，我漂泊无定，浪迹天涯……我从哪里来？哪儿是我的故园、我的家乡？我不知道。”她的老家在广东新会，但老家对于她，“已无故乡的感觉”。“我和我早年离家的父亲，犹如被放逐的弃儿，在陌生的乡音里，茫然寻找辨别着这块土地残留给自己的根性。”后来他们扎根杭州，但在那里他们只是“一个过客”。外婆过世时“就带走了故乡”。她19岁离开出生地杭州，走向北大荒。“那时我曾日夜思念我的西湖，我的故乡在温暖的南方。但现在我知道，我已没有了故乡。我们总是在走，一边走一边播撒着全世界都能生长的种子。我们随遇而安，落地生根，四海为家。我们像一群新时代的游牧民族，一群永无归宿的浪漫移民。也许我走过了太多的地方，我已有了太多的第二故乡。”而在城市闷热窒息的夏日，她又时时想念曾融进她青春血汗的北方的原野。“那时的空气透明，风也透明。那里的一切粗犷而质朴。”“以后的日子，我也许还会继续流浪，在这极大又极小的世界上，寻觅着、创造着自己精神的家园。”这样的散文，令人动心动情。这就是张抗抗散文的精神力量。

赵玫亦是著名的多产作家。她的长篇小说《我们家族的女人》《朗园》《武则天》《高阳公主》《上官婉儿》等及《太阳峡谷》

《岁月如歌》《我的灵魂不起舞》《寻找伊索尔德》等中短篇小说集，带我们漫游历史，在她的众多人物画廊里穿越和认识历史、社会、人生和人性。她是一位勤奋的作家，《一本打开的书》《从这里到永恒》《欲望旅程》《左岸左岸》《戴着镣铐的舞蹈》等二十来部散文随笔，为我们画出了一道“女人”“知识”“欲望”的美丽风景。

“美丽的女人及其美丽的精神生活”大约就是赵玫的自况。1986年的海边，她最早阅读伍尔芙，那是她不能忘怀的阅读。“从海边回来便开始思念伍尔芙”，于是伍尔芙成了她的理想，开始“在伍尔芙的引导下寻找文学中的那个我自己”，在近乎灰色的写作中，感受到思维的欢乐。在她的散文中，我们能感受到弗吉尼亚·伍尔芙、玛格丽特·杜拉斯等女性作家跃动的灵魂及普鲁斯特、乔伊斯和福克纳、劳伦斯等意识流大师沉思的音容。她深受她们和他们的影响。

赵玫一再申明自己是“女性作家”，“女性”是她散文的“根”。她的散文以女性的立场及私人化的独语方式“观察社会现实、观察文化精神、观察人性灵魂”，以诗性探索生活、社会和人生，诗情动人，理性睿智，情调平和而温馨，构成她鲜明的艺术风格。

《你就是那本散乱的花》这部集子的首篇《因为他，生活中才有了另一个可以扮演的角色》写女人与男人，如深沉的诗，梦幻般的意象美丽、动人，结尾说：“总记得那束散乱的花。是因为那句子造成的意象让人感动。就这样，它们，那些花，就冷冷地，散乱在那里。一枝一枝地，慢慢枯萎。后来，那花束成了某种意象，便有了另一种味道。从此它们不再枯萎。完成了这个从美丽到美丽的过程，就像凤凰涅槃，成为某种永恒……那便是女人想要扮演的角色——她们自己。”此中的思想和意蕴，令人想象无穷。

张晓风创作上是个多面手，小说、戏剧都有成就；但自20世纪

80年代中叶起，她给华人世界烹制了脍炙人口的散文大餐。她的《地毯的那一端》《愁乡石》《你还没有爱过》《初雪》《白手帕》《红手帕》《春之怀古》等篇什，以其精妙、柔情和厚重赢得文坛许多名家的赞美。大作家管管说："她的作品是中国的，怀乡的，不忘情于古典而纵身现代的，她又是极人道的。"大诗人余光中在为她的散文集《你还没有爱过》所写的序言里，称她的散文有"亦秀亦豪""腕挟风雷"的"淋漓健笔"。有人又说她的散文"笔如太阳之热，霜雪之贞，篇篇有寒梅之香，字字若璎珞敲冰"。

张晓风曾说："我的身体在台湾长大，可是我的心好像跟历史的中国衔接，不管是到南京或者是西安，我觉得都是我心灵的一个故乡。"在她的散文里，乡愁有时像春风，有时也似冷雨，流浪漂泊的命运，成为她以生命的诗性阐释生活与人生的基础，从描写生活琐事，到抒写社会世态和家国情怀，都是她作品的内容。

韩小蕙作为知名散文家和文学批评家，著有《自嘲》《有话对你说》《悠悠心会》《体验自卑》《女人不会哭》《韩小蕙散文》《欢喜佛境界》《千克男女》《解读与被解读》等散文作品二三十部。

她是大记者，在她的眼睛里、感觉中和心坎上，所有所有的美，都在自己经过的路上，更在自己经历的人身上。在名家、大师面前，她以一棵小草的姿态，用崇拜或钦敬的眼光看着他们；对于百姓，她把自己当作一片温暖的阳光，"以善意，以明朗，以助力，以合作的心态待人以厚"；对于女性中的杰出人物，她倾心喝彩，打心底里热情赞美她们的天分、才华、成就、品质乃至美貌。她因为看清了世界与自己，厘清了与他人之间的绳墨，而"进入物我交感，物我合一，物我两忘，物我皆如行云流水的境界"。她以向日葵的品格，永远向着文学的太阳。她是个疾恶如仇的作家，又是个大爱无疆的作家，她整个的人生姿态，就是她的散文的姿态。从她的作品里，可以倾听到丰富的社会旋律和时代精神，以及对善的颂扬、对恶的鞭笞，社会、民族、国家、历史、文化、女人、道德，都是她笔下寻常的散文话题。

卢岚在中山大学毕业后以笔名芦苇发表小说，开始了她的文学人生。著有散文集《乡眺》《凡尔赛的喷泉》《山盟水约》《巴黎读书记》《塞纳书窗》《文街墨巷》《笔走皇林村》《与书偕隐》及小说集《古堡迷幻夜》《把水留给我》等。

爱读书的卢岚在巴黎长居40余年，涉猎了东西方许多古今作家，使她在精神和文学修养上得到熏陶，生发旺盛的写作欲望和创作动力。“我写过，我释然，写作成为释放情绪的方法，写作成为引渡自己的一根篙。”这根“篙”，使她从此岸到彼岸，在书海、人海完满最好的人生。

卢岚的成就和影响在散文。而她的散文最令读者叹为观止的是被她称为包括文化随笔、书评、读书杂记的“书话”。她说这些写作是“在别人的成果上做文章，通过复述、感受、分析，从个人角度出发，带着个人色彩，来扮演作者、读者之间的中间人，完成一种情感、见地、审美的传递”。在她的字里行间，人们可以发现历史的智慧和文化的芬芳，“书情，世情，风情；文心，人心，慧心”，中外文坛的前世今生、往事近事，透过她的散文，都会引出一道道甘泉。

走在法兰西的文街墨巷，就像翻检自己书房里的藏书，心知眼见，每一页展现的都是这片天空下亲切的风景、风物与人物。“用美丽的文体描写美丽的对象”，是卢岚最惬意的人生；“把瑰丽灿烂的、气派宏大的风景浓缩在咫尺之间，让读者了解人间美丽的历史，欣赏她永恒的魅力”，这，就是卢岚文学世界的宿命。

2016年3月8日于病中

自　序

记得2014年初，小作《与书偕隐》在三联书店出版后，中国广播电台向笔者进行了一次采访。虽然是隔洋问答，但于喜静甚于声的人，可是一种考验。其中一个问题是：“外界有一种观点认为，你对法国文学的评论文章，无论是国籍还是情感，从文化的从属来看，都是一个法国人。你如何看待这些说法呢？”我为国内的报章杂志长期撰稿，但跟文化界联络不多，这种说法我第一次听到。

一本书出来，有一百个读者就有一百本书。一篇文章刊出，一句话出口，情况也一样。各人有自己的角度，按自己的见识去理解，都是正常的。你作为作者，既然写法国，一切就从你眼中的法国出发，因为你置身其中。讲好讲坏都有可能，只要忠于事实，不为偏颇而一头栽倒在愚蠢中，但求把文化讯息传达回去。当我写法国的时候就写法国，把感性理性都放到法国身上。我也写过欧美国家，写中国也不算少。我写过南昌的滕王阁，广东的丹霞山，在中国的利玛窦，写过英法联军入侵北京，与中国有关的法国作家谢阁兰、克洛岱尔、洛蒂、圣琼·佩斯、佩雷菲特，等等。那时候，我讲中国就跟讲其他国家一样，从中国出发，把感性理性都放在中国身上。

然则，如果人家有那样的感觉，说明在文字里头留下了一些印记。写作的人，能够不暴露自己吗？这可是一种奇妙的文学现象，你写文学，写艺术，写游记，不是写你自己，也可以成为你的传记。因为写作是向内心发问，将有意识或无意识状态下的感情释放出来，诉诸笔头上，不谈自己，就可以将自己留在里面。所以作家们都说，你看我的作品就够了，不必看我的生活。

我们这类在外边写作的人，跟国内的作家有所不同，环境不同，落笔就不一样。他们可以踏实地写自己身边的事，而我们呢？多少像唐伯虎所说的“尽借篱落看秋风”，这是难以避免的心态。你带着自身的文化进入到另一种文化，面对一种新文化，就有所比较，有所思考，有所去存，置身于两个世界，两种人生经验中，却经常是先入为主。记得初到法国时，有一百种事物使你感到陌生。不陌生的也有，那就是，你意识到自己到了雨果、巴尔扎克、缪塞、拉马丁的故乡，来到画家柯罗彩笔下的世界。之前，你从这些作家、艺术家的假设里，认识了这个世界，仿如已经以想象穿透过这面镜子。艺术之都既愉悦你的视觉，也愉悦你的精神，就像先后在法国生活过的屠格涅夫、王尔德、贝克特、罗马尼亚作家史奥朗等等，他们都感觉到作为作家的得其所以。你发现法国人宁可疯狂地追求一个“美”字，以疯狂的创造来表达，当他们的邻居英国将工业革命搞得风风火火，去发财，去船坚炮利的时候，他们宁可搞什么新古典主义、浪漫主义、野兽派、印象派、抽象派。当你看到一些城乡的建筑物的外墙、内墙，画着巨幅壁画，巴黎一幢十多层大厦的墙壁上头，画着诗人兰波的全身巨像，你老在想，为什么？不为什么，只因为这个民族喜欢画。在这里，人家告诉你，所有的模拟，文学、艺术，都比生活本身更真实；以一千种方式告诉你，唯一的乐园是失去的乐园，唯一的幸福岁月是失去的岁月。似是而非？也好像是真理。明白不明白，不重要，你只看到一种新的生活方式。如果你愿意在这里迷路，成为某种感觉的囚徒，乐意在这里捡拾些什么，表达些什么，又不能以别的方式来表达，比如舞蹈、音乐、戏剧，于是，你就试着写写看。

预设的轨道是偏离了，却进入到一道新的风景线。如果你突然决定写点什么，偶然必然都在那里了。为什么要写？知道为什么就写不下去了。你只知道这是一种难以摆脱其束缚的自由，写，只为让自己高兴，再寂寞，再苦恼，甚至痛苦，前面还有一管笔在等着。文章刊发出来自然是高兴的，你这就存在于文字当中。但没有太多设想，你喜欢没有形迹，没有日期，没有故事。写，只作为救助自己的一根篙。到1990年代中，有机会在国内刊物上，比较连续地发表文章，就顺理成章地写下去。因为地域距离，或两种文化的差距，或者在特定时期带有目的性的误导，你过去对法国不少现象了解不足，对一些重大历史事件的误解尤甚，比如巴黎公社、法国大革命，有些事实跟你过去从课堂上，从书本上得到的知识不一样。你只知道巴黎公社是第一个无产阶级政权，却不知道它把皇宫和左岸的民房烧毁，把救死扶伤的教士们杀死；巴士底狱被攻陷，并非为伟大的理想，为的只是面包。由于连续三年气候反常，小麦连年歉收闹饥荒，市场日用品短缺，人心恐慌导致社会混乱。巴士底被攻陷以后，并非地窖里堆着一具具白骨，有几百人颈上戴着铁圈，被捆缚在柱子上，实际上只有七个囚徒，释放了的，自然只有七个。等等。在传递不断出现的文坛即时讯息的同时，也纠正了自己的某些误会，也希望把自己的所知转达他人。你生活在法国，就找到一点可以做的事。

一眨眼生活了几十年。但是，你改变了吗？有改变的，也有不变的。你第一次在飞机上试着吃生火腿，就是哽在喉头间下不去。现在呢，生蚝、生火腿、生三文鱼，吃得津津有味；打开橱柜，酸牛奶、干乳酪、茄汁、西洋香草，已经代替了“生抽王”；当初那些洋绅士洋太太跟你碰碰脸，事后你总要抹上一把，这个动作也逐渐忘记了；你又觉得，身材棒的女人穿低胸露肩衣服比穿什么都好看。

这是不知不觉中的改变。而不变的也有，贺拉斯说："那些穿越了大洋的人，改变的只是他头顶上的那片天，而不是他的人。"这句话你很理解。怎样理解？首先是故国家园这几个字眼，它们所包含的内容要多丰富有多丰富。尽管你在里面见识过甜酸苦辣，有过无以言说，难以为怀，但那里是父母祖辈生活过的地方，故乡总为亲人而亲，为山水而亲。夜里当意识不受控制的时候，你的梦经常是返回到过去的生活中。

但眼下你千里万里回去寻找故乡，在鳞次栉比的新建筑物中，车子这样转来，那样转去，就是找不到村子的进口。家乡的海面也远远地向外撤退了，当年的海滨地带，上头铺陈着一条高速公路，大小车辆风驰电掣。祖居成了一块平地。童年在那里生活过的第二祖居，经历过沧桑，楼房拆的拆，毁的毁，能够物归原主的那一座，现在就关闭起来，作为某一段历史的见证。一股经济浪潮起飞了，讲求的是经济效益，城乡面貌都改变了，回乡就迷失了路。但，故国既为亲朋而亲，也为文化而亲。我们有数千年的历史和文化，一个古老的文化家园将永远存在。记得 1997 年，拙作《巴黎读书记》的"自序"如是说：

那里有太史公笔下的"稽其成败兴坏之理""贯穿经传，驰骋古今，上下数千载间"的历史，有苏秦的三寸不烂之舌，有聂政、豫让的"士为知己者死"；那里有曹雪芹笔下的"大观园"，里面有风流灵巧的晴雯，有教人又憎又恨又想的凤姐儿；我们还有天下军师诸葛亮，有幸未被锁进深宫的大乔小乔，有倚窗等待周穆王的瑶池阿母，有江渚上的白发渔夫……所有这一切，都有着一股强大的吸引力将你吸引着。

故国家园，悠久的文化、历史，就这样融入你的精神世界里、血液里、因子里。你生长在那里，是再也走不出来的。

你生活在法国，也有些小故事。总有人问你，到法国之前你生活在什么地方？你在他们眼里不是法国人，你走不出你的黄皮肤，管你拿什么护照。邻居还说，你什么时候走，就把房子让给他，因为你的套房有露台。你的钢琴也可以让给他。无论在国内，国外，你是中国人，也是法国人；又不是中国人，也不是法国人。你这就成了谁也不把你收留的“杂种”。地球村，全球一体化这个时髦概念也拯救不了你。你以外国人身份住在巴黎；你去到阿姆斯特丹、纽约、雅典，你是街头上的过客；你回广州是凭签证进去的，过几天就要走。这就说定了，你到处是外国人。然而，当你的认定或假设到这一步，感觉反而特别自由轻松。在坚守基本价值这根底线下，你把各方面的距离拉远，不为高兴而多事，不为怨怒而妄言，避开不同文化、不同见解的碰撞，避开人云亦云，避开激烈的扬弃。东方，西方，在价值观上有其同一性，其差异也不可逆转。你抓住某些事物，又让某些事物溜走，这种能耐使你获得了大自由，大自在。你利用自由空间，也让自己有所约束。不厚颜，不虚伪，不矫饰，不挑衅，忠于读者，也忠于自己。大自由与大约束，成为你在中国与法国之间来往的，装载文化讯息的小船所使用的两根篙。多少年以来，你不就打着这两根篙，一摇一摆地边走边探路吗？

由于近期全球人口移动的频繁，次数的激增，带来一种新形式的大陆漂移，产生了一种新的生存状况。生活于两地之间的人生经验，不再属于少数人所有，但在别人眼里你还是特殊族类。别人的看法你管不着，自己怎样做可以选择。你借用史奥朗的一句话，为自己做了一个舒舒服服的窝：“人不是住在一个国家里，而是住在它的语言里。”你是住在语言这个国度里，以语言来看守，来瞭望当下的生活。你使用中文写作，讲中文，阅读中文书籍，就是不曾离开过中国文化的根；你每寄一篇稿子回去，都是一张身份证明书。你也住在法国，住在法文里，每天跟法文打交道，把法国的讯息传递回去，你是从语言文化这道门进入法国的。你住在艺术之都，也住在它的文化艺术里。因此，你两个国家都不曾丢失，两种文化就融汇在身上。你写，就是量度一下，跟两个国度的距离各有多远，一如到外地旅行，量度一下外边的世界跟你想象中的有多远。

感谢书系主编阎纯德教授向我约了这本文集。它跟以前几册读书记有所不同，根据出版社的要求，内容比较广泛，有读书札记，有传统的散文随笔，包括人物、文化、艺术、游记等，绘画、音乐、舞蹈不是行内人，就以一个爱好者的立足点来落笔。这些文字的内容，恰好是笔者近些年来所涉及的写作范围，地域和时间的跨度较大，是我的笔耕历程的缩影，可以作为一种量度的记录，从中可以看到我到欧洲以后变成了一个怎样的人。

2015 年 7 月

目　录

第一辑　巨擘的脚印

第二辑　思想的声音

第三辑　永恒的传说

第四辑　艺术的情思

第五辑　历史的光影

第一辑　巨擘的脚印

他追求孤独，也渴望友谊；他崇拜古代英雄，却承认自己畏惧死亡和痛苦；他出身官宦世家，却拒绝为需要服从政治；他蔑视人类的弱点，所描绘的历史人物中，很多人灵魂卑鄙肮脏，心肠扭曲，但他还是主张从具体、平常、世俗的角度来看人，来对待人，因为完人不存在，所有人都是普通平庸的个体。

是，或不是，不再是个问题

——访莎士比亚故居

一个冠冕堂皇的戏子，在舞台上大摇大摆，挥动利剑，忽然倒地大叫：“一匹马，一匹马，我以我的王国换一匹马！”妒火中烧，理性不再，爱情演变成癫狂的残忍，用床单把妻子窒息死，“我将你先杀死，再来爱你”；走投无路的国王，弥留时刻却叫道：“你看，你看！”他在幻觉中看到了净洁的爱战胜了邪恶；为父王复仇，被痛苦、怀疑折腾着：“是，或者不是，这可是个问题。”暗室密谋，煽动，挑衅，决斗，伪善者最后露出穷凶极恶，好心不得好报，谜团终于真相大白……尽是些痴人说梦。可钟点一到，蜉蝣一瞬的艺术过去，声大声小的呼号沉寂了，头上羽毛抖动不再，镶金绣银的华服消失了，利剑不再星火霍霍……一团团光波暗影消逝了，舞台上空空如也，一切去得无影无踪，都是那个可怜的戏子闹出来的事罢了。

却有人说，如果文学也有一个金字塔，威廉·莎士比亚（1564—1616）的位置就在顶尖上。唯是，当你把这个处于人与神之间的位置，奉献给这位戏子兼戏剧家时，此人是否存在过，也曾经是个问题。四百五十年以来，前两三百年，他是存在的，后来忽然说不存在了。美国作家爱默生如是说：“这是一位罕见的作家，作品那么丰厚，但他的人却配不起这么厚重的份额。在他的时代，没有人觉得写他一笔是一件值得做的事。这始终使人没法理解。”十八世纪的出版家兼传记作家罗维，为搜索这个神秘人物的资料，做了大量调查工作，最后丧气地说，一切史料已烟消云散：“他最大的角色莫如是在他自己的《哈姆雷特》里演一个鬼魂，除却这个故事，我不知道还有别的什么了。”是他，扮一个从地狱返回人间的鬼魂，要活人听他的话：“认真地来听我的启示！”

要么给他的位置太高，你昂翻了脖子也看他不到；要么是个鬼魂，他看见你，你看不见他。

那天你刚好身在伦敦，何不趁机到他的出生地走走？刚好白金汉宫对外开放，你还未去到写尽帝王将相、宫殿王府的莎翁故居，先就夹在参观的人流中，肩碰肩地进入白金汉宫，在一座现实中的，也是莎翁笔下的辉煌、灿烂、炫目的宫殿中，移动着目光和身体，当了一回女皇陛下的宫中客。从皇宫出来，让御花园的清新空气一拂，头脑清爽，便意识流起来。

想起这位女皇，曾经是香港的二房东，真的很精明。你想见识她的办公地点？可以，但一张入场券，就从你口袋掏去了二十英镑。须知昨天你参观过大英帝国博物馆和塔特画廊，都是免费进场的，你白金汉宫就计较这个！一个早晨有多少个二十英镑搬了家，搬到你老人家的口袋里？皇宫外边，还有无数二十英镑在排长龙，皇宫的前厅，加冕大殿，授勋大殿，国宴大厅，议会大厅，这种地方在莎翁笔下，会有被谋杀的国王的阴魂不散，而现在到处人流弯弯绕绕，挤挤碰碰，都是些二十英镑。参观后你可以在露台上喝咖啡，吃小甜饼，或吃一客白金汉宫式的午餐，又是多少个二十英镑？虽然每年只有八九月份，当她陛下到私人领地度假时才对外开放，而每年参观人数竟达六百万！开放决定由女皇亲自做出，1993 年就开始了。从一本小册子里知道，入场券收入用作维修皇宫。你多尝一点英国名点酥油饼、巧克力、杏仁软糖，她陛下的宫殿就可以长住长新了。原来她的精明不只在银钱上头，还兼收了民意测验的好分数。屈就一下，让她的宫苑禁地被千万人——英国人、外国人的大脚板踩踏一下，国库不就少支出皇宫的修葺费了吗？再说，她的禁地与民共享，小民的好奇心得到满足，还有必要将他们一家子赶出宫外，才能进去看看？不必了！所以，来呀，来呀，进来看看朕的办公和生活的地方，随便看啦！慢慢看啦！真是好客得紧。

其实欧洲的皇宫你见识得很多，都比不上巴黎歌剧院的白玉为堂。但是，参观在位帝皇的生活、办公、授勋、举行国宴的地方，于你是第一次。如果白金汉宫不出这个噱头，你会去走一趟？不会。它每年能招徕六百万游客吗？不能。

登上导游叶先生的游览车，先谢他为我们预购入场券，否则还在二十英镑里排长龙。然后，按原定计划，顺着路线先到牛津，再去莎翁故居。谁知一上路，To be or not to be 这个话题就没完没了。上演得最多，讨论得最多的《哈姆雷特》，第三幕第三场有一句经典话："To be or not to be，that is the question."（注：国内通常译作"生存还是死亡，这是个问题"）哈姆雷特的父亲被弟弟谋杀，皇位被篡夺，皇后准备再嫁新皇，父皇阴魂不散，向儿子显灵促其复仇。怀着崇高理想，又快乐又英俊的皇子心情极度矛盾，不敢肯定事情的真相，"是，或者不是，这是个问题"。这句名言数百年来被引用得很多。十九世纪中期以来，面对莎翁的存在与否，及其作品的谜团，大家也喜欢说，是，或者不是，这可是个问题。有数百年时间，大家只听到一个出色的讲故事佬的声音在空中穿过，他的身世呢？所知不多。传说他出身不高，非豪门巨富，非书香世家，甚至非知识家庭，童年时代父亲破产，离校转当学徒。如此平庸的遭遇，能造就一个空前的天才吗？

叶君知识丰富，莎翁长莎翁短，嘴巴跟开车一样快，一眨眼就过了牛津，两个多小时就到了英伦中部，进入到阿尔当以北的瓦尔维克伯爵的领地，汽车沿着埃文河（现名费尔登河）的南岸，在宽广的田野之间的公路上走了一段路，莎士比亚的故乡，埃文河畔的斯特拉特福就到了，街道宽阔，满眼古老建筑，老去的招牌，都是中世纪风格，而街道上，却是操着各种语言的二十一世纪游客。莎翁距离我们四百五十年，小镇面貌没有改变，街道名称也没有变，叶君如是说。你有理由相信。如果莎翁要回来走走，会熟门熟路，一眼就认出昂莱大街上的祖居，当年就读的“爱德华六世中学”，还会记得来自牛津的老师以拉丁文教他们演戏，念奥维德的诗。打开楼下的窗子，不时看到巡回表演的艺人队伍经过，这是冥冥中为他安排的时刻。当时他父亲是个时髦皮手套制造商，也从事羊毛买卖。生意成功后成了市政议员，直至市长，还向圣职社团申请绅士头衔和徽号。但风向突然神秘地转了，他负债累累，税务缠身，妻子玛丽带来的丰厚嫁妆也赔光了，最后宣告破产。

1757 年，后人为重修祖居，在瓦顶的木条间发现他的六页纸的精神遗嘱，表示坚持天主教信仰，但当时新教才是国教。是因为宗教信仰分歧被迫害，从生意、税务上使他陷入困境？另一说法是，他私贩羊毛被揭发，导致庞大数字的罚款。小威廉因而辍学，在手套工场当学徒。

位于昂莱大街的故居，是他父母亲的居屋。威廉在那里出生，度过童年和青少年时代，直至结婚。跟着离家失踪十年。楼房的面积和布局，是富裕人家的标准，两层楼加上阁楼，面积不小。为保暖，天花板甚低。楼上楼下包括睡房、客厅、饭厅、厨房，安置在房屋一端的制造工场。家庭人口众多，兄弟姐妹五人，婚后同住一屋。为应付家庭人口的增加，主屋后面加建了两个小房间。工场内外，据说当时堆满小山羊皮、绵羊皮、狗皮、斑鹿皮。处理皮革的石灰坑、尿素等安置在后院。还饲养猪、羊、鸡，是活气腾腾奔日子的人家，唯空间的挤迫，气味的呛人可想而知。

这座都铎风格的房子，到十八世纪末还在莎翁旁系家族手中。经历了四百年历史，已经破烂。莎翁的妹妹的后人，于 1846 年准备把它出售，1847 年刊登了广告，引起一批著名人士和作家，如狄更斯等的注意，他们多方奔走，设法将房子收购，以便建成莎士比亚故居博物馆。狄更斯先后在伦敦、曼彻斯特和伯明翰等地组织演出，著名的文化界人士前来捧场，筹得三千英镑将房子买下，交给国家管理。1847 年“莎士比亚出生地信托基金会”正式成立，1891 年英国国会通过法例，成立基金管理委员会，旨在更好管理莎翁故居，收集图书和档案资料，跟国际重要的莎士比亚博物馆交流，方便学者对莎翁的研究。

你从故居出来，在镇上转悠一圈，看到他的长女苏珊娜夫妇建于十七世纪的大宅，次女朱迪夫妇的住宅，外孙女伊丽莎白夫妇的房子。1614 年，莎翁在伦敦的剧院失火，容纳一千五百名观众的剧院瞬息间付诸一炬。莎翁返回故乡，入住到他发迹后自置的有百多年历史的著名大宅“新场地”。1616 年因伤寒病去世，逝世日期刚好是他的出生日期：4 月 23 日。

五十二年前，他出生后三个月，镇上闹黑死病，15% 人口死于时疫，他母亲及时带他逃到十公里外的外祖家，奇迹般逃过了死亡。五十二年后没能逃脱另一种时疫。教堂为乡人敲响丧钟，下葬在三圣教堂的祭坛下。你现在去到教堂，可以在祭坛下看到莎翁和妻子安娜的墓地，女儿、女婿也安葬在一起。但十一岁夭折的双胞胎中的儿子哈姆内特没有安葬在一起，想来是在教堂外面。祭坛的墙壁镶嵌着莎翁一尊半身塑像，慈眉慈目，连当年的劲敌也承认他“和蔼可亲”。

你眼下所见，都是莎翁存在过的证据，受洗证，结婚证，演员名单上的名字，亲属关系，诉讼案件的原稿，发票，死亡证都在那里了。从十九世纪开始，很多细节都被打捞起来了。他逝世后六十四年，即1680年，英国作家奥布里写过传记《莎士比亚生平》，莎氏的出生地，简略的生平大体有所记载，但依然有人说，《哈姆雷特》的作者不存在。要证实一个人的存在，手迹是最根本的证据。而这个人不曾留下片言只字，遗嘱上的签字，可能是公证人根据手迹代签的。如果这个人不存在，《哈姆雷特》以及一大堆作品是谁写的？回答说，莎士比亚是冒名顶替的，他同时代的著名文人，如培根、马洛或牛津伯爵，才是真正的作者。但说者易，信者难，能写出如此出色的作品，为什么要找人顶替？数百年来，有谁站出来要求改正，说他才是《国王之夜》或《奥赛罗》，或某剧目的作者？没有，从来没有。

四百五十年来，莎翁的戏剧在全世界不断搬上舞台和银幕，引出没完没了的话题。单是《哈姆雷特》，每天就引出一篇评论文章，每年在各国出现的书籍、评论、专号等出版物，计有五千种，旨在探索莎翁本人，直至每一行诗。作者出身平庸，经历单薄，怎样解释他的作品的宽广度和深度？英国人不在意他存在过与否，不从来就这样的吗？研究他的德国人、美国人、法国人、日本人，比英国人更多。法国蒙彼利埃大学两位学者马丽和马甘以三十年来搜集资料，分析研究，以编年学的方法，为莎翁写了一部传记，以时间顺序为线索，然后，人物、地点、环境，一滴不漏，将他的成长和演进过程写出，企图以实证来证明他的人生。但谈何容易，数百年后，他的历史身世早已中断，或含混不清，可供参考的证据极少，又没有新资料出现，没有一封信出自于他的手。别人写给他，保留到现在的信，只有一封，是小女儿朱迪的丈夫托马的父亲写给莎氏的。作者的手稿更不用说，付印后印刷品就是成品，手稿被当成没有价值的东西扔掉。1623年，他逝世后七年，两位曾经跟他合作过的老朋友赫明和康德尔，为他出了全集《Premier Folio》，总共三十六个戏剧，其中十八个从未付印，包括《风暴》《安东尼和克娄巴特拉》《恺撒大帝》等，如果没有这个集子，这十八个剧目将永远丢失。当初为他结集的原意，只是觉得“他构思和落笔那么容易，我们几乎从来不曾在他的纸页中发现涂改的杠子”。

难以想象的文献的匮乏，仿如莎翁向后人表示，他的存在只是大家给予他的一种精神。而那个时代，演员被认为道德上不怎么样，只会闹丑闻的可疑之辈，是粪土上的花朵。莎氏当真在国王雅克一世的剧团里演出？剧本当真是他执笔的？如果是，为什么找不到手迹，哪怕半页纸？马甘两位学者付出三十年辛劳，以两年时间把资料组成八百二十页的巨制《威廉·莎士比亚》。莎氏确有其人不容置疑，教堂里可以找到他受洗的证书，以手写体写着：“Gulielmus Filius Johannes Shakespeare”，1564年4月26日，由神父约翰签发。如果传记中有些资料使人争议，出生日期则不可争议。莎士比亚4月23日出生，三天后受洗，在民俗和专家的推理上皆无可非议。那个时代没有出生证，受洗证等于出生证。经过历代专家的挖掘，研究，到四百多年后的今天，大家才接受莎士比亚的存在，To be or not to be 不再是个问题。

然则，受洗证、结婚证、诉讼案件证书，都不能说明他艺术上成功的秘密。他的全集在你鼻尖下，且穿越每一个时代，以各种文字的新译本一再出现。但，究竟是怎样的道路将他引向艺术人生？一个经历平凡，来自小镇的穷小子，怎能与不寻常的艺术联系得起？

这些艺术像出自神的手，而非人的手。失踪十年，从默默无闻的乡巴佬变成他的时代，甚至所有时代最伟大的戏剧家，这个事实如何教人接受？四百多年来搜得的一鳞半爪，从所有角度翻来覆去查看，透视，所有实证皆可立足，甚至翻出半块稀有金属，可以放进档案里作为新成果，但不足以洞穿天才的创造秘密。

美国的莎士比亚专家、哈佛大学英国文学教授史蒂芬，则以另一种方法，来揭示将他引向艺术人生的秘密之路。这位哈佛大学的英国文学教师，以新的角度和方法撰写了一部传记《莎士比亚怎样变成莎士比亚》，一面世就得到全面好评。史蒂芬的立足点是，莎氏留下痕迹不多，资料都干巴巴，身份证般概括简约。但不可忽略的是，他所处身的伊丽莎白一世时代，是被改革和文艺复兴所标志的时代，充满力度和朝气蓬勃，正从中世纪走向现代。同时，也是宗教分裂，新教和天主教产生尖锐矛盾，在人的精神和社会生活中造成分裂的时代。就像莎氏的父亲，为官职，为谋生，表面是新教，内心是天主教。有的人家里收藏着天主教的圣像、圣物，举行天主教仪式。这种现象引起激烈矛盾，1581 年，天主教教士康皮翁被杀害（1886 年梵蒂冈为他举行宣福礼，1970 年被封圣）。记载那段历史的资料特别丰富，因为这是争讼的时代。根据蛛丝马迹显示，莎氏生前已享盛名，曾经被召进皇宫，在伊丽莎白一世跟前朗诵他的《麦克白》，后来成为王国雅克一世的演员，这样一个人物，不可能不在大环境中留下痕迹。这种设想，使史蒂芬从大时代、大环境着手，撒下天罗地网，由远到近，由外及里，实行大包围式的搜索，从一些著名人物的轨迹上去寻找他的脚印。

那时候，拉丁文大行其道，教士、医生、外交家、律师、议员皆使用拉丁文，而非英语。拉丁文是文化的同义词，伊丽莎白女皇必然使用。她在国际事务上显得明智，被认为是使用拉丁文的结果。

女皇的导师阿谢姆写道：“所有人都希望他们的孩子讲拉丁文。”文盲的泥水匠、布料商、手套制造商、农庄主，都希望儿子操得一口流利的拉丁文，拉丁文就是文化，是礼貌，是社会活动能力的象征。小威廉的父母会没有这种愿望？尽管父亲文化程度平平，能够阅读，拼写，担任公职。母亲出身于富有农庄，拥有 28 公顷土地，但不会写自己的名字。镇上唯一的学校是免费的，没有历史课、文学课，也没有地理、化学、物理，只有小小入门算术，主要课程是以拉丁文重复背诵基督教条文，学生的拉丁文水平有限。幸好有一种特殊的学习方法，就是使用拉丁文来演古代戏剧，而非英文。演戏成了最好的学习拉丁文的机会。拥有戏剧和作家天分的小威廉，演得特别好。来自牛津的老师詹金斯总让他担任重要角色。从此，他的灵性得到开启。在没有别的娱乐方式的年代，剧院成了最吸引人的娱乐场所。戏剧生活并非全靠职业演员，每逢节日，如丰收节、圣体巡行、耶稣受难节、复活节，风俗上某些神秘节日，民众会自动组织起来，将自己打扮成国王、王后，神话传说中的角色，或疯疯癫癫的人，结队招摇过市。也有巡回演出的江湖艺人，他们以手推车推着戏服、道具，从乡到乡，从镇到镇巡回演出，小威廉从小耳濡目染。根据当地的档案记载，1569 年小威廉的父亲以行政执政官的身份，批准一队艺人在镇上演出，五岁的小威廉像别的孩子，跟父亲去看表演，是很自然的事。戏服的鲜艳华美，鼓声，乐队，演员的做、唱，表演结束时祈祷天佑女皇，都会在一个敏感的孩子心里打下印记，可以想象他的开心，激动。小威廉的儿童时代，不再是空白的。后来走上戏剧道路，有踏实的出发点。

1575 年夏天，小威廉十一岁，小镇地区发生了一件闹腾腾的大事，女皇乘坐一列华丽的火车到英格兰中部一带巡游，将自己打扮成拜占庭式的人物，向子民露面，接受贡品。拥有古堡的主人，轮流接待她住宿，堡主为表示好客殷勤，极尽奢侈浮华，几乎弄得破产。陛下最后停居的是莱塞斯泰伯爵的领地，离小镇 18 公里。当时小威廉的父亲只是市政长官，不够资格获邀参加接待仪式，但可以想象他会带着小威廉，跟镇上居民一起去看陛下的巡游队伍，浩荡地进入伯爵的古堡。居民也会闹哄哄地谈及这件大事。带有传统色彩的大环境，历史上著名的事件，难道不会成为小威廉的童年记忆？

1580 年，十六岁的威廉走出学校，希望找一份工作。根据 1937 年的一份资料，在斯特拉特福学校任教，之前就读于牛津的老师科唐，把他推荐到兰开夏地区一位非常富有，且具有影响力的绅士奥顿家里当家庭教师。奥顿是天主教徒，希望找一位信仰相同的人为自己工作。他表面信奉新教，私下举行天主教仪式，暗中庇护天主教神父，私藏宗教禁书和圣器，不让外人知道。威廉作为家庭教师，主人很快发现他教学以外的才能：演戏才能，即兴表演能力，对音乐的敏感，魔术似的煽情能力，且具有写作潜质。离家以后，在青少年末期，威廉的才华显露出来了。脸庞线条精致，棕发，略带忧郁，声音优美而富旋律，都让人看在眼里。豪门贵族追求文化生活，宽阔的厅堂稍稍搬动即成舞台。在家里演戏，既显摆身份，也表现收容食客的慷慨，这就给威廉登台表演的机会，尽管他不是被认可的演员，但特殊的天赋得到公侯贵胄的器重，他有本事牵着观众的手去到最神秘的地方。

1581 年 8 月，奥顿立下遗嘱，要让威廉成为正式演员，把他推荐给同一阶层的朋友托马斯：“我恳切地请求托马斯阁下，向在我门下的福尔克和威廉·莎士比亚伸出友谊之手，让他们为他服务，或者把他们推荐给一位好主人。”奥顿逝世后，威廉在托马斯家里只作短暂逗留。威廉再次被推荐给一位对戏剧怀有高度热忱的伯爵斯坦利，他是女皇最有势力的表亲。

宗教迫害在他身边发生了。兰开夏地区天主教根深蒂固，科唐和奥顿的兄弟被捕，准备随时殉教的教士康皮翁被捕，被杀害。面对噩梦般的深渊，威廉决定尽快离开危险之地。1582 年夏天，他返回故乡，顺道为科唐带信到离他家乡三公里的索特里，交给他牛津时代的同学罗贝尔。在那里，十八岁的威廉遇上了二十六岁的安娜，她父亲在前一年逝世，独自生活。双方的父亲曾经是朋友。孤男寡女独处一室，一方是活力四射的美少年，一方是早该出嫁的女子。不知是谁想跟谁结婚，安娜怀孕了。同年 11 月，一双情人匆匆走进教堂。因为时间太仓促，不符合签发结婚证书的手续，按照规定，要连续三个星期天在教堂发出通告，然后才能签发。教堂要他们付出四十英镑的巨额押金，以提防有人告上法庭时候使用，日后没有发生任何事情才发还。这个奇怪的文件，是十九世纪一位著名的传记作家菲利普爵士，在伍斯特主教府找到的。这份四十英镑的收据，日期是 1582 年 11 月 28 日，注明款项的用途是庆祝“威廉·莎士比亚和斯特拉特福的处女安娜在伍斯特教区结婚”的费用。六个月后，长女苏珊娜出生，受洗证书的日期是 1583 年 5 月 28 日。威廉父母同意这桩婚事吗？即使不反对，也不会认为是登对的婚姻吧。当时男性结婚平均年龄是二十八岁，女性一般比男性年轻两岁。十八岁不是法定成年人，二十六岁是老处女。

威廉在工场当学徒。但生活在别处，在哪里？在阿尔当森林？在书本？在戏剧？他更感兴趣的是看书，写诗。他熟悉阿尔当森林的传奇故事，巫婆，善意的魔鬼，穿着裹尸布的鬼魂，充满了他的脑袋，日后他的戏剧就像阿尔当森林那样丰富。到工场维持不下去，就有莎氏的“十年失踪”之谜。那个年代，二十岁上下的青年，都有离开故土混迹他乡的倾向，志在找一份好工作，遇上更好的命运，以致女皇对这些浪人产生顾忌。不少人在贫穷、饥饿或时疫中死去。威廉为经济寻求出路？为夫妻不和顺？为他在仇人吕西的领地上偷猎斑鹿被发现，借宗教问题对他追迫？龙凤双胞胎朱迪和哈姆内特于 1585 年 2 月出生，但 1584 年夏天他已经离家。是遇上突然来到的机会？他在兰开夏的时候，曾经与斯坦利勋爵剧团有过接触，跟它联系上了？或者跟随别的剧团浪荡江湖去了？总之，他将妻子和三个孩子留在家里达十年。威廉的去向，根据当年留下的痕迹，可以猜想他去当演员。当演员必须首先学艺，条件是不能已婚，这个可能性被排除，但藏身伦敦的可能性很大，它是流动人口最大的目的地，他可能到吵闹的伦敦去找自己的位置。如果他踪迹难觅，可能出于谨慎。新教和天主教的冲突留下斑斑血迹，英国跟罗马教廷彻底闹翻了，伦敦成为杀鸡诫狗的屠杀舞台，伦敦大桥上就以梭镖竖着一些人头，不是杀人犯、大盗，或强奸犯，而是非我教类的贵族和大富人家。告密、酷刑、抄查、死刑像瘟疫，而大家还相信是妖魔在制造噩梦。那是一个相信妖魔鬼怪的年代。

藏身伦敦的莎氏明白，只有保持冷静，才能将脑袋留在肩头上。他在兰开夏生活过，身份暴露了，他所认识的托马斯·科唐和康皮翁被杀害，他有必要匿藏起来。如果说几个世纪以来，专家很少找到莎氏收藏的书籍，那是因为他永远不在书上写上名字。作品不谈政治、宗教，十四行诗思考缜密、深沉，将自我遮掩得密不透风，跟自己立下的训诫有关。如果同时代的人没有为他留下笔墨，因为当时没有做传记的习惯，不去捡拾别人零星的言行。至于没有发现出自莎氏手笔的信件，可以从他的长女苏珊娜谈起。那个年代，90%的女人是文盲，她是否文盲没有记载，总之，她把从父亲那里承继来的信件、手稿之类卖给别人，用作包鱼包肉的包装纸，修补破烂的旧书，或用来烧炉子。妻子安娜是个文盲，周围的女人，没有谁能阅读地球上最伟大的戏剧家的作品。他寄给安娜的信，是邻居念给她听，代她复信的。

1592年，平地一声雷，从伦敦传来了消息，一本小册子刊登了抨击一位著名演员的文章，指他为“野心家，一只插上羽毛的乌鸦，在演员的外衣下藏着一副老虎心肠”。拿他的姓氏开玩笑，什么“莎氏闹剧”等。此人的名声已经到了招人妒忌的地步。那时候，伦敦的剧院如雨后春笋，所有大贵族和绅士都拥有或企图拥有一个剧团。莎氏应该身在伦敦最著名的尚贝朗剧团，至于什么时候进入，怎样进入，依然是个谜。但1581年在兰开夏时代，他跟热心于戏剧的伯爵斯坦利有过接触，他的儿子费迪南德勋爵组织了“斯坦利勋爵剧团”，把最出色的演员罗致门下，这个剧团不久变成伦敦最著名的“尚贝朗剧团”。莎氏是演员，也是剧本的作者，他写历史剧，因为历史剧大行其道，他也成了剧团股份的持有人，按门票收入提成。青云直上，被邀进皇宫，在女皇面前朗诵《麦克白》。他的《罗密欧与朱丽叶》，使从不流泪的女皇在妆粉上划下了一道泪痕。1603年，伊丽莎白逝世，雅克一世登基，剧团就以国王的名义存在，成为很有势力的剧团，演员就是“国王的演员”，与敌对剧团较量中，处于不败之地。

以后十年，是莎翁创造力大爆发的年代。工作也排山倒海而来，他成为剧院七个业主之一，是主理剧院复杂事务的重要人物。他每年推出两个剧本，先后达十六年。当同行或劲敌贫穷潦倒，他却发了大财，1597年在故乡的沙佩尔街，购置一座建于1490年的大宅“新场地”，在那里写了好几个剧本。1602年，又在旧城区购置了43公顷的耕地和房地，拥有年金收入，不依靠女儿，不再演戏，也能生活得很体面。他成了故乡的显贵人物。

莎翁的脑袋像塞满了梦的魔术盒，小事经它再出来，会变成华彩绚丽、其深无比的帝皇贵胄的故事。显然，兰开夏两年没有白过。当年贵族跟宫廷关系密切，两年的生活，有足够机会观察、分析，将他们剥得赤裸裸，就有他笔下的《李尔王》《哈姆雷特》《恺撒大帝》等帝皇的活灵活现。有慷慨好客、挥霍无度的雅典泰蒙，快要老死的爵士福斯塔，将妻子用床单窒息死的摩尔人将领，从战场上喜气洋洋胜利归来的贵族，机敏、秀美、泼辣的女仆，充满敌意的阴险小人，以机智、果断战胜险诈凶顽的法官："没许给你一滴血！"一切都不是空穴来风。作者还游刃有余，将笔下的人物评述，判决，或者救赎。

你打开他的作品，像跟一个浪迹天涯的人到处流浪。莎翁一辈子困在伦敦，终其一生没离开英国一步，但想象却不断突围，手中的笔是一支远征军，将你从古老的大英帝国带到欧洲大陆，到维也纳；从古代的特洛伊带到鲁西永时代的法国；从中世纪的苏格兰到泰蒙时代的雅典。安东尼和克娄巴特拉这对历史上的大情人，带引你经过西西里、叙利亚、雅典，一直畅游至罗马。安提俄克、以弗所，尽入他的版图。他将整个世界放进作品里，日后整个世界就跟着他团团转。想象力的丰富，好像跟生活关系不大，没有从书本承继那回事，一切就从他开始，他甚至是英国现代语言的缔造者。这样一个人物，任何理性的解释都会碰上难题。天赋非常的他，却没有高高在上，他舞台上的戏，文化精英接受，文盲也接受。只要剧院大门打开，每天会吸引上千的观众进场。他使他们又哭又笑，又爱又恨又怕。帝王将相，三教九流都让他演活了，内心世界都让他捕了个正着，他的舞台变成最能表现社会和人的面貌的场所，因为他的艺术置身于社会生活，来自社会生活，不与现实脱节。还有本事在社会矛盾中，避开明显的影射，却使你明白，就连皇帝王子，也既可以是杀手，又可以是祭品，历史同样可以把他们捣碎；命运也像空中的风信那样飘摇，不可避免的律法也会将他们绊倒。

《驯悍记》一出炉，曾受到伦敦人的大力追捧，但法国人不喜欢。不够古典，一味呼天抢地，吵闹得像闹剧。伏尔泰就认为莎氏的喜剧是闹剧，很搞笑，胡闹甚至蛮不讲理，你不像面对艺术，而是置身于世俗生活。法兰西学院名誉教授爱德华把他跟拉辛和梅里埃相比，一起做专题研究，2014 年出版了一部《英国诗歌天才》。他认为，拉辛一落笔则见伟大，就像一般人对悲剧的要求，要以伟大崇高来作为悲哀的补偿。那个时代就渴望崇高的作品，语言要高雅，斟酌，但莎翁将高雅、粗俗无选择地相混，缝合，写到哪里是哪里，无禁区可言。梅里埃提倡的“三一律”，要时间、人物、行动的一致性，嘲笑社会风俗，人的乖戾、怪僻，人物不古板，落笔着重社会功能。但莎翁不着眼这方面，一味形而上，打扮人物的内心，表达深层的道德，将悲剧无限制地向深处挖掘。悲剧人物往往是全能的强人，以致有人说，莎氏的悲剧很深沉，不存在一个“最”字。《李尔王》是超越了“最”字的最阴沉的剧目。但他的悲剧有一个秘密，使人从不幸中感知到快乐，最深的不幸已经被勘探过，没有更为不幸的了。何况，地球上所有的灾难，都跟整体的大灾难分不开。司汤达说莎士比亚是悲剧的创造者，仿如没有莎氏，世界就没有悲剧。又有人认为，如果莎翁将某些作品重写，去芜存菁，去掉没有价值的东西，让某些粗俗字眼找到适当位置，作品会有更贴切的表达。但，无论褒贬，莎翁从来没有在法国缺席。雨果把他捧上云霄：“莎士比亚的位置是在绝对的精英之中的精英，他光芒万丈地照耀着我们人类。”原来是雨果将他捧到文学的金字塔尖上的，他没有将这个位置留给自己。

但这个金字塔尖上的人，不把自己关闭在形而上的空间，而是把根深入到故乡的泥土。他的作品进入到所有人的生活，因为它来自所有人的生活。奇特的事物就隐藏在故乡的泥土里，在日常生活的深处。无论剧作和十四行诗，都打下故乡的印记。当时小镇人口只有两千上下，几分钟步行就可以走上田野，进入森林，去到牧羊人的茅舍。威廉去跟他们闲聊，日后就以细腻、流畅、准确的笔触，描写乡间的花草、动物，季节的推移，自然界的往复循环，牧童的短笛，仙子的迷惑。在《罗密欧与朱丽叶》中，他写了108种植物，对大自然就有这种亲情。田野的农事他不陌生，牧童成为他的朋友，日后落笔就有现实的一面。牧童对他说，他不能对他好客，因为他“为另一个人工作，不能去剪他所放牧的羊的羊毛”，又说，“我主人的脾性可吝啬呢！”他从自身的经验取得灵感，以丰富的想象进入别人的，或自己的世界，将生活变成作品，艺术就根植于现实，现实则成为想象不可分割的部分。是想象强加于现实，或将现实加码成为梦想，两者来去任由。你给他一间茅舍，他向四面围墙一推，就可以变成一座宫殿。一个剧目就是宽广无边的世界，你愿意在里面迷路。家庭破产，与妻子安娜的平淡故事，经过他的笔，可以无限地扩大，飞升，就有《谬误的喜剧》，一位商人为寻找丢失的双胞胎，被以弗所的敌人逮捕，罚以重金，几经波折，最后找回孩子和妻子，结局完满。

你看莎翁的作品，是被一掌推到伊丽莎白一世的时代，眼花缭乱像爱丽斯进入白兔穴。战争，篡位，好人，坏人，超人，邪恶，崇高，纯良，怪诞，烈火般的生死之爱，爱情之后的背叛，大笑之后的泣啜，顶峰过后的深渊，你忍受不了的极度悲剧……林林总总，涵括了所有情感、行动的频率或波段。一粒沙中的世界有了，一片叶上的人生有了，人生是个舞台，不会多，也不会少。真理？当你靠近它，就逃跑了，像树林里的小神仙。作品的包罗万象，内容的丰厚和宽广度，巨大的份额，这一切难道只是天赋？应该还有动机，动机才是行动的马达。冲冠一怒，利剑出鞘，为土地，为荣誉，为爱情，为钱财，为复仇……智慧就来帮一把。莎氏的动机是什么？

他的父亲曾经是议员，市长，走进会议室时，大家必须起立，某些场合要为他准备一张特别的椅子。后来呢，不管是宗教原因，税务问题，或生意违法，总之，他破产了，从高处直坠深谷。作为长子，他看到事态的严重，屈辱成为压在心头上的重荷。他要为父亲振兴家业，恢复家庭的地位和名声，取得一个可以传给后世的头衔。这个梦他不会放弃。朝气蓬勃和野心，使他把羞辱变作一张梯子，一面攀登一面回头看。何况他的社会等级观念特强，舞台上他扮演贵族，在现实中也要成为贵族，拥有所扮演的人物的身份，生活中要穿上在戏台上穿的华服，要取得他父亲申请过的绅士身份。他什么都不怕，就怕永远被监禁在从高处坠下来的位置上。

1596年，二十年前开始的长梦实现了，头衔和徽号终于拿到手，因为威廉成功了，乡人都知道他在国王的剧团里演出——一个大名鼎鼎的演员。那个年代，演员身份不被看重，只看重诗人身份，但他同时是戏剧家和诗人。1593年，伦敦闹黑死病，剧院关闭，他利用时间写十四行诗。第一部达1200行的诗作《维纳斯和阿多尼斯》出版了，《驯悍记》即将上演，《无事生非》将在伊丽莎白一世的宫廷里演出。父亲的绅士头衔，很可能是儿子亲自干预下取得的。人生如戏，世界只是个舞台，但必须像台上演戏一般认真。三年后，莎翁在非正式场合如是说：“我以工作和我的想象的成果，来还给我的家庭以尊严，破产之前属于它的原有的尊严。我确认我母亲的名字的荣誉，复兴我父亲的荣誉。我要收回我失去了的遗产。我自己创造的遗产。”日后莎翁可以在任何文件，或遗嘱中写上：“埃文河畔的斯特拉特福的威廉·莎士比亚，瓦尔维克领地上的绅士。”

To be or not to be 不再是个问题，而是挖掘不完的主题。1996年，美国加州大学教师福斯特发现了莎翁一篇祭文诗，为死于纵酒作乐的聚会中的朋友彼得撰写的。他是埃克塞得市市长的儿子。莎翁在牛津演出时，他正好在那里。全诗578行，署名W. S.，发表于1612年，莎翁还在世。由于署名简写，如何证实是莎翁？福斯特以电脑程式编成一个作家资料库，将要研究的作家所使用的词汇编成目录，他发现，所有作家总有几千字永不使用，有些字眼则脱口而出，一再出现。这首诗的词汇被编成目录后，得出结论："我完全相信，除了莎士比亚，没有任何人能写出这篇祭文。"还将它与《亨利八世》《理查二世》比较，惊诧于莎氏同样的表达方法。尽管法国学者叙阿米因名字简写，不能完全坐实是莎翁，还是把祭文诗收入七星诗社的莎士比亚全集中。同年6月，出版社发行了单行本。"精英中的精英"，参与了二十一世纪人的生活。"可是我的诗未来将屹立千古，歌颂你的美德，不管它多么残酷！"

你嘴巴嚼着今晨从白金汉宫买来的酥油饼，看到金属盒上印着女皇的皇冠，她当年登基，每年主持国会开幕式所戴的皇冠，忽然想起，女皇在位多少年了？1952年乔治六世突然去世，女皇夫妇以皇储身份入主白金汉，1953年加冕成为伊丽莎白二世，到现在已经六十二个年头。按照莎翁戏剧的游戏规则，为皇位，为权力打打杀杀，六十二年当中，有多少个亨利，多少个理查被暗杀，谋杀，在狱中被杀？六十二年来，要赔上多少个皇室的头颅，要作践多少无辜的百姓？如果说六十二年来，陛下无灾无难，正因为她虽然是国家最高领导人，但手中没有权力，只是象征式的摆设。你闭起双眼，在文件上签上你的大名就够了，有空就站到露台上向群众招招手，其余的事你管不着！不能管！让首相和民选的国会议员去管。门票的收入也不能入你老人家的口袋，必须归入国库。这种游戏规则，女皇会反对吗？英国人会容不下这个女皇吗？不，不会。这可是莎翁以打打杀杀来给我们的启示？

四百五十年后，莎翁的戏剧没有过时，是现代舞台和银幕出现最多的剧目，他被誉为所有时代最伟大的戏剧家。演员不能只靠华服，还要以语言打动观众，他知道。莎氏的大众化即因为剧本上演得多，不断被拍成电影，《亨利五世》《奥赛罗》《麦克白》《哈姆雷特》等，先后被改编成三百部电影剧本。因为语言来自生活，时或粗俗放荡，却像标枪，不动声色就能将人命中。一般人写不出的平常语言，构成了他的作品最美丽的一面。

上帝创造了人，谁创造了莎士比亚？根据史蒂芬的说法是，莎士比亚创造了莎士比亚。

托尔斯泰夫人的说不尽

列夫·托尔斯泰（1828—1910）是文学界一座庞大的名胜，无论从东方西方，你一抬头就能看到它。《战争与和平》《安娜·卡列尼娜》，还有《复活》，百多年来，总有改编不完的电影、戏剧，有出不完的传记、评论、回忆录。你也不会从未看过列宾为他留下的肖像画，报章、杂志上经常出现。躲在白皑皑的大胡子后面，目光灼人的托尔斯泰，在画家笔下变成了大贤大哲。“我想提醒你们大家，世界上有那么多不幸的人，而你们只管我这个列夫。”这是他临终前最后一句话。如果他的《战争与和平》，是他与拿破仑面对面的较量，将拿破仑一笔杆子甩回到常人的队伍里，而他最后的遗言，不也值得你道一个万福，将他请到圣人的行列里吗？

只是当他说这句话时，他的妻子索菲娅不在场，否则不知道她会有何感想？1910 年 10 月 27 日，他给妻子留下一封信，雪夜中静悄悄地乘了一辆马车，由医生和女儿亚历山特拉陪同着，瞒着妻子秘密离家出走。途中一波三折，时年八十二岁的老人终于病倒，只好放弃马车，匿名改乘火车，最后躺倒在阿斯达波沃火车站的站长室，一座红房子里面。那时候，全世界都知道托尔斯泰出走了，密探已经找到他们的踪迹。被誉为“俄罗斯灵魂”的托尔斯泰出走，还得了！阿斯达波沃小站之前不为人所知，现在变成俄罗斯的“首府”。电报通信来往不绝，竟一时跟全国和世界联结起来了。所有人的眼睛都望向那里。记者的鼻子最灵，首先闻声涌来。跟着，家属赶到了，亲属来了，朋友来了，警察来了，读者来了，农夫来了，学生也来了。一列列火车到站后，空车返回原地。小站挤得水泄不通，但局面平静，警方无须采取特别措施维持秩序，大家只想知道托尔斯泰的情况，引颈望向那座红房子，每一个人都愿意付出一切，来换取这位道德模范的康复。

小站上有一列火车，在一个特别车厢里住着一位老妇人，已经好几天了。她不时从车厢下来走向红房子，人显得疲惫，迟钝，举步维艰，后边有亲人远远看顾着她。这就是索菲娅，托尔斯泰的妻子。数天前得知丈夫离家出走，一度精神失衡，企图自杀。11月初，她与家人一起乘了一个专用车厢赶来，但被医生和女儿拒绝进入站长室。理由是，怕刺激老人家——既然他为逃避她而出走。次日她再次请求，依然被拒绝，只好绕着红房子转来转去，不时敲一下窗子，让女儿出来，询问丈夫的病况。当时的《新时代》报如是报道：“列夫·托尔斯泰的妻子给人的印象是病倒了。说话时全身战栗，激动，声音发抖。她哭了。使人打从心底里同情她。她贴着列夫·托尔斯泰在里面休息的房子走来走去，像一只颤抖的小鸟，希望进入它的窠，里面有着它的至爱。”直至病人进入弥留时刻，已经神志不清，才让憔悴成朽木的老妻进去。屈指细数，两人已经共同生活了四十八年！列夫在火车站上逝世后，流言蜚语的矛头都指向她，全世界人都知道，这位文学巨匠为逃避老让他恼火的妻子而出走，而且，死在了外边……

2010年托尔斯泰逝世一百周年，法国推出了一批新书，其中一部是索菲娅的回忆录《我的人生》。这部巨著在俄罗斯第一次出版，同时翻译到法国来。2012年，因着莫斯科大撤退二百周年，也推出了一批新著，这位文学泰斗再次活现起来了，相关话题很多，但有谁真正了解这位出身于古老的贵族家庭，精神世界又复杂又神秘的大作家？真正了解他的，不会是非俄罗斯人，因为他有一颗植入骨髓的俄罗斯灵魂。与他同时代的法国作家，面对他的《战争与和平》，福楼拜惊叹其“极厉害”“太哲学”“阅读时发出了赞叹的叫声”。布尔热称赞他的艺术手法“将眼下一种面貌，一种姿势，一片风景定格，再从中引出具有意义和独特个性的这种能力，无人能出其右”。屠格涅夫当时在法国，向法国作家大力推荐《战争与和平》，说：“一股史诗气息，穿过这部宽广无涯的作品。是一位大师的手，给我们展示了这个世纪初的公共生活和私人生活。”高尔基则想向所有人，向世界上每一个人高声呼叫：“看，我们地球上活着一个怎样出类拔萃的人哪！”

而他的妻子索菲娅，则比任何人都更了解这位巨匠和他的作品，《战争与和平》她抄写过多少回？面对他的成功，她比任何人都有更多话要说，但她一直默默无言。更糟糕的是，托氏生前死后，她被外界认为行为尖刻个性乖戾，老叫托尔斯泰光火，是他的“反缪斯”。而托氏也指她占有欲强，过于执着伯爵夫人的身份。尤其使她难以忍受的是，丈夫甫下葬，他的弟子切尔可夫就出了一部书《托尔斯泰走了》，这部书的唯一目的是向外界宣称，托尔斯泰的死是索菲娅的责任，说这个女人是她的丈夫的“恶神”。火车站上那一幕，已经使她尽丧为人妻子的面子，有哪一位妻子在丈夫弥留时刻被人拒于门外的？夫妻间的至悲，还有更甚于此的吗？何况还出现这样一本书，白纸黑字将她的所谓“恶”示诸后世。

丈夫逝世后，她孤独地生活。孤寂的日子使她有机会反省，深感有必要说些什么，至少要俯视自己，有话要跟自己说，尽管永远说不尽。她选择了不再沉默，她要写她的人生。写出来，是一件极为重要的事。《我的人生》厚达千页，1919年她逝世后，只有某些章节在俄国零散地刊登过。这部巨制是根据她和托尔斯泰的日记、笔记，与亲属、朋友的来往书信，以时间为线索整理出来的。所有原始材料还完整地保存着。这部资料丰富的作品一经面世，马上引人注目。她写得真诚、委婉，流露出丰富的内心世界。她对命运既有所意识，也企图明白自己作为一个女性的原本性情。她忠于事实，直至使你感到不忍。她痛心地说“我们分居地生活在一起”。但能够生活在他身边，她感到骄傲，“这是我的使命，我的命运，我的目的，换句话说，这是上帝的意旨”。

索菲娅有着怎样的一生？她的一生就是养下十三个孩子，另外数次流产，直到四十三岁还继续怀孕，导致坐骨神经痛。十三个孩子当中养活了八个，她经历过五个孩子夭折的伤痛，“我深深地爱着我的孩子们，直至痛苦”。她的一生就是为托尔斯泰无穷无尽地抄写。无穷尽，就像一个透了底的水桶，永远装不满，“《战争与和平》，我不知抄过多少回”；她的一生就是从早到晚为家务，为庄园事务忙个没完没了，总是挺着大肚皮，无论远近，及时赶到；就是要管教越来越多的孩子，要组织马夫、厨子、仆人等二十多个下人的工作、生活，平息他们之间的不满和争执；还要为丈夫缝制衣服，他永远不穿外边制作的衣裤。孩子越来越多越大，开支也越来越庞大，而这个贵族之家，虽然拥有宽广的领地，却并非你想象中那么富有，要靠版税来支撑，不时以马铃薯来待客。而丈夫呢，只关心她的肉体，对她的精神世界，她的疾病，对孩子们的抚养、教育、健康等置若罔闻。索菲娅作为一个御医的女儿，从小在克里姆林宫长大，生活在围绕着皇室的上流社会中，结婚后突然去到乡间，进入到一个小王国般的417公顷的领地，先就感到迷失。她很快发现，这种乡村生活不是她想要的。生活不尽人意，但不尽人意的恰好是生活，她知道。她直面现实，一丝不苟地尽着妻子和母亲的职责。她知道哪一个孩子化学得了5分，哪一个太醉心于社交生活，哪一个容易得过敏病。但做父亲的对孩子缺乏感情，有一回写信给她说："塞里奥亚一见到我就显得很严肃，他的出现使我平静，但没有给我带来快乐。"

结婚的时候，一个是三十四岁的成熟男人，参加过高加索和克里米亚战争，战后被奉为英雄，彼得堡文学界特别为他鼓掌欢呼，因为他一手持枪，一手拿笔写战时报道，后来结集成《战争随笔》，成为他的第一部作品。索菲娅呢，时年十八，爱好文学艺术，对精神生活和艺术有强烈的渴望和追求。面对已经成名的丈夫，不无迷茫，这可是她最大的心病："列夫·尼古拉耶维奇一切都胜于我，年纪、知识、智慧、生活经验，还未算他的天赋在内。我希望尽量从知识上靠近他，把自己提高到他的高度，至少距离不太远，以便了解他，但我觉得不可能做得到。"他们的共同生活就从那辆马车开始，他从莫斯科接她回领地成亲，又强壮又粗鲁的他，迫不及待地在马车里跟她洞房，一而再，再而三，把她折腾了一夜。婚后孩子接二连三地来了，连呼一口气都显得紧迫。离过去的生活不太远，但已经像个陌生世界。婚前对未来的美丽憧憬，在家事的烦扰和折腾中砸了个粉碎，就像浪涛拍打在岩石上。有一回，她一边听来做客的亲属弹舒伯特，一边从窗子望向落日，竟流起了眼泪。琴声使她迷离恍惚，暂时离开尿布、喂奶、杂务。她多么害怕，连系到琴音上的最后一根弦也被切断。第二个孩子出生后，她已经不想再生育了，相信凭自己的热忱和勇气，可以在诗歌、音乐、绘画上玩点什么，至少可以过点悠闲的社交生活，走访朋友，到国外走走，见识一下土耳其的海岸，地中海的阳光……那时候，烛光点燃起来了，仆人来请她给娃娃喂奶，时间又到了，孩子送到手上，发现尿布又湿了，她从天边那个辉煌的落日世界，回到现实生活中来。

因着两人从小的生活环境不同，教育、际遇不一样，难以真正互相理解融洽，做丈夫的也直觉地看出点什么，在日记中写道：“她年纪轻，很多东西不明白，不喜欢在我家生活……为了我，她把自己身上的东西扼杀了……”但两人还是真心相爱，尤其结婚初期。当丈夫离家的时候，她的心每分钟都系在他身上，关心他的身体、精神，到他的房间去收拾，折叠好他的纸张。而他也给她写信：“比起出发前，我向你更靠近了些。我感到厌烦，空虚，没有你和工作，我感到不自在，两者对我的生活都是必不可少的。”各人都成了对方的一部分，索菲娅承认，没有了对方，生活就没有意义。当他外出的时候，她盼望他尽早回来，他的突然出现，使她感到生活被长久地照亮。

当初列夫还是一板一眼地管理庄园，饲养各种家畜：猪、牛、绵羊；剪下羊毛送到莫斯科；种菊苣制成咖啡出售，事事亲力亲为。后来将家务园务逐渐转移到索菲娅肩上，他就有时间去实现他的文学野心：“写一部我们这个世纪的，有着欧洲本真的真正历史故事。”1862 年他俩结婚时，正好是拿破仑从莫斯科大撤退五十周年，民族意识的觉醒使他改变了初衷，不再以反对沙皇的十二月党人为着眼点，改为以这件历史大事为题材。为深入事件的本质，主角的心路历程得到前后的呼应和发展，他决定将时间再推前一点，从拿破仑在奥斯特里茨对俄奥联军大获全胜开始，然后，是历史的回旋，科西嘉佬从莫斯科大撤退。你可以看到苍鹰如何振翼抵达穹顶，然后双翅又如何被狂风折断，遽然坠地。

作品所覆盖的时间是从 1805 年至 1812 年。第一部的标题是《1805 年》，发表于 1866 年的杂志上。之后，他决定不再把后来的篇章发在期刊上，等完成后作为一部完整的著作出版。索菲娅全心投入到这部巨著的抄写工程中。不管情绪如何，身体状况如何，是否疲倦，每天晚上去取他日间写下的草稿，抄写得清楚利落才送回去。有些句子他只写开头一两个字母，索菲娅就知道整个句子的意思，给他完整地补写到原稿纸上。次日早晨他再次增删修改，往往又增加了数页纸，午饭后她再取过来，重新誊抄一次。先后抄过多少回，已无法计算。哪些地方修改最多，哪些地方几乎没有修改，她最清楚。每天晚上杂务完毕，着手誊抄时，成为她最美好的时刻。故事情节的发展，预想不到的迂回曲折，活生生的思想，使她体验到一种美，一种说不出的欢乐。有时她也会就用词、句子、段落、场面等提出意见，他情绪好的时候，会乐意接受，不好时就发脾气。书稿完成后送到出版社，她还心心念念记挂着，像害怕自己的孩子被虐待。高尔基在这部大书中，发现某些描述只有女性才清楚。即使不是出于索菲娅的手，至少是托尔斯泰从她那里知道的。

因着书名与出版商达不到共识，最后决定自费出版。这部作品有他本人生活的侧影，也有他的祖先的历史事迹，连姓名也只作小小改动。1868 年和 1869 年先后两次出版，引起历史学家以及还存活的见证人的批评，认为那场爱国战争中的英雄人物，没有得到真正的反映。但作品很快获得评论界和读者的广泛肯定，陀思妥耶夫斯基第一眼看出，这部著作反映了俄罗斯人的使命感，事实上作者有一颗被困扰的，植入骨髓的俄罗斯灵魂。1879 年法文译本出版后，多种文字的译本纷纷面世，世界声誉来了。

托尔斯泰的领地波良纳位于古老俄罗斯的中心，在莫斯科以北 200 公里。十九世纪末，俄国的作家、画家、作曲家、学者都云集在那个区域，成为俄罗斯的文化中心。他在家里接待过契诃夫、高尔基、屠格涅夫等，与画家列宾经常来往，列宾为他画下不少肖像画。索菲娅一再将房子扩建，既为不断增加的家庭成员，也为接待朋友。

托尔斯泰名声噪起之后，慕名而来的人越来越多。像所有大艺术家那样，他以阔大的胸襟来容纳他们。来者各怀目的，或请他推荐自己的文章，或作为拥趸而来，有的干脆自荐为他的入室弟子。1884年的一天，一位大名切尔可夫，身材高大而英俊的汉子登门拜访。他原是宫廷卫队的军官，据他自己说，由于对托尔斯泰的作品非常醉心，以至辞掉职务，一心来投靠，以便在他所仰慕的人的思想底下生活。他善解人意，颇得性格又复杂又矛盾的列夫喜欢。从此手稿归他抄写，他也从报章上为列夫收集有关文章。这个文书位置最初属于索菲娅，后来部分工作由长大了的孩子接替，但现在鸠占鹊巢。这个弟子还别出心裁，在英国起了一间石头建筑，将托尔斯泰的手稿、信件、日记等都存放在里面。作为妻子的索菲娅，是如此希望保管这些理应由她保管的文件。

他一住数年，乐不思蜀。当人家问他什么时候回家，他回答说，不急嘛，有的是时间。事实上他处境不佳，妻子患病，独生女儿又死了。有一回索菲娅为丈夫整理文件，发现他写给托尔斯泰的信，说“我的妻子对我很理解，而你的妻子对你就不一样”。索菲娅眼见此人对她丈夫的态度已属异常，现在更加怒火中烧。又从她丈夫的私人日记中发现，这个人对列夫的身体有着特殊的狂热，两人的异常关系已经持续多年。这个所谓弟子善于讨好，功夫到家，因此成为对托尔斯泰最有影响力的人。索菲娅非常愤怒：“这个头脑迟钝的人，狡猾、虚伪，以拍马逢迎的手段将自己紧系在列夫身上，企图破坏我们快将二十五年的关系。”这个人的确可以影响列夫，直至修改遗嘱，严重地影响了他们的夫妻关系。关系分裂的结果是，索菲娅越来越退向自己，退向孩子们。何况做丈夫的早已“将所有重荷都放到我的肩头上，孩子、房子、钱财、教育、出版以及所有物质生活……”他们俩的儿孙达二十八人，索菲娅为他们奔波劳碌，像一只老母鸡那样守着他们的窝。而托尔斯泰则越来越为荣誉，为名声而活。家庭、妻子、孩子、财富，都不重要，重要的是得到高度评价，用现代人的说法就是，在民意测验上取得高分数。他要将全世界人的痛苦放在心上，只对穷苦民众和被压迫者表示同情。所有不幸的人都知道，托尔斯泰在为他们而活。他指责一切，否定现存秩序，在《复活》的监狱情节中，甚至亵渎宗教，指责和否定一直伸延到所有富人，以及不太痛苦的人的身上，一直伸延到索菲娅身上。当他板起一副冰冷的面孔，来为农夫向索菲娅要一匹马，要钱，要一袋面粉的时候，做妻子的一旦拿不出来，无形中就成为他的胜利战场上的牺牲品，就像拿破仑在奥斯特里茨战场上所留下的骸骨。

他自我约制，律己甚严，改变多年来的习惯，停止狩猎、抽烟，实行素食，穿农夫式的罩衫，取消仆人服侍，自己制作长筒靴，但制一双鞋不知比购买价要昂贵多少倍。首先要到莫斯科向鞋匠学习，还得加上许多成本，鞋匠没法明白他为什么要付出如此昂贵的代价，来为自己制一双鞋。已经进入高龄了，还参与领地上的收割和伐木。他变得阴沉，郁郁寡欢，有些行为举止不知该如何评说。比如，他可以持续几天为庄园里一位寡妇收割草料，带着两个女儿一起去翻草，晒草，搬运，以致连索菲娅也不得不去参与一下。但另一方面，索菲娅临盆在即，为家庭开支两人发生争吵，做丈夫的竟不顾妻子的哀求，背起帆布挎包说走就走："……永远不回来了，我不想在这个家待下去。"直至次日凌晨四时，才发现他静悄悄地回了家，躲到别的房间去。她已经被折磨了一天一夜。去为农夫的孩子们讲故事，谁能非议？但索菲娅有点伤心："我遗憾的是你爱自己的孩子爱得不够，如果他们是农夫的孩子，当然会不一样。"

1928 年纪念托尔斯泰诞生一百周年，高尔基写过一篇文章，《关于索菲娅·安德烈芙娜 ·托尔斯泰》，他开门见山，矛头直指托尔斯泰的所谓弟子切尔可夫：

读了切尔可夫的诽谤文章《托尔斯泰走了》，我想，毫无疑问，某人向新闻界所作的表示，唯一而直接的目的是给已故的索菲娅·安德烈芙娜 ·托尔斯泰脸上抹黑。

又说：

如果我们不偏不倚地来看一些大师的生活，我们不但可以看到，正如一般人所想的，是他们将弟子们惯坏了，而事实上，弟子也可以使大师变坏。有的从他的愚蠢入手，有的从他的不恰当行为着眼，有的夸张他的理论。而托尔斯泰面对人家对他的生活和教诲的评价，不会完全无动于衷。

高尔基又认为，既然大师也可以被惯坏，这就给各怀目的的谄谀者以机会，都想在伟人的生活上，记忆上，留下自己的痕迹。像苍蝇那样扑到他身上，扑过以后，还要拉屎。当托尔斯泰心窍被迷的时候，索菲娅就要十分努力，加倍警惕，使丈夫避免恶意而卑劣的伤害，有些事情还不能让他知道。高尔基发现她对人冷淡，连对他也不例外。但他明察秋毫，理解她，同情她，她逝世后，还写文章为她辩护。

都说托尔斯泰品赋太高，太天才，而天才的痛苦，往往是不满自己的人生。人生的意义？无论科学和哲学都没有给他答案。他的精神世界太复杂，太矛盾了，表面平静底下，是精神和肉体的极度躁动，像被什么东西造就过，或蹂烂过。被战争？被历史？被俄罗斯的暴风雪？他以他的精神的宽广度，俯瞰了一个大时代，梳理了那个时代，然后，一头栽入哲学和宗教的思考中。有一天他在教堂里听到一句话："将敌人变成一张矮凳让我们踏脚"，从此就远离东正教，因为他的思想倾向于基督教的忍让。他对教会进行抨击，与主教的直接对话也没法消除分歧，矛盾越来越尖锐，以致被逐出教会，使索菲娅非常伤心，加深了他们之间的分歧。至于政权呢，只是统治阶级的工具，政治行动使仁慈的倾向受损害；艺术呢，又经常以娱乐特权者为目的。跟甘地一样，他主张非暴力，晚年两人互通音信，成了莫逆之交。又跟自己过不去，陷入了无穷尽的内省，为自己拥有财富，为贵族生活，为到手的名誉地位感到内疚，找不到人生的意义，精神陷入了虚无，不断想到自杀。这样的人很需要一个守护神般的女人，他得到了。索菲娅比他年轻十六岁，有着俄罗斯女人最优秀的品质，聪明，能干，组织能力特强，精力充沛。据高尔基的观察，托尔斯泰周围没有任何人比得上她。有一年，列夫在克里米亚病倒，一连数月，在死亡边缘徘徊，当局派人到雅尔塔，准备等他一撒手，就来取走他的手稿。密探已在他的住宅周围窥伺。索菲娅一边照料丈夫，一边安顿好孩子们，设法将手稿转移。还要对付不速之客，平息医生间为争夺治疗功劳的争吵，把每一件事都处理得及时，妥帖，周围的人无不惊叹于她的能干。而托尔斯泰呢，有的是他自己的标尺，曾经给一位夫人写信说："太聪明是可憎的。"妻子的能干反而招他怨恨了？

索菲娅深知丈夫极度烦躁，有着被矛盾撕碎了的精神世界，没完没了的内心冲突，有一颗被永远困扰着的灵魂。看他对人的态度，她不知道他的是非标准是怎样的，显然，跟当时的道德观不完全相吻合。不与现行制度合作，这点跟所有大艺术家如出一辙。但他跟自己也不合作，对自己的“恶”永远不原谅，对别人的也不原谅，总在火气上头。生活太荒谬了，任何欲望都是多余的。幸福嘛，不存在，极度的忧郁就是他的全部生活。然而，他的精神危机，对现实、伦理、道德、宗教的思考找不到出路的危机，反而被称为“托尔斯泰主义”，一种苦行主义。这是他的悲剧，也恰好是这种大命运的伟大之处。

一部书稿要修改七次。索菲娅向他念《战争与和平》，到某些段落，他痛苦得落泪如注。平日无论置身何时何地，永远不快乐。你休想从他的照片或肖像画中，找到哪怕一丝半缕的微笑。你怀疑他是否会笑。他在日记中写道：“一个诗人把生活中最美好的东西提取出来，放到他的作品中去，这就是为什么他的作品美，而人生并不美。”又说：“一个真正的诗人在痛苦中衰竭的同时，也烧毁了别人。”那么，第一个被烧毁的，还不就是近在身边的妻子？

外间对他们夫妇俩的谣言纷纭，都对索菲娅不利。而在阿斯达波沃火车站上那一幕，切尔可夫就蓄意将她陷害，把她变成托尔斯泰所抛弃的女人，一个“恶神”。那么，索菲娅就觉得有必要在灰烬中捡回一部分自己，这就是她后来决定写自传的动机。当她执笔的时候，内心的伤痛犹在，这些混杂在日常喜乐和大事小事中的伤痛，就成为她的叙述的经纬线。

根据她的儿子安德烈所说，火车站上那个悲剧，他跟警方官员交谈之后得知真相，当时的医生和亚历山特拉，是在切尔可夫的压力下，拒绝让索菲娅见她丈夫的。这位文学巨匠的人生最后一幕，像小说，像电影，像他自己的著作。试想雪夜中一个荣誉缠身的老头，乘着马车秘密出走，把一生追求的一切，一股脑儿扔下，去寻找另一处地方藏身，要过另一种生活。但这个糟老头呀毕竟太糟老头了，作为一代文学巨匠，却不妨碍他成为一个斤两十足的糟老头。

1910 年 10 月出走之前，他写信给将要跟随他出走的女儿亚历山特拉，说他十分恼火妻子“那些间谍行为，永远的责备，处置我的手段，永远的操纵，对我的最亲最有用的男人的仇恨”，这个男人指的当然是切尔可夫。因此，他必须“从她那里解放出来，她整个人，充满了谎言，虚伪和恶意”。他宁可舍弃共同生活了半个世纪，先后给他养了十三个孩子的妻子，而取他的所谓秘书切尔可夫。自从这个人来到波良纳，介入他们夫妇的生活，这个家庭表面的生活流势底下，就隐藏着一股暗流，在不少事情上起着重要的作用，一如历史上或现实社会中的大事小事，往往被一股暗藏的势力主宰那样。面对这场著名的家庭纠纷，明辨是非的大有人在，除却高尔基的明察，当时送到火车站的，来自各地无数的电报中，有一封如是说：“人生的意义是使全世界人幸福，但要包括自己的家庭在内，不要逃离家庭，带着爱心回家去吧！——西蒙诺维奇。”

他出走前也留下这么一张纸条：“好像我要逃避的不是列夫·尼古拉耶维奇，而是在我身上的某些东西，有时，哪怕是，只有小小的东西。”是什么东西？ 1877 年他曾经写道：“人只能为生的诱惑而生存，一旦那种昏昏醉意消失了，你只能看到这只是一场骗局，一场愚蠢的骗局。”他要逃避一场骗局？谁给他设下的骗局？他被骗了什么？索菲娅逝世前不久说：“我跟列夫·托尔斯泰共同生活了四十八年，但我不知道他是一个怎样的人。”作为他的妻子也不知道，还有谁能够知道吗？但她毕竟知道极其重要的一点：一个伟大的艺术家，只有当他在创造的时候才是伟大的，一旦离开了笔杆，就与常人无异。索菲娅也是常人，同样矛盾，火气，嫉妒，最终还是通情达理：“当我意识到我在服侍一个伟人的时候，我就有力量承受一切。”

十月革命后，领地上的农夫有感于主人当年的恩惠，决定不搞革命，拒绝把这个庞大的物业分割，分占，依然归索菲娅所有。但红色政权不准不搞阶级斗争，不准不革命，遂将波良纳国有化，剥夺了索菲娅的产权，只给她居住权。这已属特别优待，因为托尔斯泰享有国际声誉。须知那个非常时期，是对贵族和地主大屠杀的血腥时期。索菲娅就利用晚年的孤寂生活，担当着“恶神”和“剥削者”的罪名，忍辱负重，将屋子里所有的书籍和物品进行了大盘点，详细地做了厚厚的一大册记录，使绝大部分物件得以保存下来，故居得以保留当年的原样。现在你去到波良纳，会看到 28 个书柜里面，放着 28000 册各种语言、各种类别的藏书，看到墙壁上挂满托氏家庭成员的照片、肖像画、油画，大厅里放着两座钢琴，书房里陈列着手稿、修改过的清样、信件、圣像，书桌上摆设着烛台、墨水瓶、座钟等等。在托尔斯泰的睡房里，当年的生活用品、衣服、手杖、药物等还在原来的位置上，连他出走前熄灭的洋烛还保留着。所有这些，都是这位伟大的女人“承受一切”的成果。这位尊贵的夫人，使人明白了俄罗斯的伟大女性是怎样的，什么叫作“忍辱负重”。这不也就是索菲娅·托尔斯泰的魅力所在吗？

萨特的抗德逍遥游

1944 年 7 月中旬，法国的抗德战争已经接近尾声。那时候，巴黎以北 70 公里的一个小村庄纳伊－苏－克莱蒙来了一双男女，在康蒙德里街 34 号的一家杂货铺式的小旅舍落脚。二楼所有房间已经客满，只有阁楼空出一间只一个床位的房间，气窗向街，没有卫生设备，这对男女还是把房间租下，等待另一间房空出之前，轮流睡觉。这对男女就是萨特与波伏娃。他俩原来生活在沦陷区巴黎，因着与加缪的关系，跟地下刊物《战斗报》一位工作人员有过一面之交，这个人刚好被德国人逮捕了，他俩不想胜利在望的时候有任何闪失，匆匆忙忙躲到乡间去。

最初几天，萨特总不时从气窗往外探头探脑，看外间有什么可疑动静。他向旅舍主人德特雷夫妇宣称，他是个抵抗运动分子，德国人要抓他去枪毙！店主夫妇马上对他另眼相看，肃然起敬。其实从阁楼看不到什么地方，这个瓦瑟区没有德国兵，否则他们不会到这里来。这种神秘兮兮是想做给别人看，别人看不到，至少可以做给自己看。那时候盟军已经在诺曼底登陆，德军开始撤退，行军时不敢切近乡村，只从远远的边缘地带走过。他俩在那里逗留了四个星期，在旅舍的公共地方写作，空闲时间双双到田野去散步，或者玩台球。到 8 月 11 日，从广播电台得悉盟军已经到了沙特尔城的边缘，那么，通向巴黎的大路不会有什么危险了。既然他们自诩为抵抗分子，在战后论功行赏的时辰，又怎能不尽早露面？但匆匆赶回巴黎后，却不知道该跟谁联络，去找哪些抗战成员，事实上他们根本不认识那些人。最后想起加缪，他仍然负责《战斗报》的编务，何不就登门拜访？加缪见他找上门，就请他写写巴黎沦陷期间的所见所闻，专题就叫《起义巴黎的街头漫步者》。

但加缪找错了人。须知萨特极少漫步街头，时间都用在了写作上。嘴角叼一根烟，坐在咖啡座上，一写就那么几个小时，周围闹腾腾的生活与他无关。他可以在任何条件下给自己制造写作环境，这是他的本事。德军占领期间更少在街头上走动，偶或与波伏娃散步，只选择没有危险性的小街小巷，永远不涉足可能发生事故的大街。到战争末期，巴黎人起义期间更不用说。但他第一篇文章开宗明义写道："我只叙述我的所见。"又说，"我们知道指令：击倒一个德国人，夺走他的来福枪，以来福枪来夺取一支长枪，以长枪来夺取一辆汽车，以汽车来夺取一支自动机关枪或一辆坦克。在表示怀疑的抵抗运动的人当中，不止一人在耻笑，然而这个计划是在我眼前一点一滴实现的。我的一个朋友，用一支从古董商那里得来的马枪来参加战斗。"

文章一出，舆论哗然，不用太聪明，读者一眼就可以看出这是萨特在书房里虚构的故事，而非报道一个活生生的起义的巴黎。筑街垒于巴黎人就像海狸筑堤，是长久以来的传统，妇女和孩子都可以介入，抗战时期也不例外。虽然没有发生街垒之战，但街垒可以阻挡军车。那时候巴黎有 450 个街垒，但萨特的文章只字不提，根本不知道有这码事。他的所谓"我的所见"只是想象加道听途说，是从他所居住的酒店的窗子往外看到的一些动静。干巴巴的文字没有巴黎的形象、声音、动作，遑论反映巴黎人的思想与灵魂。

至于他那位英雄朋友，大家特别关心，究竟姓甚名谁？从哪一位古董商那里得到马枪？这支古董马枪使用什么子弹？如果是事实，都有迹可循，巴黎这类古董铺能够有多少间？马枪的神奇故事，就笑话般流传在巴黎的大街小巷，以及外省恢复了自由的城市。

在乱哄哄的战后时代，自封为抗战运动成员的人不少。萨特既然在《战斗报》上写起文章，尽管是战后的事，但白纸黑字，看起来比谁都更加像个抵抗分子。他和波伏娃不遗余力，无论在任何场合，任何人面前，都不忘记自吹自擂，自我吹捧为抗德战士，还说这段日子如何在和平时期为他们提供写作灵感。

但萨特和波伏娃曾否参加过抗战运动？做了些什么工作？有谁可以做证？历史学家约瑟夫花了数年时间，去追踪他们的战时轨迹。虽然困难重重，但由于时间相去不太远，有些证人还活着，官方或私人所存的文字资料甚丰，经过仔细研究之后，他发现了另一个事实：萨特和波伏娃的所谓抗战角色，是他们处心积虑、有计划地制造出来的，实际上只是一种蓄意欺骗，且一骗到底。由于考虑到要绝对忠于事实，约瑟夫所根据的证物、文件等，都不是唯一的，而是在众多的资料中经过仔细核对后，才写下了一部《如此温馨的沦陷期》，副题是《西蒙娜·德·波伏娃和萨特的 1940—1944》。

1940 年 6 月 20 日，德军入侵法国。主战派没有一个具实力、有威望的人出来支撑局面，而贝当元帅却在电台上向德方呼吁结束敌对状态。法国那些将领们，带着几百士兵，不知道该怎么办。既然大家并非是你死我活的敌人，只是敌对状态，贝当还号召结束，何必作无谓牺牲？萨特应召入伍后，编到弗朗索将军的部队里，只有二百人，装备不齐全，衣冠不整，武器落后，有的枪支是 1874 年制造的，十足漫画式的队伍。上头意向不明，到处是德国人，这队人马干脆躲到帕杜的森林里行军。不知怎的，萨特和另外两个队友老掉队。后来萨特干脆走不动了，一瘸一拐的，一旦听见枪声或爆炸声，就跳起来加快脚步。三个塞满手稿的布挎包就在他腰间晃来晃去。他总有本事找到躲藏的地方，总是离前线最远。看见人家流鼻血就要作呕，对谁也不肯帮一把，对谁也一毛不拔（而在他的作品中，却提倡所有人对所有人负责，要互相帮助）。后来他干脆把枪扔掉，逃进一间女子学校的地窖，里面已经塞满了人。6 月 21 日，德军进入帕杜，这支部队成了德军俘虏。藏在地窖里的萨特，跟其他人一起举起双手从地窖出来。那天刚好是他的三十五岁生日。

1936 至 1939 年间，萨特先后发表了《恶心》《墙》等作品，薄有名声只是近两年以来的事。德军知道他们抓住了一个存在主义哲学家。他也懂得以学识来标志自己的优越性，作为俘虏，待遇就比别人好，总是一路顺风。他把这一切记录下来，说不定传奇就从这里开始呢！反抗情绪是没有的，反驳或指责更加没有。于他而言，他的三个布挎包要比法国的命运还重要。里面就装着他的《理性年代》和《自由之路》的第一部分，还有笔记簿，每天给这场仗记下些什么。在赫索兵营的时候，他将自己孤立起来，找到自己的空间，每天疯狂地写作。从他给波伏娃的信中得知，他没有放弃自己的命运，还企图做出让步，以便使他的作品能够出版。1940 年 10 月转到特雷维战俘营，更加被作为特殊人物优待，吃得饱，活得自在，还在 55 号的特别木棚里组织了“艺术家之屋”，负责集中营的文娱活动，可以得到纸和墨水的供应，以及微薄的薪金。他深知自己的分量，总设法显摆自己，表示出智力高人一等，不跟任何人表示亲切，要人家称他为“先生”。他可以跟波伏娃书信来往，她通过特别渠道付钱为他治病。他也找到食物供应的特殊途径。“啥事也没有，啥事也没有，啥事也没有，世界不就绕着两片屁股转吗？这就是一切。”他说。

有一天，一个集中营的副官阿尔斯特来找他，他刚好不在场，副官向周围的人打探：“他可就是1933年到过柏林的那个萨特？”事实的确如此，那时候他是柏林的法兰西学院的寄宿生，专门研究海德格尔，就在那时候参加了“国家社会党”。有了这番经历，德国人对他越发另眼相看，不但准许他在集中营写作，还请他编写一个剧目，准备在圣诞节演出。至于具体内容，德国人要过问，要检查。每次为剧本的增删去见长官的时候，他就一反平日作风，将自己修整得整齐清洁。

作为被特别优待的人，他拥有一间条件尚可的独立睡房，不用参加苦役。一来二去，他变得越来越机巧伶俐了，“抵抗”这个字眼从来不从他嘴里出来。在集中营过了七个月，当一位跟他熟稔的囚犯设法逃跑时，他被安排去接受医生检查，然后去见集中营的头目。原来德方有意释放他，说让他回国“就医”。而所有人都明白，这是他写作的报酬，一种交换。返回巴黎与波伏娃相聚后，大家取得一致口供：绝非德国人释放，而是越狱逃跑的，抗战英雄的招牌不就打起来了！

他跟日思夜想的波伏娃团聚后，过的却不是二人世界的日子。波伏娃一出道就依赖他的名声，以便打开出版书籍的渠道，现在谁也离不开谁了。但他俩的情人关系，根据警察局的档案资料，大概持续了五六年，波伏娃自认是两三年，然后各人“自由活动”。自由的结果是：各人向自己的学生打主意，成了不折不扣的“道德败坏者”。波伏娃是在沦陷期的巴黎开始第一份中学教职的。她是个双性恋者，将女学生带上床，如果萨特感兴趣，绝对给他方便。各人占有的人，都属对方所有，这就是他们的所谓“家庭”，还有“家庭”以外的成员。“家庭”中可以数得出的名字就有：萨特的学生波斯特，波伏娃的学生、俄国女子奥列佳，她的妹妹万达，犹太女孩比安卡，出生于土耳其的俄裔女孩索罗基娜。萨特要年轻的女孩，波伏娃要年轻的男孩，或女孩。各人租下最平价的酒店，重要的是安排好活动时间，不要同时碰上。尽管在战争时期，他们毫无愧心，真凤真鸾，假凤虚鸾，总之是胡天胡地，昏天黑地，风流得全无愧色。不是“歌峙玉堂春，舞回金莲步”，却教人感到《恶心》！那个牛高马大的俄国女孩索罗基娜，可以给小个子萨特吃拳头或耳刮子，跟波伏娃也一样。胡天胡地中离不开争吵，打闹。他们做自己的丑事，比关心国家命运更热心。外间风声越紧，他们越是退向自己的共同世界。

索罗基娜是索尔邦大学哲学系的学生，已经跟男朋友杜巴斯同居，后来跟波伏娃好上了。杜巴斯向女孩子的母亲投诉，请她干预女儿的事，但一再劝阻无效，做母亲的决定对波伏娃起诉，理由是“挑唆幼女堕落”。是年索罗基娜二十岁。波伏娃在她的《战争日记》中写道：“一旦提起我，她的母亲就在她跟前歇斯底里地吵闹，将她半夜赶出门，禁止她再来看我。”与此同时，另一位犹太女孩的母亲，也恼恨波伏娃跟她女儿的畸恋。1941 年 11 月 27 日，巴黎大学区主管，向波伏娃任职的中学女校长埃弗拉尔提交了一封信：“我收到一封向法国国家检察官投诉哲学教师波伏娃小姐的信，指她唆使幼女淫乱堕落，我请你尽可能慎重地调查……”但经过多方面调查皆不得要领，都说她的课讲得不错，上完课就走，不参与学生的生活。但终于也有证人说，她经常在蒙巴纳斯的咖啡座，与一群少男或少女一起喝咖啡。波伏娃对自己的私生活守口如瓶，却无意间泄露出她与索罗基娜的关系。她说这个女孩子由于父母亲离异，父亲拒绝负责她的生活费用，母亲另有情人，她趁机给她提供日常生活所需。巴黎的检察官跟巴黎大学区同时着手调查这件事，录下了波伏娃的详细口供，她说索罗基娜也像其他同龄的女孩子那样挑逗她，但“我从来没有回应她的要求，相反，我将她引导上正常的性关系上”……后来萨特也被检察官调查，同样留下了详细口供，可以随时接受查询。坊间流传萨特和波伏娃的丑闻，绝非空穴来风，而是有事实可查，有官方文件提供证据。

标志他们抗战时期悠闲的巴黎生活的，还有没完没了的“花神”咖啡座上的露面。自从 1938 年萨特发表了《恶心》，刚踩进伽利玛的门槛，就拼命往大作家的队伍里钻。而“花神”咖啡座是知识界精英喜欢聚会的地方。作家、艺术家、电影制片人、演员的经常性聚会，大家成了熟人，形成一种特殊气氛，见面时大家点头，握手，谈文学、艺术、生活，互相间就有了认同，产生优越感和满足感。如果座上认得你的人越多，你就越有名气。萨特和波伏娃去到这种地方，马上觉得自在舒畅。跑到偏远的乡间去写作，将自己关起来？简直是个大傻瓜，有谁能够第一眼就认出你？这里就不一样。他们放弃了以前经常光顾的咖啡座，改为在这里轮番约会他们的“家庭”成员。1941 至 1942 年间，巴黎大举逮捕抗战者和犹太人，这种地方消息最灵通，萨特他俩不会不知道，但他们却漠不关心。当他们不在学校执教时，在咖啡座上写作的时间是，早上 9 时至 13 时，再从 16 时至 20 时。“花神”成为他们半个住家。

“人总是有时自由，有时被奴役的嘛！”萨特说。波伏娃则公开宣称：“没有任何东西使你想到德国人会失败。希特勒还没有遭受过任何挫折，伦敦被炸得一塌糊涂，纳粹军队可能很快登陆英国，美国袖手旁观，苏联消极观望。”她所总结出的形势又怎会使他们积极抗战？听《新法兰西评论》的主编老谈抵抗运动，萨特忽然觉得，抗德战士的招牌既然打出，就有必要意思一下，何不搞一个所谓抗战组织？他先给这个组织起了一个名字：社会主义与自由。至于成员，现成不过，他们的“家庭”不也有五个人吗？萨特是当然的领导，但这个领导没有什么工作好做，也没有什么指令好发。据波伏娃的说法，他们的任务是收集情报，然后再发出去。但收集情报要钻进敌人内部，至少要靠近其周围，但他们有胆量走近敌人一步吗？平日只是“一家子”讨论，“一家子”决定，有什么情报可发？发给谁？萨特后来还说，他曾经起草过一部宪法，准备将来把国家制度改革一下。草稿写了好几份，“我将它发给我周围的人，但可能是我丢失了，或者是我发给的人丢失了”。这些草稿全部下落不明，更奇怪的是，也没有在任何人的记忆中留下印象。

但“社会主义与自由”这个队伍是要壮大的，希望在学校里发展成员。可恶的是，接触了几个人，都表示审慎，不肯在他旗下去“抗战”。而放大假的时间又到了。抗战不忘度假，他们决定骑自行车由北到南，直落地中海。重要的是选择非德军占领区，这样既安全，食物供应也不短缺。绕来绕去的千把公里的“长征”中，难免要过草地，看雪山。没有大渡桥横，不用攀什么铁索，但蹚蹚溪涧或小河是在所难免的。度假又不忘抗战，沿途不也可以招兵买马吗？最初找到的两个人，一个是康，是个真正的抗德战士，另一个是马赛人梅耶，社会主义者，但可恶的是，两个人都对他没有信心。不如到蓝色海岸去，找找纪德和马尔罗，他们是《新法兰西评论》的两大支柱。当时薄有名气的他，多么渴望能够跟他们平起平坐。一旦将他们罗致到旗下，何止平起平坐？他们干脆就变成他手下的人！跟纪德谈了什么，双方都没有留下文字。但纪德后来对一位玛丽亚夫人说：“萨特挺逗趣的呢，是一个有主意的旅行推销员，十分具颠覆性，且十分危险。”次日上门去找马尔罗，后者说，眼下任何行动都不会奏效，“就靠苏联的坦克和美国的飞机来赢得这场仗”。回程的时候经过格勒诺布尔，上门找一位女共产党员柯列特，也没有下文。逍遥千里长征返回巴黎后，萨特心里真不是味道。垃圾，垃圾，所有人都是垃圾！都不肯让他领导，一起去搞社会主义，去自由！这个抗战分子他也不想做了！就将“社会主义与自由”解散了算了！可叹的是，连解散的问题都不存在，因为这个组织根本是子虚乌有，只存在于他俩的想象中和闲谈中。其实，抗敌不一定要什么组织，只要方便一下参与抗战运动的人，助一把受迫害者，就是参与了运动。但他们没有这种勇气，也没有这份心思，暗中助人一把，有谁知道？他们是别样心思别样情，重要的是利用这场仗来壮大自己的声势，实现自己的宏图大计。

尽管他们一再标榜自己的抗战身份，但萨特从集中营回来后几天，就跟《喜剧》的主编德朗热扯上关系，准备在上头发表作品。这是投降派和德国纳粹合办的戏剧周刊。而他的《恶心》，也在沦陷期重版了。巴黎一恢复自由，他的收获季节就到了。德军走后才四天，萨特已经有本事使法国的自由电台接受他的广播剧《墙》。逃到巴黎北郊的小旅舍之前，已经在一位演员的帮助下做好了录音。又抓紧时机钻营，得以在《自由法国》杂志上发表了《沦陷期的巴黎》。这本杂志是由他的死对头——与他针锋相对的哲学家阿隆主持的，战时在伦敦出版，是当时法国最重要的抗战刊物。反手间，又把他的《自由之路》第一、二卷交给了伽利玛。其实在战争末期，他的《理性年代》第一卷，《缓期》第二卷，《存在与虚无》和《苍蝇》都已经出版了。巴黎重获自由才三个星期，他的《关起门来》就重新上演。可见萨特前面打的是抗战招牌，后面是私家园地的经营，是个人收获的果实累累，日后安身立命的本钱已经捞了个盆满钵满。果然，战前在文化界中小有名气，战后摇身一变，已成为法国大名鼎鼎的作家，这与他的刻意而机巧的运作分不开。假冒的抗战分子不但蒙混过了关，还像一个货真价实的英雄那样引人注目。

于是，什么“国家戏剧委员会委员”“全国作家联合会委员”“出版咨询委员会委员”等一大堆头衔，都一股脑儿掉到他头上，他还负责了一些司法附属机关的清理职业队伍的工作。他就这样堂之皇之，一下子登上了社会生活和文化界的舞台，还坐上了左派文人圈子的第一把交椅。他巧取豪夺得来的胜利大饼之大，使他战时所投靠的人，现在都反过来要他这个“抵抗战士”来为他们说情，为他们澄清或开脱罪名。波伏娃的小说《他人之血》也出来了。在这部著作中，她同样非常精明地肯定了他们的抵抗分子地位。萨特更以机巧的宣传手腕，不放过任何机会以“斗士”自居。直至1962年，为了加入一个学会而填写自传表格时，在“战争”这个栏目上写道：“积极参与抵抗运动，以及巴黎的街垒之战。”天哪，他是否知道，巴黎的确筑了不少街垒，但根本没有发生过街垒之战?

作为法国著名的左派知识人，萨特的一大本事是能说会道，善于宣传，将平凡的事物理论化，神秘化。作风上的粗鄙、挑衅，丑陋的外形，这一切所流露出的戏剧性和邪气，都引人注目，都使人觉得逗趣，加上以捏造和想象竖立起的斗士形象，果然欺骗了不少人，尤其年轻人，就有人说出这样的话：“宁跟萨特错，不跟阿隆对。”

《如此温馨的沦陷期》的作者约瑟夫，本身是一位小说家，也是历史学家。经过多年对萨特经历的追踪，多方面的资料研究，还恐怕有所闪失，专程去拜访专门研究抵抗运动的历史学家诺格尔，他的有关抵抗运动的著作，是无可争议的、最具权威性的历史资料。他问诺格尔：

> “为什么不将萨特的名字写进你的作品里？”
>
> “因为萨特从来不是一个抗战分子。”
>
> “好好找一下，可能会找到哪怕小小的事实，他参与

过的哪怕一丁点的小事。”

“没有！”

约瑟夫坚持说：

“还是找找看吧！”

两个星期后，诺格尔写信给他说：

“我维持原来的说法，我用了二十年时间来研究和编写法国的抵抗运动历史，我从来不曾碰上过萨特与波伏娃。”

诺格尔是对的。如果说胜利初期局面混乱，萨特浑水摸鱼，白白得了不少头衔，然则，经过一段时间的调查及梳理后，当国家给所有参加过抗战的人颁发勋章时，萨特没有入选。他也不敢提出任何异议。

萨特从集中营回来得不光彩，如果他从此闭门写作，去写他的什么《苍蝇》，什么《虚无》，谁也不能指责他。但是在那个非常时期，做尽有愧于时代的事后，还欺天地，欺人神，贪天下之功为己功，为自己戴上抗战英雄的桂冠，大吹大擂，将名声吹大来谋私，来登上政治和社会的舞台，数十年行骗和假公济私，还能不使人恶心！但历史有它自己的规律：骗得了现在，骗不了未来；骗得了一代人，骗不了两代；骗得了一个人，骗不了众人；或者，骗得了众人，骗不了一个人。历史事实最后总会各归各位，恢复真相。

“啥事也没有，啥事也没有，啥事也没有，世界不就绕着两片屁股转吗？”不错，距离不太远的历史事实，直接间接的证据不难找，任你怎样蒙混、欺骗，不就像贴在后面的两片屁股，既近便，也一目了然，是非、伪真、黑白能够弄错到哪里去？

请莫不带着欲望走进来

——梁宗岱的欧洲岁月

因着家住铁塔下，得以经常在铁塔公园散步。这一带地方远不止是这个公园，还群集了好几个博物馆：军事博物馆、夏约宫的人类博物馆、纪美美术馆、现代艺术馆……塑像、喷泉、古木、草坪就错落其中。这片塞纳河谷给你提供了脚丫的走动，也提供了精神的漫步。但于你还不止这些，有些东西与你有点关系。从家门出来向左拐，一两分钟路程就可以看到夏约宫，正面两边墙头最高位置上，有几行金字：

> 在这里，巧妙地聚集了一些罕见或美丽的东西，它们教会眼睛以全新的目光来看待世界所有的事物；
>
> 在这个奉献给奇迹的墙壁里面，我收藏和保管出自艺术家的巧手的作品，他的手和思想可以互相媲美和争一日之长短，但两者不可缺一地存在。

然后，你转到夏约宫的背面，看到另外几行金字：

> 所有人都在创造，像呼吸般不自觉。但艺术家感觉到

自己在创造，他全身投入到行动中，他所热爱的艰辛劳动使他变得强大。

就取决于走过的人，我是墓坟或宝藏，我在说话或沉默，这个就全凭你而定，朋友，请莫不带着欲望走进来。

这几句平常话，道出了常人说不出的常理。它以博物馆的口吻写成，“我收藏和保管出自艺术家的巧手的作品”。嵌在墙头上的浮雕般的金字，像花边领圈，绕在建筑物的脖子上，散发出一种文化气息，把整一片地方收拢在温厚的艺术氛围里。是哪一位作家有此殊荣？但，又有哪一位作家拥有这种语言风格？除非是象征主义诗人保尔·瓦雷里。这个名字于你特别惯熟，因为他是梁宗岱老师游学法国时代的老师。老师的老师。

然后，你沿着人权广场右边的梯阶往右拐，很快就会看到保尔·瓦雷里的青铜头像，立在一块草坪当中。每一回走过，你总是特别在意地跟它打个照面，又不缺少意识流，一股半透明的情绪就悄然来到。就是这位被誉为法国二十世纪最伟大的诗人，曾经为宗岱师的《陶潜诗选》的法译作序，序言中如此这般地称赞过他。

老师的老师，距离不太远；跟那个时代的距离也不太远。但在过去相当长的时间里，你对他们的师生关系，对宗岱师的欧洲生活的了解，只限于从诗到诗，从中译法到法译中，从《途遇》到《晚祷》，即便是回忆罗曼·罗兰，他登门拜访那天，“按铃时，罗曼·罗兰亲自出来开门”，已经是难得的细节。瓦雷里呢，为人“极温雅纯朴”，他“追随左右，瞻其丰彩，聆其清音”，你只能反复琢磨那几句话。而你眼前的青铜头像，会知道得很多。唯是，你向它发问，它不作答，一个沉默的斯芬克斯。但要串成一个完整的梁宗岱故事，又怎能欠缺这段欧洲生活？我们虽然长期生活在法国，而那段相距不太远的日子，于我们又聋又盲，你呼它不应，它看你不到，像陷落了的断层，厚重的泥土不会给你发来任何信号。你谈梁宗岱，就说不出新鲜话来。所以，当我们编过《梁宗岱文集》，又出了单行本之后，就将手头上收集到的资料送回到广东外语外贸大学的“梁宗岱藏书室”。拍拍手掌，这个课题到此为止。

但，当你相信再没有可以作为的时候，一道大门突然打开，一股带着烟尘的空气掠过，一个熟悉的身影回来了。他就在那里。在欧洲。一个九十年前的青年梁宗岱。太阳底下还是有新事，新事就来自于新科技，来自于图书馆书籍的电子化。过去，迷失在书海里的文献与你，是世事两茫茫，而现在就有了打捞的可能，旧事就变成了新事。志侠得到线索后，就跑图书馆，向法国、瑞士、意大利、日本有关的纪念馆和档案室查询，还搜查了数以千计的法文、中文网页，进行了一场地毯式的大搜索，将得到的材料进行筛选组织。两三年来，找到一些以前不敢想象能够得到的材料：宗岱师的索尔邦大学生活，沙龙活动，跟瓦雷里、普雷沃的关系；跟当时游欧的胡适、邵洵美、傅斯年、刘海粟等人的来往；先后刊发的英文法文诗歌；外国评论家的评论文章；在欧洲的政治活动，等等。而找到宗岱师给瓦雷里的十四封信，以及罗曼·罗兰有关梁宗岱的四段日记，就成为志侠今回大搜查的压轴宝藏，成为了解他与这两位世界名人的关系的最直接资料。所有这些文献，都是他跟他的外国同学和朋友们，或从国内来的中国朋友们，共同经历过的生活，后来他们根据回忆写成文章，分别发表在国内外不同的刊物上，也有在通信或书籍中提及的，都是当事人的活生生的笔头记载。那些文字，像随手拍摄下的镜头，有着很强的透露能力。从那里我们看到一个奋发向上、孜孜不倦地追求学问，既热情、直率又开朗的青年梁宗岱。

当年一个二十一岁的青年，要去大洋以外的法兰西，因着交通和电信都不怎么发达，抵达之前要设想它的情况，恐怕还得依靠一点想象。他从法国南部马赛登岸，这就从东方去到西方，从一种文化进入到另一种文化。去国前，他虽然受教于培正中学和岭南大学，纯粹美式教育，在西化的学习环境中，每天与西人和西洋文化接触，但于他日后的文字工程而言，同样关键的是，他有备而去，他的备，就是身上带着深厚的中国文化。他的行囊里除了ABCD，还揣着陶渊明、屈原、苏东坡、欧阳修，身心还浸淫在陶潜的“抚孤松而盘桓”，在屈原的《离骚》《渔父》《山鬼》的氛围中。这使他一来到西方，就从自身的文化来理解另一种文化，又从另一文化来琢磨自身的文化。两种文化在他身上撞击所产生的火花，照亮和强化了他的知识，影响了他的思维，撇开所有偏见，全方位地给两种文化以同等的位置，将它们进行比较，融汇。这种态度主导了，也成就了他日后的文学创作活动。

要真正进入到一种文化当中，必须走经一道门。否则，即使置身其中，也隔了一座山。宗岱师就从文学这道门进入，诗歌就成为他特有的敲门工具。瓦雷里那篇著名的序言中写道：“我将他递过来的纸页一读再读，有英文诗，也有法文诗……”一东一西，一老一少两位诗人，就这样一头栽到共同的世界里。他以他的小诗赢得了瓦雷里这个人，赢得了《水仙辞》的翻译，充满创造性和建设性的交往，日后以质取胜的法译中，就这样开始了，文学的路向就此一锤敲定。如果说他在培正中学时代开始写诗，不等于他日后一定成为诗人，那么因着结识了瓦雷里，就永远定居在诗歌世界里。是瓦雷里“使我对艺术的前途增了无穷的勇气和力量”。在《忆罗曼·罗兰》中又说：“梵乐希（即瓦雷里）影响我的思想和艺术之深永是超出一切比较之外的。”日后他只是译诗，写诗，论诗，像瓦雷里，走上了诗人和诗论家的道路。

他跟普雷沃的交往，还是习惯了的动静，普雷沃说：“我们结为朋友后，他不时带来一首诗歌，用他的语言给我诵唱，为我即兴翻译。”日后他与这位青年作家之间的来往，他们的翻译讨论，就这样开始。普雷沃毕业于巴黎高级师范学院，三十年代成为著名的《新法兰西评论》的专栏作家，他写小说、诗歌、散文，研究波德莱尔、司汤达、蒙田。他成了除瓦雷里之外，学术上跟宗岱师关系最密切的人。此外，他跟文学青年塔尔狄尔，跟美国青年萨伦逊，跟瑞士女作家阿琳娜的朋友关系，都跟诗歌有关。他充分地利用了诗和诗人的身份，来跟另一种文化打交道。

新文献给我们提供了对照，印证，和理解他的作品的可能性，也提供了一些具体事实。他跟瓦雷里的师生关系，按他自己写的是，得常常追随左右，但塔尔狄尔有更详细、更精彩的描写。比你所想象的，比他自己所描画的，要更深厚，更密切。宗岱师后来谈起，非但没有夸张，还砝码不足。那回在雷惠兰夫人的沙龙里，在为数不少的来客中，是梁宗岱吸引了塔尔狄尔的注意，成了他眼里的中心人物，后来文章重点就放在他身上，把他和瓦雷里的密切关系写得惟妙惟肖：

> ……他像磁针找回磁极那样急急忙忙要抽身离开，因为瓦雷里在邻室已经开始滔滔不绝地说话……梁宗岱像奔向母猫怀里的小猫，肩肘并用，很快钻进到他的磁极左边，然后动也不动了。他听着，表情好像在说“这个位置属于我的”。

一个中国青年进入巴黎沙龙，你不知道有任何先例，而梁宗岱是你所知道的唯一的一个，他在那里还非等闲角色，因着瓦雷里，他

“现在好像自视为在它的主子之后，成为雷惠兰府邸的第二条支柱”。塔尔狄尔还说，梁宗岱“是瓦雷里认为唯一能及得上自己的人”。

我们所理解的诗，是在情感迷宫里的摸索，在欲望、辛酸、痛苦、遗憾、内疚等情愫中的磕碰。但瓦雷里要写的是纯诗，不依赖叙事、写景和情感的流露，要以自身的力量来支撑，就像地球依靠内在的力量来公转；要具有哲理和数学的严谨，要凭借字句的凝练、奥妙和音乐感来召唤感觉官能；还拒绝浪漫，保持中性美。但于读者而言，就显得隐晦难懂。《水仙辞》使用的字眼平常惯熟，一如他平日使用的文字，但因着使用巧妙，恰到好处地在自己的位置上，产生一种既常理又深刻的分量，就有一股顽强的抵抗力，不容易翻译。这是他特有的语言艺术，非普通法国人能够及得上。宗岱师要翻译这首诗，必须克服双重难度，一是原诗的精炼和隐晦，其次，是中文的使用刚从古文转为白话文，白话文的使用还未成熟，宗岱师不但把原诗的敏感、脆弱都表达出来，还将白话文的使用提高到相当完美的程度。全诗行文如流水，有难以抗拒的魅力，给人带来阅读的幸福。梁老师对语言特别敏感，拥有特强的驾驭能力，但从新材料中还可以看到，当时的索尔邦正在闹瓦雷里热，也在闹《水仙辞》热，同学之间，每三句话，就有两句关系到他们的偶像瓦雷里。学习气氛从课堂延续到课外，自由，生动，活泼，从一读再读，苦苦深思，为激赏而气喘吁吁，而红光满面，而高声叫喊，明显地从被动的学习转到主动的接受。这段回忆的作者马蒂诺，生动地描写了学问的传递过程，师生之间有的是互动，他们引述、朗诵他的诗句，找不到语言来表达感情的时候，就长叹一声。马蒂诺这段有趣的文字当中，忽然蹦出了“梁宗岱”这个名字，这是你不曾指望会发生的。作者还说，这种生动活泼的气氛的出现，“可能是因为我们的朋友梁宗岱正在翻译”这首诗，要介绍给中国读者。置身于这种气氛当中的梁宗岱，正好在翻译这首诗，能够不受影响吗？又说梁宗岱如何用中文朗读《水仙辞》，“他使用一种跳动的声音，抑扬顿挫，清脆奇异，像铃声颤抖”。索尔邦大学的生活被写活了，一场瓦雷里热也被写活了，在这种热闹的文学气氛中，就有梁宗岱这个人存在，就有他朗诵中文诗的声音存在。《水仙辞》的诗译一气呵成，辞藻或华丽飞扬，或熟稔僻冷，皆必己出。一个二十四岁青年的诗怀尽情释放，舒展，自然，轻捷，自由自在得像即兴，一路吟唱下来，既是诗，也是歌，充满节奏和韵律，恰好是瓦雷里宣扬的音乐感的回应。几近一百年前的文字，以现在的角度来看，依然显得现代。说是翻译，也是创作。它成就了一种风格，成为新诗开始时代的一个奇迹。不用敲锣打鼓，就赢得了文坛上青年诗人的位置，被聘请为北大教授。

你打开宗岱师的译作，除了瓦雷里，他还介绍蒙田、里尔克、魏尔伦、波德莱尔。一个初到异境的年轻人，怎么一下子就准确地找到了他做学问的目标？这几位诗人和哲学家蒙田，当时认识他们的中国人不多，大家只知道卢梭的《忏悔录》，歌德的《少年维特的烦恼》，小仲马的《茶花女》等作品。但宗岱师要做的是传统学问，不容忍肤浅平庸，这是他的特点。如果说他射出的箭都中了靶心，没有秘密，只因为他是通过法国的社会生活，文化生活，交往的学人来认识法国文学的，也取决于他本人的文化涵养和状态。他出生后父亲才从小贩转营烟草业，很快成为暴发户，谈不上家学渊源，成就他的是培正中学的良好教育。法国有太多的香水、美酒、时装、探戈，有太多的浪漫，有的人一踏上花都就翻了船，但这位青年不将自己身上的锁匙逐条去试，一下子就将自己定位在文学上，勤奋学习，努力去明白一切，旨在一步步进入到文化的核心，掌握其精华。

欧洲七年，瑞士、法国、德国、意大利，步履匆匆只为游学。法国逗留时间较长，其余的只是打个水漂儿。又得瓦雷里悉心指点，但求实学，不汲汲于一纸文凭。在游学的长旅中，起步止步任由，目标可远可近，计划可伸可缩，“我却只是野狐禅，事事都爱涉猎，东鳞西爪……”凭感觉，凭求知欲望与好奇，意志就成为推动力，总有一条路可走。重要的是提高自己，要以自己的手腕力来将自己抬高。这段看似散漫无章的游学，成为他做学问的高峰期之一。1929 年《小说月报》刊登了他的《保罗哇莱荔评传》，同时刊出《水仙辞（少年作）》翻译，1930 年勒马日出版社出版了《陶潜诗选》法译本，1931 年《诗刊》登了他的《论诗》，华胥社出版了里尔克的《罗丹论》的翻译。他的法文诗、英文诗，或者中译法、法译中，先后分别刊在《欧罗巴》《欧洲杂志》《鼓》和国内的《诗刊》。短短数年学子生涯，所产生的作品，从数量到质量，都不亚于一个职业作家。

行脚匆匆，却一下子抓住了一种文化的最本质、最优雅、最具影响力的亮点。日后他除了翻译《莎士比亚十四行诗》《浮士德》之外，1936 年，翻译了《蒙田试笔》，1941 年翻译了里尔克的《罗丹论》。蒙田以文学手段来谈哲学，里尔克则以文学手段来谈罗丹的石头，日后宗岱师写《象征主义》《屈原》《论崇高》等文学论著，就不是从理论到理论的碰硬，而是以文学手段来谈文学理论。他把《象征主义》指给你看的时候，指头上是沾满了文学的：“一片迷茫澄澈中，隔绝了尘嚣与凡迹，只闻色，静，香，影底荡漾与潆洄。”

洋眼看梁宗岱，还是我们眼中的梁宗岱。没有变形，没有雾失楼台，一贯的快活，开朗，喜欢滔滔不绝的“抬杠”，到处成为中心人物，抵冷为殊众，为潇洒，普雷沃说：“他很年轻，一副孩子脸孔，最严寒的天气，只穿一件开领衬衫，一条长裤和一件单薄的短外套。他把寒冷看作是感觉官能的错误，并且以自己的理智去判断，不受其束缚。”他到处被发现，到处被称赞，到处得宠。有人第一次见面就给他定位：“梁宗岱——一位前途无量的年轻中国诗人。”有美国青年的“呈梁宗岱”的文章，赠书题词说“希望他读完再定罪”；有普雷沃献给他的文学专号，以献词《致梁宗岱》作为引言；有汉学家马古烈称赏他的陶潜与王维的译诗；有文学评论家封登拿的评语，“他对我们语言之精通，令人惊讶”；而罗曼·罗兰的称赞几达最高音阶：“这是我认识的最出众，最有学问的中国人之一。”从瓦雷里、罗曼·罗兰这类世界名人直到普通学人，都让他一网打尽了。种种难得的机缘带引他走向成功。不是所有人都有这种幸运。但，不是所有人都是一般的质素。七年步履匆匆，所留下的成行成串的文化脚印，连同一段瑞士度假日子，生活十分充实，既浪漫也独特，脚步所到之处，总不忘撒下诗的种子。他的行囊中，除了诗与文学，再没有别的重量了。他在欧洲的故事，远超过一个学子的范围，在法国再无别例。

欧洲生活是宗岱师人生的关键时期，没有那段日子，就没有日后的梁宗岱。回国后他深知这个过去造就了他，给了他特殊标记，他为此感到骄傲，有意把这个过去延续下去，让自己身上的文化烙印继续说话，就产生了诗论和翻译风格的奇迹。他把歌德的《流浪者之夜歌》与陈子昂的《登幽州台歌》作比较，将歌德与李白，屈原与但丁，杜甫与雨果，姜白石与马拉美，在生活上、思想上和风格上进行比较，这是他的欧洲生活的继续叙述，实际上已经是比较文学。尽管谈的是文学，但他本人的印记都留在里面。他也不会忘记跟罗曼·罗兰的两次会晤，和追随瓦雷里的日子，这是他的人生的美好经历，他的机缘，他的幸运，他很认真地把这一切放在心上。

记得他曾经向笔者出示过罗曼·罗兰给他的信，同时出示他复信的底稿，开头是：grande est ma joie de recevoir votre lettre（非常高兴收到你的信）。将简单的开场白，以字眼的位置使之变得活泼多彩，这正好是他的人风文风。他不爱平庸，不爱一般化，连一个句子也不例外。如瓦雷里的评述，他“热衷于这些相当特殊的精美”。

当你将他的不连贯，却有代表性的七年欧洲生活片断，与原有的认识进行对照，比较，就会得到印证，或找到线索，弄清疑点，明白了一些所以然。比如他如何走进瓦雷里的世界，怎样接触到文化沙龙，《水仙辞》的翻译，序言的产生，译诗的出版过程等。如果他特别推崇歌德的《流浪者之夜歌》，皆因他有亲身体验，“阅历与经验，对于创造和理解一样重要。”他说。与此同时，你也发现了一些不可理解。他拥有丰富的知识、见识和阅历，但在生活的长流中没有给他起保护作用，总是理性让位于感性。他的人生被学识、意志、奋斗、机缘所造就，也被错失、谬误、牢狱、灾难所损毁。不止一次，他放弃了相对好的命运，相对理想的生活，宁可与之擦身而过，就有闹哄哄的社会新闻，与身份不相符的纠纷，有新政权初期的四年冤狱，以及在“文革”中的精神和肉体的灾难。原来人生可以这样完美，或者不完美。如果我们为他的传记加上欧洲生活这个链环，串成了一个完整的诗人、学者梁宗岱的故事，而他的另一个带着世俗颜色和气味的故事，却不缺少不可捉摸和难以理解。也许这些掩眼法般的不尽人意，反而成了梁宗岱传奇不可或缺的因素。

注：本文为《青年梁宗岱》序言

蒙田，一个文学化的哲人

《蒙田随笔》这部巨著洋洋百万言，但序言《致读者》很短，排起版来几乎不够半页纸；调子也放得低，声言写的是自己，为家人和朋友写，无意追求荣誉。一句话，无心插柳。1580年春天，他将他戏称为“卤肉片”“柴捆”的文稿结为两集，起了《随笔》这个书名出版，原意是对生活经验、思想活动、现实状况尝试思考，判断。但《随笔》一出来，从此就有了这种文体。之前，柏拉图的哲学是以对话形式表达，塞涅卡以书信，而蒙田的哲学，则以随笔的形式来思考、引述、描绘现实中的大小事件。

在传媒不发达的中世纪，《随笔》出版后，马上不胫而走。它使当代人震动、惊奇、着迷，大家发现了一部引录了无数格言、警句，蕴涵了无限思想的智慧之书。他的引录，阿根廷诗人博尔赫斯这样评述：“蜜蜂到处采花，然后酿成蜜糖，全部变成自己的东西。”这部书也像一件精致的艺术品，集文、史、哲于一身。须知法国最古老的文学作品《罗兰之歌》大约出现于公元1150年，由不知名作者集体创作，不带作者个性，章句也稍嫌单调；《列那狐传奇》大约成书在1174—1250年间，也是集体创作，属寓言式的文学。事实上，法国语言在公元九世纪才成形，现存最古老的文献是公元842年的《斯特拉斯堡誓言》。在这个蹒跚学步阶段，文字运用和文学创作，皆处于单纯简约阶段。到十六世纪的拉伯雷（约1494—1553）、龙萨（1524—1585）和蒙田，才将法国文学一下子提高到卓绝完美的程度。《随笔》的出现，无疑是一个里程碑。这部书很快走出国门，被翻译成意大利文和英文，一个近代欧洲的散文随笔的新世纪开始了。日后的哲学家、思想家、评论家，如法国的帕斯卡尔、孟德斯鸠、卢梭，英国的培根等，整整一群思想带头羊，不管他们当中有的人如何指着他的鼻子批驳，到头来都是在他的牧区底下讨生活的。

蒙田将这部书作为运用知识、使用脑筋的方法，但它的出版是文学事件。作者的杰出表现在于，面对复杂的哲学思想，却摒弃哲学术语和夸夸其谈的说道，相反，采用形象的文学语言和手法，通过世俗而朴素自然的生活经验，深入浅出地阐释迂回曲折、往复变化的思想："与无羁的马一般，它为自己跑比为别人跑快百倍；因而便产生了无数的妖魔与怪物，无次序，无目的，一个两个接踵而来。为要可以优游默思它们的离奇不经，我已开始把它们一一写下来，希望日后用它们来羞它。"蒙田致力于将哲学简单化，轻盈化，使它切入生活，切入人生。"在哲学主张中，我更愿意接受脚踏实地的，即最符合人性和适合我们的"但却非全面系统的哲学，而是零碎分散，个别对待的生活哲学。他的笔跟着日常生活和思考行进，不做作，不带情愫，不图诗情画意。思考的方式方法就是他的表达方法。

蒙田是只有一本书的作家，而这部书在世人眼里却有多种面貌。十七世纪的时候，蒙田的自然和正直备受赞扬，《随笔》的魅力使它成为畅销书，但1676年却被教会暗地里列为禁书。蒙田没有对天主教正面批评，但他认为人来到世上是偶然的。他敬重的是维系大自然秩序的力量。"那些星球不但支配着我们的生命、命运，还支配着我们的倾向、言辞和意愿”“天体稍有动静……整个人间就会完蛋”。而超自然的神呢，是按照人的需要和样子来塑造的，都有世俗人的标志，是一种不可理解的自然力量。所以“我觉得我更喜欢那些崇拜太阳的人”。神学家一早认定蒙田是无神论者，以自然主义来代替天主。有七十年时间，《随笔》没有在法国重版。

以批评蒙田起家的帕斯卡尔（1623—1662），则以他的理性和机械主义来针对蒙田的人性和人文主义，时或颂扬，时或辱骂，就看他的脾气而定。此外，有人责备蒙田谈论自己太多，有人认为文章结构散乱，条理不分明，有人指责它语言粗俗，也有人说它煽动淫欲。作者的大胆直言，也曾经被指为具有革命倾向和颠覆性。但到头来，世代人读《随笔》，就是通过蒙田阅读自己，认识自己。它像一面镜子，将所有人的影像反映进去。它被称为“正直人的枕边书”，是一本独树一帜的书。蒙田在中世纪法国的出现，一如荷马在古希腊的出现，他们对欧洲的文学，先后起开源创本的作用，而影响是世界性的。

1571年，蒙田辞官归故里。“我们已经为别人活够了，让我们为自己活着吧……世界上最重大的事莫过于知道怎样将自己交给自己。”辞去议员职务后，有九年时间潜心治学，读书，写笔记。最初作为一种日记式的记录，后来发现思考是一种自我分析、自我定位的方法，才将那些文字结集出版。1580年初版后，1582、1587、1588年先后再版。在欧洲之旅和四年波尔多市长公职后，他继续写作，后来将那些文字结成第三卷，同时给第一、二卷增补了六百处。此后，修改、增补、删节工作一辈子都在进行，直到1592年逝世。遗稿经过他的义女古尔奈（1566—1645）整理，于1595年出版了三卷本的全集。

尽管修改工作一直没有间断，但由于蒙田的思想不断发展，三卷书都具有不同特点，并非以某种思想一贯到底。第一卷的基调是伦理道德哲学，对生、死和人类的野蛮与文明进行思考。提出克己自制，他引述安提思典的话：“德行自足于己：无规律，无语言，无效果”；主张不论任何活动，在取乐的同时，必须防止过度。“让我们不要任欢乐冲没我们，以至忘记了有时想起我们的娱乐往往只是死的先声。”蒙田态度中庸，言论合时宜，甚至拒绝永恒，颂扬平庸。评论界指出，主导第一卷的思想是斯多葛主义，即苦行主义。他的挚友拉博埃西（1530—1563）宣扬苦行，是个死亡的崇拜者。“哲学不是别的，只是准备死”，西塞罗这句话对拉博埃西影响至深。虽然蒙田认为死亡只是生的另一极，绝非生的目的，且认为“快乐是我们的目的，虽然方法各有不同”，但他对拉博埃西的勇气十分着迷，以致他本人对死亡的思考，对面临死亡的人的英勇态度的描绘，可谓惊天动地。

蒙田所写的是置身其中的世界，个人的小世界和外边的大世界，在生活和观察过程中，难免不发现它的无常、盲目、自相矛盾，经常陷入混乱。“我所生活的时代，内战带来无数难以置信的罪恶……有些人残忍无道，杀人只为取乐。”而人在那个世界中显得无能，犹疑不决，不可捉摸，有时竟是乱糟糟的糊涂浑噩的一群，却天生自负自大，给自己的所谓伟大尊严定位。“人类是狂妄的，制造不出一条小虫，却创造出满天神佛。”他还指出人类残酷的一面，有时连动物也不如，一头狮子不会为表现勇敢就去要另一头狮子的命。人类好战，同室操戈，斩尽杀绝，所谓与人斗其乐无穷。“我怕人的天性中有非人性的本能。”为此，作者提出问号：我是谁？我们是谁？而他的拉丁和希腊的深厚文化底蕴，向他所提供的例证是：人类是愚蠢的，是可悲的动物。他以自己为例，对人这头动物进行孜孜不倦的剖析，对它的丑恶层出不穷地揭露。他认为，人是宇宙万物的目标和焦点是不对的。“人似乎有本事衡量任何事物，却不懂衡量自己。”蒙田主张在正直宽容的自然世界中，将人放回到他原来的位置上。

那个时代，一方面是科学进步，哥白尼的遗著《天体运行》出来了，不断出现的发明与宗教纷争和它引起的暴力混作一处，越发使蒙田感到真理的蜉蝣一瞬。后浪推前浪，新物替旧物，一切都是相对的，暂时的，不肯定的。世界随着发展和人对新事物的认识和判断在改变，绝对的真理是没有的。“‘我知道什么？’我把这句话作为箴言，写在一把天平上。”

自从拉博埃西在三十三岁年纪逝世后，蒙田开始对世界感到厌倦。“自从我失去他那天……我的生命苟延残喘。”“我已经那么习惯随时随地做他的第二个自我，以致我觉得自己只是半个人。”而外边的大世界呢？文艺复兴带来的希望和活力似乎已经消失，把邦国变成废墟的动乱使他感到失望。面对这种局面，理性无能为力，而法律呢，又经常野蛮怪诞。他的价值观念开始动摇，蒙田的怀疑世纪开始了。他声称：“我们唯一知道的东西，是什么也不知道。”他的怀疑思想在第二卷的《雷蒙·塞邦赞》中有强烈的透露。1569年，蒙田在父亲要求下，将雷蒙·塞邦的《自然神学》从拉丁文翻译成法语，那是十五世纪时候西班牙的一部著作。蒙田从该书的反面角度切入，来揭发人的自负、虚弱和不幸。他引用柏拉图的话，指出我们的感觉有限，智力不足，人生太短，我们的力量无法到达真理。我们自以为知道的东西是虚的，不知道的东西才是实的。人对自身无知的无知是可悲的。表面上蒙田是个遵守教规的天主教徒，但目睹了眼下的宗教战争，不得不指出：“没有比基督徒更深怀敌意的了。”尤其，“宗教的创立，目的是消灭罪恶，但现在给它们掩饰、滋养、激发。”他对宗教和政治采取敬而远之的态度。从他大量的言论看来，很难相信蒙田是个真正基督徒。在《雷蒙·塞邦赞》这一章里，他以普通人的身份来思考人、自然和科学的价值。这一章占了第二卷三分之一篇幅，怀疑思想从头到尾覆盖着整卷书。

他与当时政界的关系并不融和，除却政治思想分歧，也明白自己不是一个可以在宫廷长久立足的人。他发现，由于被小人包围，国王也难逃脱被奴役的命运。而作为一个绅士，在自己的领地里要比国王更自由。所谓宗教和政治的诚信，就是只忠实于自己。公元1571年，时年三十八岁，他决定辞去议员职务，宁可拥有个人独立的生活和见解，将精神放到写作、阅读和操持古堡园务上。1572到1574年间，他勤于阅读，从塞涅卡、卢克莱修、普鲁塔克等古罗马哲人中吸取养分。

第三卷《随笔》，是在经过长达十七个多月的旅行之后，先后任两届波尔多市长职务期间断断续续写成的。如果说第一、二卷态度温和得体，第三卷则秉书直言，言论的大胆，在那个时代显然不合时宜，甚至具挑衅性。在这卷文集中，作者本人悄然登场，谈他在欧洲几个国家的旅行，“酷热时候则夜间上路，从日落走到日出”。他把旅行作为一种有益的锻炼，使自己不断留意从未见过的新事物，但也为别的原因，“我很明白我逃避什么，但不知道我想找些什么”。旅行期间目睹的社会现实，战争造成的混乱，成为他落笔的题材。“内战比其他战争造成更糟糕的局面，它把我们赶上自己家里的哨楼。骚扰到家居安宁，令人难以忍受。”他指出到处不稳定不安全。而在一个充满战争暴力、欺诈、粉饰和伪装的世界中，寻找真理是如何可笑。你揭露虚伪，而伪君子也在揭露，比你还要起劲。蒙田的态度是保持距离，将自己的处境和见闻记录下来。他也写厕身市政事务的感受，干脆就是书生从政的难处：“从前我尝试以生活信念和准则来为大众服务”，但很快发现，“这是一种学院式且幼稚的教条，既无用，又危险。走进人群中，必须紧抱胳膊左绕右弯，或进或退，甚至偏离直路，就看遇上的情况而定”，而这种按别人意愿行事的生活，是如何与本人自由闲散的个性相对立。他也谈写作，赞扬漫不经心、风云莫测的写作手法。“我的文风和思想都不拘一格，所谓游移不定。”

第三卷自由灵活的思考，使蒙田的思想显得十分超前，就像生活在我们当中的人。十六世纪的时候，西班牙殖民阿根廷，英国殖民者开始到印度，葡萄牙企图占领摩洛哥。而蒙田反对以某种所谓信念，实质是为某一集团的利益而发起的战争。一句话，他反对殖民战争，指出文明对所谓野蛮的征服，是将自己的法律强加到别人头上。他也是最早反对肉刑的人，杀一儆百既残忍又愚蠢。不断出现的残忍，是时代堕落的原因。在爱情和婚姻方面，他指出由男性单方面制造要女性服从的法律和社会成见，严重约束了女人的天性。他看到离婚制度的好处，在于使男人明白会失掉妻子。他引用柏拉图和安蒂谢纳的主张，认为女性有权利参与社会一切工作。蒙田反对法律不公平的一面，“法律信用的维持，并非因为它正确，而因为它是法律……它们经常由蠢材制定”。他反对精神上和宗教上的教条，反对社会等级，反对文明人的野蛮。蒙田将现代人上街示威喊口号所要求的一切，四百多年前就提出来了。

其实从总体而言，十六世纪酝酿着光明新生，正从野蛮灰暗时代中破茧而出，是走向希望的新世纪。这点蒙田很明白。所以，他谈失去希望的同时，也明智地在矛盾中开拓新路。他没有将那个时代一股脑儿否定。屋梁一旦被拆，房子就会坍塌。他宁可吸取人文主义的精神，转入个人化的内心活动，从生活经验出发来谈对知识的热忱，对进步的深信不疑，愿意返回到真正的源头，在古代读物中寻找文明的宝藏。他主张奋发图强，反对苟且拖拉，相信可能性可以争取，认为非要吃鞭子才省悟的人不是真正的智者。

如果说第一、二卷探讨道德伦理学，探讨人如何美丽地死去，第三卷则探讨如何更好地生。蒙田逐步从死的哲学走向生的哲学。最初因为年纪轻，显得狂热，加上挚友拉博埃西的影响，“我知道什么？”成为他思想的中心。再下来，除了外界环境不安定，更因年事渐长，疾病缠身，坠马受伤，使他变得更平衡、恬静而安顺，越发想到生活和身体的享受。在充满战争和黑死病的年代，学会逃避灾难，控制忧虑不安，紧抓此时此地享受眼下生活，不让幸福从身边溜走，的确有其必然的道理。何况在蒙田眼里，灵魂和肉体是不可分割的。只追求灵魂不朽而蔑视肉体，是将活生生的人割裂开。“顺应自然的一切都值得尊重”，但灵肉结合必须高尚理智。既然“自然是温和的向导”，本能一旦醒来就不会弄错。享受自然的幸福，是权利也是本分。如果说第一卷是斯多葛主义，第二卷是怀疑主义，第三卷则被认为是享乐主义。他一再强调人的自然属性，生活艺术就成为他落笔的重点。

蒙田对死亡的意识，对生活和生活艺术的追求，构成《随笔》特殊的艺术风格。生活艺术是他思考最多的亮点，先后贯串全书。即使谈死亡，也是寻找好的生活方法。他的生活艺术徘徊在一个理念上：人必须懂得什么叫“自然”。自然既包括整体生活的法则，也包括自然的官能和乐趣，食色是一个总和谐与平衡，拒绝和排斥它都是不对的，要遵循自然状态生活。蒙田这个十六世纪的先驱，他赞美原始的幸福，但这种幸福首先必须是文明的，合乎情理的。

蒙田在书中谈自己，是企图通过描绘自己来描绘人类，使读者推人及己。他对自己的描画并非是简单的、直线的，而是复杂的。他从各方面来探讨自己，充满个人的印象和经验。他追求孤独，也渴望友谊；他崇拜古代英雄，却承认自己畏惧死亡和痛苦；他出身官宦世家，却拒绝为需要服从政治；他蔑视人类的弱点，所描绘的历史人物中，很多人灵魂卑鄙肮脏，心肠扭曲，但他还是主张从具体、平常、世俗的角度来看人，来对待人，因为完人不存在，所有人都是普通平庸的个体。我们只能接受人本身的状况，认识自己，做你自己的人，做自然将你造就成的那种人。人不可以改造，只能在他本身的自然属性内打滚。这就是蒙田的明智之处。

《随笔》学究天地古今，知识、哲理织面极为宽广。而从整体笔墨的底部，透出两支小曲，一支是对挚友拉博埃西的怀念，一支是对苏格拉底的崇拜。

拉博埃西是人文主义者，像蒙田一样，也是个大法官。他的《论自我奴役》，是反对专制的著作。关于他与拉博埃西之间的关系，蒙田写了《论友谊》，蒙田自己也感觉到，“我们的灵魂这么一致地同行……并且信赖他比信赖我自己更胜一筹”“超过我能说出的理由，超过我所特别能加以解释的，有一种我也不知是什么的不可知的命定的力量做这个结合的媒介”。他把友谊这种人际关系推向极致。他认为父子缺乏平等，不可能有真正的交流；“至于结婚，它不独是一种只有进口的自由的贸易……并且往往是一种含有别的动机的贸易”。而友谊呢，是自由意志的选择，是精神沟通，只跟本身有关，不牵涉其他利害关系。他受他的思想影响至深，也从他的眼里看到了自己。拉博埃西逝世后，为填补精神上的巨大空虚和对自己的确认，他投入写作。评论家认为，蒙田与拉博埃西之间的关系，远非偶然事件，若非这段友谊，就不会有蒙田和他的《随笔》。

读者也不难发现，“苏格拉底”这个名字在书中经常出现，有人统计过，全书总共出现过一百一十多次。他称赞亚历山大大帝为“最伟大的常人”；将伊巴密浓达（约前418—前362）称为“最杰出者中的最杰出者”。而苏格拉底呢，则是一个带有秘密使命的人，他身上发出的神秘的光笼罩着某些章节。在蒙田眼里，他是最完美的人，一个人类的圣人。“所有优秀品质皆十全十美的典范”。

一部包含无限思想的书，造就了一个无限的蒙田。都说《随笔》的成功是作者人格的成功，两者是分不开的。它的独特之处还在于：古老却永远现代。蒙田指出荷马诗歌的空前绝后，是最初的也是最完美的。我们是否也可以认为，像《随笔》这样一本书，在散文世界中，可能会再出现，也可能永远不再出现？

首先将蒙田介绍到中国的，是梁宗岱老师。Essai 一般通译“随笔、漫笔、小品”，但宗岱师译为“随笔”，看来最为传神。1933 年，他写成《蒙田四百周年生辰纪念》，连同一篇译文，发表在《文学》杂志创刊号上。他对蒙田推崇备至，认为这是“一种独创的轻松，自然，迂回多姿的论文”。跟拉伯雷一样，吸取和发扬了古希腊和古罗马的哲学和伦理思想。1935 年郑振铎先生主编的《世界文库》收入了他的二十一篇翻译，以《蒙田散文》为总题，分放第七至第十二册。

此后宗岱师继续翻译及修改，共得二十余万字手稿，可惜全部毁于“文革”，只有已发表的译文流传下来，也就是这本集子所收的二十三篇。数量不多，却是经过精心挑选，囊括蒙田全集第一卷的精华。译文古雅而不拘一格，尽得蒙田之风。

我们根据法文原作为全书补充了必要的注解，订正了前刊一些漏误，以及统一了个别译名。为了这本书，我们曾专程前往法国西部波尔多地区，参观蒙田故居，实地了解这位哲人的生活和写作的环境，收集了蒙田书房屋顶梁柱上的古希腊及古罗马格言，翻译成中文，希望为梁宗岱老师的译著增加一点趣味。

最是匆匆流放夕

今年是滑铁卢战争二百周年，从6月18日到21日，在比利时举行盛大纪念活动。以英国为首的盟国兴致很高，要振兴作为胜利者的声誉。将拿破仑误为得胜者的人太多了！根据官方实地调查："80% 游客相信是拿破仑赢得了滑铁卢这场仗。"游客在礼品店里，只买拿破仑的纪念品，威灵顿的没人问津；去到滑铁卢的人，都喜欢买一顶拿破仑的三角帽戴上。滑铁卢的居民，还开辟了一条"拿破仑大道"，沿途十多个景点，说是拿破仑在那里指挥过军队，住宿过，或者曾经落脚的地方。而威灵顿呢，连他当年的司令部在哪里，大家都说不知道。无心过问。你教英国人怎么不捶胸口！太不像话了，误会必须纠正过来！

之前，就有英女皇到滑铁卢走访威灵顿的后人，这回查理也跑到那里去，与他们共商大计改变现状。其实每年英国都不缺少动作，一队队人马扮成当年的公仔兵，打着战旗，一程来一程往，左转，右转，拐弯，打圈，敲锣鼓，打炮，模拟当年两军交锋的情景。今年这个整数年份，越发隆重，参加表演的人数达5000，动用了300匹马，100尊大炮，2.5吨炸药，来自30多个国家的公仔兵，在40公顷地上闹个不亦乐乎，耗资700万欧元。欧洲国家一些头面人物出席了纪念活动。法国则是另一种态度，咱们要纪念打胜的仗，可多着呢，十个指头都用不完。2005年的时候，就没有纪念拿破仑进入奥地利二百周年。单是奥斯特里茨一场仗，就将奥匈帝国解体了，将欧洲的命运改变了，历史上也是一件大事，但咱们也不放在心里。面对法国人的低调，纪念活动的主办人说："大家都希望总统或总理来参加，这又有什么敏感不敏感的呢，历史就是历史，不可能改变的嘛，这又不是个什么主题，只是纪念活动罢了，说句实话，这类事情经常会有的啦。"

如果那个美丽的误会，一误就是两百年，拂之不去，比起大张旗鼓来振兴胜利者的声望，不更加有意思吗？拿破仑的名气太大了？大家习惯以胜利者来接纳他？不过，胜利与失败不说明一切，"成败不足论英雄"，有些得胜者反而被人唾弃，成为反面人物，皆因他们只有破坏，没有建设。拿破仑以南征北战起家，而大家看重的，是他在现代历史上首创了民法，为法国制定的《拿破仑法典》，给欧洲国家带来了现代的法治和立法观念，事无巨细，尽入法典。这些体现基本价值的东西，才是历史淘汰不了，浪涛磨洗不去的。而几天的纪念活动，主办方虽然带有明确目的，到头来只是将当年的硝烟弥漫、血沃大地的"两军鏖兮生死决"的场面，变成半娱乐式的表演而已。时间有功，雨果笔下"阴惨的平原"上的胜利与失败，光荣与屈辱，随着时日过去而逐渐褪色，二百年后，几近抹平，至少在大家的意识中如是。80%人认为拿破仑是赢家，与其说是误会，不如说是心愿吧。

因这回的纪念活动，你联想起几年前的5月，跟朋友结伙去参观厄尔巴岛，拿破仑的第一次流放地。我们上岸的弗里奥港，刚好是"折翼坠地的苍鹰"于1814年5月4日登上小岛的地方。时间和地点的凑巧不算什么；那天骄阳似火，气温达30℃，5月在欧洲是乍暖还寒的季节，30℃可谓天气特热，但也不算奇怪；当你去到"米利尼宫”，看到这样一座单薄的平房，像拿破仑这样的大帝，怎可以接受它作为皇宫？当你进入到他的博物馆，看过他当年的卧室，再穿过一道门进入到与卧室相连的房间，你发现这间房并非是习惯上的会客室或戍卫室之类，而是一间图书室，这就有点出人意表。在这种落魄时刻，谁还有心思去弄这样一个图书室？你印象中的确有过这么一件事，他流放前夕发生的，与书籍有关的故事。就来了一阵意识流……

1812年的冬天于拿破仑是残酷的季节，更甚于惠特曼的残酷的5月。他的“苍鹰”队伍从莫斯科大撤退，穿过茫茫雪原和哥萨克骑兵的沿途袭击，留下了无数的尸骸，狼狈逃回法国。次年连续几场仗，依旧节节败退。1814年3月30日，以俄国为首的盟军迫近巴黎；3月31日，沙皇亚历山大与普鲁士皇，在沙皇的卫队簇拥下进入巴黎。哥萨克骑兵趾高气扬，在香榭丽舍大街扎起了营，耀武扬威。4月6日，拿破仑签署了退位书。一直到20日，在枫丹白露皇宫与他的卫队告别之前，尽管沙皇让他继续保留皇帝的称号，准许他到自己选择的厄尔巴岛去统治，但，到底从欧洲大陆的主人，变成了一个可笑的“副省长”。到“仓皇辞庙”的时候，他想的是什么？可能什么也没有想。连皇后玛丽·露易丝与他的儿子3月29日离开巴黎时，也没有去跟他们告别，或者没有机会，甚至没有可能，因为奥地利皇日夜兼程亲自赶到巴黎，要将女儿露易丝和她的儿子接回奥地利，非常温情，却斩钉截铁地阻止他们母子跟随拿破仑一起流亡。也许出于亲情，也可能出于报复，奥地利皇此时发泄当年所受的屈辱，他的帝国被砸得七零八落，还要屈辱地赔上一位欧洲最显赫皇朝的公主——他的金枝玉叶女儿。现在我皇上就来把我的女儿和孙子，即你的妻子和儿子，带回家去。所以，国家的大事小事，直至夫妻儿女间的私事，已轮不到他这个下台的大帝来管了，他全部心思只集中到一件事情上：亲自到图书馆选择一批书，准备跟随行李一起送到流亡地。这件事情，图书馆管理员雷马尔有这样的记载：

> 在枫丹白露皇宫的两个图书馆，尤其是在拿破仑的办公室，他亲自选了695部书，准备带到厄尔巴岛去。自从1812年4月他逊位后，在那里过了9天。

看来拿破仑没有征求管理员的同意，也没有通过他去将书籍取出，只按照自己的意思去选取。所谓“在拿破仑的办公室”，指的是与他的办公室相连的图书室。为这件事，雷马尔于4月14日，写信给国家图书馆总管巴尔比耶，可以看到他在拿破仑面前的无奈：

> 先生，我已经郑重地通知了你，他来过这里取走一批书，好像已经选定了，但后来又选了好一些别的书，其中有莫尼特的藏书，有法律通告，有伏尔泰的书籍以及好几本地图集。我只能向你重复，先生，我不能反对这一切，我只想人家永远不要让我来对这个掠夺行为负任何责任。皇上到最后时刻，都以绝对主人的态度在这里行事……

因着那回“掠夺”，今天我们去到厄尔巴岛，就有机会看到他当年带到岛上的那些书籍。他在小岛登岸后，最初在市政府的套间落脚，那是雨果的父亲——雨果将军曾经在那里住过的。既然他拥有一个小朝廷，地方不够使用，需要更大的活动场所，遂将原来的炮兵和军事工程指挥官的住所米利尼改建扩大，跟随他一起流亡的妹妹宝莲娜出资，以四个月时间，将只有两层的建筑物改为拿破仑流亡政府的王宫，以意大利文命名为“米利尼宫”。楼上是礼宾厅，楼下辟有他的办公室、卧室、副官大厅，卧室与图书室相连，中间隔着一道门。后来王宫辟为博物馆之后，依然保持当年的原样。1815 年 3 月，他将所有书籍赠送给当地市政府，然后秘密离开厄尔巴岛返回巴黎，就有“百日政变”，就有盟军进入滑铁卢，就有他带兵去迎战，就有滑铁卢之战，就有今年二百周年的纪念。那批赠书，现在只挪回 274 册，放在图书室的书柜里。

拿破仑是个爱书、好读书之人，从小就像他同时代的人那样博览群书，在阅读上花大量时间。最初出于个人兴趣，从文学书籍开始，《堂·吉诃德》和高乃依、拉辛的悲剧等古典名著打开了他的文学视野。大抵醉心于古典作家，喜欢壮丽、伟大、高贵的故事，如荷马、普罗塔克、孟德斯鸠，对伏尔泰也相当着迷。后来收集有关科西嘉岛的书籍，他有意介入科西嘉的独立运动。后来进入军事学校，日子并不如意。在大家眼里，这个来自科西嘉的穷小子，首先是个土佬，个子又矮小，衣着又寒酸，直至打补丁，这样一副穷酸相，混在衣冠楚楚的贵族子弟当中，就不得不听刺耳刺心的嘲讽和冷言冷语。但这个矮子绝非是好惹的，他天性好斗好胜，就有大打出手的时候，被惩罚，被关进禁闭室就难免了。平常日子总是感到不自在，显得阴沉、忧郁，唯有逃到阅读中寻找寄托。他在笔记本中写道：

> 为了不招惹我的同窗，我像一只熊那样生活，总是独自一人躲在一间小小的房间里，与书为伍，书成为我唯一的朋友。我尽量节省，当我积蓄了两个六镑的埃居，我开心得像孩子似的，走去主教府附近那间书店，带着丑陋的欲望盯着那些书架，在我的钱包容许我买到手之前，我长

久地垂涎欲滴，这就是我青年时代的快乐和放肆。

军事学校期间，他的阅读范围扩展到军事、战争艺术、历史、政治、经济、数学，做下大量的笔记和综合概括，还对作者提出批评，有的评语十分激烈。他读书的着眼点，主要是实用价值。

进入政治舞台后，读书依然是个人爱好，更多是为应付战争和行政管理等各方面的需要。他想知道一切，了解一切，书籍就给他提供知识，使他思考，给他启发。他也读《圣经》，在某些句子下面画上横杠，他相信自己在工业、商业、科学上的理解和实践上会更明智。1798 年 7 月他远征埃及，带了 120 名学者随行，目的是更好地了解埃及。他把他们放在远征队伍的中间，严加守护，皆因他懂得重视知识，尊重学者，这成为大家所称颂的事，经常被国内外学者提及。到埃及后他才知道这个古老国家贫穷入骨，夺无可夺，除非是金字塔。没有东西可拿走，就留下些东西吧。这批学者就为埃及创立了埃及学，将埃及的历史推上了千把年。从埃及远征回来后，在马尔美松宫设立了一个拥有 6000 册书的图书馆。同时发指令命杜热丽、枫丹白露、狄阿侬、圣克卢、孔皮埃涅、朗布耶等皇宫建立图书馆。这些在皇宫内先后建立的图书馆，模式大抵跟马尔美松宫的一样。几间图书馆的书籍总数，迅速达到 60000 册。对图书的归类及排列，他有自己的一套规则，就像管理他的军队。最重要的是，方便寻找。他所有的住所，都拥有两个图书馆，一个跟别人共用，另一个独自使用，总是与他的办公室相连，都是有关历史、立法、军事的书籍。有谓“一个图书馆就是一幅自画像”，这个热衷于南征北战的人，也懂得以书籍和图书馆来描画自己的形象。

跟随他到厄尔巴岛的书籍总共十多箱。书籍封面的颜色以石榴红、莲叶绿为主，用彩色字母或图案装饰封面，书籍所涉及的知识面包罗万象，法律、哲学、军事、历史、经济、科学、宗教、数学、伦理道德、旅行札记，沃邦的军事建筑，荷马的《伊里亚特》，塞万提斯的《堂·吉诃德》，维吉尔和奥维德的诗歌。自然科学方面，有化学、地形学、园艺、果树，如《植物系统》，甚至比沙的《解剖概述》，拉普拉斯的《天体机械论》，在他倡导下编成的七大卷《埃及概况》等等。于他不能或缺的还有狄德罗、伏尔泰、卢梭、孟德斯鸠、拉法耶特夫人全集和赛维尼夫人书信集、弗朗沙一世的传奇，以及编年史、猎奇性的著作，直至由仆人所写的路易十四。其中的196部书是1789年至1813年他最爱读的书。他对这些书籍的熟悉，一如熟悉自己的手掌。流放前夕进入图书馆和个人阅览室时，是口授所有书名，由他的副官马尔尚记录下来，按书单去选取的。跟随行李运到岛上的，还有旧杂志，记载他的各场战役的胜利公报，等等。

一经在岛上安顿停当，马上着手整理他的图书馆，将书籍的数量逐渐增加，从利沃尔纳和热那亚的书商订购，他的法国枢机主教舅舅费什，给他寄来了百多部有关神学、宗教、法律、历史、科学、艺术的书籍，藏书数量迅速增加到2378册，全不像一个败退下来，已经穷途末路的败兵皇帝，而是正在努力学习，充实自己，酝酿着走向万里前程的人。你惊诧于一个从战场上冒出，在南征北战的硝烟中崛起的军头，怎可能也是个出色的读书人；一个爱枪炮的人，怎可能也是一个珍本的爱好者？

无论处于火箭般蹿升，或成为阶下囚的时刻，当他进入书中世界，就成为一个孤独者，被外界遗弃的人。那时候，他只跟书本对话，书就对他产生作用，改变一下他的什么，造就一下他的什么，给他一点灵感、启发，或行动上的依据。所以，这个从战火中走上政治舞台的人，一朝大权在握，依然是个文明人，并不依靠枪炮或以变相的暴力来统治，而是行风气之先，为法国制造了一部完善的、沿用至今的法典，为法国的法治打下了坚固的根基。而个人风范方面，无论作为大帝或阶下囚，行藏举止皆恰如其分，显示出其驾驭人生的能耐，胜既为王，败不为寇，同样得到大家的称颂和尊敬。而滑铁卢的失败，反而增添了他的名声，抢尽了胜利者的风头。都说拿破仑是个难以揭晓的谜团，可否从书籍对他的造就上头来探索一下？

永远巅峰的索莱尔

威尼斯于作家、艺术家们，是一个取之不尽的灵感源泉，也是一个永恒的使他们自身或笔杆“复活”的神奇地方。

菲利普·索莱尔（1936—）1963年10月，与一个美丽的妇人第一次到访，从此，每年春天或10月，总会到那里走一趟。他2004年末出版的《威尼斯爱情辞典》，第一页写道：“四十年前我发现了这个城市，在那里我写得最好。”索莱尔每年都到威尼斯“复活”一次。

提起索莱尔，中国人不会太陌生。1974年四五月间，是中国“文革”如火如荼的时候，索莱尔代表他的杂志《原装原样》的小组成员访问中国，由著名的“左派”哲学家巴尔特带队。中方由耿飙安排他们与中国知识分子见面。在那种时辰去访问中国，大抵不必要他们交出什么同情或仰慕“文革”之类的废话，行动本身就是最好的注脚。

法国知识界思想从来“左”倾，对政治的介入有目共睹。“左”倾思想根源首先来自卢梭。十月革命后，不少法国知识分子，如罗曼·罗兰、纪德、阿拉贡等，将苏维埃看作人类未来的希望。到纪德访苏归来，写了《访苏日记》，揭露了谎言底下的真相，知识界“左”倾思想才开始急转弯，不少人退出法共，马尔罗还转到右派阵营，成为戴高乐的追随者。而1968年闹事的那帮弄潮儿呢？有的成了大资本家、大企业家，如FNAC的创始人；有的著书立说，写下自己的悔恨、失望，如安奈特·维奥尔卡，她爱那个时代的中国爱得发狂，1970年到中国，1974年一家三口在南方安家，“一天早晨，我终于没有力气继续下去”，1977年“文革”结束，身心交瘁返回法国，写了《中国松鼠》；也有韦尔贝克在《基本粒子》里描写的“六八分子”，一直没有找到自己的位置，颓丧，失意，潦倒，成了社会的边缘人。

而那位名字响当当的索莱尔怎么样了？他独一无二得很，比起当年闹革命时候，更加风光了。《图书周报》早先称他为“教父”，该报还是他的朋友呢。他手头上拥有一本杂志《无限》，本钱已经不算少，但他像千手佛，向各方各面抓过去。他是伽利玛出版社的作者，某些丛书的编辑；《世界报》《世界报·文学版》《星期日报》，都有他的专栏；《新观察》不时有他的文章。他成了操纵文学界的大阿哥，不少场地插有他的旗号，圈下了自己的阵地。你想进去转一圈，恐怕还得请他给你开出一张“良民证”。他有意承继萨特的位置，成为文坛一霸。两人不约而同主张爱情不忠。前《读书》杂志主编阿苏里利纳将他比为“私占空屋者”。此外，电台、电视同样不能少他的位置，他在一个小经济电台主持节目。

这棵大树大得遮天蔽日，是树大招风了？他成了不少人共同的箭靶。敌人多于朋友。文坛上不大恭敬的话都出来了，戴佩的“永不沉没的新闻动物”；贝松的“当了警察的老歹徒”；约尔德的“八股煽动家”……后者还指责他操纵《世界报·文学版》和它的文学评论。该报负责人向《快讯》分辩：“菲利普和我是老朋友。大约每周两次下班后到克洛塞里或蒙达朗贝尔咖啡座喝一杯，商讨所有事情。我们之间有一种真正的知识聚合和某种共同兴趣。他经常使我笑逐颜开，他出类拔萃，颇有文化修养。我对他的书评价很高。这个不会被禁止吧！……毫无疑问，因为我是一个女人，大家以为他在操纵我……”

事实上索莱尔腕力不俗，舒尔的《英格丽·卡文》获得2000年度的龚古尔奖，据说是他影响的结果。《英格丽·卡文》是伽利玛其中一套丛书的作品之一，这套丛书由他主编。

举目四顾，到处都是索莱尔，索莱尔变成一队重型大货车。走在路面上，又占空间，又阻视线，自恃个头够大，又跨线行走，又超速驾驶，又放黑烟，使人不得开心颜。但索莱尔聪明而勤奋：“我不明白为什么像我这么努力的人，会给人爱搞新闻和放肆的印象。”又说：“为什么绝对不能有我自己的阵地或影响？为什么单单是我不能有几个朋友来对付我的敌人？不能保留我的运作和自由的余地？”又说：“总之我的一举一动都被指责，任何时候都难免。”

报章杂志上刊出的索莱尔照片，倒使人挺舒心的。圆头胖脸，笑眼眯眯，富态、从容、淡定。那些不恭敬的言辞，他不会无动于衷，但他的生活依旧按照原来的轨迹运行。“举世非之而不加沮”。他做人就有这种潇洒：今天捍卫“新小说”，明天就倒戈相向；他打的是“左派”旗号，但梵蒂冈和克里姆林宫没有什么区别，教皇与斯大林是一码事，他可以用同样的热忱，同样的虔诚姿态向他们礼拜；今天上时髦的船，明日上革命的车；巴拉杜、左士平等政治人物，可以同时给他们各投一票，如果可能的话。最敏感的讨论会，最搞新闻的场合，总有他的份。他是时代的冲浪者，社会滑冰场的溜冰冠军。

人家看着这个富家子弟，法国人称之为“鱼子酱左派”的那类人，生活悠然自在，有一座面朝大海的拥有泳池的大宅。他不用以讲故事来忘掉自己的不幸，人生旅途上总是一路吉星高照。1961 年就以《公园》获得“美第契文学奖”，得到莫里亚克的赞赏。但他喜欢发牢骚，异议连篇，时或挑衅。怎么？他要扮演一个不为社会接受的边缘人？不像。他装疯扮傻？不错，曾经装过疯扮过傻，那是他年轻时候，小伙子千方百计拒绝服兵役。到六十五岁接受《巴黎竞赛》访问时，还笑眯眯地以好玩的口吻透露：“人家给我做精神病检查，我蓄意答非所问……过脑电图时，我将牙齿咬得咯咯响，使机器失灵。”后来他的家人写信给当时身为戴高乐阁员的马尔罗，请他出面干预，兵役终于免了，还得到马尔罗的复信：“该由我来向你谢谢，先生，至少一次，你容许我来使这个世界变得少一点愚蠢。”

他总是如愿以偿，命中注定永远成功，永远胜利。他的精明才干，他的平衡本事，他的处世哲学，使他像杂技演员般灵巧，将左、右思想，或革命、反革命之间的一切矛盾摆平，化解。他信奉的唯一哲学是成功。重要的是人家到处给他准备一张椅子，请他上座。外间又传说，他精通中国古人的战术：声东击西，以弱制强，欲擒先纵。这越发使他一生处于巅峰状态。造反得来，“美第契”得到了，“莫朗奖”得到了，荣誉军团勋章也别到胸口上来了。他曾经反对过的属于“旧世界”的一切，都得到了。越是造反，光荣、好处越是掉到头上来。

索莱尔缺少的是什么？都说他缺少的是被诅咒，是失败。永远成功反而成了他的悲剧。因为这么一来，他就永远进不了伟人的神庙，如兰波、魏尔伦等作家的神庙。

白夜城的荡游人

当你走过俄罗斯莽苍的大地，目睹了它的广袤无边，感受到它的神秘、深邃，然后，你去到圣彼得堡兰内大街5号，从一个半地下室的入口，登上一道石楼梯到达一楼，这就是陀思妥耶夫斯基最后的住宅。那时，你忽然觉得，原来那片莽苍的大地是要出人的，要出彼得大帝这种气势磅礴的人，要出陀思妥耶夫斯基这种深沉如海的人。

进入故居后，吸引你注意的，不是书桌、椅子、拐杖等用品，而是他的肖像。一副又冷硬又神秘又疏远的尊容，样子一张比一张苦，叫人难以入眼，就像他那一匹布长的名字，叫人难以上口。你怀疑他是否会笑，曾否有过童年。事实上，他的苦脸是他的人生标志，而标志他的人生的，是疾病、贫穷、监狱、苦役、流放。

陀氏起点不算差，出生于莫斯科，1837年被军医父亲送到彼得堡，进入军校修读军事工程。他抵达时是5月，白夜才开始，一年中最满涨诗意的季节。这个城就以它的浮华、诡幻、舞台布景般的假设，猝然来到这位未来的大作家面前。那时，年方十六的他站在涅瓦河边，受到极大震慑，在笔记本中写道："彼得堡周围，有不可言喻的触动力。"梦想与现实忽然交叉，纠缠，打结，变成幻觉之城，长街短巷鬼影憧憧，"躲在一群荒诞的人群后面，有人向我扮鬼脸，拉绳索，当操纵线和木偶活动的时候，哈哈大笑不止”。有些秘密在传授着，有些“不可言喻”在造就着。军事学校的宿舍是一座古堡，那里游荡着被谋杀的保罗一世的幽魂。当黑夜来临，少年心神不安，披衣起坐，身裹毛毡，点燃洋烛，通宵达旦地沉思、写作。父亲想要一个军人儿子，儿子却梦想文学。一根洋烛一本书，就是他整个少年时代。

经历过严峻岁月之后的1861年，他回忆起那段日子，写道：

> ……那时候我还年轻。来到涅瓦河上，停下脚步，我的目光跃起，穿透河流……夜来到城头上……整整一个世界和它的居民，强者弱者，和他们的住所，穷酸的隐身处或镀金烫银的宫殿，在这个微黯时刻，像一个荒诞而神奇的梦，像一个即将消逝和蒸发在暗蓝天空中的幻觉。不知是怎样一种奇想战栗于心间。我发抖，心被涌动的血液泛滥，它从一个突发的强势的感觉源头喷出，这种感觉我从未有过。……好像对某种新事物突然产生幻觉，这是一个全新的，只有从含糊的声音，神秘的迹象，来抓住一种概念的世界。我知道，从那个时刻起，我开始生存。

开始生存，可是生命开始于文学意识的萌发？他意识到萌发，可曾意识到他的人生将充满劫难？老天爷是用特殊程式将他制作的，他患有癫痫症，一辈子活在与生俱来的顽疾中。还死里逃生，有一天，他在面包铺遇上两个空想主义者，惑于他们的漂亮言辞，一头栽到最暴力的“革命”组织中。1849年4月被捕，囚禁在彼得保罗城堡。这是1703年为抵抗瑞典入侵而建的圣彼得堡最古老的建筑。12月被判处死刑。在只有几分钟可以活的死亡边缘徘徊后，奇迹般地死里逃生。关于这一幕，后来他在信中写道：

> 我还来得及亲吻身边的普莱切埃和杜罗夫，向他们道别。最后吹响归营号，把绑在处决柱上的人撤回来，向我们宣读皇上陛下赦免我们一死的诏书。

赦免后他被流放到西伯利亚。当命运之船在惊涛骇浪中不知驶向何方的岁月，劫难在他脸上增添刀斧痕迹，也使他有机会接触罪犯。十八岁的时候，他曾经庄重地宣告，要以毕生的时间来研究人，了解人，揭示人的灵魂深处的奥秘。这是他一生的目标。而罪犯的世界，无疑是人性最复杂最裸露的地方。他在奥玛斯克一间砖厂服役。没有权利写作，但有机会切身处地接触、观察犯人。一群受惩罚的倒霉蛋的行为、言论、思想、内心世界，就在他眼前原装原样地暴露。1860 年发表的《死屋手记》，是神秘的监狱世界的展示。它集中地反映了一个俄罗斯社会，描写人在自由与约束，罪与罚当中所具有的能耐，一个具有普遍意义和永恒价值的探索。他也描写了奥玛斯克城，尽管往事不堪回首："有时在梦中回到那些日子当中去，再没有任何梦使我更感折磨的了。"

但奥玛斯克的日子不曾白过："四年囚徒生活，我学会在罪犯中识别人。你相信吗，他们当中有的人有着深沉、坚强、美丽的性格。你会在不雅的外表下发现金子般的内涵，这令人多么高兴。我从监狱里带走多少类型和拥有多少种性格的人啊！我习惯了他们，为这个理由，我想，我知道他们十分好。多少漂泊和盗窃的故事，总之，使人黯然和悲愁的故事，我要以它们来填满我的书。"

他入狱的罪名是企图推翻皇朝，在监狱里接触过俄罗斯人，出来后反而认为皇朝对一个基督教国家是唯一可行的制度。他悼念尼古拉一世，支持亚历山大二世和他的社会改革。他这个基督徒越发基督了，相信俄国的出路在宗教，爱能征服世界和挽救世界，尽管他心目中不一定有上帝。他悲天悯人，在西伯利亚军队服务期间，跟一个生活无助，带着一个六岁孩子的寡妇结婚。她的前夫是死于酗酒的苦役犯。在军队服务六年后，1859 年获准返回彼得堡。

阔别十年，“北方威尼斯”依旧位在天水间。太多的巴洛克和新古典主义，依旧有人喜爱，有人不喜爱。但于陀氏而言，有了那段恩怨，它再不是母亲城。它对他不温情。他对它又爱又恨，总觉得它散发着威胁和迫害：“很少地方会使人那样感到它的阴暗、暴力和怪里怪气。”彼得堡于他是不祥的梦幻之城，使人丢失身份。这是他感受的主旋律。这个城有曾经监禁过他的彼得保罗城堡，有几乎让他走进冥界的广场。他与普希金和果戈理有同一视觉，鬼魂出没在巍峨大楼的门楣下，穿行在廊柱间，游荡在白夜的长街短巷和冰封的涅瓦河上。而小人物就成为某些圈套的牺牲品，如他的《穷人》中的穷人，《双重人》中变成疯子的公务员，果戈理《大衣》中的阿卡基等等。陀氏让他的角色在真实的大街小巷，运河的堤岸和广场上漫步，在宏丽巍峨的建筑物前有说不出的心寒，只觉得这个潮湿而浓雾弥漫的城，会像海市蜃楼般消逝，回复到当初的沼泽和森林局面。而“青铜骑士”则继续在骑座上，跑得上气不接下气。

这个城使他不自在。他搬迁频繁，想找一个适合他生活的地方，或再遇上一个不叫他交租的业主。他经济不富裕，父亲被佃农谋杀后，只得到五百卢布遗产，却得了个弑父主题，又抓住了一种人性。他从来没有物业，一辈子是租客。在彼得堡生活期间，先后换了二十八处地方，与居无定所或流离失所相去不远，成了一个浪人。一处地方租过两回也不发觉。总在街角的地方租一套简陋的房间，面对教堂或看到教堂。他足迹处处，彼得堡的小岛、街道、运河、桥梁、大楼、报社，他都熟悉。没有一个阴暗角落能逃过他的视线。当你看到盗窃犯、乞丐、妓女、被侮辱与被损害的人们，看到他们多变的性格，陷入困境，无依无靠，看着涅瓦河上的落日掉泪，就像他当初在幻觉中看到在操纵线下活动的木偶。总之，是光辉熠熠的皇城阴影下的另一个世界，一个阴暗世界。那时，你知道陀氏是将生活中的经历、见闻和印象都写进了作品里。俄罗斯的现实造就了俄罗斯现实主义。文学史上就有唯一的陀思妥耶夫斯基。

陀氏作品不时出现使人震慑的场面，如电影镜头般扣人心弦。《白痴》中的濒死遇赦，娜达莎被杀，米什金的癫痫症，《罪与罚》中的谋杀，《卡拉马佐夫兄弟》中的弑父，作品的戏剧性皆来自于他本人经历的戏剧性。他嗜赌成性，一再输光，一再跪地向妻子忏悔，或向随便遇上的人忏悔；为避债与第二任妻子出逃欧洲四年，巴黎、佛罗伦萨，从乡村到乡村……像游牧之家，随时收起帐篷转移营地。国内外住过不亚于五十处地方，都是平民区。他一生贫穷，其貌不扬，个子矮小而口齿木讷，普希金搂着贵妇的蜂腰跳舞的豪华生活，不会落到他头上。直到晚年，成为全城注目的大作家，才有机会被贵妇们请进宫殿似的府邸做客，也曾经作为贵宾被邀进皇宫。

陀氏的笔杆纵情杀伐，字里行间笼罩着超尺度和非理性，人物精神不安，惶惶不可终日。比起习惯形式的小说，如人物肖像的描写，风景的诗情画意，情节上的曲折，陀氏作品给人的是另类感觉。这种俄罗斯现实主义，外国读者不易接受。近代俄罗斯作家中，屠格涅夫在法国最先受欢迎，陀氏声誉来得较晚。尽管在十九世纪末二十世纪初，他的作品已经翻译成法语，但译者将典型的俄罗斯风格西方化，丢失了陀氏的独创性。直到 1923 年，纪德大力推荐，陀氏的独创笔调，作品的新颖和深刻，才被法国人接受。从《罪与罚》的哲学内涵开始，直到《卡拉马佐夫兄弟》的宗教、哲学、心理、伦理的描写，都得到理解。一旦被接受，声誉就不断攀升。在一般化的文学不足以装点的今天，陀氏的新颖、深沉，对人性的刻画，对心理的穿透，打开了读者的眼界。对陀氏来说，普希金的《叶甫盖尼·奥涅金》，不完全是柴可夫斯基歌剧中那个浪漫青年的故事，而是一个具有更深层次的心理、幻觉、魔鬼的课题。陀氏笔下的幽魂、魔鬼，直向俄罗斯人走去。而眼下的现实，每分钟都在提醒我们，陀氏的幻觉并非空穴来风。他的颤抖着的冲动，他的疯子们，总在骚扰着我们自以为安乐的世界。《死屋手记》所描写的，不就是后来索尔仁尼琴在《古拉格群岛》和《伊凡·杰尼索维奇的一天》中所反映的现实吗?

陀氏在彼得堡的最后住宅，还是在街角，可以看到教堂拱顶。另一边的街道现在命名为“陀思妥耶夫斯基大街”。他与家人于1878年10月入住，直至1881年1月逝世。这座大楼1846年他曾经短期住过。由于租金昂贵，他逝世后两个月他的家人就不得不迁离了。《卡拉马佐夫兄弟》这部技巧成熟，宣扬以爱来拯救世界的虚幻现实主义作品，就在这套拥有六个房间的房子写成，还完成了他早年开始的《双重人》。他一生手头拮据，晚年也一样，为节省几个钱，他抽的烟是自己动手卷的，亲力亲为去推销自己的作品。逝世前才将债务还清。苏维埃时代这所房子曾经成为公共房屋，后来重建为博物馆，1971年11月对外开放。房间的重建和陈设，尤其是书房，是以摄影师托布当年所拍摄的照片为根据。陈列物件中，有原件或非原件，毡帽、打字机、皮夹等是原件。但没有藏书。不像普希金故居，藏有4500册精装书。据说他的藏书被第一任妻子玛利亚的儿子卖掉了。玛利亚跟他从西伯利亚返回彼得堡，1864年病逝。三年后他跟速记员安娜结婚。参观他的书房时，可以看到圆桌面上一个时钟，标记着他逝世的日期：1881年1月28日。

打从1846年，陀氏发表第一部使他赢得声誉的《穷人》后，每一部作品都旨在探索人的灵魂奥秘，从来不曾违背这个宗旨，这是他唯一的宗旨，即使在奥玛斯克那段“活埋葬”的日子也一样。有天，有地，有上帝，有人民，有俄罗斯，但也有癫痫症、抑郁症、绞刑架、苦役、流放、贫穷。你一只脚向前，另一只被拖向后，你只能在隙缝中求生存。重要的是相信自己，确定自己要做的事，只做自己要做的事。1839年10月，他写信给他的兄弟说：“我相信自己的想法。人是一个谜团，要把他澄清。如果你以整整一生来做这件事，不要说你浪费了时间。我关心和致力于探讨这个秘密，因为我想做一个人。”然而，这个神秘的课题，他从十八岁开始苦苦探索，在种种桎梏中将自己掏空，到六十岁逝世前不久，只说了一句非常艺术的话：“人在人中。”

从书斋走上月亮

据说如果经济预算许可，美国佛罗里达州会在卡纳维拉尔角，就是把太空人送上月球的发射地点，为《从地球到月球》的作者儒勒·凡尔纳竖立一个纪念碑。因为在这部小说中，他描写从美国佛罗里达州的坦帕城，把一个巨大的圆形炮弹发射到月球上，而坦帕城正好与卡纳维拉尔角非常接近。

记得两三年前，凡尔纳的《二十世纪的巴黎》的初版，曾经使法国文坛震动一时。百多年以来，很多人知道曾经存在过这样一部小说，一直在寻找手稿的下落，但凡尔纳逝世九十年来，手稿全无讯息，人们以为它丢失了。但实际上它并没有丢失，而是在一个保险箱里“沉睡”了一百三十一年。直到二十世纪末，才无意中被搜索出来。

事情发生于1989年，在法国南部的土伦城，儒勒·凡尔纳的子孙准备把祖业出售。在清理家私什物的时候，大家都不知道把那只又古老又占地方的保险箱该怎样处理。这只碍手碍脚的保险箱，早被人遗忘在一间以车房改成的工作间里面。钥匙呢，早就丢失了。所有人都这么想：那个箱子只不过是一个空箱子罢了，里面啥都不会有，放在那里多少年了，从来没有人去管它。而那次搬迁使他们觉得有处理它的必要。要搬走，太重了，于是请爆破专家来将铁箱子炸开。轰然的爆炸声中，一些纸页腾空飞舞。儒勒·凡尔纳的孙媳妇安蒂随手拿了一个大纸袋，把所有纸页和本子，像处理垃圾那样塞了进去，然后放入一个超级市场的塑料袋里。安蒂的丈夫名叫让·儒勒·凡尔纳，他曾经为他的祖父儒勒·凡尔纳撰写过传记。但这位粗心大意的孙子，以为里面装着的是他父亲米歇尔·凡尔纳的物件。他把那个塑料袋随手塞进衣柜里，绝对没想到，这些纸页是他的祖父留下来的，更不曾想到，它就是凡尔纳专家们正在追踪的《二十世纪的巴黎》的手稿。这本命途多舛的小说，就这样开始了第二次“沉睡”。

数年以后，也就是1994年5月，儒勒·凡尔纳的曾孙让·凡尔纳认识了一位大收藏家，也是一位著名的凡尔纳专家。多少年来，他一直在追踪着有关儒勒·凡尔纳所留下来的蛛丝马迹，有关这位科幻作家的东西，无论直接或间接的，他都非常感兴趣。这位意大利收藏家名叫戴拉·里华，一经听到让·凡尔纳提起那个大纸袋，马上感到一种强烈冲击，一种职业警觉使他觉得一定内有乾坤，更何况，他正好拥有1863年出版家海榭尔拒绝出版《二十世纪的巴黎》的那封信。里华去到凡尔纳家，打开了那个塑料袋，他们的震动可想而知。

这部小说之所以到二十世纪末，才能与读者见面，当然事出有因。

公元1863年，出版家儒勒·海榭尔从一个青年作家手中收到一部科幻小说手稿，名为《二十世纪的巴黎》，里面有关未来科学的描写千变万化，每一页纸都充满了电光闪闪的幻觉，还描写了各种各样离奇的发明创造。作者这样描写二十世纪六十年代的巴黎：

> 我们的祖先不知会说些什么话，当他看见大街上灯火辉煌如同阳光普照，成千上万汽车无声地行驶在静默的柏油马路上，商店物品丰富得像一座皇宫，白色的辐射灯把每一个角落照得亮晃通明；交通网络宽阔得像广场，广场

辽阔得像平原；宽大无朋的豪华酒店，可以容纳两万个旅客；高架桥轻盈地飞架着，长廊通道风雅别致，交错的桥梁从一条街飞架到另一条街。最后，闪闪发亮的火车以令人难以置信的速度把空气劈开。

然而，在他那个时代，大家又怎可能相信这种异想天开的描写？即使有人愿意接受一些出轨的幻想，却依然希望保留旧有事物的美好和谐。凡尔纳那种悲观的幻觉，使人感到与现实距离太远，与人生活的世界不协调，因此不可能出现，更不希望它出现。海榭尔因而拒绝了这位作家的离奇怪诞小说，退稿之前，他用红笔在手稿的页眉上写道：

亲爱的凡尔纳，所有这些无知的画面，一百年以后还嫌夸张呢。无疑你是一个先知，但大家不会相信你的预言……

事实上再没有一本儒勒·凡尔纳的小说，像《二十世纪的巴黎》那样，使巴黎人又高兴又窘迫。因为作者一百三十年前对巴黎的预言，几乎都有幸而言中，或者不幸而言中。

凡尔纳说：

高楼大厦把平房赶走。

女人越来越瘦，身材变得又扁又平。

我们眼下的巴黎是怎样的一个巴黎？不妨看看：市中心以外的大巴黎，三四十层的高楼大厦比比皆是；从巴黎到南部城市或地中海，可以乘时速达三百公里的高速火车；你驾着车子到郊区，往往得驶过重重叠叠的高架桥；你想走到马路对面，经常得取道天桥；

你逛商店的时候，可以通过一条架空的长廊，从一座大厦走到另一座大厦；而妇女们呢，都时兴节食减肥，喜欢窈窕的身段。减肥行业成行成市，成为赚大钱的行业。

他还预言法语这种美丽的语言遭到破坏：

> 人们宁可取其方便，而不理会词汇是否丰富，因而随便创造一些名词来命名物件，专门把一些字进行可怕的拼凑和混合。

二十世纪下半期，法语经历了一次剧烈的蜕变，外来词（尤其英语）大量入侵。在日常生活中，已经习惯了使用 weekend（周末）、fast food（快餐）、paparazzi（摄影记者）、arab（阿拉伯人）等字，要是让凡尔纳那辈人听到，可能会气昏过去，你又怎能不惊诧于作家预言的准确呢！

除了这些使人吃惊的文字以外，我们还可以发现，今天大家所使用的图文传真机，凡尔纳已经做出详细描写：

> 远距离摄影可以把文字、手稿或图片以及汇票或合约的签字，以远距离复制方式传到两万公里以外的目的地去。
>
> 电报网络覆盖着几大洲的全部陆地和深海，根据1903年伦敦的正式实验，两个操作人员之间的通信，电报绕过地球后，从欧洲到达美洲只需要一秒钟。
>
> 电报奇特地减少了信件的数目，因为新设计的尽善尽美可以使寄件人直接与收件人联络。信件的秘密因而不会泄露，重大的生意可以远距离洽商。每一家公司都有自己的特别线路……
>
> 在巴黎、伦敦、法兰克福、阿姆斯特丹的证券交易中

心，自由市场上无数股市行情，自动地标示在银幕上……

凡尔纳不仅描写生动，而且用词贴切，他使用了拉丁文fac-simile来表示“远距离复制方式”，现在所有的西方文字不约而同地以fax指示“图文传真”，就是由这个词缩写而成的。

这就是科幻小说家儒勒·凡尔纳第一部作品所描绘的巴黎。后来他写下了大量脍炙人口的科幻故事，《地心游记》《气球上的五星期》《海底两万里》《八十天环游地球》等等。他如此多产，你简直不知道他一辈子究竟写了多少部作品。前几年还发现了他两部手稿，一部是《1839年的一位神甫》，另一部是《圣·卡洛斯》。

可是，说来难以令人置信，想象力天马行空的作家，一辈子绝大部分时间躲在书房里写作，美洲他只到过八天，气球只乘过二十四分钟。虽然他拥有过一条船，但从来没有用作航行，而是用来写作。他只希望有一间浮动的工作室，好让自己独处。那么，他的想象力就不是来自于见识，而是来自于他对科学的非凡热忱。某些预言的准确性，既令人吃惊，也使人无法理解。据说在《海底两万里》中那艘潜艇诺第留斯，和现代潜艇的构造非常接近。在《神秘岛》中关于打捞沉船的技术和装置，跟现代的技术装置几乎完全一样。但他不认为科学应该盲目而过度地发展，也不赞成将科学作为一种宗教来崇拜。他的某些著作，如《OX医生》等，批评了科学给人类造成的危害。正是这种清晰的科学头脑，使他的作品具有无穷的生命力，一百多年后的今天，还风靡世界，拥有多少读者。某些评论家不只将他看成作家，还看成教育家和科学家。

文首提及人类登月，现代科幻小说家伯拉博里曾这么评价：“没有凡尔纳，我们很可能永远不会想象到月球去。”

这个科学壮举是从凡尔纳那里得到的启示，抑或是科学证明了凡尔纳的预见？答案并不重要，事实上在一百多年前，当巴黎铁塔尚未建成，妇女们要到塞纳河边打水、洗衣服，来往街道上尽是马车的长龙和马粪的时候，凡尔纳已经从自己的书斋，一步跨到月亮去了。科幻小说鼻祖这顶桂冠，凡尔纳当之无愧。伯拉博里说得好：

> 不管如何，我们大家都是儒勒·凡尔纳的孩子。

谁是《情人》中的情人

走过了八十一岁漫长道路的杜拉斯，在她的巴黎寓所撒手尘寰，进入她的虚无世界之前，写下最后两个法文字“C' est tout”（就这么些），仿如对读者说：“我可以给你们的，就是这么些东西了，拿去吧！”

然而，一位大作家的逝世，不容易给她盖棺定论，因为永远不止“就这么些”。他们所遗留下来的遗产，往往像一个矿藏，让后人采之不尽。他们的作品，他们的人生，他们的哲学、艺术或政治思想层面，都可能像碳十四，会随着时间的过去不断地有所放射，使后人不断有所发现。某些大作家的作品，经历过数十年数百年后，依然使人感兴趣，还能引起我们的喜怒哀乐，给我们产生美感、惊奇，继续使我们思考、叹息、掉泪，或者发笑。

杜拉斯是著名作家，战后“新小说”派的成员，是这个派别中的佼佼者，社会新闻数她最多，哪里有热闹，哪里就有杜拉斯，因此名声最响亮。作为现代女性或者作家来说，杜拉斯都不同凡响。自 1943 年发表第一部小说以来的半个世纪，她先后写了七十部著作，每一本都是薄薄的，文字是最基本的，故事是最简单，最苍白的，但小说界、电影界、戏剧界以及政治生活和社会生活，都不缺少杜拉斯。她的行藏举止也独树一帜，管他天塌地陷，一味我行我素，使你赞叹、感慨、厌恶，甚至大吃一惊。早在 1933 年，一个社会风气保守的年代，当遇上她的未来丈夫的时候，连米特朗在内的一大串男人，也蝌蚪般跟着来了。1940 年代，她跟前夫和情人，三个人在同一瓦顶底下上演了一出“三人配”，连她的共产党朋友也“吾不欲观之矣”，于她，却像得了头版头条新闻般得意扬扬。1944 年，她的丈夫被德国人逮捕，关进了集中营，杜拉斯希望某盖世太保帮助她营救，因而跟他有染，长时间维持着火热关系，也算是用心良苦。后来是米特朗派人把他营救出来了。她跟米特朗的关系，一直是供人闲谈的话题。在六十五岁年纪，还有福气跟一位比她年轻三十九岁的小伙子同居，直至逝世。杜拉斯的人生，比她自己所写的小说还要小说。

给读者所提供的文学世界，也同样“摩登”。传统的写作方法让她一股脑儿扔掉了，以她自己的手法来给读者一个“杜拉斯世界”。在这个世界里，有的是青年人的迷惘、烦恼、肉欲，使人目不忍睹，读者往往猜想这是她本人生活的写照。她的人物永远个性极端，多疑，反复易变，喜怒无常，动不动大叫大喊，你随时可以把他送进精神病院。不具完整的故事情节，结构散乱，是她的基本写作方法，拿手好戏只是给读者一个二十世纪生活的横切面，或现代生活的某种概念。故事人物已经足够单薄肤浅，还要破坏句子的结构来标新立异，以致不知所谓。都说她的作品被外国翻译得最多，事实是因为她的文字简陋浅白，容易翻译，短处成了她的优势。杜拉斯要写的，是浮在现实生活表层的渣滓和泡沫，所追求的，是一部写了等于不写的书。她是二十世纪“摩登时代”最“摩登”的女作家，但留给喜欢摩登的法国人的印象并不可爱。

自从她以《情人》一书获得了 1984 年的“龚古尔文学奖”以来，大家都认为这是杜拉斯的自传体小说，她本人就是书中的女主角。读者从作品中去寻找作家的影子，相信故事是作者生活的写照。但，凡事不可千篇一律，意大利作家莫里诺寻根问底的结果是：《情人》中女主角的原型，并非杜拉斯本人，而是她的母亲。在《情人》这出卖座不俗的电影中，跟中国影星梁家辉大被同眠的，是多纳迪厄夫人，杜拉斯只是这场私通的果实。她的弟弟保罗，也是果实之一。据说杜拉斯在越南出生前好长一段时间，父亲亨利·多纳迪厄已经患有精神病，很快离开越南返回法国，在普隆皮耶接受治病疗养。杜拉斯的弟弟保罗出生，他依然生活在法国，1921年逝世，那时杜拉斯只有四五岁。杜拉斯也不采用多纳迪厄的姓氏。她身段矮小，被形容为“只有三只芒果那么高”，头发几近全黑，脸部轮廓不像西方人那样飞扬，随着年岁增加，面孔越来越像个东方妇人。莫里诺写道：“她随着年纪老去，原来的责难逐渐变成一种揭秘。另外一个父亲的痕迹，在他女儿身上逐渐变得明显。”她和弟弟的面孔，从小使周围的人窃窃私语。长兄皮尔跟他们不一样，是西方人的相貌。

杜拉斯的母亲有过一个情人，他是亚洲人，很可能是中国人，这点在杜拉斯的《情人》和《中国北方的情人》两部著作的字里行间，在半掩半遮的句子和段落间，可以找到无数的迹象。至于她本人的初恋情人也是一个中国人，她从来没有否认。一个中国父亲，再加上一个中国情人，杜拉斯跟中国人真是一家子得紧。莫里诺还认为，杜拉斯有过一个尴尬而困难的童年和青少年时代，家庭成员间不和睦，甚至害怕她的长兄会将她杀掉。而在一个殖民社会背景中，混血儿身份的透露，也使她感到屈辱。也许是这种屈辱感，使杜拉斯一头栽到写作世界中，作为对现实的一种回应，对缺陷的一种心理补偿。那些生活不尽如意的人，经常会为自己找另一条出路，不少作家是私生子，或者是经历过沧桑的人，包括阿拉贡在内。看来境遇坎坷并非绝对只有坏处。

杜拉斯无论在法国或世界文坛中，都是一位名字响当当的作家。她的代表作《广岛之恋》《情人》《抵挡太平洋的堤坝》使她享誉海内外。但作品良莠不齐，在光闪闪的桂冠下遮掩着许多杂乱的东西。她的作品，她的为人，有人喜欢，有人讨厌，但逝世后十多年，《情人》依然畅销，杜拉斯还在那里，你一眼就可以看到她，她的作品是否经得起时间考验是另外一回事。但大家都知道她曾经是共产党员，是社会主义者；知道她自由自在，随心所欲地生活过，写作过。她不知道什么叫“人言可畏”，她天不怕，地不怕，人不怕，好话坏话照单全收，唯冷清寂寞使她受不了。她嘴角叼烟，大碗喝酒，哪里发生乱子，她就到哪里去煽风点火。1968 年的学生运动闹得如火如荼，就连左派阿拉贡也看不过眼，她却唯恐天下不乱，趁机火上浇油：“管他世界完蛋，这是唯一的策略！”杜拉斯就是杜拉斯，唯一的杜拉斯，世界上不会再有第二个的杜拉斯。

第二辑　思想的声音

有时你想，读书只为闲情或个人兴趣爱好。为读而读，茶余饭后睡前随便翻翻，翻到哪里是哪里，自由而随意，不必考虑作为，打发了时间就好。回想学生时代读书，一味任意南北东西，随手拿起一本书就是你要看的书，一如到郊野散步，随便找个方向就是你的方向。

滕王阁心事

“滕王阁笔会”这个名字起得真好。在一个名阁举行会议，相信与会者都很高兴。中国名楼之中，“兰亭已矣”，岳阳进退皆忧，黄鹤一去不复回，唯滕王阁一千三百多年来，依旧“邺水朱华，光照临川之笔”，成为启迪百代文慧之地。这个帝子之阁，也领尽了现实世界和文学世界的风骚。

你打开南昌城区图，赣江抚河绕抱穿越，城内城外湖水融融；南昌以外，“襟三江而带五湖”，在在是水。因着水，子安咏曰：“鹤汀凫渚，穷岛屿之萦回。”他从水得窥南昌的奥秘，为它创造了一个与现实平行的精神世界。这位初唐才子，成为南昌第一知己的同时，也为大唐诗唱的繁荣扔下了一块基石。若非那个名篇，赣江只是野鸭的一面镜子，南昌给人的概念不会这样丰富多彩，一如圣彼得堡的精神与面貌，有赖于普希金的《青铜骑士》。

因着水，就有了孤鹜长天，“渔舟唱晚，响穷彭蠡之滨”。这千把年来，在世代人当中不绝如缕的吟唱，道出了炎黄子孙与自然同化的一份向往。冯唐、李广未获封任，焉知非为山巅之上，豁涧之间的呼唤更具说服力？

赣江两岸起伏的山冈平野，浩渺的川泽，就这样陶冶着生活在其中的人，让他们感受自然的无言启示。如果说过去的文人，喜欢借景抒情，托物咏志，于今依旧同一情怀兴感。唯每个时代的人总有自己头上的一片天，带有时代标记。在二十一世纪这片天空底下，一切讲求面对民众，见水思亲，触景生情的同时，经常得联系到一个现实法则，落实到日常生活，那就是，如何将水引给万人饮用，灌溉田畴。一如南昌，它有历史，有故事，有灵魂，有内心世界，有王勃这个“三尺微命”，却庞大得使人感到碍手碍脚的巨人，是具备了名城不可或缺的条件的。但这个还未足够，它还必须拥有一个可感知，可触摸，宜活宜居宜赏宜行的实体，一个现代的生存环境。你去到某文明古国，尽管遗迹处处，但河里浮着死马、死狗，街头巷尾堆着垃圾，乞丐保镖般贴身追随着你，你会感到丧气，觉得这是个失去了灵魂的国度，你所面对的，是一场丢失了的文明。你尤其对生活其中的人的心理和精神状态质疑。

一个兴旺的民族，是讲究清洁卫生的。古罗马的远征军，每征服一处地方，总是首先为居民筑渠引水，不惜从数十公里或一二百公里外引水进城，给居民饮用，维持环境清洁，供大兵和居民沐浴。公元前 19 年，古罗马的第一代皇帝奥古斯都大帝，来到法国南部尼姆城，发现水井、泉水极少，即委派他的女婿阿格里帕设法建造供水系统，从五十公里外的水源引水进城，筑了两个庞大美观的储水池。由于水渠必须跨过加德河，便筑了一条三层的美观、坚固、实用的高架桥，称为“加德桥”。该遗址既是古罗马文明的见证，也成为法国南部的著名景点。笔者不久前去参观过，印象极深。

当笔者走出南昌机场，发现所走经的路线都很清洁，视野内不见一个塑料袋，一个汽水罐，或一角包装纸头，那时候心情颇感舒畅。后来看到心仪已久的庐山、八大山人的出家遗址、景德镇等地方也相当清洁，心情更加愉快。一个城市的干净，并非只因为有扫帚划过，而是有着一城人的精神因素在里面。事后才知道，南昌被评为全国卫生模范城。

南昌人颇意识到自己的地理环境优越，文化遗产丰富，并为之骄傲。滕王阁上，就以“人杰厅”“地灵厅”来记载历史上出于当地的公卿名士和名川大山，地方志也为历代滕王阁诗文作了编纂，为该阁一再浴烈火而重生的历史作了记载，实际已是一种文化历史的心像。很少见到一个城市的人，这么津津乐道自己城市的好处，知道自己城市要的是什么。他们会告诉你，有十八万候鸟在滕王阁附近结庐；一位退休干部，如何拍摄白鹤各个时期的生活状况，获得国际大奖；秋水广场如何赢得海内外声誉，某些方面成为世界之最。南昌的作家、书法家、画家也特别多。笔者获赠的画册、诗集摞成厚厚的一叠。不论赠书题字，或随便留下通信地址，字体大多形格兼备，可见书法相当被重视。不像在别处见到一些后生的字体，像一根根火柴枝拼凑起来。对中国人而言，挥笔也成了一种文化求索。

自从改革开放以来，每次回国走动，皆发现大小城市仿如严冬后的早春，高楼大厦春笋般从地上拔起。这种思想、文化、经济的大综合，自有它的诱人魅力。南昌也不曾瞠乎其后。因为到处水光溶溶，建筑物也显得特别多姿多彩。俯仰这片天地，在千万广厦中，在湖阁交映、云烟怡目处，你想起杜甫的“安得广厦千万间”，想起李密《陈情表》的“凡在故老，犹蒙矜育”。原来宏文、辞章的理义精髓，天地大美的无言教化，往往通过人的精神，直抵人格的最深处，化育出一颗面对世人的心，一片怜孺惜弱之情。文章、山水的有情世界，可在于斯乎？

在千万广厦中，有商业大楼、住宅大楼、政府大楼、银行大楼的同时，如果也拥有足够的“老吾老以及人之老，幼吾幼以及人之幼”的养老院、幼儿园、孤儿院，有为教育事业这个“国本”准备的足够的学校，有扶危救急的医院，有“医者父母心”的医疗队伍的话，那么，南昌、滕王阁则既拥有了历史、传奇和自然环境的一切优越条件的同时，也拥有了我们这个民族最深沉的一份心事。

相信已经拥有了。

且吟白纻停绿水

自从为报刊撰写书话以来，读书这码事，就较少从消闲或趣味的角度出发。哪部书得奖，哪位新秀冒出，哪位名家出了新书，你得马上跟风。读书也得格外留神，去掉个人喜恶，摒弃垂钓采花的闲逸，一边读一边动脑筋，因为绝非书看过了就丢到一边。你看书，不单是你与书的关系，还得考虑如何以一篇短文介绍给读者。于是，这场人书恋就有第三者介入，关系难免复杂了。

有时你想，读书只为闲情或个人兴趣爱好。为读而读，茶余饭后睡前随便翻翻，翻到哪里是哪里，自由而随意，不必考虑作为，打发了时间就好。回想学生时代读书，一味任意南北东西，随手拿起一本书就是你要看的书，一如到郊野散步，随便找个方向就是你的方向。有一段时间，你将脖子伸得老长，眼睛望得老远，一味搜索外国翻译作品，总是远的外国的东西好。兰波是“生活在别处”，你是“真理在别处”。普希金、屠格涅夫、雨果、司汤达……都很好。而近在身边的呢，跑不了，总会轮到的。到国外以后，生活在另一种文化氛围中，却又希望在中国的文化气息中小息小憩，还是往远处看，只不过这回远的是中国。于是，《红楼梦》《老子》《庄子》《三国演义》……旧爱新欢，一下子都成了新宠。远离故土，到底还有曹雪芹、苏轼、老庄近在身边。虽然依旧是东捞西搜，一知半解地读着，左眼入右眼出，书翻过了就算功德完满，到想引述一个句子，面对重重叠叠的乱书堆，总也翻不到出处，正是“书到用时方恨多”。然而，到底还算有所发现，外国人所认定的真理，中国人早已发现；外国人在哲学、社会、伦理、道德等各方面的金科玉律，古往今来的中国人都说过了，到底是文明古国。唯是，西方人更懂得提取精华，加以弘扬，发挥，使之系统化，理论化，成为一门学问。

读书是文化传统和知识的自觉或不自觉的承继，是精神和审美的渴望和追求，它影响着人的精神世界、志趣、修养和价值取向。但这是被动地接受，跟作家创作的主动性有所区别。作家透过现实去创造另一个世界，给现实另一双翅膀，用语言推动它起飞。这个世界带有作者本人的理想、意图、哀乐，甚至个人的逻辑，志在道出生活的所以然，它的声音、颜色、形状。有些书籍也像卡夫卡的《城堡》，是一个遥远的存在。声息相闻，却不容易抵达。如何将那声息或所以然，以一个中间人的姿态传递给读者，是书评人要做的事。评论家可以是棍子，这曾经是某特殊环境下的现象。就一般而言，书评人大抵是作者的同谋，站在他的立场上，在他和读者之间起一道桥梁。要是人家从你发出的信号中，能感染到作者的衷情、热忱，对他的美感、痛感或快感有所感应，有兴趣去翻翻这部书，你就功德完满了。

当你看过一部新作，想写点什么，首先会想，应该从哪里入手？从作品？从作家本人的经历、外貌或轶事？写都德，就从他的《磨坊信札》的序言写起，因为这篇序言，是以磨坊的买卖合约为基础写成的？写拉马丁就写他竞选总统的一败涂地，成为文人问政，却傻态可掬的笑话？写马金尼就写他一身的大北寒气？写史奥朗就写他做人的苦处：“为什么要来到世界上”？写兰波、魏尔伦，就写他们永远选择地狱，或者本身就是地狱？写罗曼·加里，就写他的神秘莫测，你抓不住他的真实？

有的作家从历史、社会、人生严峻的一面着眼，将重量倍增，雨果让沙威最后投入塞纳河；托尔斯泰让安娜·卡列尼娜卧铁轨；福楼拜叫包法利夫人吞下砒霜。有时从轻发落，四两拨千斤，聂克道夫毁掉马斯洛娃半生，为赎罪做出牺牲后，终于找到了出路，《复活》了；契诃夫悲天悯人，对肮脏小木屋里的农夫满怀诚恳；博马舍的快速轻盈，鬼火般的闪烁，写尽人的轻浮，却使他们逃出生活的重力；马拉美对纯艺术的尊崇，对无神的神秘探索，使他得了个不伦不类的“星相学诗人”的称号。总之，作家们将人世间的深浅高低，明暗虚实，前后左右，都测量过了；在文学实践中，大题小做，小题大做，无中生有，从梦想到现实，从现实到梦想，将时序颠倒，压缩，都尝试过了。有一年夏天，《费加罗报》文学版组织了一个专辑，为一些作家制造子虚乌有的“经历”。于是，图尔尼埃一个往后跳，跳回到二百八十多年前，去跟《鲁滨孙漂流记》的作者笛福相会，一起畅谈文学；贝松为斯大林和纪德安排了一个晚餐；根据圣勃利的设想，巴尔扎克1850年病危，雨果去探望他以后，他活过来了，两年后进入了他梦寐以求的法兰西学院，被拿破仑三世封为男爵，终年七十七；迪图没有让兰波在马赛医院死去，他的母亲、姐姐把他接出来，从此不再谈诗歌，称他过去的作品为“洗碗水”，两年后结了婚，养了四个孩子，还当上了殖民官，成为索马里参赞；名记者幻想换上了诗人拜伦的脑袋……

有的作家企图改变历史，拿破仑当年兵败滑铁卢，如果他从大西洋乘美国轮船到达美洲，对一个才四十六岁的人，能否还有一番作为？希特勒曾经梦想成为画家，但美术学院没有接纳他，为此感到十分沮丧，日后就从战争来进入生活，把战争作为生存的理由。

如果当年的愿望实现了，世界会变成怎样？第一次大战的英雄贝当元帅，如果在二次大战末期，突然改变主意，乘船到阿尔及利亚与戴高乐相会，法国还有戴高乐吗？或者，又或者……这一连串的如果、或者，都可以成为话题，成为幻想空间。总之，大家努力去发现空白，填补空白。

文学经历了长途跋涉，产生过大量文学作品，每一代作家都有所承继，但都离不开太阳底下的事。手头上的古典主义、现实主义、浪漫主义、虚无主义，理性、非理性，都玩得有点过于乏味了。从荷马以后，同样有太阳，有生活，有土壤，有梦想，然而，大家不得不承认，每一代作家都在重复前人的作品，写的都是变奏曲。而当下必须面对的局面是，书商的贸易数字中，文学作品所占的份额越来越少。都说现代科技资讯挤掉了文学空间，实用书和通俗作品更是寸土必争。当年雨果一部诗集的版权，可以购得一座数层华宅的时代已经过去。大家担心文学的前途，一如担心威尼斯的陆沉。2005 年 5 月在法国圣·马洛城举行的第十五届国际旅行作家大会，讨论的中心是，未来的文学将会是怎样的？

古希腊时候，德尔斐被认为是世界中心，因为它是哲学、文化中心。而现在呢，哲学和文化再不是世界的中心，我们没有了中心。大家每天谈的是全球化，是生产指数的增长，是商品的倾销和反倾销，是股市的起落。面对这个现实，作家布里斯对未来文学有这样的设想："一个涨潮带走了我们所有的标记，动摇了我们某些信念。数百年来退向自己放弃前卫之后，当大家相信小说这种形式进入困境时，突然出现了文学的新事物，它喧天哗地，五彩缤纷，多种多样的杂交，它终于使我们看到、读到一个正在诞生的世界。"在这个新文学世界里，"五大洲的文化互相搅拌，互相渗透，互相碰撞"。布里斯设想以这种嘉年华式的声音、色彩和耀眼争辉，来把我们带入新文学时期。但作家德翁有一句话：“世界性的大堆头文化，不能在理性和感觉上汲取各民族的智慧。”

笔者就在这个缤纷的文学世界中东走西走，“且吟白纻停绿水”“却伴青霞入翠微”，写写看看，写了好些年读书笔记。写书评，是在别人的成果上做文章。通过复述、感受、分析，从个人角度出发，带着个人色彩，来扮演作者和读者之间的中间人，完成一种传递，也必然将自己的情感、见地或审美一并传递了。不知不觉间，把生活中的苦乐，读书的快意或劳累，变成了写作的趣味。跟自己纠缠不清的意念，摆脱不开的困扰，萦绕心际的烦乱，都一并打发了。你过去了的时间，就不会永远地失去，而是留在了载浮载沉的文字的迂回之路中。

注：此文为《笔走皇林村》自序

龙旗凤羽的后面

法国社会党的风头人物罗雅尔，曾经参加过奥巴马的就职典礼。乍听起来，颇触人耳目，果然是个人物。但随后知道，她的席位不在主席台前第一行，不在第二行，也不是第二十行，而在两百米以外的某地方。就眼下以排位来定身份的社会，罗雅尔的身价，就跟着行数降了下来。最后还获悉，她并没有获邀，入场券是她专程到美国钻营得来的。拉虎皮做大旗，目的是以参加一个大典来扩大自己的形象和声势。这就是政治人物的行藏，不惜千方百计找机会出镜，去做新闻人物，实际上只是做传媒的奴隶。

政治人物与各式各样的仪式，可谓纠缠不清。你作为小民，对那些仪式也有所领教。你驾车上街，一拐弯，一排铁栅栏横着，道路临时关闭；转入另一条，两边有警察巡逻；再转另一方向，刚好闹堵车，警察截停了一部汽车检查证件。你心里窝火，幸好不是赶飞机！但你知道，将有外国元首或者头面人物经过。你走在大街上，有时也会遇上一队摩托车迎面而来，跟着是喇叭喧天的保安车，救护车，然后是窗玻璃黑沉沉的防弹车。押在后面的，又是几辆摩托车，一支浩浩荡荡的队伍，哗啦啦绝尘而去，好不风光。你知道某元首就藏在这个哗啦啦里面。那时节，你比任何时候都更明白，原来权力、身份、社会等级，就是以这种形式标志出来的。

事实上，没有一个不戴皇冠，不穿龙袍，没有皇座的皇帝。至于皇冠、龙袍里面包裹着的是怎样的人，哗啦啦声中藏着的是什么人，或者干脆是个“阿斗”，那是谁也奈何不了的。皇冠，龙袍，出巡时候的鸣锣响道、肃静回避，都是权力的象征，威力的信号。《红楼梦》中的元妃归省，只是皇帝三宫六院中一个妃子回娘家，但仪式、礼节的繁复及其奢侈排场，使人大开眼界。归省之前，小太监先来贾宅各处设关防，街头巷口围幕严挡，指示贾宅人员何处出入，何处受礼，何处开宴，何处退息等。归省之日，连老太君贾母也得站在大门外等候。几度“忽闻”太监跑马之声，都还“早多着呢”。半日又半日之后，才隐隐听闻鼓乐之声，才一对对凤羽龙旌，雉羽宫扇，销金提炉……一支极尽浮华的队伍终于出现。然后是国礼、家礼，繁文缛节闹个不完。元妃只是皇帝的小老婆，小老婆出场尚且如此，大老婆出场又如何？皇帝本人出场又如何？权力、威势、社会等级，就以这种特制的夸张场面，在人间的舞台上表演。

但这是封建王朝，有君，有臣，有平民，怎样才能表现出哪一个是上，哪一个是下？哪一个是尊，哪一个是卑？谁坐华舆，该谁来抬？古代国家之间有交往，国君或使节之间有接触，要采取怎样的程序、形式，才让双方都可以接受？所谓仪式就是这样产生的。至于种种烦琐章节也进入到皇室的生活中，比如，皇帝皇后在加冕大典中穿怎样的礼服，也要颁布一道法令，款式、质地、颜色、腰带、花边，肩上大氅的式样、前摆的穗子，直到最微小的细节，都成了国家大事，必须付诸文字，这越发是煞有介事的超尺度的加码。

写过一部有关仪式书籍的勒谢博尼耶认为，在西方世界，共和时代的社交礼节跟帝皇时代有所不同，主要的改变只是，怎样才显示出这是共和国总统，而非皇帝。位置该怎么个摆法，才不导致权力的滥用。比如，典礼仪式和外交权力不再属于总统，而属于外交部礼宾司。这是一个独立单位，它负责总统、国家和外交上的一切礼仪，跟外国使节的联络。但内容和累赘章节变化不大。1963 年在维也纳起草的外交惯例，连最基本的细节也有所规定。但起草人只参考了从古到今，各个朝代所沿用过的一切，代替了 1815 年的《维也纳条约》而已。

仪式既然为大家所默认，且不说在极权国家，即使在民主政治中，某些政客也有万人之上的飘飘然。那些可有可无的庄严，毫无价值的辉煌，浅薄而无意义的华丽，就以夸张而极端的手法，滥用到各个层面，导致劳民伤财，费时费力。在一个政治群体中，谁是领导，谁是领导的领导，谁是领导领导的领导，必须预先排列出来。这个排列，就决定在报纸上、文件上的排名先后，进入会场、会议室、宴会的次序，座席以及发言的先后。仪仗队的组成，要多少辆摩托车、警车开路，要怎样的防弹车等等，也必须根据这个排名来决定。

组织一番如此这般的浮华，经常费煞张罗，一个宴会的组织，就足够整个礼宾司忙个人仰马翻。椅子怎样摆，饭桌如何陈设，饰以什么花，连小馅饼的排列，也可以包含某种意义。酒的选择，必须根据客人的要求和饭桌的色调来决定。位置的先后，千万要小心，既然这是地位和权力的一种陈列。谁坐在谁的身边，谁与谁不能并肩而坐，因为身份不对等，或敌对关系，或关系欠佳，都必须预先了解，仔细安排。德斯坦难侍奉是出了名的，坐在他左右边的人是谁，一定要预先通知，某些场合，他的座位对面不能有人。为避免夫人们衣着颜色相同，要预先通知她们带上替换衣服。有一回英女皇访法，当飞机停定在机场上，她从舷窗看见蓬皮杜夫人穿了同样颜色的衣服，马上换了另一套；密特朗夫人和戈尔巴乔夫夫人，在克里姆林宫的圣乔治厅发现两人同时穿着红色，戈尔巴乔夫夫人马上去换了一袭绿衣裳。

巴黎有一百八十个双边关系的大使，大使中各有类别。某些小国，就在当地请人做代表，可以是个商人或任何职业。有的使馆为省几个钱，要上下一起动手准备一个自助餐。有的外交官津贴极少，寒酸得直教人不忍，使馆只有两个房间。一旦遇上宴请，却气派十足，乘着名贵汽车去到总统府前面的梯阶，大模大样登上石级进入总统府。谁知内有乾坤，汽车是向邻居暂借的，司机这个角色还得临时请人扮演。

你作为小民，在荧光屏上见识到种种典礼，偶然在街头碰上迎接大员的车队，就像看一个节目表演。喧天哗地的警号，金光闪闪的军刀，笃笃的马蹄声，只为扩大某人物的形象，而你心知肚明，这位大员的形象并不那么高大，只不过像被高音喇叭扩大了的声音而已。在当今传媒发达的时代，谁也成不了神，谁也不比谁更完美。谁闹了桃色新闻；谁的一道公文错漏了多少个字；谁将夏朗德肉牛当成奶牛；谁有几个情人，养了多少个私生子；谁通过特别渠道上台，权力如何私相授受等，资料都不难找，因特网给你提供一切。你也知道某大人物气派大得来，做派却小得很，对席次安排不满而退场；德斯坦是个出了名的活宝，将总统当成皇帝来做，在所有日常用品上头打上自己的徽号。你又怎好责怪法国人只让他做了一届总统，就将他轰了下来？下台后依旧死性不改，不问场合，到处争第一个位置。还企图当欧盟的总统呢！没当成，一反手间，竟钻到法兰西学院去，当了个不伦不类的院士。

有趣的是，每一次仪式，尽管之前策划周详，事故依然层出不穷。勒布尔热机场关闭之前，按照法国规矩，官方来访的贵宾，都在奥利或勒布尔热机场着陆。当年阿富汗国王降落在勒布尔热，但接机的官员和仪仗队去了奥利，要用汽车将陛下转送过去接受仪式；德国总理科尔访法完毕，以盛大仪式把他送往机场，但红地毯通向的飞机，不是他的座驾机；1988年，东德埃里希·昂纳克访法，希拉克在巴黎市政府大厅接待，到最隆重时刻，市长请客人起立，准备奏两国国歌。但当帷幕拉开时，舞台上空空如也，因为事先忘记通知乐队前来；卡扎菲访法，在奥利机场奏错了国歌；法国大使在苏联也曾遇上人家以《卡门》来迎接，而非国歌《马赛曲》。还有接错了人的，弄错接机时间的，厨房没有得到指令准备晚宴的……为隆重以待，为玩新花样，反而闹出笑话连篇。

面对这类事情，小民是哭还是笑？当然是笑，笑话越多越出轨出格越够味道！比如1976年法国国庆阅兵，一场滂沱大雨，将协和广场上临时搭成的主席台上的人，包括总统德斯坦在内，全部淋成落汤鸡。更可笑的是，椅子的红色天鹅绒褪色，印到他们的裤子上。那时节，还有什么冠盖京华可言！当然，如果主席台上的人，都站到卢浮宫的长廊上，有足够的位置，绝对妥帖，也省去了每年将临时主席台又搭又拆的麻烦。但问题在于，共和国主席或总统，站到皇宫上头阅兵，肯定弄错了些什么吧？向天打炮，敢情能够将雨打跑，就不知为什么，人家不想人定胜天。

有些头面人物，一天到晚参加这个会那个会，这个仪式那个仪式，弄得晕头转向，经常得向工作人员询问："来的都是些什么人？""我要去哪里？""我该做些什么？"工作人员就得带着他们穿过走廊或大厅，送到现场去，将他的位置指给他。缺了专职人员的提示，则寸步难移，忙中有错：福特从飞机梯级上滑下来；巴拉杜走下直升机时，一个错步摔倒在地上；卡斯特罗走下讲台时，栽成个四脚朝天。

某人物在讲台上慷慨陈词，唾沫横飞，台下掌声雷动，但讲稿是别人起的，起草的人就坐在一旁，殷勤地做笔记，带头热烈鼓掌。讲稿既非己出，照本宣科也难免出错，有人读出：“总共有五十个逃犯，抓回了五十一个。”到国外访问时，显得知识丰富，对一切皆了如指掌，但资料都由智囊提供，临时背熟，这已经是公开的秘密。他们像演员，跟着脚本扮戏。那时节，你对那些借仪式扩大了的形象，能够生出多少敬意？老庄有谓：“故势为天子，未必贵也；穷为匹夫，未必贱也；贵贱之分，在行之美恶。”

在西方国家，头面人物动静间虽然也扇风卷尘，但一旦有过，则与庶民同罪，马上被从陈列架上拿下来，席位对你没有保护作用。克林顿就不曾避免司法机关一直翻到他的内裤里，因为美国总统是被重重法律关在“笼子”里的。法国总统也被关，是关在“动物园”里。德斯坦曾经接受中非总统博卡萨一块只值四万法郎的原钻石，丑闻闹出后，上电视解释，最后充公；希拉克任职巴黎市长期间，因为政党经费使用不当，被执法部门揪着不放；萨科齐不止一次被人拒绝握手，当街大骂，有一回，他还将骂他的人请进总统府。为挣回几点民意，一天跑三个省份，脸骨忽然显突起来了。作为平民，你更愿意看到法律面前人人平等。你在荧屏上看“公仆”，并非想看他踩在红地毯上一程来一程往，而要看他向民众汇报，究竟办了些什么事。人家选你出来，交税款来供养你，是要你为民众办事，不要看你老在宴会上彬彬有礼地举杯。国家要有次序，生活需要艺术，但必须行止有度。政治只是一门职业，没有特别喧闹的理由。宴会接宴会，出访接出访，地毯接地毯，公帑花费知多少？国计民生就离不开这个？一切与时俱进，偏在礼节上头一部通书看到老？如果有朝一日，这些劳民伤财，从皇朝沿用下来的花样被精简，以真正适合于“公仆”身份的简便礼仪来代替，岂不更符合共和精神？

既然花里胡哨的仪式曾经有过长远历史，已成了古董，何不将它们放进博物馆里，就是说，不妨选些节日，将那些毫无价值的辉煌，戏剧般夸张的陈规陋习，表演给民众看，大家一定觉得有趣，拍烂手掌。

召回流逝时光

记得早期的行旅或观访，回来后将箱子放过一边，旅行印象也就逐渐淡忘，甚至彻底忘记了。你走经怎样的路线，看过哪一位作家的故居、博物馆，参观过什么展览，何处睹山望崖，遇见什么人，说了些什么话，回来才呼过一口气，天南地北碰碰撞撞的印象已经远去。日后偶然谈起一些走访观光，在某些细节上头，总是误把冯京作马凉。不过，旅游观访是朝秦暮楚，是不忠，你来，你去，不留恋，不遗憾，冯京马凉又怎样？后来为给杂志报章交稿，当自己写不出什么的时候，就写写旅行印象，或按照报社朋友的建议，写写作家的故居、博物馆。一路写下来才明白，原来这种文体可以有多种写法，同样能够表达内心，能够说尽心中无限事。于是，经历过一番人来人往，东奔西跑，回来后就试着拿起笔，或面对荧屏，开动心头机器，尽量写出一点所以然。这样被推着往前走，地平线果然就迎上来了。你写，不但日子过得快，一段时间过后，手头上还积累了一些文字，也就是积累了一串过去的记忆。

写作是召回流逝时光，召回远去的幽魂。你的思维走在“从前”的路上，无疑是返回旧地，再旅行一次。这种超离实景的再次游历，使你看到一些比眼知眼见更为真实的东西，其实已经变成一种内省。如谢阁兰所说：“永远是这样，人的远行只不过是一场深入自我的旅行。”通过自己去审视外界，实际是自我认识，自我探索。那时候，你的印象会更清晰有序，色彩更鲜明，感觉更强烈，因为你将有点纷乱的印象以自己的意识去梳理过，从视觉进入到感觉、体验。诉诸笔头的时候，已经是一种情感的外流。罗马不再只像一个舞台布景，撒哈拉也不只是一片漫漫黄沙，印第安人的世界也不单只是五颜六色。它们通过你的内心感受，变成了某种所以然。如果说观光本身是一篇文章的梗概，一幅画的草图，那么，付诸文字则是作品的最后完成。

当你写某一件事物的时候，就是与它建立了一种关系。有了这种关系，通过认识、思考，再远的世界也变得近，再陌生的事物也变得熟络，再不可能的感觉也变得可能。托尔斯泰、雨果、屠格涅夫、卡夫卡等令人高山仰止的大文豪，你当初把他们奉为神明，只愿意仰视他们，相信他们的人跟他们的作品一般伟大。不肯接受他们的缺点，就像不愿意看见蒙娜丽莎脸上停着一只苍蝇。但当他们走经了你的笔，你所看到的大作家们就不止一种面貌。在所谓天才、伟大、正义、浩气的后面，原来也有一般人的计较、心机、小气、撒谎、自私或怪僻；也有他们倒霉、窝囊、狼狈的时刻，生活遭遇大抵跟常人般五味俱全。总之，他们首先是人，有血有肉的人。唯一的区别是，他们多出了一根写作神经，就像某些人善歌善舞，善跑善跳；你写北极圈的北岬，中美洲的巴拿马、哥斯达黎加，贯穿北美洲的落基山，地球上最古老的阿特拉斯山脉，可以像叙述自己花园里的某一角地方；你谈米开朗基罗的西斯廷教堂，谈莫奈和他的荷塘，谈达·芬奇的才艺，你站在业余爱好者的立场上，只说出个人感受，不觉得自己是个艺术的门外汉；你写撒哈拉的蓝人，摇头踏脚击着手鼓高歌的萨满女人，甚至远逝的维京人的时候，你将他们变成自己的朋友。你在记忆中漫步，去盘点一番所经历过的事物，比起当时的观访，显得更为丰富浓郁。诗人波德莱尔有一句话：“奇特的旅者们，说吧，你们看见了些什么？”诗人不问你“看”什么，而是“看见”了什么。你在现场参观的时候是“看”，在脑子里旧地重游，或执笔描下所以然的时候是“看见”。“看见”比“看”另有一番天地。体验心情或求索，就在“看见”中粉墨登场。那时节，作者个人面貌的曝光，是躲也躲不开的。这些文字大抵是在穿街走巷之后写成，这是你的思考方式，你的“看见”，是观光行旅从草图变成最后成品。就像梅尔维尔和康拉德的徒子徒孙们，从远处观光回来后，喜欢说说他们所见识过的世界，这个册子里的文字就是自己亲临其境见识过的世界。无论作为见证、印象、感受，或者稍带游兴未尽的游戏笔墨，都透过了个人的心灵之镜，是你个人的感知。不管面对的事物有怎样的历史或世俗的重量，或轻如浮尘，你只以自己的方式，自己的文字组合，留住它们过去的一刻，然后，你把它们通过出版社交给读者。当你的作品到了读者的手上，按照博尔赫斯的说法是，比起作者来，它更多地属于读者，理由是，作者只写过一次，而读者则读过无数次。说得真好。

注：此文为《文街墨巷》自序

没有笔杆子的文学时代

马尔罗曾经预言，二十一世纪将会是个宗教的世纪。蓬皮杜呢，却摇摆在复兴时代或回到中世纪的野蛮时代之间。当大家还未来得及以自己的观点，给即将来临的世纪一个概念的时候，它已经准备妥当，挟带着旧世纪的一切来闯关，说来，一步就跨进来了。它的挟带物当中，除了宇宙探测器、网络、克隆羊、克隆牛、被改造了的遗传因子之外，还有缴税、失业、罢工、上街示威、席卷全球的电影《泰坦尼克号》……当然，也不缺少索尔仁尼琴、米兰·昆德拉等所从事的文学事业。但在那些突飞猛进，又热闹又纷乱的挟带物当中，唯文学的气氛有点沉闷，似乎不大使人感到兴高采烈。至少法国文坛如是。

文学陪伴着人类走过了很长的路。它给人的生老病死做过见证；给爱情、眼泪、喜怒哀乐留下了痕迹；也给人类的战争、杀戮、卑鄙、愚昧保留着证据。有的文学作品，一经打开，整个时代的面貌都会回到眼前来，比如《战争与和平》《双城记》，它使你跟未来衔接，跟过去不至于断裂。但，二十一世纪将会是怎样的文学世纪？

有这么一天，百无聊赖中你坐到书桌前，去翻弄自己的双手。无意中发现，右手中指上那层厚茧，不知什么时候竟消退了。

从小读书写字，手握铅笔、钢笔、毛笔，从小学到大学，后来又弄笔杆，拇指和食指握着笔，笔尖压在纸头上走动，另一股力就迫到中指的关节上。年长月久，一层厚茧就隆起来了。执笔越勤，茧就越厚。茧，多少能说明你跟笔杆子的关系。

而我那层厚茧的悄然消退，原因何在？因为握笔的时间越来越少。大约十年前吧，开始使用电脑写作，最初只是代替抄写，后来直接在键盘上运作，给亲朋写信也懒得执笔，在键盘上打好，给电子邮件了过去，不用写信封，不用去邮局，不用贴邮票。指头打在键盘上，轻快便捷，随写随改，随时补上遗漏的字句。段落或句子的搬动，只是反手间的事。擦纸胶，涂改液，再见了。然后，按动打印机，那密密麻麻的方块字，挟带着洋文，列着整整齐齐的队伍，按时按刻，一页页地出来了，真有发指令于天地间的快乐。给报社寄稿，按一下发送键，弹指间，人家就可以给你回邮，说收到了。凭自己对农业社会的喜爱，面对现代科技，总是嘀嘀咕咕，尤其憎恨吹风式的扫树叶机，电动剪树机。小范围内的几片树叶，一扫帚两扫帚不就干净了？几丫小树枝，用手剪一下两下不就剪去了？偏要给你制造出地狱般的噪音，使你坐立不得安宁。但，面对电脑之类的电匣子，觉得进步也还是有它的好处。

只是，从香港带来的，当初十分宝贵的原稿纸，剩下了那么一大沓，就堆放在书柜一角，成了时代的遗物，原来的白纸逐渐变成褐色。它们也像指头上的茧，演过了自己的角色，从舞台上悄然退了下去。退下去的，势必还有“爬格子”“爬格子动物”“弄笔杆子”等经常使用的词汇。

我想眼下从指头退去了茧的人，不止我一个，而且会越来越多。尽管写作的人，尤其老一辈，总觉得用笔头写成的文字更加有血有肉，拒绝使用电匣子，继续使用原子笔，甚至只使用钢笔写作。但，编辑早已择易而行，说看不惯笔头字体。你给他手写字，一篇短文刊出来，可以给你错上十来处，你还能不使用电脑？

于是，我们进入了一个没有笔杆子的文学时代。

跟笔杆脱了钩的文学，还是一样的文学吗？你愚蠢地向自己发问。书写上拣易而行，内容、形式、构思上头，可以保持原封不动吗？

你打开一部书，看来看去没法将它归类。作者却告诉你，这是一部小说。小说嘛，就是不要太小说。又有人说：“一部作品的主题和关注点到头来一点不重要。一个作家，就是痛苦和语法之间的协调。”就连铎尔梅逊这样的文坛宿将也说：“我的确尝试过，在一天的某一时刻，让一个女侯爵出现，但我的笔从手上掉了下来。”又有人说，作品的敌人就是思想。文学是现实的反映？它们的位置为什么不可以对调一下，文学是现实的创造？所谓邦国、社会、历史，不再是作家的关注点，而是将着眼点转到个人的琐事，内心的活动，生死情爱，自我化的隐私、情欲，感官的经验，自我的裂变，带有异味的同性关系。作家不再有使命感，除非是情绪的发泄。这么看来，笔杆子文学和电脑文学，毕竟有点不一样。无论主题、形式、内涵、动机和价值观念。

在“不一样”的面前，你向自己发问：文学还存在所谓价值问题吗？如果还存在，价值判断的坐标在何方？

面对这个问号，总觉得无能为力作答。文学艺术不可以轻易做结论，它们绝非一所关起门来的房子，里面可以一成不变。它们既可以有时价，也可以跟着时间的发展，审美观的改变，知识范围的扩展，社会的价值取向而改变本身的价值。被认为是二十世纪第一大书的《尤利西斯》，当年在美国被烧毁，被英国海关查禁，直到1933年，美国才将它解禁；十九世纪的塞尚被认为违反作画规则，构图犯了根本的错误，到二十世纪则被誉为新视觉新手法；印象派初期也曾被拒在所有画展门外。所以，文学艺术是一只脚踩着现在，另一只踩向未来，多少作品就凭借本身的生命力，去经历自己的命运。唯难以使人心平气和的是，作为人的灵魂向导的文化人，缺乏道德上、责任上的担当，向着人倒的方向推，使缺德的东西不再缺德，使丑恶的东西不再丑恶，大家还习以为常，熟视无睹。色情、暴力、虚伪、撒谎，充斥在字里行间，也充斥在荧光屏上。这股潮流，就像挟带着枯枝败叶、塑料袋、泡沫胶、汽水瓶和垃圾的泛滥河水，一直浮泛到岸上人家。如果在这种气氛中，还想玩玩笔墨游戏，就必须有自己的固执，有自己的立足点。生活不必随大流，文学也无须赶潮头，讨时价。任何一篇文章，一部作品，不管是什么题材、风格，不管是传统手法或现代手法，不管以什么方式向现实发问，只能根据它本身的价值来判断。这就是你所认定的唯一的文学标准。你这就退到这角地方，努力保住这个阵地。

文字写下来了，发表了，跟着就是结集问题。我们这个时代，人人皆可写作，人人可以成为作家，因为每个人都可以将自己的作品放到网络上，或自费出书，这是个书籍泛滥的时代，有时你竟觉得，能结集出版固然是好，不印出来也一样，写出来，发表过，任务就完成了。而今年夏天，顷接人民文学出版社郭娟女士来信说，她通过《作家》杂志宗仁发先生找到卫建民先生，终于得到我的地址。她希望给我出一本读书记。读了这封信，竟然十分开心，可见我不曾当真自殊于众。人家对我的选择，竟成了自己的选择，一种不可多得的最佳选择。

好几年以来，你为国内报刊报道法国文坛的动态，也必然谈到过去的作家，雨果、巴尔扎克、普鲁斯特……这些笔走龙蛇的巨匠，百十年来给大家提供话题，长话短话，好话坏话，还有什么话可以让你再说的？他们的作品是明摆着的，生平、轶事也是明摆着的，有谁不知道债主前门入，巴尔扎克后门逃走？有谁不知道普鲁斯特患了哮喘病，阿拉贡想到威尼斯去自杀？在诸如此类的前提底下，我还能说些什么？当东南西北风都吹过以后，你能吹出另外一股风来吗？有一段时间，为几段小小文字，卧读得昏昏欲睡，笔头依然艰涩。建民先生就说，何不结合旅游，去走访一下作家的故居、博物馆、图书馆之类。他这个提示，无疑是给了我一条两全的活路，既可以耍乐子，又可以顺手捡几颗米回来下锅。但这么一来，就连这个招数也不是我发明的，是让人推着脊骨走的。如果还有什么东西来自于自己，恐怕就是语言文字和取镜的角度。我用自己组织起来的文字队伍去对付一些老话题，一些众所周知的话题。我跟语言文字共进退，时或共度蜜月，时或吵吵闹闹冤家路窄，时或密室共谋，我跟它们之间的恩怨，只为一个目的：如何将要描述的一切，通过自己镜头的过滤，以自己的文字说出。所以我说，这部散文随笔的小篇小章，只是一个文学潮流中的一些泡泡儿，一些自顾自说的见证而已。

注：此文为《塞纳书窗》自序

游女解佩

你绕过半个地球回到中国，给一位老同学打电话，喂，我从外边回来了，有空出来喝杯茶吗？对方回答，呀，我五分钟后要参加一个会；下次再跟他联络，呀，我五分钟后就要去飞机场。他很忙。到底是个人物。这类大忙人连吃饭、穿衣、洗脸、刮个胡子，也必须以跑一百米的速度来进行。

现代人的生活真的很忙。不是忙着做什么，而是被忙碌纠缠着，占有着。边走路边打电话，身在天南，心在地北，脚下的路面，周围的行人，皆视而不见，心中另有天地。一旦遇上火辣话题，竟一路大呼小喝而不自知。开车时左手握方向盘，右手握话筒，跟着对方的话题精骛八极，车子歪歪扭扭打Z形，直教周围的车辆提心吊胆，既为他，也为自己捏一把汗。几位朋友在餐馆聚会，起筷时谁的口袋叫响了，为不打扰别人，拿着话匣子站到餐馆门外，在座的人，起筷不是，不起筷也不是，还有什么情趣可言？很久之以前已经开始了，巴黎歌剧院开幕表演之前，工作人员必须站到台前宣布，表演期间请大家关掉手提电话。一到幕间休息，马上有人掏出匣子来，边离开座位，边哈罗，哈罗！多少事情的解决只在分秒间。你在街上遇上一个熟人：还好吗？很久不见了！嘟嘟嘟几声。呀，对不起！你还好意思站下去？好吧，下回再见！

电传，网络像打网球，你一棒来我一棒去，不舍昼夜。逢年过节寄贺卡，人家只给你网络地址，自己到网站去取吧。最初时候，取一张贺卡下载时间约三十至三十五分钟。以法国当时的电话收费，大概是现在的一个半欧元。贺卡出来了，你只能在荧光屏上看，如果要打印出来放到书桌上，请自便。彩色印刷费用也不会少于一个半欧元，你印不印，任君尊便。你早晨驾车到飞机场，将汽车泊在停放处，出发到附近一个国家，办点大事小事，晚上赶回巴黎，再从机场上驾车回家。你在直升机上吃三明治，在出租汽车里签合同，进入洗手间时顺便抽几口烟。睡眠时你吃安眠药，工作时喝浓咖啡，吃兴奋剂。你在家里吃速食面，煮两分钟时间太长，一分钟还差强人意。科技带来的效率、速度，不曾使人生活得更优游，反而越快越想加快。没有一分钟可以浪费，没有一分钟可以转圜，可以让你临时改变一下计划。多少事情，必须在五分钟内解决。

我们天天谈进步，谈科技，谈新发现。前些时候最新的天文发现是，宇宙的年龄不是一百五十亿年，而是一百三十亿年。一百三十亿年之前，有没有宇宙？如果没有，有的是什么？将来会知道。我们没有什么不知道的。除非是人类自己。除非是不断出现，却应付无策的新疾病，包括忧郁症。我们的知识每天在增加，视野每天在扩大，野心也每天在增大。比天大。高科技使我们从工业时代进入资讯时代，大家兴高采烈地让潮流挟带着走，无保留地接受它带来的生活方式，自以为从旧有的桎梏中松绑，殊不知落入了更为繁复的程式世界中。一旦遇上电脑故障或病毒入侵，所有贮存资料会丢失；你的匣子还可能让人监视，干扰，甚至破坏。卫星电视、无线电话、网络、微信、iPad，时刻追随左右。据说，现代人一天里得到的信息，超过上几辈人在一千年里所得到的。那么，一个现代人的一辈子，脑勺子里必须拥拥挤挤通过多少信息？

信息泛滥的结果是见怪不怪，惊奇神经萎缩，人越来越麻木。科技的大堆头和系统化，使独立思考被排挤，受约束。电子产品全面进入日常生活，人因为对仪器的过多依赖而失去灵敏度，面对一些机器故障束手无策。人与人之间的情感日趋淡薄，人，再不是一个朴实的，富于情感的人。据一位开餐馆的邻居说，有一天，四个人结伴进入他的餐馆，餐前，各人在自己的手机上点来点去，抹来抹去，进餐期间，还是各人边吃边点来点去，抹来抹去，餐后依然是点来点去，抹来抹去，最后各自结账，出门，自始至终，不曾交谈过一句。我们变得暴躁、冷漠、寡情，不可理解。我们再没有内心活动。歌德称之为“内心城堡”的精神世界，都被电匣子侵占光了。思想意识的变形，使我们的创造丢失了姿态。我们的文学缺乏美感，真朴，既缺乏西方传统的价值观，也缺乏东方的灵性和智慧。艺术品一味大堆头，夸张、简单、丑陋，哗众取宠，它们不跟你对话，只给你心灵压迫。你走上街头，到处是水泥板建筑，是超尺度的脱离人寰的摩天大楼。城市夜间灯火如炼狱，高速公路动辄数十公里大堵车。我们的社会是高科技和商业垄断的社会。个人与垄断，人的真情、本性与物质，如果你不随波逐流，总有一场仗要打。

电视新闻教人丧气，总是负面新闻才上荧光屏。太空船爆炸，黑市移民偷渡入境，为偷渡而丧命，学校的孩子开枪杀人，大富豪在家被谋杀，还有战争、地震、水灾、饥荒……人被信息包围，被社会的不幸淹没，被各种事件围困着过日子。我们的脑子塞满了负面信息，连梦想也充满烦躁和恐惧。如马尔罗所说，我们的梦想是“性和血的梦想”。我们对未来失去憧憬，失去信心，失去安全感。我们相信子孙后世的科技会更高，社会更喧哗，生活方式更异想天开，但不一定比祖辈活得更优游，对生活的设想更加合理。而我们呢，活得悠然自在吗？某些进步是我们所企盼的吗？以《私人日记》闻名于世的十九世纪的瑞士作家阿米尔说：“一千种事物前进了，九百九十九种事物后退了，这就是进步。”

“闲似忙，蝴蝶纷纷过粉墙。”现代人忙，为生活忙，为工作忙，也为消闲忙。有一天，你向一位年轻朋友提议，周末咱们到河边钓鱼，如何？人家只是笑而不答。年轻人现在时兴电子游戏，在网络上讲笑话，发微信，听电子音乐，到夜总会听摇滚乐。钓鱼？除非神经有毛病。富裕人家也有他们的时髦玩意：专程飞去萨拉斯堡看一场歌剧，到阿根廷打一场高尔夫球，到香港吃一顿大闸蟹，到纽约听迈克尔·杰克逊或麦当娜一场演唱会，或者，从多伦多飞到巴黎看拉图尔的画展，皆因交通快捷方便。

你听见飞机声音在头顶上掠过，抬头看，你的视觉受骗了，那玩意已经远远超前，到了天的那边，人家飞的是超音速。你外出的时候，就乘着这种速度飞来飞去。必要时，可以一天来回巴黎—纽约，或巴黎—香港。如果你想做一件掩人耳目的事，你今天露面，到纽约或香港跑一趟，明天可以再露面，没有人会发现你曾经离开过。你不知道这类超级忙人为的是打高尔夫球，是吃大闸蟹，是看画展听音乐，还是因为老想做点什么，以高度的忙碌来填补生活或心灵的空隙。他们热衷于忙，却不知道为什么忙，竟在忙碌中丢失了自己。

“忙似闲，白鹭饥时立小滩。”白鹭大人的斯文自重，清高自持的姿态，于我们现代人很陌生，不会用心去学，恐怕学也学不来了。

孟浩然的《万山潭作》，你从前读来只是顺口溜，现在才懂得它的好处。

垂钓坐磐石，水清心亦闲。

鱼行潭树下，猿挂岛藤间。
游女昔解佩，传闻于此山。
求之不可得，沿月棹歌还。

诗的清简自然，不事雕琢，一如不事雕琢的简朴生活。它的清空、远逸、闲淡，读来使人神怡。如果你觉得它有点陌生，皆因当下的生活过于闪烁，过于紧张飞跃；如果它使你感动，因为闲适逍遥已不轻易获得，清溪鱼潭也逐日消失，“沿月棹歌还”已经是另一个时代的产物。而科学进步给我们的赠予，却如诗中的游女解佩，郑交甫在汉皋台下遇二女，上前说话，请她们赠佩，二女顺应其意，解佩赠之。唯赠过以后，二女随之消失，交甫怀中的佩也一起消失。进步，科技给人类带来一定的好处，也使许多美好事物无端消失。

来去东西方

一本书的序言，多少像商店门前的玻璃橱窗，可以从陈列品中看到铺子里头商品的基本状况。如何做好序言，就像如何布置好橱窗，具有它的重要性。想到这里，落笔就难了。大感觉小感觉，大情绪小情绪，还是从一句话说起吧。

“呀，你写回到国内来了。”一位老同学跟我说。他在国内刊物上看到拙作。你一时语塞，答不上话。像你这样弄笔杆的人恒河沙数，写不写，在什么地方写，全无关宏旨。唯一道出的事实是：我最初的笔墨是在香港和欧洲见报的，到最近几年，才将稿子寄回到国内。这种由外及里的旅程，也是我个人的特殊轨迹吧。

提起写作这码事，单凭兴趣，只能做个业余作家；要作为一桩正经事来做，必须拥有实力。一贯以来，你只是个自由撰稿人，写不写，写多少，是很随意的。还是忙些琐事吧，进出厨房，弄弄花草，好图个闲散和悠然自在。我的脚板踩着一个球体，另外两个在头顶上滚动着循环而过，仰首太阳，低头月亮；白的月亮，红的太阳，我就在这三个大圆圈的交切点上进进出出，忙忙碌碌。瞎忙一通以后回过头去，都看不到什么形迹，依旧三个大圆圈在循环着。却也未尝不好。到脑袋特别清晰的一天，突然发现你已经在外头好歹过了二十多个年头。一个人能有多少个二十年？

悠悠二十载，你置身的世界日新月异；自己呢，里里外外都有着那么些的变化。记得第一次在飞机上吃一片生火腿，它老哽在喉头间下不去，必要吐出来才了事。现在呢，生蚝、生火腿、生三文鱼，你可以吃得津津有味；打开橱柜，乳酪、干乳酪、茄汁、西洋香草，已经代替了“生抽王”；曾记当初，那些洋绅士洋太太在你脸上手上行过亲吻礼，事后你总要抹上一把，现在再也不抹了；你又觉得，女人穿低胸露肩衣服比穿什么都好看。

从前死死抱着的东西也慢慢松抱了。比如“故乡”二字，有人说哪里有自由哪里就是故乡，真不无道理；又有人说，哪里有艺术哪里就是故乡，也说得通。苏轼说得更透彻：“此心安处是吾乡。”什么主义啦，伟大理想啦，去得更加渺茫。

说一切都变了，仍然有不变的。不变的想来就是你那游荡的心境。白天你津津有味地吃乳酪，夜里当意识不受控制时，它总向着一个方向飘去。不知别人怎样，我的梦境经常是我儿时生活过的地方。

是有这样的一种意识，它来自于久远的历史和脚下的泥土，进入到你的精神状态中。它携带着许多概念，最庞大的一个是：故国家园。这几个字的躯体真要多大有多大，要多丰富有多丰富。且不管里面如何地不缺少甜酸苦辣，你有过怎样的无以言说，难以为怀，它首先是父母祖辈生活过的地方，是自己儿时捉蝴蝶捉蜻蜓的乐园。那里有太史公笔下的“稽其成败兴坏之理”“贯穿经传，驰骋古今，上下数千载间”的历史，有苏秦的三寸不烂之舌，有聂政、豫让的“士为知己者死”；那里有曹雪芹笔下的“大观园”，里面有风流灵巧的晴雯，有教人又憎又恨又想的凤姐儿；我们还有天下军师诸葛亮，有幸未被锁进深宫的大乔小乔，有倚窗等待周穆王的瑶池阿母，有江渚上的白发渔夫……所有这一切，都有着一股强大的吸引力，像万有引力那样将你吸引着，就有梦回或不时回去走走的时刻。

当母亲还在世的时候，每年总要回去看看她。看着那张满布皱纹的笑脸，我知道我回到了家。游荡的心境也一时歇息了。回家的感觉真好。

万水千山，又有老同学老朋友路经巴黎的时候，来敲响我们家的大门，到我们回国，去找找他们也顺理成章。同学间聚会一堂，依旧童言无忌。你我他是现在的你我他，也还是从前的你我他。我看过你哭鼻子，你看过我在课堂上打瞌睡，旧事旧怀，也能感到归家的快乐。后来跟国内的报刊有了来往，信件由西到东，又由东到西，来来去去的过程，原来也可以体会到这种快乐，这是我原先不曾想到的。写回去，竟变成了另一种回去的方式，成了治疗游荡心境的良药。

最初给国内寄稿像打游击，这里打一枪，那里打一枪。后来《文汇读书周报》给我机会，让我写《巴黎读书记》，我这就当真写起来了，而且一直写下去。我按时将稿子寄出，再等编缉给我寄回剪报，给我一点意见，或谈谈读者的反应。那时候，心情会有点不安，眼睛更加经常向东边守望。

之前，我写过一些游记。但凡到一处地方，一味穿山望林睹石，尽管图个开心。回来之后，只凭印象执笔，写些印象派式的感觉，“到此一游”，敷衍了事。而读书记是另一类型的文章，要具体，要有根有据，凭印象，凭情绪是此路不通。就一味地卧读，从书本到书本吧。但经编辑朋友指点后，就改变了一下路向，结合旅游或参观来写，日后一旦有机会外出，总不忘记追踪一下文人墨客的踪迹，就有《水城文波》之类的篇章。

今番又蒙中央编译出版社通过朋友跟我联络上，希望把我在《文汇读书周报》上发表的文章结集出版。真是喜出望外。记得八九个月前，我凑了一个集子，准备在国内出版，必要经过几个月周折才落实。文学作品的出版越来越不容易，世界各地的出版界也大抵如是。文道如斯，夫复何言。今得朋友一番好意，自是不亦乐乎。唯不久前结了一集，“存货”是尽上来了。只好一边整理，一边赶写了几篇，好让端出来的东西像个样子，就作为对朋友们的报答吧。

注：此文为《巴黎读书记》自序

影像与真实

你打开电视机，画面是每星期三议会辩论的休息时间。尚未登上总统宝座的希拉克，跟反对党在会下争吵。从会上吵到会下。他声大气恶，振振有词，忘形的时候样子不怎么可爱。蓦然，他脖子一扭，眼珠子一转，脸说变就变了。他忽然满脸堆笑，亲善和蔼，像降魔佛回过头来面对众生。他的众生是摄影机。他发现记者手中的摄影镜头正在对准他。

每一届国会议员的竞选，总有不少年逾花甲、德高望重的人出来竞选。在荧屏上，你看见他们大街小巷到处奔波，三更半夜在街头跟人握手交谈，还有视察民情，哪一条道路凹凸不平？马上赶到现场，立刻请人修理，竞选期间，一定可以修好；哪一座大厦的电梯坏了？拿起话筒，声大声细一道指令发过去，连夜赶工，不等到天亮就可以使用；哪一位雕塑家想将自己的杰作竖到街头？一个漂亮手势，包在我身上！在聚焦镜底下，什么好好先生，什么英雄好汉不可以做？为显示自己依然精力充沛，撑在里面那把骨头还未老朽，竟学起小伙子的灵巧带劲，三步两级地跨着登楼梯，多么精力旺盛，多么年轻潇洒！这些政治人物或公众人物们，在职或希望任公职的部长、市长、议员大人们，就这样在传媒前面，做着自己形象的奴隶。

娱乐界中的影星、歌星，也必须有自己的形象。武打明星的威武勇猛，摩托车赛手的敏捷英姿，玉女明星的天真纯洁，性感女星的玲珑浮凸，悲情歌后的声嘶眼泪，都必须加码地在镜头前面标榜，使人家看起来，更像他们想要做的人物。

整整大半个世纪，是一个影像的世纪，比任何时代都出现更多的伟大场面。莫斯科红场大检阅，天安门前的大游行，亚特兰大的奥林匹克运动会入场式，法国1998年世界杯足球冠军赛，都以排山倒海的姿态，在大小荧屏或报章杂志上出现，使当代人足不出户就能知天下事。

过去的几千年，人类的历史、社会事件、战争、人物、风情，皆由作家或画家手中的笔来记载。我们从罗贯中的《三国演义》中看到孔明借东风，周瑜用火攻；从宋代画家的笔下，看到亡国皇帝宋徽宗敏感的艺术家气质；从达·芬奇和柯罗笔下，看到罗马和意大利的斜阳夕照……但这些形象，只反映了现实世界的极小部分，它们给你思维空间，给你分析取舍的余地。自从1823年，法国物理学家涅普斯摄制出第一张铜版照片以来，摄影技术不断发展，带动了传媒技术的突飞猛进，以后，影像就排山倒海而来。从电影院、照相馆的出现，到大小荧光屏的无所不在，到报章杂志的黑白照片、彩色照片的泛滥，报纸只见图片不见文字，变成了花花绿绿的公仔纸，满街满巷的大小招贴画，分明是不由分说的影像大突进。在现实生活中，影像强于现实，掩盖现实，不曾入镜的现实不是现实，影像比真实还要真实。世界发生的大事小事，如果不经过取镜，再现于大小荧屏和报章杂志上，就像不曾发生过的事实。

影像的突进增加了社会的透明度？可以说是，也不完全是。因为影像可以根据个人的意图、角度来取舍，可以中肯地反映事实，也可以将它化为一种烟幕，将事实变得模糊含混。大街上发生了一件事，经过不同角度的取镜，可以为两种敌对观点说话，都可以说得很好。影像只能反映表象，某地方发生爆炸，是楼房倒塌冒烟？住宅煤气管爆炸？工厂锅炉出事？歹徒破坏？还得用文字说明。为达到某种政治目的或宣传效果，影像供诸世之前，还可以使用剪接技术重组、过滤，像炮制一部电影。因此，有些影像可以将事实掩盖得密不透风，把人一头推到浊水里，将感觉搞得天翻地覆，制造出的效果，可以比文字还要直截了当，成为会说话的形象。虽然随着时间过去，可能水落石出，最后揭出真面目，但已经时移势易，对于一心制造事件的人，目的已经达到。

但凡发生一件事情，首先考虑的是如何上镜。上镜成了一种目的，一种时髦。我们在电视上看着戴安娜王妃的世纪婚礼，看着她先后两回从产房抱着小皇子出来；十多年后，又在荧屏上看到她的世纪葬礼；我们看到美国怎样轰炸伊拉克；看到当时巴黎郊区讷伊市的市长萨科齐，在一次恐怖分子劫持幼儿园孩子的事件中，如何从恐怖分子的手里，将孩子逐个救出来；看到恐怖分子在秘鲁的日本使馆劫持人质。还有不断举办的奥林匹克运动会，欧洲杯、世界杯足球赛。任何直接转播，首先考虑的是收视率，看哪一个时刻收视率最高。于是，欧洲皇室或新闻人物的婚礼葬礼的安排，足球、篮球、橄榄球的比赛，甚至轰炸敌国的计划，都必须服从这个收视率最高的时间。世界多少事情，就这样被镜头组织着，牵引着走。

在照相机或摄影机前面出现的人，不论是政治人物、明星、大作家、艺术家、社会名流，他们都必须神采奕奕，仪表庄重大方，像个人物。上镜前化妆是个重要步骤，不论男女老幼，不管贵为总统、部长，为取得最好的镜头效果，都必须让化妆师在脸上涂脂抹粉，如果你头顶大光蛋，还必须临时撒上黑色的染发粉末。你上电视，你就是一个演员，有谁不想将自己的角色演得更入戏，多得一点民意分？如何选取角度是一门学问，就看你的脸型、表情、气质而定。于是，你在荧屏或报纸上看到的人物，总是可亲可敬可爱，恰如其分地做着他的人。你看他们永远的天地良心，坐着是个人物，站着也是个人物。古巴的卡斯特罗在镜头前面就像个圣人。谈到他的人民，他说："如果有朝一日，他们对我说我不再有用，给他们再做不出任何东西来，请相信，我一定不会生气！这一天，我会感到自由……我会觉得幸福。"密特朗也是个制造形象的高手，每出一回镜，民意分数就攀升一回；摇唇鼓舌一席话下来，左派右派皆舒心顺耳，服服帖帖。他养私生女、私生子，也就无伤大雅了。但还是有人说，你在私人事情上不老实，又怎能指望你在公家事情上头老实？就有他的亲信在总统府里自杀，留下一个解不开的谜团；他的儿子因为受贿，被传上法庭。但是，他的形象不错，一连做了两届总统。

当年镜头里戴安娜的笑，已非倾国倾城，而是倾倒整个地球；查尔斯呢？他什么也不用做，单作为皇太子，在镜头前面招招手已经足够。但有谁看过他们俩争吵的时候像狗吠，看到他们各自去偷情，听到查尔斯对卡米拉说出比市井之徒更下流的话？我们看到雄赳赳开赴伊拉克战场的美国战士，看到他们英雄得胜归，但有谁看到他们回家后，因配偶另投怀抱的伤心？你看那些议员，竞选时候健步如飞，三步两跳登楼梯，但有谁看到他们吞食兴奋剂、健身丸，或者上按摩院捶腰骨？所以，影像也可以是陷阱，表面上，让大家眼知眼见，但横切面有限，包含内容不多，可以让人看到的东西极少。一个人的形象，可以是真我的显露，也可以是骗术。不以真我示他人，一如以甜言蜜语做掩盖。政治人物上电视或接见记者之前，经常要咨询顾问、心理医生，甚至星相学家，他们的精神何其脆弱！但却乐于一再上电视，以出镜作为一种统治手段，即使不为制造骗局或假象，出镜率高，也就先赢了一招。

影像与真实，也许永远不能达到平衡。你在荧光屏前面听某人说得天花乱坠，最好先打个折扣。法国的失业人口，德斯坦时代大概是二百万，成为大家攻击的目标。后来每一届总统竞选人，都信誓旦旦，说自己一旦上台，就会减少多少失业人口。如果你当真相信他们，数届总统下来，一个失业人口也没有了。但事情刚好相反，二三十年来，这个数字时升时降，永远达不到任何一届总统的承诺。如果你在荧屏上喜欢一个人，为保持最佳印象，最好不要对他了解更多。银幕上的影星佛洛伦丝，主演亚兰·傅尼叶的《故梦》的女主角，娇美柔弱得直教你疼爱到心底。但这位母鸡型的妈妈，据她自己说，每天要打二十趟电话去追踪她的女儿。现代传媒使世界缩小，使人的距离缩短，使社会透明度增加，是件好事。但任何事物都有好坏两面，这是哲学；使用坏的一面作为工具，是人的一大发明。有的人在舞台上，政治舞台上，或镜头前面，着重的是表演，是推销自己，零售自己。美貌、笑脸、姿态、学问、口才都可以推销，可以零售。你作为观众席上的人，一如当你去到超级市场，面对铺天盖地的产品，你不会统统放到手推车里，你只按照自己的需要，看牌子，看货价，看产品质量的好坏来选择。面对铺天盖地的传媒，你也必须学会识别，学会推理，学会思考，学会判断。

中国瓷器的西行

1986年春夏间，荷兰阿姆斯特丹举行了一个特殊的中国瓷器展览。这批瓷器并非是刚从瓷窑出来，进入商品世界的物品，也非收藏在博物馆、皇宫里的古董，而是在马六甲海底沉睡了二百三十多年后，让一位名叫米歇尔·哈查的英国人，一个打捞沉船的专家，从海底捞起来的瓷器。

开幕式那天，无数收藏家和古董商云集在那里，竞相购买那批经历不寻常的瓷器。十六万件大小、种类不同的瓷器当中，大部分属系列生产的日常用品，也有装饰性的碟子、盘子。上头所绘的图案、图画，有传统的中国花鸟、景物、仕女，也有西洋题材，如希腊神话、西洋女郎，甚至有法国路易十四和他的情妇的彩绘图。

那条沉船的大宝号，已无迹可寻，船主姓名也只能够猜测。只知道它满载着瓷器和一百五十锭黄金，于1752年，即乾隆十七年，从广州启碇，目的地是北欧一个港口。那个时代，从中国到欧洲的海路，即使一帆风顺，也必须航行四个月才能抵达目的地。那条不知名的船命运欠佳，启程后不久发生意外，遇上风暴？触礁？船本身发生故障？人为故障？无从确定。总之在南中国海附近沉没了。那批瓷器和黄金，就在海底浸泡了两个多世纪。它们重见天日时，当年的系列产品都成了古董，但瓷器的状态完好如初，色泽鲜艳如故，充分表现了中国瓷器的优质。而那批瓷器，以景德镇产品为主。当时中国虽然存在五大名窑，其中包括沿海福建的德化窑，但外国买家和用户，只认定景德镇产品质量最好。它们洁白通透，音响铿锵，有的薄如纸页，无论东西方国家的进口商，只采购景德镇出产的产品。

西方人认识瓷器，首先从马可波罗那部奇妙的回忆录开始。在那本著作中，他描述了那些“使人希望拥有的最美丽的瓷器盘子”。但首先把瓷器引入西方的，不是威尼斯人，也非殖民者英国人、法国人，而是从十六世纪初，就在澳门落脚的葡萄牙人。在货运过程中，他们在丝绸、玛瑙、珊瑚、水晶和漆器当中，顺便携带一些瓷器作为试销品，却意想不到，这些新品种使当时的葡萄牙国王曼努埃尔一世龙颜大悦，王公贵族也竞相购取。一条从中国到西方的瓷器之路，从此打开，就像北方的丝绸之路那样，成了中国对外的一条热闹商路。所以，欧洲所保存的最古老的中国瓷器，目前就放在葡萄牙的贝雅城，上头刻着“一五四一年”的字样。在景德镇生活过十年的一位耶稣教会传教士曾经指出，瓷器的外文名 porcelain 来自于葡萄牙文，这种说法是有一定根据的。

中国瓷器进入西方不到半个世纪，已经风靡了整个欧洲，成为皇宫、华厦必备的装饰品和生活用品。荷兰人反应最快最积极，一条条满载着瓷器的巨型帆船，不断驶入阿姆斯特丹港口，然后把羊毛、挂钟、工具以及科学仪器送往中国。

直到十七世纪中叶，所有出口到欧洲的瓷器，式样的设计、风格、图案、绘画是绝对的中国色彩，只有小量以蓝、白两色为主的盘子碟子，由葡萄牙人设计。到十八世纪，中国瓷器制造商有了自己的出口方针，尽量照顾买家的口味，由瓷器款式设计，到图案和图画的绘制，都可以按照进口商的要求，或者按照来样进行加工或生产。尤其广州的出口商，他们订购一些全白色的半制成品，自己进行加工，聘请绘画高手，来绘制装饰性的瓷器。

由于中国瓷器在欧洲大行其道数百年，装饰性的瓷器被当成奢侈品或艺术品，收藏在皇宫、古堡和富贵人家的大宅里。所以，当你进入欧洲任何一座皇宫、博物馆，一座失落在乡野间的古堡，或者，你到法国朋友家里做客，都可以在客厅、饭厅的墙壁上，古董柜、食柜或案台上，看到中国瓷器，尤其古董瓷器，彩釉、红釉、蓝釉、青花、天青釉……上头的彩绘题材有纯粹中国色彩的，也有十分西洋化的，不但有希腊神话，皇朝或家族徽识，西式帆船，圣经故事，甚至有当代的政治题材。中国瓷器是无所不在了，它的响当当的名声也无所不在了。笔者去年走访俄罗斯，就看见“夏宫”内，设有一个中国厅，专门陈列中国瓷器和艺术品，墙上镶着数幅反映中国古代生活的大型瓷器壁画，其中一幅有关瓷器制作的景致，与景德镇莲花塘甚为相似。展出的瓷器当中，有一座庞大的暖炉，你设想它来自景德镇，相信不会错。

有些出类拔萃的日用品和艺术品，使洋人最感可惜的是，产品上头只有产地和皇帝年号的标记，而没有作者的签名。须知西方的雕塑、绘图都有作者签名。名家的签字，往往使艺术品的价值大幅抬高。

当瓷器传入欧洲的时候，欧洲开始陶器生产。法国有陶瓷厂专门为弗朗索瓦一世的宫廷制造彩釉陶器。为供应古堡建筑的需要，有一间意大利陶瓷厂在法国设厂。但陶器到底是陶器，不能与质地坚硬、呈半透明的瓷器相比。在政府资助下，西方人曾经大力研究瓷器的制作，甚至派间谍到中国盗取情报，收买技术人员，企图取得中国瓷器制造的秘密，但徒劳无功。直到 1712 年，法国传教士昂特雷科莱（殷弘绪）去到景德镇，有十年时间在那里传教，才将秘密揭开。由于教士本身带有传播文化的使命，无论到任何地方，都必须研究当地文化和风俗习惯，将所见所闻，以互相通信的形式，把它们记载下来。这些通信，后来成为重要的文献。他在景德镇生活期间，对瓷器制作产生兴趣。他发现关键在于一种耐高温的黏土，这种黏土从景德镇的山上开采而来，后来德国人称之为“高岭土”。它的结构十分细腻，掺水后变成塑胶质，放进瓷窑经过高温焙烧以后，变得非常洁白，形状不会收缩。

殷弘绪神父还看到，当时景德镇有一万八千户人家，操持着家庭式的瓷器工场，三千个瓷窑终年不熄燃烧着。后来他把了解到的瓷器制作技术，写成两封信给奥日神父。两年后，这封信在法国发表。瓷器制作的大秘密终于揭开。这两封信的内容，后来被广泛引用。但半个世纪以后，法国人才开始制造瓷器。最初在巴黎附近的塞夫尔设厂，专门为皇家服务。1768 年，利摩日区的一个山丘上，找到一种与“高岭土”相应的黏土，利摩日很快发展成瓷器中心，被称为法国的景德镇。利摩日也成为法国名瓷的代名词，以质地细致，品种、款式多样化而著称，绘图题材广泛而且现代化，有狩猎、高尔夫球、骑术、网球等等。

由于有一个英国工人在塞夫尔工作，英国人很快取得瓷器制作的秘密，把瓷器业发展起来。但德国人是在法国、英国之前开始瓷器生产的，制作技术方面，据说是他们自己摸索得来的。

二百五十年以来，由于技术和工具不断改进，中国瓷器以外的利摩日瓷、英国骨瓷逐渐发展起来，在西方瓷器市场上齐名，作为奢侈品立足，不少产品销售到美国和日本。但售价的昂贵与中国瓷器不可相提并论。目前中国瓷器在欧洲，属价格大众化的产品。自从越南和柬埔寨开放以来，大批更为廉价的瓷器和陶器充斥法国市场。有些超级市场在这些货物当中，标出“中国瓷器”几个字，但当你仔细检看，产品上头并没有产地的标记。

在国外生活了这些年，你见识过多少品种的瓷器，包括利摩日瓷和英国骨瓷？利摩日瓷是装饰品，所需量极少。而英国骨瓷，你买一套碗碟回来，某些场合使用一下，由于价格昂贵，使用时特别小心，一套起一套止，不会再买第二套。但中国瓷器则不同，你的日常生活，每顿茶饭皆与它分不开，使用率高，打碎率也高，必须不断更新。

丝绸与瓷器，是中国最古老的亲善大使。笔者曾经有机会到景德镇参观，看到泥土如何在技师手里变成碗碟的瓷坯，绘画高手如何在上头描上彩釉，有开一视野的新奇感觉。这无疑是返回到瓷器的源头，对它们的认识更加实在。当年哈查先生打捞那条不知名的沉船，耗资数目惊人，虽然捞回一批古董瓷器和黄金，但未必能收回成本。但哈查先生对中国瓷器感兴趣，对这批瓷器的历史感兴趣，就不计较成本了。单是中国瓷器几个字，就足以使他觉得一切努力和花费都是值得的。

第三辑　永恒的传说

她最终的政治目的，是维持埃及的繁荣。不管罗马怎样将埃及变成附庸国，不管屋大维后来怎样统治埃及，埃及从来不是罗马的埃及，更非屋大维的埃及，而是克丽奥佩特拉的埃及。

被困扰的俄罗斯灵魂

都说《战争与和平》是空前的，也许还是绝后的。时代变了，如此巨制不会再产生，连同列夫·托尔斯泰（1828—1910）这种人，也将会是独一无二的了。画家列宾为他留下的肖像画不少，毛发胡子花白，目光炯炯而忧郁，英气迫人，古代大贤大哲的气派，使你想起柏拉图、塞内克、苏格拉底……不，躲在大胡子后面的，干脆是个圣人。

托尔斯泰本人是一部大书，就像他的作品那样庞大。他的传奇生前就开始了，逝世后有关的长话短话更是历久不衰。他逝世一百周年的时候，法国推出了一批有关作品，最引人注目的是他的妻子索菲娅的《我的人生》，一部回忆录，是从她和托尔斯泰的日记、亲属朋友的书信或文献中，以时间为线索整理出来的，一部千把页的巨著。夫人声言内容绝对忠于事实，有原始材料可以核对。1921年逝世后，她的女儿为她刊出过一些散章，至今才第一次完整地出版。她要写的是她的人生，与此同时，一个鲜为人知的又深沉又复杂的托尔斯泰，也来到我们跟前。列宾的画笔使他变得神圣无比，索菲娅就在肖像下面加上一些注释，把一个又伟大又不尽成熟的托尔斯泰，放回到他原来的位置上。她要证实一下，跟一个伟大作家的共同生活，究竟是怎么回事。被放回原位上的托尔斯泰，还是托尔斯泰，既神圣，也是常人。

你读《战争与和平》，王公贵胄的宫殿般的华厦，里面举行的盛大舞会，其莺歌燕舞的升平世界，与战火纷飞的出生入死的场面交替出现，仿如整个俄罗斯就只做着两件事：跳舞，打仗。但，绝非是“战士军前半死生，美人帐下犹歌舞”，作为王子的安德烈，参加过舞会之后，就上前线打仗去了。第一次“死”在了奥斯特里茨战场上，家人还得到了正式通知呢。但，奇迹让他活了过来。数年后，科西嘉佬拿破仑向着莫斯科策马奔骑径直而去，他再次从衣香鬓影的世界中，从哭哭啼啼的未婚妻娜达莎的身边走开，投入到战场上，果真死在了那里。其实这是托尔斯泰本人生活的写照。他出身于古老的贵族之家，家系可以一直回溯到十四世纪。因着父母亲早逝，十九岁就成了偌大的领地波良纳的正式领主，姐弟五人从祖上承继下来的波良纳领地达数千公顷，他个人名下的也达四百多公顷，领地中有数条村落。他生活安闲自在，无忧无虑，无事可做，没有什么东西是短缺的，因此什么也不需要，也无须听任于任何人，游云似的来去于乡村、莫斯科和圣彼得堡的社交生活中，出入王孙公主的舞会，就有神魂颠倒和挥霍无度的迷途时代。为偿还赌债，不得不将一座古堡出售。次日醒来内疚不已，只好以努力写作来抵偿损失和内疚。幸好战争来了，战争拯救了他。

1854年克里米亚战争爆发，二十六岁的伯爵托尔斯泰，就像他笔下的安德烈王子，请求参战，以炮兵少尉的军阶加入多瑙河部队。在塞巴斯托波勒期间，他的军事任务不妨碍他写作。后来在该地区的战役中，他一边打仗，一边写战地报道，将勇气作为人的最优秀品质。战争结束后，他被奉为英雄，彼得堡文学界为他鼓掌欢呼，尽管在克里米亚期间，他经常清闲得可以去打野兔，打雉鸡，去跟高加索的女孩子调情。他无须打出自己的贵族旗号，上边总是既明白也理解。战争和当时的环境，就这样联起手来制造一位大作家。托尔斯泰在战场上诞生了。克里米亚战争，塞巴斯托波勒的围城，成了他最初的文学作品的源泉。日后那部惊世的鸿篇巨制，并非是从天上掉下来的，之前，他已经将笔杆磨炼成了利剑。

他从战场返回领地，再不是一个浪荡儿，他的战地散文已经让他晋身到一流作家的队伍中。从此就有了文学野心，且把它置于一切之上。这位作家也管理农庄事务，计划提前解放奴隶，为农庄的孩子们办学。尽管后来他的妻子指责他不爱自己的孩子，不关心他们的成长和教育。这位比他年轻很多的妻子索菲娅，出身御医家庭，在克里姆林宫的社交圈子长大，聪明能干，通情达理，精力充沛。孩子也一个接一个来了，先后养下十三个孩子，只有八个长大成人，做母亲的有过五回丧儿的殇痛。当丈夫把庄园管理和家庭事务转移到妻子的肩头上，他就有时间去写他的巨制《战争与和平》《安娜·卡列尼娜》，这两部著作使他迅速地名满天下。成为大作家的强烈心愿实现了。财富、智慧、家庭、声誉皆无一或缺了，但他不感到幸福。他的贵族身份使他本能地自视甚高，以致对精神生活产生永不满足的追求，对自己的身份进行无穷尽的探索。我是谁？为什么活着？再有是对宗教，对死亡的不可避免问题，做纠缠不清的思考，洞察越是深入，越是难以自拔，整整一生就这样被困扰着。

二十九岁的时候他写道："想到死亡走近来，我感到苦恼，我以整整好几天时间在镜子里仔细观察我的映象。"他想明白了一些他所不明白，或者不能明白的事物。两个兄弟年纪轻轻就死去了，为什么？塞巴斯托波勒的厮杀究竟为的是什么？他向上帝求救："如果你存在，请告诉我，我是谁，为什么活着！你说呀！"但上帝没有回答，也没有给他任何启示。他只好求救于自己。死亡、战争、反叛在他身上静静地编织着些什么。当他在领地的古老森林里漫步，在坐落于“充满阳光的林中空地”中的大宅里游荡的时候，与其说是沉思默想，不如说是苦恼，是怀疑，直至怒火烧心。他一下子就从浪荡儿变成了伸张正义者，一个反对奴隶制度的坚定分子。这个时代的叛儿，社会等级制度的反对者，是在一个古老的贵族庄园里诞生的。

对于个人生活，物质上他要求不高，永远感到欠缺的是精神，总希望给生活更丰满的宗教内容，不断把精神提升。“没有信仰，我看不到任何生的可能，遑论死。”据索菲娅回忆，他严格守斋，除却例行的斋戒日，星期三、星期五也是他的守斋日，只吃黑麦面包，喝清水，到教堂做礼拜，教孩子们敬神，每天祈祷。有时她深夜一觉醒来，还见他在那里站着祷告。他关心受苦受辱的人，要跟他们在一起，要为他们做点什么。当那些不幸的人都知道，托尔斯泰只为他们活着的时候，托尔斯泰就只为传奇活着，成为自己的传奇的附属品。作为一个东正教教徒，无论行为上或精神上，虔诚度都达到了最高点。

这种精神反映到作品里，就成为他的哲学思想。安德烈王子第一次误传的“死亡”，第二次真正的死亡；安娜·卡列尼娜为爱情的自杀；安德烈的妻子因为难产经历了痛苦而漫长的辞世；他的作品《三个死者》的三种不同的死法，都让人隐约地看到“另一个”世界。而他自己，则无时无刻不在对死亡进行思考。不止一次，他骑马走过屠格涅夫领地上的森林，看着蓝天美景，听着鸟语啾鸣，嗅到花香，却不感到快乐，而是“不断地想到死亡”。所以，当年法国作家们慨叹托尔斯泰太天才，所站的位置太高，高处不胜寒。福楼拜说：“托尔斯泰呀，何其哲学！”

但他没有脱离生活，绝非你所想象的贵族老爷的悠闲自在。结婚前和婚后的初期，他要使整个领地的生活运转，维持收支的平衡，一板一眼管理着庄园，养猪，养牛，养蜜蜂，亲力亲为，管理所有事务。还养羊，剪下羊毛送到莫斯科；种菊苣，制成咖啡出售；跟邻居合作经营酿酒厂，但规模太小，没法跟大型酒厂竞争。除了畜牧业，其余经营都失败了，中途煞住了。但这正好是他与生活，与大地，与周围的人相连的渠道。他将自己的根深植于大自然和祖上留下来的土地上。领地上许多地点、人事和景物，都成为他创作的素材，写进他的作品里。他本人、领地，与作品，三者是三位一体，作品带上传记的色彩。他说："如果没有波良纳，我难以代表俄罗斯以及我和她的关系。"波良纳的位置处于古老俄罗斯的中心，位于莫斯科以北二百公里。十九世纪末，俄国的作家、画家、作曲家、学者都云集在那个区域，成为俄罗斯的文化中心。他在领地上接待过契诃夫、高尔基、屠格涅夫，和画家列宾。日后，他与列宾维持着经常性的来往，为他留下了许多不同时期的肖像画。

这位伯爵拥有了一切，如果还欠缺什么，恐怕就是未曾封圣。事实的确如此。他极度敏感，很早就养成寻根问底的习惯，对一切产生怀疑，从现实生活，直至伦理、道德、宗教，以及身边的万物，我们习以为常的事物。他首先向自己发问："我是什么？""我的信念是什么？"从1870年开始，他的精神产生了极度危机。有一天，他从教堂回来，对妻子说，教堂里居然有人说"要将敌人变成一张矮凳来让我们踏脚"。他说这不是教堂的角色，《圣经》宣扬博爱，连敌人也要爱，教徒应该为敌人祈祷，而不是反对他。有些现象不可能在东正教的教义里找到满意的解释，他要批评了。一旦批评起来，一切都被否定了。在他那部关于宗教和哲学的著作《教条神学的危机》里，他对东正教的教堂、神父、大主教进行粗鲁的攻击，他的妻子看了，大吃一惊："天哪，他写的是怎样的宗教思考呀！"这种辱骂又怎能出自于一个学者的口？她拒绝给他誊抄。

该书从来没有出版过。但在《复活》这部小说中，有一段监狱描写，对宗教有所亵渎，导致1901年主教会议做出决定，把他开除出东正教。事前他与大主教有过接触，但双方达不成共识。他逝世后的葬礼没有举行宗教仪式。

他倾向于基督教，推崇不发怒，不通奸，不发誓，不许愿，不抵抗恶人，爱自己的敌人，尤其将不抵抗作为一种精华，认为这样可以结束暴力，使和平得到胜利。他与甘地的和平主义走到一块去了，从1909年开始，双方互通信件。但为期不久，一年后他就去世了。

他被开除出教会，当时有一份杂志以这样的标题作报道：《思想贫乏的人有福了，因为他们看到了天主》。但一再困扰他的不只是宗教问题，还有信念。生活的意义是什么？“我的生活是否有一种连死也不能把它消灭的意义？死亡是不可避地在等着我。”但无论科学、哲学，都没有给他答案。他为此终生苦恼，在日记中写道：

> 之前，生命本身于我充满意义……而现在相反，我深知我的人生没有，也不可能有任何意义。

他在《忏悔录》中还写道：

> 我想到自杀，跟从前想改善我的人生那样自然。这种想法是如此固执，以致我必须以狡猾的方法来对付我自己，不至于太快将它付诸行动……就这样，我这个幸福的人，每晚独自脱衣的时候，就将一根绳子拿走，以免我在两个衣柜之间的屋梁上吊。出猎时不再带枪，以免除那种太容易了断自己的诱惑。

历代大作家大学者都不与现行制度合作，他也没有例外，认为政权是统治阶级的工具，政治行动是参与统治的行动，损害仁慈的倾向。他揭发人迫害人，不时走访监狱和拘留所。他所眼见的人的苦难，使一种潜伏已久的思想冒出：对自己的生活方式感到内疚，对拥有的财富、产业、荣誉、家庭、爱情，直至来自心灵深处的爱好——艺术创造，都一股脑儿否定。这种精神危机，后人称之为"托尔斯泰主义"，一种苦行主义。他从个人生活开始实践他的原则，过最简单的平民生活：素食，停止抽烟，不再狩猎，只穿妻子为他缝制的农夫式罩衫，自制长筒靴。教他制鞋的鞋匠总不明白他为什么要自制，因为价钱比买要昂贵得多。他也自己制造书架，辞退所有贴身服侍的仆人。以七八十岁的高龄，在领地上与农奴一起收割，甚至参与极为粗重的伐木工作。

他认为生的可能和意义只有信念才能给予，信念是生的诱惑，人只为那种诱惑而生存。他的领地上有一片古老的森林，据说那里埋着一根"绿棒子"，可以将人类从痛苦和暴力中拯救出来。他在那里出生，生活，写作，每天在森林里漫步，沉思默想，但他没有找到那根绿棒子，就像他从来没有走出过他的玄学，他的内心矛盾。他只为自己的奢侈生活感到羞愧。其实作为一个领地宽广的领主，他的生活已经十分简朴，室内的装修陈设既不华丽，也不精致，这是人所共知的，连法国人也知道了。最后他决定放弃一切。首先放弃著作的版权，所收入的稿酬留给妻子，领地给了儿女们。

1897 年，他一度有意离开领地，留下一封信给妻子。虽然没有成行，但箭已在弦上，离家只是迟早的事。直到八十二岁高龄，他依然行动自如，骑马，参与日常农庄工作，阅读帕斯卡尔、蒙田，听音乐，给朋友写信。由于他把私人日记委托给他的所谓弟子切尔可夫全权处理，导致夫妻关系恶化。切尔可夫是他们家庭不幸的主要根源，不但影响了夫妻关系，还企图染指他们的产业、版权，直至托尔斯泰的遗嘱。1910年10月28日，列夫最后决定离家出走，在日记中表示要结束这种领主生活，过更为简单的日子。给妻子索菲娅的信中写道："我要像一般的，与我同龄的老人那样，离开世界，过孤独而平静的生活，以打发最后的日子。"从年轻时代开始，他就有将别人的视线吸引到自己身上的强烈愿望，一辈子喜欢做出种种粗暴而唐突的决定，生活上喜欢表现特殊，来给人以深刻的感受，包括最后的离家出走。他穿上一件陈旧的农夫罩衫，头戴一顶古怪的帽子，带上简单的行季，在白皑皑的雪夜，由医生和女儿亚历山特拉陪伴着，乘一辆马车秘密地离开领地。

他的出走成为世界新闻，俄国密探四处搜索，很快发现了他们的踪迹。由于着凉，他病倒了，不得不放弃马车，以匿名改乘火车。经过数天折腾后，他得了肺炎，入住到火车站的站长室。家属、学生、农奴闻声赶到火车站来了，把车站挤得水泄不通。大家都希望能够付出点什么，来换取他的康复。在失去知觉之前他写下："这就是我的打算，尽自己的职责，不管怎样，做你应该做的事，对所有人都会好，首先对我自己好。"最后他拒绝服药。大家知道没有希望了。11月7日托尔斯泰去世，结束了他传奇的一生。

他在日记里表达的最后愿望是：他逝世后，要以最平价的棺材入殓，葬在最简单的坟场里，就像一个乞丐那样入土。不要鲜花，不要桂冠，不要牧师，不要祈祷，不要发布逝世消息，不要任何讣告或悼念文章。但他的愿望大多没有实现。当他的遗体运回波良纳的时候，群众带着不可阻挡的热忱，涌到他的领地上来，向他们所尊敬、所爱戴的列夫最后告别。

一束不灭的烟花

当你去到埃及的亚历山大港，一个神话中的古城，你首先想起的是什么？被焚毁了的，里面塞满了羊皮卷子和纸莎草纸的世界上最大最古老的图书馆？两千年前在港口上矗立的，被称为“世界奇迹”的特大灯塔？不，你首先想起的还是克丽奥佩特拉，古往今来最著名的埃及人，当下大小银幕和舞台都不断出现的女皇，俗称“埃及艳后”。有谁不知道她与罗马的执政官安东尼，在这个港口举行过盛大婚礼，双双坐在以黄金打成的宝座上，在万众欢腾中招摇过市？

前几年，一出阵容庞大的现代歌舞剧《克丽奥佩特拉》在巴黎上演，场场爆满，面对观众的热忱，要另外加演好几场。这出歌舞剧，一如费雯·丽或伊丽莎白·泰勒主演的电影《埃及艳后》，制作上和布景上的巨大工程，场面的奢侈和大手笔，都走到了极致。金字塔、狮身人面、庞大厚重的埃及神庙，巨型石像的神秘和沉重，色调极其浓重的闪金闪银，糅合着二十一世纪的灯光、布景和特技，还有电子技术制造的气氛，你的视觉享受倍觉不寻常。但你还是要问，这种制作上的金光灿灿，不惜工本，究竟达到了女皇真实生活的怎样程度，或者永远达不到？有哪一朝皇帝拥有黄金的卧榻和宝座？你也永远不能进入到她的精神世界，现代人不断发问，克丽奥佩特拉究竟是天使还是魔鬼？她又远又近，又真实又虚幻，像吃人的斯芬克斯，要将询问她的人吃掉。

但女皇名声的显赫，不完全因为她生活的讲究，或骄奢、挥霍。这个没有西方的西方人，在东方世界成了女皇，是一个异数。公元前 332 年，亚历山大大帝征服埃及，他逝世后，军队中一个马其顿将领成为托勒密一世，克丽奥佩特拉是托勒密皇朝最后一个皇帝的次女。父皇死后，根据遗嘱，让她和十一岁的弟弟成亲，共同统治埃及。年龄和性格的差异，使姐弟不相容，何况在那个时代，女人与男人的地位不能相提并论。她被弟弟和他的小朝廷迫离埃及，逃到叙利亚，几乎死在他们手里。在险象环生的政治迷宫中，她没有迷失，明知其险恶，却不乏冷静的思考。那时候，刚好遇上恺撒大帝为追击庞培，而进入亚历山大港，机智多谋的她，知道时机已到，决定借助恺撒的势力重返皇位。

她计算准确，大路、小路、斜路、高坡、转弯抹角，皆了如指掌。为避人耳目，让手下将她卷在地毡里，送到恺撒跟前。当这个十七岁的女孩从地毡里抖出来，恺撒就变成了孩子，一个五十二岁的老孩子。她使他做梦。第一步棋很奏效，她的青春魅力成功了，等于一步返回到皇位上。她漂亮吗？没有留下多少痕迹足以说明。纸莎草纸上没有她的肖像，也没有留下木乃伊。最近倒是发现了她一个姐妹的木乃伊。唯一提到她面部特征的，是帕斯卡尔的《思想录》，说她的鼻子很长。还有一座鼻子残缺的大理石头像，也提供了一点线索。那尊石像线条清晰显凸，是否美丽，则见仁见智。但公认她很聪明，热心于科学与文学，操得一口正宗的埃及语，是皇族里唯一肯降尊纡贵说埃及话的人。她还懂得希腊、阿拉伯、希伯来等多种语言。难得的是谈吐有致，充满好奇心，快活而诙谐，具有天赋的迷人魅力，不用矫饰作态，自然得像开花。她的妖艳出自本能，直发内心，谁能抵挡？但凡来到她身边的男人，再也离不开了，恺撒也一样。她委身于赫赫威名的恺撒，政治与爱情就熔成了一炉。恺撒成为她的靠山，她的王牌。埃及是罗马的附庸国，恺撒对埃及有绝对的权威。她的弟弟被罢黜了，流放外地，不久就死了。

一旦登上宝座，女皇的自由就漫无边际了。她像一匹野马，拖着埃及这部华丽的战车，穿过政治舞台，历史舞台。有恺撒在，再没有任何事情使她害怕。她为恺撒养了个儿子，恺撒多年求不得的儿子，恺撒有了继承人，一切都显得完满了。两三年后，几经南征北战的恺撒返回罗马，举国为他举行凯旋大典，这种场合又怎能没有她克丽奥佩特拉？她自作主张，带着儿子小恺撒追到罗马参加盛大的典礼。然后，留在罗马，守在恺撒身边。她在埃及很自在，去到罗马同样适宜、自在。但不久恺撒被谋杀了，就在元老院众目睽睽之下。公仇？私仇？各有说法。因为克丽奥佩特拉？也可能。当时罗马是共和国，恺撒为罗马立下汗马功劳，带着彪炳的战功归来，被封为罗马的终身执政。但只是荣誉，没有实权，就像现在的君主立宪，一切国策，皆由元老院，即现在的上议院决定。现在埃及女皇跟踪来了，恺撒为了儿子，要跟她结婚。跟一个附庸国的女皇结婚，岂非要恢复皇国，或企图恢复皇国？举国上下议论纷纷。但，究竟是共和与帝制的抵触，还是东方与西方的不可通融？任凭大智大勇的恺撒，也是云深不知处；任凭女皇的机智清醒，也视觉模糊了。世界明摆在那里，一目了然，不，还有许多事物隐蔽着。藏在风景底部的，既有美梦，也有神秘；既有天意，也有人意、敌意。一个急转弯，车子说翻就翻倒了。恺撒被谋杀了。

恺撒死后她返回埃及。但绝非到此为止。她的人生像由数级组成的烟花，逐级上升，每一级都爆发得光彩夺目，辉煌得直至凄恻苍凉。不久，罗马三个执政之一的安东尼，成为东地中海的统治者，率领大军远征波斯的时候，顺便邀请女皇到小亚细亚的塔尔苏斯相会，目的是给年轻的女皇颜色看，教她再次明白，埃及是罗马的附庸国。女皇对这位跟随恺撒南征北战，由恺撒指定为继承人的军事领袖了如指掌，对他毫无畏惧，尽管他跟恺撒的养子，残酷而阴险的屋大维结盟。女皇不用费太多心思，决定再次打青春魅力这张王牌。她拥有足够的勇气和机智，惹火得来却不会焚毁自己。她让安东尼等个足够，才乘着扯起紫红色丝绸的帆船，姗姗来迟进入港口。那时候，安东尼看到的不只是红帆，水手们划着以银打成的船桨，他也看到了。周围簇拥的小船，散发出香气扑鼻的烟雾，在香烟萦绕中，女皇出现了，她身穿维纳斯式的裙子，慵歪在金榻上。安东尼把原来的意图忘得一干二净，为这个聪明而魅力十足的女子神魂颠倒。她的第二级烟花升起来了，升得更高更璀璨。安东尼把战事一掌推开，尾随女皇到亚历山大港，两人陷入了狂风暴雨般的爱情。那时候，她经历了一个女皇最奢侈的生活，让最平淡的事物，无穷无尽地超出想象以外，让生活无限度地绚丽璀璨。她走得很远，走到不可理喻的逻辑中，直至它的反面。

安东尼跟屋大维签订了协约，再次圈定各人的势力范围，他越发高枕无忧，一再返回埃及跟女皇相会。屋大维为加强两人之间的联盟，实行政治联婚，让姐姐屋大维娅跟安东尼成亲。但婚姻没能将安东尼留在罗马，他继续到埃及与女皇相会。公元前34年，干脆跟她结婚，在亚历山大港举行了盛大婚礼。安东尼把她看作他所统治的东方世界的“女皇”。东方和西方的联手，令人设想历史可以从这里开始，达到东、西方两个世界的互相了解。然而，这反而惹怒了罗马统治阶层。于他们来说，东方总带着一股异味，只有罗马才具有至高无上的统治权力。安东尼作为共和国的执政官，怎可以跟一个东方的，只会炫耀财富的轻佻女皇结婚！元老院剥夺了安东尼的执政官身份，共和国发动了对埃及的战争，尽管埃及没有否认自己是罗马的附庸国。屋大维这股水底里的暗流涌起来了。他要独揽东西方的大权。讨伐安东尼—克丽奥佩特拉联军的罗马军队，由屋大维带领，在亚克兴角海面决战。安东尼—克丽奥佩特拉联军失败了，安东尼放弃舰队逃回亚历山大。屋大维紧追不放，取道叙利亚直迫埃及。

在亚克兴角失败后的安东尼，孤独无援，以为女皇已经自杀，遂伏剑自刎。现在，女皇单独面对屋大维了。但她不打算抗争到底，只希望保存她和恺撒及安东尼所生的孩子，不累及她的臣民，以一条毒蛇来结束生命。屋大维可以无忧无虑地统治埃及了。他表面允诺让小恺撒继续统治埃及，实际上很快把他杀掉。他将养父的亲生儿子杀掉。还计划将女皇逮解罗马，当成奴隶，拖在战车后面，在罗马游街示众。但当他带着满肚子计划，以一个胜利者的姿态进入女皇的宫殿时，他惊心动魄，六神无主，他遇上了一个无比庄重的女皇。他被震慑住了。一个以礼服盛装起来，躺在金榻上的女皇尸体，蓦然袭到他眼球上。他的计划没有得逞，他败在她手下。女皇虽败犹赢，且一赢到底。

屋大维是一个怎样的人？伏尔泰在他的《哲学字典》中，有这样的文字：

> 从幼发拉底直到西班牙最底部的整个世界，被这个没有廉耻，没有信念，不要面子，毫无诚信，伪善，忘恩负义，吝惜而嗜血，在罪恶中显得心安理得的人蹂烂了……

克丽奥佩特拉距离我们两千多年，但这个人物显得现代。被赶出埃及后，她选择了恺撒，将自己的命运跟恺撒联结起来，依靠外来势力，才绝处逢生。没有恺撒，克丽奥佩特拉就不存在了。是恺撒创造了克丽奥佩特拉。然后是安东尼，另一个显赫的历史人物，他们俩的相遇，使她进入了一个重彩世界。据说她生活上超时代的享受，使罗马人大为震惊。种种极端造就了她的极端人生，像生活在火中的蝾螈。传说这种蜥蜴类动物，有一段时间生活在火里，浑身鲜红欲滴，跟火舌一起跳舞。他人莫问苦与乐，无论苦乐都出自于本性。然后，命运来敲门，战争失败了。为避免受辱，避开生前死后的诅咒，她以毒蛇来结束三十九岁的人生。这种毒蛇就塑在她的皇冠上。这是最后一级，也是最辉煌的一级烟花。她的果断而别出心裁的死，也像她的重彩的生，符合了她的本性，庄重多于悲剧。像一个尊贵的统治者那样死去，只留下小小的忧郁，像一种宿命，却使古老的埃及依然端庄，尊严。否则，日后的埃及将会是一个怎样的埃及？现代的银幕、舞台，又怎能够出现一个披头散发、衣衫褴褛，被当成奴隶的女皇，拖在战车后面，在罗马游街示众？现在我们所看到的女皇的最后一幕，一如公元一世纪的哲学家普鲁塔克所写：

> 信使们马不停蹄赶到皇宫，不见卫士们有异常的举动。打开宫门一看，她的僵硬尸体静卧在黄金榻上，穿戴着整套女皇礼服。享年39岁，在位22年，与安东尼结婚11年。根据他们的愿望，将两人合葬一陵。不过，与他们一起埋葬的，还有罗马共和国。

埃及战争得胜之后，屋大维成为埃及的统治者，再从三执政之一李必达手中，夺得罗马在非洲的势力范围，执政的三头马车，只剩下他一头了。后来干脆称帝，成了奥古斯都大帝。尽管元老院依然拥有跟皇帝一样的最高权力，但罗马共和国的确被埋葬了。

女皇死后两千多年来，不管是被恭维或被非议，始终是埃及的化身，是古往今来最著名的埃及人。作为西方裔的女皇，不管她被恭维或被非议，她始终热爱埃及，接受所有的风俗习惯，并自称为埃及女神伊希斯。她最终的政治目的，是维持埃及的繁荣。不管罗马怎样将埃及变成附庸国，不管屋大维后来怎样统治埃及，埃及从来不是罗马的埃及，更非屋大维的埃及，而是克丽奥佩特拉的埃及。

美人的神话

巩俐这个人不真实。巩俐是一个美丽的谎言。她从北国某地方走出来，站到一面镜子前，长久地凝视自己，却无意证实自己美也不美。这也许是永远不能证实的，她想。她将一头浓密却不算乌黑的头发绾到脑后，随便或者不随便地拢成一个松散的髻，一个老大不成髻的髻，在脸庞上清淡地抹上一把脂粉，一个谎言就打扮起来了，画中人就出来了，就有画中人的循规蹈矩。这是一张现代人物画，有声色，有韵味。她一手擎着一把红高粱，一手打着一盏红灯笼，翩然越过太平洋，从东方走到西方，以姗姗步履登上舞台，西方世界的舞台。看惯了深井眼、镰刀鼻的西方人，把她那平稳清丽的五官看入了眼。原来一个女人竟可以有这样的闲淡美。真的，她不喜欢意大利式的浓妆艳抹，“太过了！太过了！”她说。这句话使巴黎男士们的心都融化了。“却嫌脂粉污颜色”，她有的是青春和天赋本钱。有的杂志誉她为最美丽的女星，一个最字，他们敢用。唯是，洋鬼子们见识过多少东方美人儿？巩俐也不使女士们妒忌眼红，反正这个女人不是人，只是一个美丽的谎言，一个用摄影镜头，用大、小银幕，用报章杂志加工起来的神话。这是谁也奈何不了的。她走到哪里镁光灯就闪到哪里，叫声就响到哪里：“巩俐！Gong Li！”好让她的脸庞转过来，拍得一张好照片。看不看《大红灯笼高高挂》《秋菊打官司》或《霸王别姬》不重要，她的戏演得好不好也不重要，她是否哑美人、木美人更不重要，重要的是她的人来到，那个从银幕上走下来，一直来到你跟前的人。戏中人来到就是有点不同。重要的是给她拍上几张照片。巩俐很合作，哪里叫巩俐，Gong Li，她的脸就转到哪里，她要为自己的神话的创造尽一把努力。

她的照片刊登在法国各大报章杂志上，也刊登在英国、美国的各大报章杂志上。一个著名女星摆姿势的照片，参加戛纳电影节、柏林影展或美国电影节的照片；作为戛纳电影节的裁判，柏林影展主席，或联合国和平使者的照片。她以一撮不经意的微笑，不算做作的姿态，来征服她的拥趸。有的女星美成个天后，女皇，如伊丽莎白·泰勒；有的美成个猫科动物，如艾娃·加德纳；有的美成一座雪山，如嘉宝；有的美成一盆火，有的美成蝴蝶、金丝雀；巩俐都不是这种美法。她的美有一个古老的东方，她既来自于一个东方的古老国家，也有这个国度的文化的从容自守，不懂ABCD不重要，大家会明白的，明白了就好。都说她以美貌为国效劳，但话又何必说得那么老套？古哲杨朱有谓："人人不损一毛，人人不利天下，天下治矣。"如果人人都讲为国为民为天下，而不遵守基本规则，最终会堕落成伪君子；没有良好的机制做保证，话说得再漂亮也白搭。巩俐什么也不说，什么也不为，单单在那里美丽就足够了。在总统、部长或知名人物身边，她不说一句话，不做一个动作，只做个画中人，就能抢去他们的镜头，掩盖他们的雄风，将他们挤到墙边去，这点她知道；当所有眼睛只跟着她转，所有镁光灯只对着她闪，她也知道，原来他们都很可怜，就像她那样可怜。不过，作为一个东方美人儿，在西方世界扇起风，扬起尘，也算是一场热闹了。当年胡蝶在德国，凭她那颠倒众生的酒窝，也有过如此这般的轰动。也许问题不在巩俐，不在胡蝶，原来东西方人都很可怜，都喜欢凑热闹，都一样的“艳色天下重”。然而，艳色是什么？

提起艳色，我们习惯的联想是“红颜祸水”，可以从褒姒、妲己、西施、杨贵妃一直数下来，直到那个“阿姨”。文学作品更加逃不出这个藩篱。美人基本是蛇，伊甸乐园那条蛇，没有那条蛇，我们作为亚当、夏娃的子孙还生活在乐园里。美人也是狐狸精，《太平广记》中的狐狸精，是最糟糕，最丑恶，最充满矛盾的动物，尤其是夜间的魔鬼，多少魔法都是在床瓮枕席间施展出来的，它使男人变得愚蠢无比。丑恶首先来自于她们的灵魂，“最毒妇人心”。桀、纣、夫差，原来都可以是好好的，都让那些狐狸精挑唆坏了。自古以来，红颜就这样给判了罪。男人自己找岸站着，将那些美娘儿一把推落水。殊不知，一天红颜可以祸国，一天就是权力的机制出了错。连弗洛伊德也说，女人是一片“黑暗的大陆”，她使男人迷路，给他们设陷阱，无论警觉与否，总是甘心情愿堕到里头去。就像莱茵河上洛列莱的歌声，不断使船夫翻船，但自古的翻船，自古的船过。

都说美人不只有一张面孔，而是有两张。得到有权有势的男人宠爱不是她们的终极目标，她们有的是野心，要求走出男人的阴影，站到光亮处，让人看得见，她们也希望得到权力。到女人干政，她的第一角色总是替罪羊。杨贵妃其实没有干政，结果还是“六军不发无奈何，宛转蛾眉马前死”。连撒切尔夫人，一个名正言顺的执政者，政绩彪炳天下知，也不得不慨叹：“人家永远不会原谅我是一个女人。”在权力中心的美人儿，她们必须面对两个战场：情场和权力的战场。从战场活着回来的人能够有多少？这是她们必须面对的现实。连林黛玉面对薛宝钗，也感悟到“不是东风压倒西风，就是西风压倒东风”。事实上，在权力中心的美人，几乎都红颜薄命，以悲剧收场。如果台上的男人不以权力来谋色，美人的丑恶能耐还能够剩下些什么？

美人只是春花秋水，既灿烂也脆弱，美人迟暮，如花瓣坠落。试想特洛伊战争没有了海伦，十年的毁城浴血，只会使人昏沉作闷；折戟沉戈的赤壁之战，若非与大乔小乔扯上关系，这场仗也欠缺了浪漫，剩下来的只有残戟废铁和漫天的硝烟气味，我们还能读到杜牧的“东风不与周郎便，铜雀春深锁二乔”吗？三国时代的一场场钩心斗角、尔虞我诈的政治骗局中，一次又一次的大小军阀血腥混战中，若非出现使曹操三父子倾倒，使曹植写下《洛神赋》的甄后，那个时代也只有刀光剑影。朝代可以改变，风俗、习惯，甚至语言也在改变或死亡，使美人屈就的帝王将相的名字也让人遗忘，而千秋万载之后，美人依旧在空中发出回音，使人叹息，使人做梦，依旧带着她们的妖气邪气，继续给艺术家、作家以创作的灵感。赵飞燕依然在跳她的掌上舞，褒姒依旧在烽火台上抿嘴窃笑……你再次发问，艳色是什么？

联合国曾经命名巩俐为和平艺术家，在巴黎联合国大厦举行命名仪式。和平艺术家是怎样的一个名堂？履行怎样的职责？或只为没事找事，将这个可爱的棋子搬动一下，参与一下美人的神话？因为神话可以到达任何一个目的地。它可以使商人发财，试看大小银幕上的商业广告，满街招揽生意的招贴画，全是些美人儿在那里搔首弄姿，就有香车美人、香水美人、华服美人；如果想对某一个国家表示友好，当它的要人来访时，可以在某一场合让最美丽的女星坐到他身边；要腐败某一个人，或向某人探取情报，可以遣一个美女到他床上。就连慈善机构这种正儿八经的部门，也喜欢委任漂亮的电视艺员作为亲善大使，让她们到贫民窟或医院里访贫，问安，问好。过去美人想得到荣誉或权力，必须首先进入到男人的权力世界，以美色作为交换，委屈地通过男人来取得。但在男女平等，女权膨胀，传媒越来越发达的当代社会，美人可以单刀直入去取得一切。名模丝弗尔一个季度的时装表演合约，一签就是五千万法郎。美人是皇后，皇后是要统治的，但现在的皇后可以不通过皇帝来统治，而是通过大小荧屏和报章杂志来统治。因此，她们的美色多少属于大众。你去买一瓶以某明星做宣传的化妆品，谁知你已经给她支了广告费。

当巩俐在联合国大员的陪同下，姗姗进入会场的时候，也真有一番隆重。隆重就是大家马上举起了手中的照相机、摄影机对准她，咔嚓咔嚓个不停。在众人眼里她只是一种视觉，在摄影镜头下变成了感光物质。唯是咔嚓咔嚓的声音响过后，联合国的命名还剩下些什么？和平艺术家的头衔还剩下些什么？艳色还剩下些什么？如果说艳色是神话，但神话从来不曾解释过不可能解释的事。

一朵艳葩的沉重与风流

好几年前，在巴黎“小皇宫”展览馆，看到画家克里兰一幅250cm×200cm的巨幅全身画像，画中的美人儿，慵歪绣榻，像软体动物，拖曳得难止难收。说艺术吗？可以，但坐姿不淑女，真是顾盼人生的自我表白。

又曾经，在报纸上看到一篇文章，第一次世界大战期间，一位风靡世界的女歌唱家，坐在椅子上，让人抬着到前线上慰问士兵，为他们表演，朗诵爱国诗歌，引起士兵们的极度狂热，椅子上的人几乎被翻到战士们的头上。女歌唱家是个残疾人，不久前截去一条腿，只能够被抬着上前线。说勇气吗？可以，但腿坏了，何不坐在廊上逗逗鹦鹉？

今年八月，巴黎天气阴凉，你到布列塔尼的美丽岛去找找阳光。海岛总有它的韵致，单是天海茫茫就足够使人神迷。美丽岛自然是美丽的。只是到处石壁巉岩，温柔雅致不足，野性严峻有余。由于经常刮风，植物难以抵挡，以致绿色空间甚少；土地又那么贫瘠，连春风吹又生的野草也甚为稀罕，羊也养活不了几头，人烟自然是稀少的。到十七世纪下半叶，军事建筑家沃邦到那里跑了一圈，小岛就有了活气，峭拔的岩岸被派上军事用场，首先在布兰角起了一座灯塔，一座厚度超过一公尺的军事堡垒，也在嶙峋的岩石间筑起来了。小岛从此变成了哨兵，目的是对付觊觎法国土地的敌人，尤其英国。但所等待的敌人不肯来，炮眼从来不曾射出过一枪一弹。最后二十年，堡垒逐渐荒废了。到1894年，一位芳名莎拉的女歌唱家，带着一队人马到岛上来耍，美丽岛跟美丽人的关系就开始了，且持续了二十六年，直到1923年她逝世。八十多年后的今天，小岛依然到处响着她的回声。司机兼导游一路开车，一路给我们莎拉长、莎拉短，除了莎拉还是莎拉。还告诉我们说，她是美丽岛最著名的人物，现在大家还为她而骄傲，单是她的博物馆，岛上就设有两个。

你走进一间博物馆，一眼就看到柜台上一本画册，封面就是那幅软体动物，呀，原来她就是莎拉，也是司机口中的莎拉；墙上挂着一幅巨型照片，一位妇人坐在椅子上，让人抬着走进士兵的行列，你又“呀”了一声，原来也是她！你不知道几个印象同属一个人，是可以串起来的。曾经风靡十九世纪的莎拉，一下子扑到你跟前，以她的美貌，以她的喧天哗地的人生。

绝代的奇女子中，你曾否听说过这样一个极人？整整六十年，到世界任何地方巡回演出，总带着她那口香木棺材，如果睡房使她不满意，干脆在棺材里过夜；她手持左轮枪，乘火车穿过危险重重、每分钟都可能子弹横飞的美国西部；普鲁士人围攻巴黎，她组织一辆救护车，参加巴黎的保卫战；世界博览会上，她乘着一只气球，在万人翘首中升空；在“德雷福斯事件”中，她不顾众怒，不顾危险，公开站在左拉一边；她一早养下私生子，情人一大串。她的喧哗成了十九世纪欧洲的一种音响。

凭她那副金嗓子，无须喧天哗地，已足够使她赢得整个世界了。在那个年代，谁能与她的名声相比？除非雨果、乔治·桑。她演拉辛的悲剧《菲德拉》，科佩的《过客》，小仲马的《茶花女》，罗斯当的《小鹰》，莎士比亚的《奥赛罗》《哈姆雷特》。乔治·桑跟她结成朋友，为她写了两个剧本。她从法国演到比利时、斯堪的纳维亚、英国、俄罗斯、澳洲、美国……她在纽约大受欢迎，不足一个月演出二十七场。观众以黄金般的代价，才取得一张《茶花女》的入场券。莎拉逾越了国界线，成为世界性的莎拉，神圣的莎拉。她的歌声是磁场，观众是铁片。她的成功总是马上得到回应，拥趸为她拖马车；基辅的大学生以银线为她编桂冠；美国著名爵士音乐家贾勒特，致力于让西部的“牛仔”能欣赏她以法语唱的《菲德拉》。歌唱界唯她能称后，金嗓子一刻不容沉默。她到美国演唱时，引起剧院老板的恐慌，生怕她将观众抢走，联合起来拒绝将剧场租给她。她以马戏班的帐篷来接待观众，依旧从一个城市演到另一个城市。她标榜了她的时代，成为法国最著名的女人，爱迪生亲自接待她，第一次为她做了留声机录音。

她演雨果的《吕布拉斯》的时候，雨果已经从流亡地格恩济岛返回巴黎。1877 年，她在法兰西剧院演出他的《埃尔那尼》，坐在观众席中的雨果十分感动，写信给她说：

> 夫人，你演得如此高贵而迷人，你使我感动。我，一个老兵，在某些时刻，当观众为你感动，为你着迷的时候，我正在流泪。你使它流出来的这滴泪属于你。我跪倒在你的脚下。
>
> 维克多·雨果

随信附上一个手链，上头吊着一串钻石“珠泪”。

舞台上，她以一个演员十倍的精神来表演，一直往死里演，演到死在舞台上。现实生活中也一样，她以一个人十倍的精神来活她的人生。当太阳下山，夜阑人静，进入到孤独世界的时候，她会想起自己的身世：一个私生女。襁褓时代寄养乳母家，长大后被送进修道院，几乎当了修女。进入生活之前，最大的幸运是遇上一位公爵，他是宫廷乐队的指挥，在他的提示下，她母亲将她送进音乐学院，毕业后就在法兰西剧院开始她的演艺生涯。低微的出身，一开始就招来敌意、挑战。诽谤随侍左右。但她若柔还刚，遇上逆流，总是不屈不挠，甚至不惜一走了之，去学绘画，学雕塑，反正她对所有艺术都感兴趣。舞台让她逃避世界，艺术也一样。她在蒙马特设立自己的绘画和雕塑作坊，等风平浪静，再设法返回舞台。她从小就学会似晦还明，来对付一个充满敌意的世界。

十九世纪这样的年代，如此缥缈孤鸿，要参加王子的舞会，必须自己动手将南瓜变马车。特立独行，是无可选择的选择。不管众议纷纷，不管怎样使人哗然，依旧我行我素，发出比别人高出八度的声响。就在谣言纷纭，被指责，被丑化中，她奇葩般绽开在既璀璨又阴晦的十九世纪。莎拉成了一个宽广无边的演员，可以演任何角色，给任何角色以新面貌。她要以她的天赋和野心，任何舞台都不足够宽阔来容纳的天赋和野心，来征服世界。她将梦想和现实混为一谈，将自己和角色混作一处，她要演自己的人生，将真正的苦乐演到角色里。

舞台上，她演尽一切；舞台下，做尽一切能够做的事，远远超过一个演员的本分。莎拉需要不断战斗，不停工作，既表演也参与导演，如果脚本不适合，她要修改，要使法语以外的国家也适合演出。她第一个在舞台上安装排灯，自己设计华丽的戏服，从舞台剧一直演到无声电影。还有时间绘画、雕塑，给朋友画肖像。她写下回忆录《我的双重生活》。

她还具生意头脑，懂得经营，购置了自己的剧院。那回到美丽岛，首先吸引她的，是那座破破烂烂的军事堡垒，一眼看过去，就有说不出的喜欢。岛上千奇百怪的岩石，绕着海岛的嶙峋山头，沃邦起的那座古老灯塔，于她都是难得的美景，就像她的舞台布景。有谁知道吗？反正像癞疥猫儿入了眼。刚好堡垒要出售，挂在烂围墙上的广告让她看到了，立刻派手下去接洽，一刻不缓，当晚就签订了合同。两个月后房屋到手，一场大规模的修整翻新工程开始了，竣工后变成一座华丽的度假别墅。日后她与家人和工作人员，每年总有一段时间在那里打发。后来还在岛上买下一座又一座古堡、农庄，经营种植蔬果，养奶牛，挤牛奶，出产牛奶、牛油。她脑筋灵活，路子走得宽，总想多做一点事。小岛来了莎拉，有了莎拉的故事，从此变得欣欣向荣，比起军事建筑家沃邦，更使小岛活气腾腾。她也慈悲为怀，美丽岛的居民牢记在心。1911 年的一次风暴，不少渔船沉没，莎拉发起义演，救助受灾的家庭。一天傍晚，她看到一位老妇人在海湾上徘徊，妇人曾经是五个儿子的母亲，两个死于 1870 年的普法战争，其余三个是水手，都死在了海里。一个八岁的孙子又刚被海水带走了。她发了疯。每天将面包扔到海里，一边喃喃自语，说要将面包送给她的小宝贝。莎拉以此为题材，塑了一座双体雕像：一个老妇人把淹毙的孩子放在膝头上。1876 年雕像在沙龙展出，观众好评如潮，她获得了一枚奖章。

这是一张满涨的风帆，一支从满弓射出的箭，只跟着她的天赋和野心往前走，孜孜不倦。她是她的时代的稀有族类，一举一动总引起新闻界注意。而她本人呢，哪里有传媒，就自动送上门，以更高的声音、更大的动作来吸引注意，好话坏话照单全收。哪像我们的阮玲玉，一句“人言可畏”就将自己断送了。因着她的思想行为过于自由独立，且介入“德雷福斯事件”，国家迟迟没有答谢她的贡献。演员和作家们，则自动组织了一个五百人的盛大宴会，对她表示谢意。她做尽想做的事，她得到了一切，拥有了整个世界。

然而，莎拉唱出的最高音阶，抵达人生最高点的时刻，是截去右腿之后。她右膝疼痛已非一朝一夕，长期忍着剧痛上台表演，一走下舞台，就几乎倒地。到 1915 年 2 月，坏腿已无可医治，最后被截除。八个月后又重新登台。在极度痛苦下，让人抬着上前线去慰问士兵，为他们唱歌，朗诵诗歌，表演。场面极度热烈，士兵们但求看看莎拉，看一眼莎拉，再死去，死而无憾！然后，她专程到美国，既演出，也演讲，做报告，写文章，通过一切传媒，动员美国加入盟军对德作战。美国果然参战了。嘉宝三十七岁逃离舞台，将世界抛弃，将大家抛弃，过自己的日子去了，正当风华正茂的时候；而年届七十二的莎拉，肢体残缺，却相信世界需要她，大家需要她。她蹬起一条腿，走在所有人的最前面，在所有的四肢完好的人的最前面。她给我们带路。她抵达了常人不易抵达的高度。在美国百多个城市，经过八个月的巡回演出后，她精疲力竭了，病倒了，紧急入院治疗。在这种时刻，她想念美丽岛了。急急忙忙返回到小岛时，大战结束了。

她喜欢烟水萦绕的美丽岛。她的岛。但从来不曾想过在那里恬静地生活，悠闲地老去，死去，继续将残躯投入炼丹的熔炉。直到七十九岁高龄，在拍摄片场中晕倒，十天后逝世，死而后已。她不曾生于豪门望族，也未能以体面的出身进入演艺界，但在十九世纪的众星熠熠中，以自己的方式，闪出自己的华彩。她的葬礼使巴黎万人空巷，计有一百万人参加，交通停顿数小时。为瞻仰她的遗容，为看那副跟随她六十年的香木棺材——她喜欢手拿一朵百合花躺到里面，将它当床铺使用的棺材。巴黎人在她的住宅前排队数小时，屋里屋外皆人头攒动。但莎拉管不着了，她整顿了一下衣裳，在脸上补了一下妆粉，回到有二十六年美丽记忆的美丽岛，向它做最后告别。然后，继续上路，天堂有许多事情等着她去做。

普鲁斯特的守护神

1983年4月25日，一位芳名赛莱斯特，得年九十三岁的妇人逝世，颇引起一些文化人的注意，因为她与普鲁斯特有特殊关系。她曾经为普氏效劳过十年，是他最后八年的贴身侍者。普氏曾经说“我有一个天造的美人来做我的仆人”，他把她称为“蒙娜丽莎”“雷加米耶夫人”（注：十九世纪的法国大美人）。

二十世纪法国文坛的泰斗普鲁斯特1922年逝世时，已经名满天下。普氏平日只管叫她“亲爱的赛莱斯特”的年轻女人，马上成为学者、传媒追踪的对象。普氏一生最爱的女人是母亲和这个女仆，但母亲从小管束他，使他又爱又恨；而与赛莱斯特之间，却有着无以名之的至高无上的情感。八年同一屋顶下的二人世界，是真正的似水年华。她照顾他的生活起居，料理日常事务，代表他打电话与王孙公子、社会名流，直至与出版商打交道。八年当中，两座不设防的心灵城府对开，一夜又一夜地长谈，双方的过去、现在，周围的人物，远近的大小事件，《追忆似水年华》中的故事、人物、章节，都是话题。普氏夜间从社交生活回来，总是又说又笑，表情动作十足地向她讲述所经历的一切。她比谁都更了解他的过去，他的为人，他的思想，他的脾气。他一个眼色，一个动静，或一句话只说到一半，她就知道他想要什么。这是一个可以为普氏一生做见证的人。但他逝世后，整整五十年时间，她拒绝向外界谈普鲁斯特。“当他的生命过去，我的生命也停止了。”最初几个星期，她只想到死；在后来的漫长岁月中，她也变得很普鲁斯特了，将自己关闭在过去的记忆中，去寻找她的逝去时光。

直到1972年，她八十二岁高龄，一位名叫贝尔蒙的作家请求她说：“只有你那美丽的纤手才能将我的眼睛合上。”她不忍看着他死不瞑目。何况眼见一些不了解普氏的人偏要谈他，写他，以致造成误解，或颠倒黑白，她这才接受访问，将六十年前的往事道出。“到了我这样八十二岁高龄的人，除了事实真相，还有什么利益可图？”贝尔蒙以先后五个月时间，跟她进行了七十个小时详谈，然后，以赛莱斯特作为第一人称，写下了《普鲁斯特先生》这部四百五十多页的书，作为赛莱斯特的回忆录。

说赛莱斯特是女仆，从任何角度看都不像。她端庄、美丽，身材高挑，秀慧而不动声色。若非普氏告诉她，也许她永远不会意识到自己的美丽。当她端着盘子走进普鲁斯特的房间时，你只觉得这是个伪装的仆人。而事实上，她出身于洛泽尔地区一个拥有磨坊的富裕农庄家庭，与父母、兄弟姐妹生活在一所大屋里。童年和青少年时代，就在漫山遍野的草场和森林的绿色中度过，在麦秆和家畜棚的气味中看日落日出。日子过得那么开心，谁也无意离开这个家。但有一年夏天，她的堂兄的表亲，一个可爱的青年，从巴黎到农庄度假，另一个故事开始了。这位名叫奥迪隆的青年对她一往情深，把她的生活扰乱了，短短时间内就把她带进教堂。举行过婚礼之后，当晚她就与丈夫以及一群朋友乘火车到巴黎。她是浑身带着山头的原始朴素、早晨的露水和山冈上的回音来到巴黎的，以致最初的城市生活使她十分痛苦，尽管她丈夫拥有一部出租汽车，日子可以打发得很从容。

由于普鲁斯特是奥迪隆的经常乘客，他就带着新婚妻子到奥斯曼大街 102 号，普氏的住宅去走走，这是他写《追忆似水年华》的地方。普鲁斯特闻声到厨房去跟他们见面。赛莱斯特看着一位大老爷走进来，他英俊风雅，皮细齿白，向她伸出手来风趣地自我介绍。她羞赧不过，几乎不敢抬起头来看他，却发现对方把她观察得十分仔细。显然，双方的在意皆不寻常，赛莱斯特永远记住了这一刻。命运就这样通过与奥迪隆的婚姻，将她带到普鲁斯特身边。

那时候，普氏的《去斯万家那边》刚好出版，既然听奥迪隆说妻子的生活过得百无聊赖，何不提议请她把新书挨家逐户给朋友送上门？赛莱斯特答应了。有一段时间，她就带着有普氏亲笔签名的神圣礼物来来去去。书送完以后就为他送信。到 1913 年第一次大战爆发，奥迪隆应征入伍，赛莱斯特就全职服侍普氏。战争使亲属和朋友们离散，节日、晚会、交际、晚餐都几乎全部停止了，一个奇特的二人世界开始了，同一屋顶底下两个“圣人”的二人世界。

普鲁斯特来到世上，只为一部《追忆》。他以哮喘病为借口与外界隔绝，以便隐居起来写作：“我烟疗每天达七八个小时，如何接待朋友？”事实上，他只在病发时才烟疗。在别人面前要比在赛莱斯特面前病得厉害得多。为数不多的社交生活，只为写作的需要。当他想找个人物原型，或进行更详细的观察的时候才出门；要写植物就请奥迪隆用汽车载他到郊外，坐在里面透过车窗详细观看，最后请奥迪隆给他截一枝带回家。他的衣着、兴趣、生活习惯都不入时，喜欢旧东西，不喜欢变换，先后八年时间才买过一双新鞋，他的生活要与作品中的过去联系起来。战争将一切改变了，他还生活在另一个时代里。他选择独身，因为“只有那些纸页于我才是重要的”。他的生活就围绕着他的作品组织。当他紧闭双眼静静地躺在床上，他是在过去的生活中游荡，寻找他的逝去时光的时刻。他独自忍受疾病，不怨天尤人，也只为那本书。他唯一害怕的是在作品完成之前死去。他活得非常匆忙。

当赛莱斯特来到普氏家里，他正在写《在少女们身旁》。这位二十二岁的村女一旦来到，她本人的生活就停止了，将自己完全融入普氏的生活当中，将自己变成一颗绕着他运行的卫星。普氏日夜颠倒，他说“傍晚”，实际是早晨五六点钟，赛氏必须跟他配合，两人使用同一种特殊的日历、时钟。早晨五六时她为他安排好一切之后，上床睡觉之前，还有一大堆事情要做，打电话、写信、约见朋友、叫汽车、请理发师上门、添补日用品。如果在外边请客，还得起草客人名单，向乐斯酒店预订独立的房间……有时八九点钟她刚睡着，又被普氏的铃声唤醒，得马上起床，背后拖着一把长发进入他的房间。他微笑着说：“啊，好一个蒙娜丽莎……亲爱的赛莱斯特……你又休息不成了……我有事要找你……”所谓“有事”是马上给谁打个电话。有时是想让她前来闲聊几句，或出于写作需要，面对原始材料落笔前，在赛氏身上做一个试验，看能够引出什么效果，应该怎样写下去。有一回他把她叫起来，说“我烦死了”，因为他的稿纸所有空白都填满了，但还有许多文字要增加，临时加上纸头，怕打字员丢失。她提议在纸头首尾留下空白，让她来帮他贴到适当地方。纸头长短不重要，可以折叠呀！普氏很高兴：“我得救了！”这样贴上去的纸头，有的长达一米四，折起来书稿胀鼓鼓的。

普氏为他的著作活得忙，赛莱斯特也跟着活得忙。最后八年是普氏创作最丰盛的时期，从《在少女们身旁》一直写到《重现的时光》。1919 年《在少女们身旁》获得了龚古尔奖。普氏的笔在纸页上疾驰，赛氏就跟着普氏的笔杆跑，跟着时间跑，跟着《追忆》的人物、故事、章节跑。她为普氏所做的事，超出了母亲、妻子所能够做的，遑论仆人。她为他的健康操心，眼看他的精神疲倦，睡眠时间少，吃得也少，她为此伤心："为什么你不吃，先生？这样你怎能支撑下去？"普氏深知她的心事："亲爱的赛莱斯特，你真是天堂（注：C é leste，原意'天堂的'），我永远谢你不尽。"但他却不曾少一点苛求，床铺要每天替换，咖啡必须按一定方法泡；一旦想出门，不论什么时刻，没有谁能够阻止他，汽车必须马上准备好。无论要求什么，总是十万火急，要完全如他心意。为写作环境的安静，套间墙壁铺上水松软木，窗子永远关闭，拉上窗帘，日夜只靠一盏壁灯照明，烧药物烟疗时，只靠壁炉抽烟通气。烟疗后以烧壁炉来驱散气味，夏天也不例外。床上的报纸、杂志、书本一大堆，要等他出门才收拾房间，让空气流通，把他需要的物件放到他最方便取的地方。普氏出门，总在夜间，夜才是他的日。每当他外出，她就守候着他回来，留意着电梯的上落声音。一旦听到某种熟悉声响，马上开门，走出大堂去接他。他从来不带钥匙。

大家知道普氏苛求，他自己也知道。他赠给赛莱斯特的一张照片中，上款写"给赛莱斯特"，下款写"她的可憎恶的暴君"。他笑着把这几个字给她看。他的侄女苏丝对赛氏说："跟他一起过日子不太容易，对不？"赛氏回答说："不，很容易，他的专横是白费功夫，我把它当成优点来喜爱。"她承认太爱他而不怕他。事实上她对他的忠诚，对他的爱，是无条件的。他们之间有着极深的爱情，也许第一次见面已经开始互相恋慕。他最初称她为"夫人"，后来直称"赛莱斯特"，那是战争爆发那一年的九月，他们一起到诺曼底的卡布尔城，入住面海的格朗酒店的时候，这是普氏每年夏天习惯住一段时间的地方。他们的房间相连，各人的床只隔着一堵墙。由于无铃可按，普氏需要她时就敲墙作信号。他们之间的长谈，就从那时候开始。一天傍晚，他牵着她的手走到走廊尽头一个大圆窗前面，居高临下让她望向窗外的落日。那时海面一片金光灿烂，她大为感动。普氏心醉神迷地说："天哪，多美！"此时此刻，两颗悲喜交集的心，从生命本质的深处，发出了无声的呼唤。

赛氏为普氏操劳并不为生活；她做某些分外的事情，既非她的职责，也非普氏要求，比如深夜守候他回来，一切只出于赛莱斯特本人。她从不为自己的地位费心，不觉得自己是仆人，留在他身边，只觉得舒畅，得其所以，自愿成为他的"女囚徒"；深夜等他回来，只为小别后重新见面的开心。"咱们到小厅聊一会儿。"那时候，他就给她叙述刚才的见闻，她趣味盎然，永远听不够，三四个钟点就这样过去。都说仆人眼里无伟人，如果赛氏从烦琐、平庸、乏味的东西着眼，她会找到一千种失望，找到无数离开普氏的理由，但这就不是赛莱斯特。普氏于她，"永远是我第一次见面那个高贵的绅士"。这位绅士有一个奇迹，奇迹就是他的意志，意志就是他的书。为这部书，他带病熬夜，她从来不知道他什么时候上床睡觉，有否睡觉。他以生命作为代价日夜工作，在烟疗中腾云驾雾。她相信这个云雾中的上帝，永远不能丢失这个信仰，否则就失去存在的价值。而普氏也从心底喜爱这个女人，直到弥留时刻还呼唤着她的名字；他猜到她对他的心悦诚服，以某种默契来作为交换；她的美丽、精致、顺从，一开始就逃不过他的眼，他为她写过一首打油诗，开头几句是：

> 高挑，精致，美丽而纤瘦，
> 时而慵懒，时而活泼，
> 迷倒皇孙公子和强盗。
> …………

这个女孩子还殷勤、周到、任劳任怨，一旦进入他的生活，他就一步也离不开她，干脆对她的丈夫说："她一旦走了，我就不能继续写下去了。”

一天晚上，普氏要外出，她给他递上靴子，他自己穿上，谁知不等他同意，她一下子跪倒在他跟前，嗒，嗒，嗒，几下为他扣上靴钮。普氏震惊得仰身向后，痛苦地说：“噢，不，不，不要这样，赛莱斯特！”当她站起来，他几乎含着眼泪，非常温柔地说：“啊，赛莱斯特，我多么爱你！”

又一个深夜，她问他为什么不结婚，他回答说：“到头来，你比任何人都更明白我，了解我……你不可能不觉察到我不是一个天生要结婚的人……我跟我的作品结了婚……”

又有那么一回，他半真半假地说：“我要一个了解我的女人。我知道世界上只有一个，要结婚就只能跟你结婚。”“啊，先生，这是个好主意！”

八年同一屋顶下的共同生活，他们在爱情、友情、主仆情当中游荡，产生了另一种无以名之，不可归类，却至高无上的情愫。两人沉醉在一场永远的初恋当中，交换着某种不可思议的默契，维系着一种奇怪的共生，成为完成《追忆》的重要条件之一。我们难以想象，没有赛莱斯特，《追忆》这部作品是否会产生，是否真的“不能继续写下去”，或者，将会是怎样的一本书。

1971 年，为纪念普鲁斯特诞生一百周年，赛莱斯特被邀请到巴黎市政府参加纪念仪式，并会见了伽利玛出版社的负责人克洛特，当年是他的父亲为普氏出版《追忆》这部巨制的。1993 年 4 月，赛莱斯特逝世十周年，她的故乡卡努尔格村的村政府，为她举行了纪念仪式，把当地的图书馆命名为“赛莱斯特图书馆”，把她娘家当年的磨坊命名为“赛莱斯特磨坊”。

一位来自青山的秀慧朴素的女人，永远进入了普鲁斯特的世界，成为文学世界的一帧风景，毕竟是一个非常美丽而珍贵的故事。

靠墙独坐

记得1958年入中山大学那一年，第一次进入法语教研室，看到一位面容清癯、身体修长的老头坐在一张办公桌前，但你感觉不寻常。他背墙独处一角，面对一个打字机，关节起结的双手生硬地敲在键盘上。周围的动静，人进人出，与他无关。他不跟谁打招呼，谁也不跟他打招呼，像与世隔绝。打字员这个职位，一般由年轻人担任，而眼下这位不乏书卷气味的斯文老头，怎么看也不像个打字员，何况他只使用两个食指，慢吞吞地敲打着。你心里存疑，却不便打听，很快就知道他大名张良修，是个右派分子。后来又得知，他学法律出身，曾经留学法国，回国后担任过多种职务，在中山大学担任过教授。一场反右运动来了，他经历了“最后的审判”，被打入了“地狱”，从人变成了“分子”，从教授变成打字员。他是戴罪工作的，在这里接受惩罚，于教研室而言，是个警告式的摆设。但比起某些“分子”，处境不算太坏，不用到什么大荒地什么沟边去，算是至善至福了。但所有活动他没有权利参加，学校某些会议也没有他的份，表示身份的参考电影也被拒之门外。周围的人躲避他，他也躲避周围的人。他是人世间的槛外人，生活中的活化石。

你在学四年，毕业后任教四年，你对学校这片特殊风景很熟悉。当时还年轻，不知天高地厚，心里头从来不曾跟他划清过界限，不知道为什么要划这个界限，只觉得人世间的生活不应该是这样的，反而喜欢趁人静的机会跟他闲聊两句，以示向一个挨了鞭子的人的同情，于自己而言，则表示自己有多“反动”。有一两回，志侠请他给我们打一两页讲义，或借用一下他的打字机。他也曾将一份关于教材的资料送给我们。一来二去，有一回，居然不识好歹地问他为什么被打成右派，谁知他马上谨慎起来，脸上现出一丝笑容，你宁可看不到的，使人心酸的笑容。然后，将手轻轻一挥，把我们挥之而去。

教研室内这个特殊而无声无息的景观，不知什么时候走出了我们的视野，不为人察觉地消失了。1966 年开始十年“文革”，上上下下，大事小事乱哄哄的，对这个人的记忆越发淡薄了。到许多年后跟母校的老师同学重新来往，想起过去一些人事，才忽然忆起张老师这个人。最后搜索网络，才得知他逝世于 1965 年。怎么？这个年份的前后，我们好像从来没有听说过他去世的消息。那时候“文革”还未开始，一切还在秩序上头，同一办公室的同事走了，周围的人竟像啥事也不曾发生过？一个人原来可以这样消失法，像落到地上的一滴雨水，蒸发掉也全不为人所知？

据说当年《人民日报》和《南方日报》，都刊登过批判他的文章，是说，这是个大右派；从反面角度来看，是说，这是个有分量的人。现在你看他的学历和履历，这样的人社会上不会太多，是个栋梁式的人才。算不上大人物，但所有大人物坐到他身边，都不会觉得自己降了格。他从中学就开始入法律专科学校，然后毕业于上海法政大学，再留学法国。最近为了撰写传记《青年梁宗岱》，查阅史料，发现他是冯伊湄女士的九舅，两人在 1929 年一起动身到法国。到达后，他转赴第戎进入大学，冯伊湄留在巴黎，梁宗岱当时正在欧洲游学，介绍她认识了后来成为名画家的司徒乔，两人回国后共结秦晋。

1936年，他获得第戎大学法学博士学位，学有所成。他将法律作为自己的天命，1946年担任广东法商学院院长，愿有所偿。也历任过几座大学的教授。这个人曾经奋斗过，积极参与过生活，要为社会做出贡献。他也参与政治，成为参政员，这是他的专修学问的实践。他爱他的国家，他们那辈人都很爱国。1945年，就税务人员贪污问题，他向财政部提出质询，就有财政部对参政员张良修关于税务人员贪污问题询问案的答复（《中华民国史档案资料汇编》第五辑第二编，中国第二历史档案馆编，1997年）。日本投降后，为清查接收行动中所产生的糊涂账，他参加广东七人调查组，在参政会第三次大会上报告说："中山大学敌人并无破坏，但经军队驻扎过后，现在空空如也，连学生上课的椅子桌子也没有，晚上通通睡地板。校内设备都拆卖一空，据说到香港卖了二千多元。"（《广东革命历史文件汇集1946.1—1947.7广东区党委文件》，中央档案馆，广东省档案馆编，1989年）

在这两件事情上头，显示出他疾恶如仇，敢于尽自己的责任说真话。他不分左右，不分这个党那个党，甚至不分里外，只从事实出发。日本人侵华罪大恶极，这是事实，但没有破坏中大，也是事实；国民党军队进行抗战，有极大功劳，这是事实，但士兵劫取中大财物，也是事实。张老师只着眼于事实，中肯地、毫无顾忌地将真相道出。这就是一个知识人的良心、良智。在是非黑白面前，他没有别的界线，只有是非界线；手中没有别的标尺，只有一根是非标尺。如果说窥一斑而见全豹，这就是当年法语教研组那位老打字员，那块活化石的原来面目。

母校九十年来，经历过多少美好时光，也目睹过多少丑恶而痛苦的现实。但无论顺流逆流，在这个群体里，大家信心不变，耐心不变，坚持不懈地作育人才的努力不变，所以，无论在任何困难时刻都充满希望。为将葡萄酿成酒，每一个人都在自己的岗位上，以自己特有的方式来付出，来贡献。张老师靠墙独坐这个现实是沉重了些，却是这个群体一起经历过的现实，一种不可忽略的存在。无论他作为教授或打字员，都有他的贡献。在学校九十周年的庆典时刻，除了多多怀念他，我们还能够做些什么？

中国访法作家印象记

以巴金为首，成员包括孔罗荪、徐迟等五人的中国作家代表团，应法中友好协会、法国笔会和出版社弗拉马里翁的邀请，从 1979 年 4 月 25 日至 5 月 13 日在法国进行访问。此行目的是为打破“文革”十多年来与外界的隔绝，跟外国文学界重建正常交往。逗留期间，在巴黎的活动时间较长，也曾经到马赛、尼斯和里昂等城市进行访问，受到法国学界热情的欢迎、接待。他们与文艺界、出版界、戏剧界和教育界有过广泛接触。巴黎大学瓦朗谢纳分校及尼斯大学师生们邀请他们举行座谈会，两次与巴黎读者见面：一次在弗纳克书店，另一次在凤凰书店。5 月 9 日晚，法中友好协会举行了一次集会，把他们介绍给笔会会员和法国朋友。参加集会的人兴致很高，难得有机会听取中国作家的发言，希望对“文革”后的中国文坛和作家的状况有更详细的了解。

集会由法中友好协会主席贝热隆先生主持。他简单地介绍了代表团的各位成员，他们到法国后的各种活动。接着由团长巴金先生发言，内容如下：

主席、女士们、先生们：

参加今天的会使我很高兴，也格外感到亲切。我们是第一个中国作家代表团。我们到法国访问已半个多月了。半个多月以来，很愉快，也很值得，我们看得不少，也说得很多。我们和法国朋友谈得很多，也很融洽。从早看到晚我也不感到疲倦。我们每次与法国朋友接近，都感到法国朋友对中国人的深情厚谊。我对法国朋友也充满了热爱。我从北京动身时，对法国朋友说，我对这次访问充满信心，但想不到有这么多的很好、很亲切的朋友，有这么多的法国人讲中国话。所以我说，到巴黎后就游进友谊的海洋，现在呢，游到了这海洋的中心。所以这几天，在担心着如何能游得出来。当我离开时，我如何能丢得下这么些法国朋友。我们回国日期已近，想到此处便感到难过。我们将把法国朋友的友谊带回去，把感谢的心带回去。我自己觉得这次访问是相当成功的，但这次的成功是由于法中友好协会的朋友们做了工作，如贝热隆先生、韦尔科尔先生（作者按：法国笔会主席）等，还有其他的法国朋友，为我们操尽了心，为我们花了心血。每次活动除了有中国人参加以外，还有法国朋友参加。我们到过尼斯、马赛，那里有很好的风景和很好的阳光，到处还有感人的友谊。所以我说，有法中友好协会就有我们的家。法中友协的朋友就如家里的亲人一样，我们不用说感谢的话，但我心里是充满了感谢。我们永远不会忘记。利用这个机会，表示感谢。

这篇讲话给人的印象一如巴金本人，诚恳、敦厚而智慧。他童颜鹤发，精神矍铄，虽然舟车劳顿，流水式地参加各种活动，但安详的面孔毫无倦容，对与会者提出的问题总是不厌其烦地详细回答，履行一个文化使者的任务。

从恬静见真诚

“文革”十年，海外热爱巴金的读者，总是通过各种渠道打听他的情况。巴金的命运如何？他出身官僚家庭，旧作“激流三部曲”“爱情三部曲”等，曾经在1958年被批判过。最经常的打听方法是从报纸上看他的名字有否继续出现，在什么情况底下出现；如果名字不再出现，可能已经落难。现在，巴金就坐在那里，恬静而庄重地面对大家。说关心也罢，说好奇也罢，就有些人要求他讲述“文化大革命”期间的遭遇。想来他早有准备，警觉地稍稍沉默，然后说他曾经在“五七”干校劳动，外界提名他作为诺贝尔文学奖候选人时，他仍然在干校，对这件事一无所知。他谈到“四人帮”对他的作品进行批评，对“巴金”（注：外界传说，“巴金”是巴枯宁和克鲁泡特金两个名字的合一。巴金否认，自认是为纪念一位自杀了的人，他对此人十分同情。）这名字也提出了批评。最后，他说把这一切当成一场闹剧。但大家都知道在这场所谓闹剧中，他失去了自己的妻子。

他被指为“反动权威”，作品曾经被姚文元全面地攻击过，无论“激流三部曲”或“爱情三部曲”，都被责成为反封建不彻底，模糊青年人的阶级仇恨，人物都是些“个人主义”“无政府主义”“爱情主义”者。抗美援朝时代，从朝鲜战场体验生活回来，写过歌颂彭德怀的报告文学，他的被斗越发不能幸免。“文革”一开始，姚文元就在《文汇报》上把他揪着不放，所印刷的小册子，直指他是“赤裸裸的反共老手”“地道的地主阶级代言人”，被抄家，被游斗，大会小会批判，是万不能幸免的事。红卫兵对他百般侮辱，折磨，在多少关头上度日如年，成为上海作家中被斗目标最大的一个。被送到“五七”干校劳动时，已行将进入古稀之年。最使他伤心不过的是，经常代他受罪的妻子萧珊逝世时，他还被困在“牛棚”里。后来他在自传中说：“有一个时期我的确相信别人所宣传的一切，我的确否定自己，准备从头做起，认真改造，‘脱胎换骨，重新做人’。”这跟曹禺对自己遭遇的描述有异曲同工之妙：“看大门已经是后来我最享福，以及最舒服的工作了。那一段挨批挨斗的时刻，在‘革命’群众无尽无休的声讨控诉之下，我的精神全部崩溃了，我已经从思想上认为自己确实犯了罪。我流着眼泪对着毛主席像认罪，痛悔。我从心底里认为我是罪孽深重，是不能被饶恕的，我的一生将就此结束，什么希望都没有了……”谎言重复一千次便成了真理，以致使人相信谎言甚于相信自己。

与作家代表团同时到法国访问的，还有一个以荣毅仁为首的全国政协代表团，其中一位周保芬先生曾到寒舍做客，是一位朋友委托他前来看望我们的。出国的人能够离队自由活动，那时候是一件新鲜事，你几乎不敢相信。谈起“文革”时的遭遇，他说：“不用提啦，总之五花大绑、游街、示众、批斗、坐牢、洗厕所，样样都领教了。”问他犯了什么罪，回答说：“像我这样的出身，必然的啦，还用什么罪呢？”他家经营肥皂厂，1949 年后家庭成分划为资本家，但他本人被奉为“开明”人士，“开明”态度被传诵一时，但“文革”期间，“开明”对他没有起保护作用。

巴金从二十世纪三十年代开始满誉中外，写了一大堆官僚家庭的人物，居然没有一个工农兵。1958 年反右倾时，《家》被江青派指为“反动作品”“大毒草”；指他生活养尊处优，一家人独占一座三层的独立洋楼，四时花木，大享其福。“文革”一开始，就被报纸不点名指责“是最典型的资产阶级的精神‘贵族’”，过典型的资产阶级生活；反右期间，他抱怨当上海作协和文联主席有职无权，为此曾经做过检讨。由于早年翻译过俄国的无政府主义者克鲁泡特金大量作品，集成《克鲁泡特金全集》出版，指责他的无政府主义就变得有根有据。凡此种种，他具备了被打落十八层地狱的条件，足以让我们想象他在“文革”中的遭遇。

巴金第二个引人注目的问题是，他会否获得今届诺贝尔文学奖。他是一位多产作家，1949 年前已经写了几百万字，对知识分子的面貌作了广泛而现实的反映。由于字里行间洋溢着一股令人容易感染的激情，文字浅白流畅，读来如行云流水，曾经使许多青年人着迷。新政权成立时他才四十多岁，是创作力最旺盛的时期，但他沉默了，写得很少，据说不到 1949 年前的十分之一。在“文革”期间又毁了不少文稿，与其他作家的情形大体一样。据说诺贝尔评奖委员会就等他写出一部新小说。但等待的作品没有面世，他只写了《随想录》和《往事与随想》等随笔，这个奖就没有了下文。

孔罗荪的自由与不自由

代表团的第二号人物是孔罗荪先生，《文艺报》的主编，也是上海文联和上海作协的党组书记。既参与文艺工作，也代表共产党在文艺工作中的领导，笔杆子活动以外也操实权。巴金当年抱怨没有实权，实权就在他和叶以群手里。这回是出国代表团的党代表。十年“文革”后安排在第一批出国访问的人，大抵在“文革”中受到不同程度的冲击，孔罗荪也受过冲击吗？你问。1949 年前他就参加了地下工作，自传中写道：“解放前夕，我在南京负责邮汇印刷厂的工作，为了使它能在解放后发挥作用，组织了青年工人进行护厂工作，从而保证了一解放就可以投入生产，并承印了解放上海的布告。”

早期他参与过一些报纸的工作，曾任《国际日报》和《大光报》

的副刊主编，先后出版过几本文集，1949年后就得以从印刷厂转到南京市文联，再调到上海作协。后来也写文学评论，既“弹”也“唱”。在那个时代，评论文章都带有政治目的，是党对文艺的领导，政治思想压倒一切，条条框框也尽在其中。从评论文章可以看到政治气候。这种情况早在延安时代已经开始，“抓辫子”“戴帽子”“打棍子”，这种词汇大家都熟悉。“打棍子”的人可以噪嚷一时，但也可能一朝一夕被打成什么分子，落得身败名裂。“文革”时期的党委，要么走“革命路线”，要么被“砸碎狗头”或“靠边站”。根据孔罗荪的自传，他“靠边站”了十年。1975年恢复工作，在不同单位任职。1979年访法时，任职《文艺报》主编，兼任上海作协、上海文联的党组书记。笔者向他打听沈从文和丁玲的近况，他态度诚恳、热情，说实话，思想倾向于开放。

关于中国作家有否创作自由，是与会者共同关心的问题，他作了如下回答：

> 让我来简单地回答一下，因为这一切比较复杂。法国人对中国文学的情况不很了解，说起来，不能几句话可以说完。简单地讲，中国的革命文学是从1919年开始。中国的新文化运动一开始就是争取科学和民主。但这个争取科学和民主要付出代价，因为中国是在两三千年的封建制度下。1911年的辛亥革命推翻了清朝的封建统治，但是这场革命没有彻底完成。到二十年代初又开始新的革命，这就是“五四”民主运动。新的文学运动从1919年开始到现在经过了六十年，在六十年当中，我们经历了两个黑暗时代，一是1927至1936，这十年当中，是蒋介石国民党反动派镇压革命文学，以鲁迅先生为首的革命文学队伍进行了英

勇的斗争。那段期间，我们称之为“左翼文学运动”。在这段时间，也就是文学上争取民主，我们付出了代价，有的作家牺牲了。

第二个时期是1966至1976，那是在“四人帮”的封建法西斯统治下，在这时期当中，我们的作家是没有自由的。我们既不能看，也不能写。和世界的文学交流断绝了。我们许多作家经历了这十几年，我们作家有不少被迫害致死，但很多是站着过来了。譬如巴金先生，他在那时期也是被剥夺了的，但在“四人帮”被粉碎以后，他立即又拿起了笔，恢复了“文化大革命”前的勤奋写作。不少老一辈作家在“四人帮”统治下在不同程度上受到了毫无例外的迫害。但我们有一个信念：真理一定“战胜”！尽管“四人帮”采取了种种卑劣的手段迫害作家，但是大多数人还是生存下来。我们十年当中，像刚才有人提出，我们有没有自由，应该说，在那段时间是没有自由，但这个问题不能和解放前相比，因为解放前我们在国民党反动派统治下，但是我们的文学还是在进行战斗，所以从“五四运动”以来，我们有了一些像鲁迅、郭沫若、茅盾和巴金这样的作家。这些作家心里所向往的是热爱自己的祖国，把我们的国家建设好。所以解放后，许多作家，特别是老一辈的作家，为适应新时代的生活，只有了解新的时代的生活，才能反映我们的新时代。所以解放以后，我们以巴金先生作为例子，他到朝鲜战场，住在坑道里和志愿军生活了一年。这种生活给他留下了非常深刻的印象。在前天的文艺座谈会上有些人问他解放后最满意的作品是什么，他举了两个作品：一个是《团圆》，一个是前年写的《杨林同志》。

都是写朝鲜战场上的志愿军。在我们看来，这就是我们的自由，因为我们能自由地来反映我们伟大的时代。

这番话以时间为线索，所涉及的文学活动，是从1919年直至“文革”。所谓作家的“自由”与“不自由”，所谓“黑暗时代”“伟大时代”等，大抵是以习惯的思路与逻辑，使用现成的词汇来拓展话题。与会者所提出的问题，实际上没有得到答案。

热情的诗人徐迟

1978年出版的报告文学《哥德巴赫猜想》，是“文革”后海外读者读到的一篇使人感到鼓舞的好文章，大家把它作为文坛劫后新的开端。文章的作者徐迟是这个代表团的成员之一，因而特别引人注目。他是1930年代的现代派诗人，自言他第一部诗集“晦涩难懂”，“文革”时期，“也不可避免地受到一些冲击，我沉默了十年之久”，比起某些作家来说，是相对侥幸。那天在凤凰书店与读者会面，书店老板贝热隆先生介绍了上述两位作家后，便来介绍徐迟，但徐迟哪里去了？他伸长脖子“徐迟！徐迟！”地叫着，整个书店的人都笑起来了。徐迟去了哪里？原来他独自躲在一边，在一个书架前面看书。贝热隆先生叫了还不过来，仍旧拿着书挤在读者群中。后来在法中友好协会的集会上，贝热隆先生介绍：“徐迟先生，坐在最左边的那位就是。”与会者哄然大笑。这两个法文字也有“极左派”的意思。

他在会上回答问题时，显得热情洋溢，热情很快传递给了听众，会场顿时活跃起来。他声音洪亮，说话充满诗意，表情动作十足，有效地控制好听众的情绪，赢得了热烈的掌声。他说：

说来说去，就是大家要问中国究竟有没有创作自由。有时候是自由的，最终是自由的。我认为我的心灵是自由的。我刚从地中海边回来，我现在还像海鸥一样在飞翔，我的心灵在我们的法国朋友上头飞翔。不过前几年我不能这样说，一连十年不能这样说，十年是沉默的，我记得我们这里的韦尔科尔先生写过一本书，叫《海的沉默》，那天我去访问他，我看见他的小房间，这小房间很静……我们最近有个成功的剧本，叫《于无声处》。就是这样，有时候是自由的，有时候是不自由的。一有自由的时候他们就压你，他们压你的时候你就要自由。在粉碎了“四人帮”之后，我们这些人就叫作解放了。解放了！自由了！到法国来了！到地中海边来了！来到这儿开会了！中国有没有自由，我们这些人就是证明。

有的与会者问及艾青，也由徐迟作答复。他说：“艾青就是中国诗歌的历史。他本人在1928年到巴黎，学画画两年，1929年回到上海，因为有革命思想，被关进了监狱——还是在法租界的监狱。他在监狱里写出了成名作品《大堰河》。他的作品受群众欢迎，但统治者压制他，后来到了延安，那时延安是自由的。他奔向解放区的作品叫《向太阳》，已翻译成法文。在解放区他写了许多作品，解放后他的作品不断上升，不止在中国，而且在世界上也赢得了许多读者的喜爱。正在艾青的诗歌飞翔的时候，他遇到了风暴，我现在才知道，当时‘四人帮’三个人钻进了文艺界来干扰。在他的创作旺盛时，他不得不沉默下来。五十年代中国诗歌受到压制。那时艾青是沉默的。到六十年代中，我们大家都沉默了。那就是最受压制的时候。中国的作家，艾青、巴金先生，我自己，还有其他的作家，都是在准备着继续创作，我们知道‘四人帮’必定是不长的。我们七十年代自由了。我们的文学是从必然到自由的文学，是从必然王国到自由王国。艾青可以大声歌唱了。艾青跑到意大利和西德去了，为什么要我来，我是不值得来的。我这次来了，是代替他的位置来了。艾青的一生，很像我们的诗歌运动。”

会上有人对他的《哥德巴赫猜想》提出批评，说他把陈景润写得过于怪僻，不像一个正常人，而许多外国著名学者，都过着十分正常的普通人生活。事实上香港也有杂志刊登过同样意见。但也有人认为，只有在正常环境下，人才能过正常的生活。“文革”十多年，从最高的党政领导人到普通百姓，过的也不是正常生活，陈景润也不能过正常的生活，那时候钻研有过，学识丰富是反动权威，是被打的对象。大家都乐道陈景润钻研的全副身心的投入，当思想高度集中于一点而忽略了其他事情，显得行为怪异，并不值得大惊小怪。闻说徐迟之前已有人写过文章，也说他有点怪里怪气，可见“怪人”并非是徐迟创造出来的。既然当时钻研有罪，而陈景润则以委曲求全的手段来保住自己钻研的权利，恐怕也是可能的。

但其中文字的确有不足之处，尤其是第六章和第十二章，写了些顺时却逆理，只会令人发笑的话：“无产阶级发动的‘文化大革命’也是政治大革命。狡诈多变的资产阶级不得不负隅顽抗，做垂死的挣扎。人类历史上从来没有过这样伟大的群众运动……”但当他的笔锋转到陈景润身上时，却是另一种讲法：“他被帽子工厂看中了：修正主义苗子、安钻迷、白专道路典型、白痴、寄生虫、剥削者……”“陈景润听着那些厌恶与侮辱他的，唾沫横飞，听不清楚的言语。他茫然直视，他两眼发黑，看不到什么了。他像发寒热样颤抖。一阵阵刺痛的怀疑在他脑中旋转。血痕印上他惨白的面颊。一块青一块黑，一种猝发的疾病临到他的身上。他眩晕，他休克，一个倒栽葱，从上空摔到地上。”这两段文字自相矛盾，可以看到作者的用心良苦。“血痕印上他惨白的面颊。一块青一块黑……”这才是最重要的，这个面颊可以道尽一切。政治挂帅就要这样挂法，说些梦呓话也无妨。只使你看到一个作家的无奈。

经历过十多年极“左”思潮，每一个人，每一个作家，都是惊弓之鸟。人家脸上“一块青一块黑”，就是对自己的警告。有谁不是压扁了自己，扭曲了自己来适应那个“伟大时代”的？长期的自我约制，到了解冻的日子，作家的文字与思维，依然难免带上那个时代的色彩。有人提起他的纪实文学《祁连山下》，写的是画家常书鸿因为全心投入敦煌艺术的整理工作，以致漂亮的妻子出走了还懵然不知。故事充满诗情画意，也不乏戏剧性。但徐迟谈起来，还是重复了该书后记里的话：“但这是‘无产阶级文化大革命’以前的作品，在思想性上比较贫乏……”还是走不出革命、思想性的框框。不管怎样，在《哥德巴赫猜想》中，徐迟是怀着高度热情，来唱颂一位在异常环境中进行研究，取得骄人成就的年轻数学家。当文化艺术界经历过十多年的摧残，落得寸草不生，人的精神也被扭曲了，变了形的时候，陈景润的故事不但给大家鼓舞，也使大家恢复自信心，尤其对青年人更为重要。

代表团成员还包括两位年轻人，一是巴金的女儿李小林，上海出版的《收获》杂志的编辑；另一位是作家兼翻译高行健。代表团到巴黎时，刚好是春天。你仿佛看到他们穿越过天寒地冻，千里冰封的严冬日子来到这里，像一群春燕，来报告中国文坛的春消息。正如诗人徐迟所说，他们“解放了，自由了！”大家展望中国有一个真正百花齐放的春天。

认识梁宗岱的长路

我们的四年大学生活，有半年在乡下劳动。三年半的学习时间，两年是梁老师担任我们的阅读课，那是法语的主要课程。他给我们的印象是开朗、直爽，喜欢跟人聊天，讲课不拘一格。一旦有人提问，他就很详细地解释，甚至离开课本，比如讲怎样制酒。“我讲课是不用备课的。”他说。但严格起来，那是另外一回事。我们印象特别深的是，他对字眼的选择，对语意的理解，特别讲究，要我们轮着说出答案，如果他认为不够理想，就要从头来一遍，要准确，迫得很凶：“inimaginable 怎么可以说是‘不可想象’呢，应该是‘不可思议’！”又说：“fascine 是‘使人着迷’，不是‘迷信’！”反正，我们挨骂是平常事，“水过鸭背”“扶得东来西又倒”，都听惯了。如果找到适当的字眼，他会很开心，课间休息时气氛就特别好，师生间谈笑风生，那时候他的快活、直爽就出来了，多少回他伸出手臂跟我们比粗壮，笑我们衣服穿得太多，说怕冷是感觉错误。你觉得他跟周围的人有点差别，比别人多了些什么，又少了些什么。至于他的作品，只知道他当时发表过一篇学术论文《论神思》，是他跟中文系一位教授的辩论文章。他的旧作不是禁书，但属于“封资修”范围，出版社不出他的书，学校不向学生推荐，我们就没有机会读到，认识梁宗岱，就得走一条很长的路。

我第一次接触他的作品是在香港，这本书名《梁宗岱选集》的集子，编者是壁华，印尼华侨，1950年代毕业于山东大学中文系，到香港后为梁老师编了这个选本。在我的阅读史上，有两回印象特别深刻，第一次是读沈从文的小说《边城》，也是在香港；第二次就是看这个文集。记得开始时，我很随便地翻看，很快就端坐起来了，有些东西触动了你，吸引了你的注意，比如《论诗》里一个句子：

因为前者差不多每首诗都是用字来铸成一颗不朽的金刚钻，每个字都经过他像琴簧般敲过它底轻重清浊的。

《谈诗》里的句子：

其实有些字是诗人最隐秘最深沉的心声，代表他们精神的本质或灵魂底怅望的，……这些字简直就是他们诗境的定义或评点。……

文章不断强调一个“字”字，还指出，诗人都有自己偏爱的字眼。这使我联想起他在课堂上，迫着我们去寻找适当字眼的情景。原来他是以诗人对字眼的严格挑选来要求我们的。法国作家福楼拜有这样的话：“写作的全部才能，在于字眼的选择。准确就是力量。”原来他跟福楼拜的观点相一致。要我们寻找适当字眼，是他的教学法之一。在这个选本里有诗论、诗歌和诗译，都是以诗为主题。当时我还没有看到《水仙辞》的中译，但看到他翻译魏尔伦的《白色的月》，其中一段是：

一泓碧澄 / 净的琉璃 / 微波闪烁 / 柳影依依 / 风在叹息 /

梦罢/正其时。

如果不说，你不会知道这是一首译诗。无论图像、音调、诗境，都像一首技巧圆融的中国四言古诗，自然工整得像原作。在这首诗里，魏尔伦写的是跟他的未婚妻在一个月夜里的散步。作为象征主义先驱之一的魏尔伦，没有激情，也不抒情，而是通过景物，以很轻淡的笔法来写出他的感受，情感就隐藏在细微的感觉后面，景致就是他的心情。而梁老师的翻译，透露出他的国学功底扎实，和一个诗人的敏感。只有诗人，才能翻译出这样的诗。写作与翻译，就有这种相辅相成的关系。

对他更全面更深入的了解，是2003年和志侠一起编过他的文集以后。梁老师的《水仙辞》中译很出色，数十年来影响很大，1931年出版时，罗大冈正在读大学，他说："我选择了法国语言文学作为学习专科，和梁宗岱译《水仙辞》的艺术魅力给我的启迪多少是有关系的。"他后来成为著名的法国文学专家。我们把这首译诗一读再读，心情上就好像围绕着这首诗来工作。评论界都说，梁老师的作品和翻译以质量取胜，事实是这样。他用字独特，不要一般化。也有人说他作品不多，这可不一定。他的诗论，如论象征主义、直觉与表现这类文章，内容的含量很大，不能单以字数来计算。加上他本人的诗，还有蒙田、莎士比亚这些世界名著的翻译，编起来就有好几大卷，都是高质量的文字。在工作过程中，我们也发现梁老师是一个天生的浪漫诗人，他的直觉与本能，主导着他的诗句，也主导着他的诗论和诗译。他的诗论有诗的和谐与凝练，用字华美，甚至太华美。但读起来就像读文学作品，不感到枯燥乏味。作者是把感觉说出来，不是讲道理，就像里尔克论罗丹的雕塑，也不讲理论，而是讲他的感受。梁老师的例句，总是把中外诗人的句子一起对照，也不常见。知识面的跨度极广，欧洲所有大诗人和他们的代表作，几乎都牵涉到他的作品里。

当《梁宗岱文集》出版以后，2006年又出过了单行本，以为梁老师这个课题可以结束。如果有美中不足，是他在欧洲的七年生活，几乎是个空白。我们在法国生活了数十年，想了解这段生活，也只能在作品中探索。但奇迹出现了，奇迹是出于电子技术。过去图书馆里的新旧书籍、杂志、报纸汪洋一片，很多宝贵资料就埋没在那里，要找也不容易。而十多年前开始的图书馆书籍的电子化，使我们有翻看任何时代的资料的可能。志侠得到梁老师的某些线索以后，就在网络上进行了地毯式的大搜索，搜查了数以千计的中外网页。又根据网络的线索跑图书馆，向法国、瑞士、意大利、日本的有关纪念馆和档案室查询。有的珍本藏书和手稿不准拍照，就带着电脑去抄回来。就这样，梁老师当年的索尔邦大学生活，跟瓦雷里的关系，他们一起参加的沙龙活动，跟作家普雷沃的关系，跟当时游欧的胡适、邵洵美、傅斯年、刘海粟、傅雷等文人的来往，先后发表的英文法文诗歌，外国评论家对他的评论文章等，都重见天日了。

使我们感到意外，而且特别珍贵的是，找到了梁老师给瓦雷里的十四封信，罗曼·罗兰有关梁宗岱的四段日记，以及他在致《欧洲杂志》主编的信中，对青年梁宗岱的高度评价，他说：“这是我所认识的最出众、最有学问的中国人之一。”有一位和梁宗岱年纪差不多的青年作家，在一篇文章里说，梁宗岱是“瓦雷里认为唯一能够及得上他自己的人”。瓦雷里是二十世纪法国的著名诗人，法兰西学院院士；罗曼·罗兰得过诺贝尔奖，两位大作家都是国际名人，而梁老师只有二十六七岁，在欧洲期间，只写了两篇重要的作品，一篇是瓦雷里评传，另一篇是跟徐志摩讨论诗歌，就是那篇《论诗》，其余作品都是回国以后才写的。两位大师对他的高度评价，除了根据他少量的英、法文诗，起决定性作用的是在接触过程中，看他的行藏举止，以及谈吐间所表现的内涵与学问。

我们找到的新资料，填补了他的欧洲生活的空白，与黄建华、赵守仁的《梁宗岱传》的后半部一起，串成了一个完整的梁宗岱故事。同样重要的是，找到了打开梁宗岱秘密的锁匙。

梁老师是属于世界文化大游客当中的一个。这些人因为学习、职业需要，或带有目的性的旅游，在异国生活过，有机会接触到另一种文化，从中提取养分，丰富了自己，都写过一些带有异国情调或异国因素的跨文化作品。如洛蒂，到过日本以后，写了《菊子夫人》，后来由法国作曲家改编为《蝴蝶夫人》，是现在经常上演的歌剧；有在中国逗留了八年的军医谢阁兰，在上海当了十四年领事的克洛岱尔，在法国驻北京使馆担了五年秘书的圣琼·佩斯，他们都写了有关中国的作品。但谢阁兰只从典籍、文献来了解中国；克洛岱尔对中国文化不感兴趣，对孔子、老子、庄子漠不关心，对自己的文化有一种优越感；圣琼·佩斯只着眼中国的佛教、密宗、寺院和僧侣世界神秘的一面。而梁老师呢，他带着深厚的国学根底去到西方，把东西两种文化放到同等的位置上，不谈它们之间的高低优劣，只从诗和文学的角度来进行比较，融汇。把陈子昂的《登幽州台歌》与歌德的《流浪者之夜歌》相比，把屈原与但丁，杜甫与雨果，姜白石与马拉美，在思想上、风格上、生活上进行比较。很少作品会同时出现这么多外国作家的名字；在中外作家的作品中，找到那么多的中外文学的对照、对称和呼应，好像它们从来就有天然的联系。这正好说明，无论中国人外国人，在审美的取向和基本的价值观上，都有共同的标尺。谈到做学问的态度，梁老师比上述几位法国作家都要开放，因此，在跨文化的探讨方面，成就更大。说梁宗岱是中国比较文学的先行者，这点一定不会错。即使在西方，比较文学到1950年代才成为正式的学科，在中国一直到1980年代中期才出现。

梁老师回国后写的作品，可以看成是他的欧洲游学的总结和回顾，或者干脆是他的欧洲生活的继续。没有那段生活，就不会出现这样的一个梁宗岱，不会产生这些作品。谈到瓦雷里，梁老师说“梵乐希影响我的思想和艺术之深永是超出一切比较之外的”，又说他“使我对艺术的前途增了无穷的勇气和力量”。这两句话，只有当你知道他们之间的关系，才能真正了解。比如他们在雷惠兰夫人沙龙里的表现，他们师生在布罗纳森林的散步，瓦雷里向他解释《水仙辞》的情景，是这两句话的最好注脚。为什么《水仙辞》的翻译那么成功？他的文学触觉特别敏锐，这点很重要；得到瓦雷里的提示，是难得的机缘；当他在翻译这首诗的时候，索尔邦大学正在闹《水仙辞》热，同学之间每三句话，就有两句关系到瓦雷里，而梁老师正好置身于这场热闹当中。正好是这些因素，造就了他翻译上的神来之笔。梁老师在培正时开始写诗，这是诗的冲动年龄，并不说明他日后一定会成为诗人；成为诗人，也不一定成为诗论家，因为有瓦雷里这样的诗人和诗论家老师，他的文学大道就一下子豁然开朗，不大可能再有别的选择了。

他游学七年，除了法国，还跑了瑞士、德国、意大利，像蜻蜓点水，但留下的文化脚印倒是一大串，都是外国人的文字记载，都是正面评价，甚至是有趣的记载：“……最严寒的天气，只穿一件开领衬衫，一条长裤和一件单薄的短外套。”一个二十六七岁青年人的博学，孜孜不倦的学习精神，手里老拿着一本书，外国人都看在眼里。除了瓦雷里和罗曼·罗兰对他另眼相看以外，还有同学为他写回忆文章，瑞士作家哈斯莱把他写进小说，康贝尔把他写进传记，法国作家普雷沃把一本杂志的中国文学专号献给他，以献辞《致梁宗岱》作为引言等等，都说明了梁老师的分量。到法国留学的中国学生当中，找不到第二个。但很可惜，人家对他的评价，那些回忆文章、文学专号等，梁老师一无所知，他已经回国了。那时候讯息不如现在发达。九十年来，没有任何人知道这段历史，没有任何人提及过。直到我们写《青年梁宗岱》，里面有些资料先后在《作家》《书城》杂志上发表，他的七年欧洲生活才第一次透露。所以，我们认识梁宗岱是走了一条很长的路。

他回国后，很快进入抗日战争时期，再没有人对纯文学感兴趣，1949 年以后被冷藏。他的著作一直没有遇上好季节。直到最近十多年，才重新被认识和评价，围绕他的作品做论文的人越来越多。有时候，好东西不一定要到老远的地方去寻找，它往往就在自己的身边。只要你打开梁老师的书，首先会感受到他对文学的热情，投入，做学问的真诚，一丝不苟，精益求精。这是目前最需要的做学问的态度。你们看他的书，一定会有所收获，说不定还会改变你自己的一些什么。

注：本文为 2014 年 11 月 21 日在中山大学外语学院讲座上的发言

作家的职业事故

甘少苏女士的《宗岱与我》第四章，有这样一段话：

> 无论从哪方面说，我和宗岱都是十分不相称的：我不过是一个戏子，社会地位低下；容貌也算不上漂亮，特别是又经过两次不幸婚姻的折腾，面上刻满了苦难的痕迹，加之体弱多病，比实际年龄衰老得多，当时体重仅仅六十多市斤，真可谓“骨瘦如柴”。宗岱虽大我十二岁，可他少年得志，风度翩翩，俨然一位大教授，其学识，名望，地位，都叫许多人望尘莫及。……不止一个人问宗岱：“教授，你究竟看中她什么呢？”

甘少苏所说的，是大家的心知眼见，也是大家的心里话和问号。甘氏相貌平平，举止谈吐一般。她与梁老师的差距不在于年龄，不在于文化程度，也不在于社会地位的高下，即便以常情或世俗的大器小器来解释，都不容易说得明白。有一年春节，东莞麻冲的农民到中大梁老师家拜年，老师让甘少苏清唱一曲《汉宫秋月》。也许荒废太久，嗓子平平，技艺也平平。梁老师边听边剥糖果吃。一曲过后还唱了什么，忘记了。最后同学们与农民兄弟一起，为师母热烈拍手掌，皆大欢喜。一个乡村戏班子的花旦，水平也算够得上了。那时候已风闻梁老师另有妻室，离婚？重婚？不知道，却知道她大名沉樱，是个作家。难得的匹配。老师说沉樱母子生活在武汉，再没有多余说话。很久之后我们才知道，她带着三个孩子 1949 年前夕去了台湾。眼下这位师母如此这般，不在你眼下的那位师母又如何？他们之间的三角关系究竟是怎么回事？但无从了解，便将问号悬挂起来。

其实文坛这类事情不稀罕，与梁宗岱交往甚笃，以书信形式跟他论诗的徐志摩，不也停妻再娶，说离就离，将怀孕的张幼仪一手撇开，迎娶陆小曼吗？郁达夫对王映霞一见倾心，使君有妇，却以志在必得的劲头将美人追到了手。外国文坛也不会缺少这类热闹，法国十九世纪的文坛巨星夏多布里昂，一辈子情人如走马灯，最后死在雷加米耶夫人家里，死在了情人身边，而不是在家里死在妻子身边。雨果自知人格分裂："我得了癫狂症，我爱恋，我是个老疯子。"只要是女人，见一个爱一个，乌鸦麻雀一揽抱，你有女儿不要让他看见，你有个老祖母也要将她藏起来。演员朱丽叶被他以甜言蜜语囚禁了一辈子。左拉在塞尚的画坊遇上洗衣女亚历山德里娜，成了左拉夫人，后来在自己家里又遇上另一个洗衣女贞娜，成了他的情人。

这些将家室弄得闹腾腾的作家们幸福吗？左拉让人告密，一场家庭风暴刮得天昏地暗，就在他名满天下，即将进入法兰西学院的前夕，还未来得及穿上院士的大礼服，一夜间就成了被当场抓住的小偷，左搡右挡，左支吾右推搪，出尽倒霉相，窝囊相；雨果让人当场捉奸，逃走，情人被投入监狱，他躲回朱丽叶家里；徐志摩与陆小曼的婚姻闹得一程风雨一程霜，凭他这样的纨绔子弟，婚后还要奔波劳碌，挣钱给妻子抽大烟；郁达夫与王映霞的家变，从"风雨茅庐”一直闹上街，郁达夫以《毁家诗纪》指王映霞贪图荣华富贵，红杏出墙，王则以《一封长信的开始》反击，指他颠倒黑白，是个“阴险刻薄的无赖文人”。各人将家事付诸文字，白纸黑字印出来，抖到外边来示众。

《日瓦戈医生》的作者帕斯捷尔纳克做了一件不寻常的事，临终前向妻子吉娜忏悔，说他跟情人奥勒嘉的关系，皆因写作需要，请她原谅。“永恒的女性引导我们上升”。歌德这句名言给作家们的杂乱居室理个好局面出来，你一眼看过去，果然台是台，凳是凳。作家们很意识到自己在创作，很在意地给自己一些权利：放纵自己，走出常规，相信常规以外才有奇遇，才能找到出人意表的故事。社会对他们也特别通融，文学作品不大抵就是情，是性，是爱，是不忠，是通奸的记录吗？没有亲身体验怎能写出一个“真”字。他们喜欢冒险，猎奇，不要过常人的生活，因为他们需要离奇的故事情节；如果他们牺牲家庭，牺牲一般人的追求，是因为要不断拿出新东西来给读者；如果他们将生活弄成一团糟，是因为他们把最美好的东西放到作品里去了。看，魏尔伦的《狱中》就令人赞叹不已：“天空 / 它横在屋顶上 / 多静 / 多青 / 一棵树 / 在那屋顶上 / 欣欣向荣 / 一座钟 / 向晴碧的天 / 悠悠地响 / 一只鸟 / 在绿的树尖 / 幽幽地唱。……”这些美丽轻淡的文字，不就在他给兰波吃了一枪，被逮捕，受审判之后，被投入大牢的时候写成的吗？

帕斯捷尔纳克逝世后，吉娜出版了他给她的信件，通过这些信件，可以看到那个时代的血腥和恐怖，看到帕氏的身体和精神状态，也了解到他们之间的感情：“你，就是一切。你就是生命，绝对是我在这个世界上所认识的真，善，与实在。”这是他 1935 年，到巴黎参加反法西斯作家大会时写给吉娜的信。1948 年他在遗嘱献词上写道：

给吉娜，我唯一的人。我逝世后不要相信任何人。你是我丰富地活过，丰满地走到终结的人生中唯一的一个人。

这些誓言般的美丽文字，使你不能不相信他们曾经有过幸福。但他另有女人奥勒嘉，因为他们的情人关系，她获“反革命”罪，被投入大牢，在狱中流产。他发了狂，每天都要去撞开监狱的大门。但他称吉娜是他的“唯一”，那么，奥勒嘉呢？也可以够得上“唯一”吗？奥勒嘉五年后出狱，吵吵闹闹要跟帕氏结婚，因为她为他做出过重大牺牲。这种时刻，帕氏会无动于衷吗？内心能够平静吗？会觉得幸福吗？但他是个幸福的贩子，至死都认为自己是幸福的。《日瓦戈医生》中拉拉的形象，吉娜认定出自于她，奥勒嘉却认为她才是真正的缪斯。这种争风吃醋，能不给帕氏带来烦恼？但，如果只有一个女人，一个只管柴米油盐，直起嗓子吆喝孩子的女人，过着刻板式的正常生活，没有自由的爱，没有风花雪月，没有远方，没有梦想，没有出轨出格，他能继续写下去吗？据说作家就有这种苦处，必须制造事故，让自己缺德。

谈到宗岱师的诗词集《芦笛风》，大家会留意到甘少苏女士的一段文字：“《芦笛风》里收集的诗词，都是那两年里为我而写的，后来由宗岱自费出版了。”那么，宗岱师与甘少苏的故事，是否也属于作家的职业事故？你不能太相信甘女士所说的“为我而写”，中国诗人将理想政治寓于美人，寓于艰辛的仕途求索，是一种惯用手法。如果要索隐出具体的人，可以找到更多沉樱的痕迹。作为艺术家，不论作家、画家、雕塑家，都是为艺术而艺术的，不会为缪斯或模特儿而艺术。面对一个模特儿，画家不为描绘她的美貌，或身段的玲珑浮凸，而为表达自己的风格和艺术观。作家也一样。如果贞娜是《娜娜》的原型，娜娜只是左拉的娜娜，而非贞娜的娜娜；

拉拉只是帕斯捷尔纳克的拉拉，而非吉娜或奥勒嘉的拉拉。而《芦笛风》的创作，按照宗岱师的说法，“不是迫于强烈的切身的哀乐，而是从一种比较超自然的为创造而创造的态度出发”，是说，这个诗集是他开始作词的经验探索。所有缪斯都只是一种托词，艺术品一旦完成，就作为一件独立的产品存在，只能以艺术品论艺术品，与缪斯无关。所以，“为我而写”的说法有不到位之处。倒是艺术家本人，也许应该负职业事故的责任。想想沉樱女士，一个人，以一份微薄的教师收入，带着三个孩子生活，个中的艰苦辛酸不难想象，皆因她遇上一个失职的丈夫，孩子们遇上一个失职的父亲。但这个丈夫和父亲，将文学事业置于一切之上，在这个事业中耗尽了自己。你能怎样？时局变迁，沉樱带着孩子去了台湾，造成了他们分离的局面，据说他们从来没有办过离婚手续。若非时局问题，可否设想宗岱师会有两个家庭的局面？

帕斯捷尔纳克临终前向妻子的忏悔，不是所有人都能做到。而没有勇气公开忏悔，心里头却自责、内疚的情况会有吗？宗岱师的长女婿齐先生曾经谈及一段往事：他第一次跟夫人带着两个孩子，一家四口回去探望岳丈时，老师刚好病卧在床，但还是将两个孩子接了过去，左手右手各搂抱一个，流起了眼泪。宗岱师落泪，第一次听说。这可以是说尽人生无限事的眼泪吗？失职的丈夫，失职的父亲，内心责备，愧疚，冤狱，遭毒打，都在里头了？相信还有开心的因素在里面，两个小外孙来到身边。想来沉樱见了这一幕情境，会陪着他流泪，把他原谅了，他还是那个跟她一起东渡扶桑度蜜月的人。自始至终，没有改变。

第四辑　艺术的情思

向日葵是隐喻神圣的爱情，它向着太阳转动，比喻人类的灵魂自然地被神圣的光所吸引。凡·高总在自然界中寻找最深切的精神价值，这种花就恰好标志了他的精神世界。

凡·高：翻腾着的颜色

文森特·凡·高（1853—1890）曾写信给他的兄弟泰奥："在画家的一生中，死可能不是最困难的事。"然则，这个一生备受折腾的人，永远不会想到，他还有一件比死更困难的事，那就是，如何面对死后的人生。

试想，1987年在伦敦的一间拍卖行，主持人一锤子敲下去，为他的一幅《向日葵》敲出了2.5亿法郎，即3990万美元的拍卖价，成了一件国际大新闻。这张画于1888年的作品，甚至没有作者的签名。这个空前的落锤价，从此将艺术品的价值送上霄汉。1990年在纽约苏富比，又来了那么一锤，他笔下的《加谢医生》，以4.29亿法郎成交，再次打破所有拍卖价的纪录！你叫这位生前贫穷潦倒，疾病缠身，一辈子活成乞丐般的艺术家，如何去面对这些天文数字，如何去为一张画的价格去加减乘除！2003年他诞生150周年，也跟1990年他逝世100周年那样，他的祖国荷兰为他举行画展，来自世界各地的观众，像蝗虫扑向麦田，一群群涌向阿姆斯特丹。展览会衡量过来势，准备了400万张入场券，果然，展出才开始就售出了36万张。你叫这个一生孤独闪缩，又怕生又害羞的人，如何去面对一排排长浪似的涌到他身上的人群？

凡·高没有非要成为画家不可的理由，尽管他在叔父的画廊当过小职员。也许他看见父亲的眼睛老望向天空，他也试着往上边看，希望像父亲那样当个牧师，于是全心投入神学的研究，学习拉丁文和希腊文，学习当神父。但当上司看他布道时，见他言辞激进，态度狂热得双眼放光，天哪，那些来依附上帝的可怜人，能够从他身上得到些什么？教堂对他的父亲说，不，对不起，你的儿子不适宜当牧师。教会将他挡在门外，日后艺术界就多了一个画家，一个故事。

1886 年他来到艺术之都巴黎，才发现自己的志向是成为画家。那时候，后印象派潮流闹哄哄，艺术家们都觉得，自从 1874 年莫奈那幅《日出·印象》以后，画布上的光线游戏玩得有点陈旧了，艺术家与现实之间有必要变换一种游戏方式，遂逐渐远离以光线取胜的先印象派，各人向着不同的方向，使出自己的解数，去开辟自己的道路。来自荷兰的异乡人忽然成了乡巴佬，初来乍到，连自己名字的读法也跟在家乡不一样呀！更何堪，一脸的红络腮胡子，几乎将脸庞吃掉了，只剩下目光耿直的双眼，还能看到路面。这个穷鬼租不起作坊，请不起模特儿，兄弟泰奥虽然也在巴黎，但住房面积太小，不能让他用作画坊，只好到一个学院派画家科尔蒙的工场去。在那里，他的基本功得到训练，大量临摹米勒的作品。凭他的腼腆害羞，还结识了画家洛特雷克和贝尔纳，后来又遇上高更和塞尚。泡在蒙马特区的艺术氛围里，表现手法也染上了蒙马特的颜色。在小山丘上来去的踯躅，一定有过一把火在他胸中燃烧过，且越烧越旺，使他决心将生命献给艺术。他工作勤恳，请不起模特儿就画自己，对着镜子画。镜中人前额高耸，上边冠着一绺金黄色的乱发，红色络腮胡子绕着一张倔强粗鲁的嘴，不错，就是这副德行！深井般的灰蓝双眼，永远在向人发问：你明白我吗？这样的画像，巴黎期间就画了二十七张。其余的街道、夜景，都是技巧突飞猛进的证据，且找到了自己的艺术语言。粗暴、激烈的笔触，单色的鲜艳对比，色彩的翻腾、爆炸，笔底的旋风，是真正的相由心生。巴黎两年是他的学习、试验和革新期，《向日葵》的凡·高，《奥维尔花园》的凡·高呼之欲出。他扬弃了颜色使用的禁忌，走出了规范。冥冥中，他在贫穷、疲惫、抑郁中，踏着他的点彩、线条，一步步走向绝对。

一如他的笔法的漫不经心，1888 年 2 月，他就去到法国南部的阿尔勒。为什么离开蒙马特？一切不如愿。兄弟在画廊工作，但对他的帮助不大；希望参加画展，又被拒在门外。洛特雷克劝他说，何不到南部去找找更焦灼的阳光？对呀，他不也梦想南部的颜色吗？为什么要去阿尔勒？据说有一天他去到火车站，对窗口的售票员说："要一张去……阿……阿……阿……"售票员就给了他一张到阿尔勒的火车票。时值二月天，阿尔勒大雪纷飞过后，没有他梦想的颜色。一片无边的大白上边，天空很蓝，蓝得像当时在巴黎流行的日本画。阿尔勒可新鲜呢，跟故国荷兰多么不同！他穿上工作服，捎着画架、画箱，还得用绳子缚紧在身上，地中海强烈的西北风或北风不停地吹着。他曲着背走到街外，样子白白装得平和，大伙眼中这个精瘦、莽撞的荷兰鬼有点怪异，像只发怒的猫。他目光迫人，像跟谁生气，其实他心情尚好。灰蓝的双眼深不可测，永远静止不动，说话时宁可转过头去，而不转动双眼。南部丰盛的阳光说来就来了，眼看漫天的日头，他被迷住，被魇住了。果园、麦田、向日葵成了他的新发现，一切就打从向日葵开始，打从黄色开始。小麦、玉米是黄色的；橙黄，橘也黄；灯黄，火也黄；月亮、天星同样黄，都是从太阳吸取的颜色，他要将那颜色投到画布上。粗大的手取出颜料，使劲地从管中压出，全部压到画布上。压碎红、黑、白，压碎黄色，压碎太阳！画布上就有颜色的旋风，乱蓬蓬地放射、颤抖、舒卷、浮动，交叉纠缠，又互相推搡，上下闯荡着去寻找新的生命。当修拉的点彩走到了尽头，立体主义也进入到穷途，凡·高很知道该怎样来立自己的新。他以线条，以单色，以鲜艳的对比，以感情的奔放，以视觉的极端来立自己的风。“与其说我将眼下的事物归还原样，不如说我是使用更随意的颜色，以便更有力地表达我自己。”天空、阳光、雨水、气流、风的表达都是可触摸的，颜色里有他的感觉世界的三维空间，颜色成为他内心冲动的信使。他从颜色中找到了未来，找到了生命。如果说，他当年的《黄菖蒲》《紫丁香》还属印象派，阿尔勒的《橄榄园》《麦田》，都是经历过革新的产物，是修拉和西涅克的点彩的大突破。快捷、兴奋的笔触，中断和改变了印象派的延续空间的平衡，也使点彩派以点控制画面的表现走了样。黄色与单色的表达力在他手里走到了绝对，发出炸裂般的效果，极端的状态一如他日常生活的极端。没有哪一位画家能像他那样使色彩洋溢，透露出灵魂的喜乐，或焦躁烦恼。你想知道凡·高是谁？看他一幅画就足以了解。

他从克罗走到蒙马约尔，从阿勒斯走到圣雷米，到卡马尔克，到圣特，且莫笑他以一个北佬的眼光来见识南部，如果他将橄榄树当作柠檬树，只因为他着眼的是颜色。总是颜色，永远是颜色。拥有这种能耐的人，除了绘画，还能做什么？什么也不能做。不能想象更好的生存，更好的职业了。何况，他长久以来有一个梦，也许想到当初在巴黎时候无处栖身之苦，想组织一个画家作坊，作为南部的艺术家之屋，一个共同生活的团体。在那里，可以集中所有艺术流派，大家谈艺术，只谈艺术，边谈边作画。这是他设想的天堂。泰奥的画廊可以为他们出售作品，没有更好的搭配了。还有高更，他所崇拜的大阿哥。尽管他使人生畏，支使得你团团转，可以随时将你欺压得抬不起头来，但他出类拔萃，能给你信心，被欺压了又何妨？巴黎年代，凡·高就以两张向日葵，来换取他一张马提尼克的风景画。以两个凡·高来换取一个高更，他心甘情愿。已经好几回了，他邀请这位出色的伙伴来跟他会合，但这位大师兄，虽然跟他一样贫穷潦倒，但对他的邀请不大感兴趣。最后因着泰奥的画廊，想到可以在那里出售画作，才勉强答应，向朋友坦白说：“我到那边落脚的目的是为方便我的工作，直至泰奥最后将我推销出去为止。”想到高更要来，凡·高开心得巴不得五体投地去迎接。已经看到美梦成真了，他的艺术家之屋挤满了人，而高更，不是他自己，是高更，成了个人物，就站在所有艺术家的最中心。凡·高就有这样一副心肠。

泰奥按时给他汇款，他得以在拉马丁广场2号，以每月十五法郎的租金，租下一座两层的小楼，总共四个房间。那时候是五月，他在平价酒店“火车站咖啡馆”里已经窝了好几个月。他把小楼的外墙漆成黄色，总是黄色。每天砸到他头上的太阳，也只是颜色，确切地说，是黄色，浅硫黄色或柠檬色，“多美啊，黄色！”而房间内墙则以白色石灰粉刷一新。一间房留给高更，他本人的房间兼作坊，与高更两人共用。楼下两个小厅用作工作室，以免夜间工作时互相妨碍。给高更的家具必须是木质的，木头给人扎实、安详、耐久的感觉。新买的红色鸭绒被子，一张安乐椅，也是给高更专用的，就放在他的房间里。留给自己的是一张普通的木椅子。为了高更，他要把画坊布置得像一个女艺术家的闺房那样讲究，准备画六张向日葵来装饰。高更不是向他表示过喜欢他的向日葵吗？他给泰奥写信说：“向日葵在继续画，总共十四朵花的花束，画在黄绿色的底色上。”他给画家贝尔纳的信又说：“我想用半打向日葵画来布置作坊，使用一种未经加工而反光的铬黄，让它在不同底色上发出光彩。”那是1888年夏天的事。挂在作坊里的六张向日葵，从此登上艺术世界的舞台。凡·高的向日葵的故事，从此埋下伏笔，就有二十世纪艺术界的大轰动。

十七世纪的荷兰诗人冯德尔说：“就像向日葵将爱的目光转向给万物以生命的太阳……绘画的艺术，跟随着天生的倾向，被一撮神圣的火点燃，追随着自然世界的美。”诗人这句话，曾经在凡·高的精神世界里得到回应了吗？

向日葵是隐喻神圣的爱情，它向着太阳转动，比喻人类的灵魂自然地被神圣的光所吸引。凡·高总在自然界中寻找最深切的精神价值，这种花就恰好标志了他的精神世界。在阿尔勒期间，每天太阳出山他就开始工作。“因为那些花很快就凋谢，在整体上必须要一笔画成。”他计划要画十二张向日葵，以蓝色和黄色将整体组成一首协奏曲，必须具有象征意义，就像教堂的彩色玻璃窗象征神圣，他要以颜色来表达向日葵的精神价值。时间在一朵花的身上反映是明显的，刚采撷回来时候艳光四射，洋溢着夏日的亮光，逐渐到达最高的华贵与和谐，然后是干枯凋谢，却继续升华，变得神圣，你还感觉到它的光和热，它的灿烂。对了，太阳一天中最辉煌的时刻，不也在落日时分吗？只是，在神秘的深沉中，也透出了泥土的气息。凡·高用尽所有方法寻找一种最高音阶的黄色，来赋予向日葵永恒的生命。向日葵到了他手里，又鲜艳，又丰腴，又像古迹。

高傲而性子火暴的高更会来跟他会合吗？才踏上 8 月份，已万事俱备，只欠一个他。直到 10 月 23 日，他才从几步远的阿旺桥姗姗来迟。甫抵达就嘀嘀咕咕：“布列塔尼一切都比这里要好，更美，更开阔，比起普罗旺斯那种生长不良，被烤焦的自然环境，显得更宏伟，尤其显得整齐，确切。”凡·高只佯装没有听见。

年行四十的高更，自命不凡，总将自己置身于身边所有艺术家之上，又怎会将自己放在时年三十五的凡·高之下？对朋友说：“当我去到阿尔勒时，凡·高沉溺在新印象派中，大量地涂了一些不知所云的东西……我就给他指点了一下。”两人共同生活，经济上大家凑份子，不同用途的现金分别放在两个盒子里，使用时将数目登记。高更因为先后两次从泰奥那里收到三百和五百法郎，他的两张《布列塔尼女人》出售了，手头宽松了，就为这个“家”添置了平底锅、衣柜，还买了二十米粗麻画布，共同使用。凡·高为朋友的成功真诚地感到开心。他就有这样一副心肠。最初由他负责做饭，但高更受不了他的荷兰菜，支使他去采购。凡·高反而高兴，给泰奥写信：“作为朋友高更真有趣，我必须跟你说，他的菜做得十全十美。我相信我会从他那里学会煮饭，这个很方便。”

凡·高依旧画自己，一连串的肖像就成了他的自传。没有其他艺术形式，能如此强大，如此原生，如此深刻生动地表现他的人生了。不是不想画当地的人物肖像，苦于不敢开口请人。那些阿尔勒的娘儿们，真是高不可攀，他白白看着她们在跟前翘起屁股摇摇摆摆走过。初恋的痛苦记忆犹新，伤口永不愈合。但高更来了才一个星期，已经有本事将火车站咖啡馆的老板娘吉努夫人请到作坊来。其实他在该咖啡馆已经生活了好几个月，不就跟这位太太朝夕相处吗？

啊，这个11月初的早晨，真是个好日子！吉努夫人穿着星期天上教堂的黑裙，头发梳得油光水滑，胸口别上一朵花，款款来到画室，坐到一张桌子前，手肘放到桌面上，轻轻托着腮帮子，姿势多美妙！桌面上还有一杯苦艾酒。两位艺术家以不同的角度对着目光斜视、神情迷惘的阿尔勒女人。这一刻于凡·高有不寻常的意义，已经美梦成真了，黄色房子果然成了艺术家的工场！日后成为南部艺术家之屋，谁说不可能？吉努夫人成为另一个蒙娜丽莎，谁说不可能？有了艺术家的慧眼和想象力，就没有平庸和丑陋的事物。

凡·高画得快，一个小时就“杀青”，命名为《阿尔勒女人》；高更呢，总是慢吞吞，画得又用心，又细致，先用粉彩和炭条起草，再将人物移植到他的《咖啡馆之夜》上，他要使这间咖啡馆也变成名胜。

一个胆小易怒，敏感卑躬；一个自命不凡，骄傲狂妄。两种性格就像黑与白。两个个性极强的艺术天才，生活在空间不大的作坊里，先就不容易。高更脸上总是乌云密布——怎么这个荷兰鬼总是整日唠唠叨叨，没得使人生厌！一有机会就独自到外边写生。艺术观点也有分歧，凡·高喜欢德拉克洛瓦、蒙蒂塞利，大阿哥则喜欢德加和库尔贝；荷兰小子说他只会描绘眼下的实物，大阿哥则老摆权威架子：“不应该只画他的所看，还要画他的所想，这就叫作想象力。”高更也曾经这样写道：“凡·高和我总的来说很少共同点，尤其在绘画方面。他浪漫，而我宁可说是返回到原始状态。用色方面，他像蒙蒂塞利那样从偶然着眼，而我讨厌在技巧上耍花招。”老弟最初还忍让一下，但艺术观点上绝不退让。他有极强的独创愿望，要自成一格，走个人化的道路，要成为“色彩画家”。争论越来越激烈，火气越来越盛，直至冲撞、谩骂。两个天才，两头怪物，困在一座小楼里，尤其雨天不能外出工作时，好戏连场是必然的事。

生活得太密切是导致冲突的最根本原因，被捆绑在同一工作室里，画同样的模特儿，面对同样的实物，到同样的地方写生，虽说创作技巧各不相同，一个神秘浪漫，一个现实敏感，但互相间的窥伺、观察、借鉴、抄袭在所难免。就出现了画面的雷同，人物、风景、姿态的不相上下；就有凡·高的《阿尔勒女人》和高更的《地中海风》（又名《阿尔勒女人》）的近似；有凡·高的《病老头》和高更的《老人》的相似；凡·高的《红色葡萄园》和高更的《人的困境》的雷同。

11 月下旬，连续数天天气晴朗，他们一起到运河旁边作画。有一天，工作完毕，傍晚一起上咖啡馆，各人要了一杯苦艾酒。不知怎么一来，凡·高忽然把酒连杯一起掼向高更的头，他及时闪避，随手拦腰将对方抱住。这是高更后来的叙述。回家后，凡·高躺到床上，很快入睡。一觉醒来，非常平静地说："我亲爱的高更，我含糊记得昨晚冒犯了你。"高更回答说："我从心底里原谅你。但如果昨晚这一幕重演，如果我被袭击，可能控制不了自己，会将你掐死。让我写信给你的兄弟，告诉他我要回去了。"两人的合伙演成冲突，一贯以来不喜欢阿尔勒的高更，很快给泰奥写了信："我要返回巴黎了。凡·高和我不能肩碰肩过日子，个性上头很不协调，我们两人都需要静静地工作。"高更要走，对凡·高无疑是致命的打击，他多么害怕高更离开，甚至拒绝听他提起这件事。夜间偷偷摸摸去他的房间，看他的大阿哥是否还在里边。

高更要遗弃他了！祸不单行，泰奥又来信说要结婚了，泰奥也要遗弃他了，再没有人可以依靠了！啊，怎样才能挽留得住他们？怎样开口向他们诉说自己的失望、孤独？怎样诉说自己对他们的真爱？明白吗，真爱！ 1880 年 7 月，他曾经写信给泰奥说："好吧，你能够怎样，在里面发生的事情，会在外边显现出来吗？某一个人灵魂里有一个大火炉，却永远不会有人到那里去取暖，那些路过的人只从烟囱上看到有小小的一缕烟，然后走自己的路去。"

还是高更后来的叙述：12 月 23 日晚，他走出广场，忽然听到脚步声，回头看，是凡·高，他手里拿着一把剃刀。两个大男人面对面互相盯着，凡·高迟疑了一会儿，转身走回家。高更为预防万一，宁可到酒店去过夜。次日早晨，警察找到高更说，先生，究竟对你的同伴做了什么事？他死了。回家一看，屋子里到处是血，地板、楼梯、毛巾……幸好，凡·高没有死，只是双眼闭着，因为失血过多，了无生气地躺倒在床上。原来昨晚他把自己的左耳割下一块，包在手帕里，午夜十二时左右，去交给跟他经常有来往的妓女拉雪尔："留下这件珍贵的东西来纪念我吧！"然后回家上床睡觉。拉雪尔马上去报警，警察得悉这只是一个神经汉的故事，次日才上门。从此拉雪尔成了新的玛德莱娜，进入了凡·高的世界。直到她九十二岁去世，大家还记得这件事。高更通知泰奥火急前来，把凡·高送进医院后，要求警察准许他马上离开："一旦他醒来看见我，会要他的命。"他赶上第一班车离开阿尔勒，甚至来不及将他的画作带走。当地报纸将这件事作为两个酒鬼闹事来报道。

凡·高清醒后第一句话是："我的朋友呢？啊，他走了！"然后是长久的沉默，向人要来烟斗和烟草，抽个没完没了。窗外，是灰蓝，是深黄，是浅黄，是一路撒下的红、黑、白，是纷乱的点彩在流溢，在燃烧，是以视觉改变了的天空、大地、田野、树林。人的目光是需要释放的。多少年来，他心心念念的是，在艺术上是否到达了他心目中的制高点。"我应该能够通过她（画作）来表达我在精神和内心世界中的一切。"但反复出现的忧郁与贫穷联起手来，把他推向深渊。都说凡·高有点疯，泰奥给妻子写信说："不管他的健康状况是好是坏，最严重的是他完全与外界隔绝……长久以来，他脱离习俗，衣着穿戴，行为举止，都即时表现出有异于常人。当大家看见他，会说，这是个疯子……我希望有朝一日他找到一个他所爱的女人来共同生活。我帮不了他，觉得难受。但对于一个异常的人，就必须有异常的药。我希望在常人不去找的地方能找到这种药。"

凡·高精神脆弱，但不是疯子，后来照顾他的加谢医生做出的结论，也说他不是疯子。如果以现代的医学常识判断，是得了忧郁症。他的艺术头脑尤其不发疯，一早有意识地离开先印象派的理论和实践，从现实出发，逐步走向以情绪，以兴奋，以激情来超越客观事物，获得一种神秘而过度激昂的视觉，成为一个“随意着色的画家”。他的画风在艺术史上作了标记，在印象派和表现主义之间成为一道桥梁。他永远不知道，他是表现主义的先驱。每一次进入疗养院，他都画了不少画，疗养期间到麦田观察农夫收割，在附近的公园和周围环境中写生，他的创造力和想象力在大自然中得到安抚、发挥。他看见风，他画风；他看见气，他画气；不是举头望明月，而是月亮星星砸到头上来。《围起来的麦田》《收割者》《星夜》，都是艺术上的“发疯”，是扬弃禁忌，走出规范的那种疯。

他的信也写得头脑清晰，字里行间充满文采，对美好生活有所憧憬，有自己的幸福观：“如果身体还好，要能够以一片面包过日，工作一整天，有力气抽烟和喝一杯，拥有这种条件，且感到星月无限清晰地在上边，那么，生活就几乎可以说是美好的。呀，那些不相信这里的太阳的人，真是亵渎宗教。”他书读得多，喜欢文学就像喜欢绘画，给泰奥和朋友的信大多谈画，却不缺少文学色彩。

阿尔勒之后，两个冤家再没有见过面，但互通音讯，继续互相怀念，钦羡。之前，大家都为对方画过肖像。凡·高为高更画《戴红帽的人》，高更为他画过《向日葵画家》：“这正好是我呀，但我已经发了疯。”他们在阿尔勒相处的时间，准确地计算，只有两个月零一天，但这场吵吵闹闹的共同生活，友谊触了礁，艺术史上却是一场革命，两人在平庸丑陋的赌气中，各自耕耘了自己的艺术天地，改变了艺术史而不自知。他们走在莫奈之后，以后印象派的姿态出现，技巧上另辟蹊径，两位艺术家都找到了自己独特的风格，都成了世界级的大师，创下了二十世纪最高的拍卖纪录。

凡·高获准从医院返回到黄楼，已是1889年元旦。他心中满溢希望，写道：“我可以在这里重新开始走我的小路，美好的季节即将来临，我要重画那些繁花盛开的果园。”但时不与人，2月份再次入院，跟着下来的日子像雪崩，哗啦啦大泻大倾，3月份进入精神病收容所，5月份第二次入精神病院，12月企图吞颜料自杀。他向泰奥表示，长久住精神病院会越来越糟糕。又害怕独自生活，怕病况继续加深，希望返回荷兰亲属身边。画家毕沙罗向泰奥推荐，让他到加谢医生家里，说这位医生跟画家们的关系很好。1890年5月他离开阿尔勒，返回巴黎，再转去奥维尔，住进拉武旅舍。他觉得奥维尔一望无际的平原，宽广的麦田，无穷尽的地平线，都美得“多彩”而“严峻”。加谢医生一家热情地接待了他。医生给他开的“药方”是：画，画，画，不停地画，以这个药方来防止精神崩溃。他遵照医嘱，以惊人的活力和狂热不停地画，画，画。这是一场仗，他要以最后的尝试来靠近他心目中的艺术目标，来卸下沉重的人生负荷。加谢医生的花园，村子的街道，麦田，牧场，教堂，都入画了，他以阳光，以明亮来向抑郁开战，以旋风翻卷的笔法来宣泄他的焦虑、苦恼、恐慌。仅仅两个月时间，他画了七十多张油画，无数的素描，还给朋友和泰奥写了很多信。这是他一生中最浓郁的日子。就这样，十年风风火火的艺术生涯，为我们留下了八百幅油画，一千张素描。

7月6日，他到巴黎探访泰奥，知道泰奥离开了画廊的工作，经济拮据，小侄子的健康状况也使人忧虑，在这种情况下又怎好继续成为兄弟的负担？他给泰奥写信说：“回到这里，我感到忧郁，继续威胁着你的风暴也在威胁着我。怎么办——你看，我一贯要求自己脾气好一点。但我的生命也被袭击到了根部，我脚步踉跄……画笔几乎从手中掉下来。你知道我还要做什么？我还有三张大画要画，那就是在混浊的天空底下的无际的麦田。以此来表达我极度的悲哀和孤寂，我不感到局促不安……我相信这些画会向你道出我不想跟你说的话……”又说，“我不会不好意思来谈我极度的忧郁和孤寂，我的小命几乎赔到上头去了，我的理性被淹没了一半。”

《麦田乌鸦》是他最后一张画，完成于7月10日左右。起团起块的风暴席卷着天空，从风暴中冒出成群结队的乌鸦，黑压压地盘旋在深黄色的麦田之上。鸦群一般在4月万圣节前后出现，不在小麦成熟的季节。凡·高的意思是，红黄蓝白说过话以后，就让黑色来说最后一句。该画绝非写生，而是想象，以想象来表达极度的悲哀。7月27日早晨，他去到奥维尔平原，成熟的小麦迎风起浪。麦田在他的作品中一贯占有重要位置，啊，黄色，多美！但生活太痛苦，太费劲了。想来是遽然而至的精神危机，或肉体痛苦使他没法承受，他向自己的胸口打了一枪，子弹留在身上，直至傍晚才歪歪倒倒返回酒店。泰奥闻讯次日赶来看他，安慰他说可以把枪伤治好，他回答说：“但忧郁还在。”挣扎两天后逝世，离他在阿尔勒的时间只有十八个月。

你再找不出另一个艺术家承受过如此使人哑然的痛苦。都说天主有自己的算盘，成全一个天才，往往先在他身上取走另一些东西。以作特殊标记？以示公平？但巨大的痛苦往往隐藏着一种玄机，产生一股伟大的力量来促使事物蜕变。一百年后，是真爱成真！你明白我吗？明白了，现在都明白了。大家都到你心中的火炉去取暖了，画展上的人头攒动就是证明。原来只要还有其他人活着，死去的人就不会真正死去。连同他的艺术生命。

当年凡·高离开阿尔勒时，给泰奥寄出了两个大箱子，里面有数十张画。留言请他保留他认为“过得去的”，其余付诸销毁。作品中有自画像、人物肖像、红色葡萄园、麦田、翻过的田畴、咖啡馆之夜等，还有好几张《向日葵》。凡·高一心依靠兄弟，原来他并不比他更扎实，也进过疗养院。他自杀后六个月，泰奥也去世了。

因为过度悲伤去世？这批画就由他的妻子若阿娜着手处理。1905年，她把六张《向日葵》中的一张，卖给了卡西尼，一位柏林商人。后来它在好几间画廊辗转过手，一百年来不停地流动。

其实还可以将时间再推前一点。1889年11月的布鲁塞尔画展，就展出过著名的六张《向日葵》之中的两张，其中的一张，有谁知道不正好是那张二十世纪之花？但那个时代的人不肯放下古老的成见，不曾忘记人家反复向他们灌输过的鉴赏规则。你明白我吗？不，不明白，不喜欢。就让那撮黄色提一下神吧！然后，背转身，走了。虽然，他们的眼球不会不被颜色的活蹦跳，笔法的新鲜所袭击，就像被《奥维尔花园》《科尔德维尔的茅舍》《奥维尔－瓦芝的教堂》的歪歪倒倒袭击，被对比强烈而鲜艳的单色袭击，他们的记忆不会不留下疤痕。但《向日葵》到底没有为生前的作者带来任何好处。那个年代，莫奈一张画的市价是1000法郎，高更的是250法郎左右，凡·高是没有市价的。他一辈子只沽出过一张画，那就是在阿尔勒和高更一起外出写生的《红色葡萄园》。售价多少？没有留下记录，但肯定不会高。那张向阳花日后的辉煌命运，谁也没有想到，凡·高更加没有。他只喜欢在颜色中打滚，就像猪在泥巴里打滚，孩子在沙滩上打滚。他最大的野心莫如是与高更合力，组成一个艺术家之家，在艺术中闯出一条新路。谈到米开朗基罗的人物时，他在一封信中如是说："我最大的愿望是学会将现实中的事物画得出轨，反常，重造，变形，以便使一切都变成……是的，都变成谎言。但如果你愿意，却比字面上的真理还真。"

马尔罗曾经说，艺术是现代社会的宗教，博物馆就是神庙，所有宗教都需要殉教者。那么凡·高就是冥冥中安排的殉教者。后来为他举办了多少个画展，卖出了多少张门票，有多少参观人次，说是为艺术，为文化，你不会怀疑；说为了还给艺术家一个应有的位置，你也同意；然则，拍卖行里银角子上头的百万，千万，多少个亿，这类拜金社会玩得很热闹的拜金游戏，能够说是为文化，为艺术吗？不，都不是！对艺术家本人，对艺术的欣赏者有什么意义？不，没有意义，没有！给一位艺术家以天才，却使另一些人发大财，是老天爷的原意吗？不，不是！即使是表示对一个殉教者的膜拜，除了把一堆堆钞票堆放到他的坟头上，难道就找不到更好的礼拜方式了吗？

《碧姬典娜》，你在哪里？

多少人认识俄罗斯的冬宫，还不是从“阿芙乐尔”号巡洋舰炮打冬宫开始。叛变的炮口，不仅毁灭了一个皇朝，还引出了世界两大阵营。阵营来了又去了，冬宫依然屹立在涅瓦河边。今天游客去到圣彼得堡，还有一座宫殿可以参观。这座建于十八、十九世纪的殿宇，内外一千零一夜般的辉煌，只是墙面功夫做得到家，比如，孔雀石柱室的孔雀石柱，是普通石柱外表包上一层孔雀石而已。所以，圣伊萨克大教堂的造价，比它要昂贵十倍。从皇宫改为博物馆后，收藏的艺术品达三百万件，那是经过两百年搜集的成果。所覆盖的时间从石器时代到二十世纪，成为世界文明演进的物质证据。

笔者参观冬宫，眼花缭乱中总不忘记一个画展，一个特殊的画展。多少年来，大伙脑子里盘旋着一个问题：高更 1892 年的作品姐妹花《碧姬典娜》，究竟在哪里？这幅被认为很成功的稀有画作，失踪前属于一位德国收藏家，二战后踪迹杳然。文献目录上，就像某些名家作品，上头注明：“毁于 1945 年柏林。”大约十年前，圣彼得堡的冬宫博物馆忽然展出三幅画，凡·高的《夜中白屋》，德加的《协和广场》，第三幅竟然是高更的《碧姬典娜》！当初听说它们毁于柏林，所有人摊摊手，耸耸肩，没有了，可惜是可惜，但既然大家都不再拥有，反而心安理得。现在忽然听说它们还在世，曾经是持有者的面孔，马上说变就变。尤其使西方人吃不消的是，再打听，原来还存在的宝贝远不止这三张。当下三张画的展出只是放个声气，向大伙打个招呼，看看外界反应如何。群情果然激烈，专家们马上北飞，看究竟的看究竟，鉴定的鉴定，当大家终于知道，连同这三张画在一起的，还有十五张雷诺阿，七张塞尚，六张莫奈，五张德加，两张高更，还有毕沙罗、马蒂斯、毕加索……总共七十四幅，大多是印象派杰作！那时候，又怎教西方人不揪心！

而莫斯科那边，专门收藏古典画的普希金博物馆，为庆祝抗德战争胜利五十周年，第一次展出一批作品，有丁托列托、韦洛尼斯、果阿、柯罗、卡高、马奈……这些作品，大家同样相信已经被毁。然而不，原来两个地方展出的名家之作，都是1945年苏联红军从德国劫走的。后来在克格勃监管下，分门别类存放到莫斯科、圣彼得堡和基辅博物馆，在地窖里神不知鬼不觉地躺着，半个世纪以来成为国家绝密。红军与此同时带回苏联的，还有其他艺术品，由克格勃安排了一条弯弯曲曲的渠道，抛售到国际市场上。

《碧姬典娜》还在，雷诺阿的《花园一角》也在，塞尚的《露天沐浴者》也在，凡·高的《农舍与农夫风景》也在，一些使人日思夜想的宝贝还在。还得了！德国与俄国之间一场摩拳擦掌的外交在所难免了，大家脸红耳赤也在所难免了，文质彬彬的外交辞令也扔进垃圾箱去了。尤其当你想起，单是凡·高那幅《夜中白屋》，时值已达一亿五千万法郎！七十四幅名家杰作，再加上莫斯科那批比黄金钻石还贵的无价之宝，这道算术题，任你使用算盘或计算器，任你怎样加减乘除，也难以得出总数。于是，德国要求俄国公开承认那批名画是二战刚结束时，红军从德国劫走的。“劫”？怎能用一个“劫”字？只不过是“带”走罢了！作品展出时，俄国人先就干脆宣布：“这是一些由苏维埃军队抢救出来的艺术杰作。”西方人说，你们可知道，1954年《海牙公约》的产生，目的就为保护战争状态下的文化遗产。根据公约，艺术品不能作为“战利品”，必须交还所属国家。俄国人却说，可知道，你们的炸弹毁掉了多少间苏联博物馆？足有四百间！还轰炸皇宫，将冬宫琥珀室的壁画一片片削下来带走。又说，其实你们1945年，已经将大部分作品送到美国去收藏啦，还以为我们不知道呢！所以，我们到手的，还能够有多少呀？

德国前总理科尔曾经做过一回榜样。1994年5月30日，在法国米卢泽城举行的一次法德高峰会议时，科尔把1944年德军从法国掠走的二十八幅画交还法国，其中有雷诺阿、莫奈、马奈、高更、柯罗、瑟拉、德拉克洛瓦，都是些大师的作品。之前，它们是由一位神父交出来的。据神父称，他是从一个老兵手里接过来的，而那位老兵于二战末期，由一个在巴黎的德国军官，委托他带回德国，说战后到他那里取回，但那位军官一直没有出现。

但科尔的榜样白做了；《海牙公约》喂了狗。1990年德俄双方曾经签订友好条约，其中提到，两国在本土发现对方失踪的文物，必须交还对方。这个友好条约更是纸上文章。早在预展高更等三幅画时，俄国副文化部长和圣彼得堡博物馆馆长，就预先声明：不会将那些东西完璧归赵，“必要时诉诸法庭”；更休想会将它们送到国外展出，谁要看，就来咱们俄国看吧！

更使德国人和西方艺术界咬牙切齿的还有，十九世纪最伟大的考古学家谢里曼，在土耳其的希萨尔利克山丘，即特洛伊城的遗址上，所挖掘出的二百六十件纯金的，被命名为“普里阿摩斯财宝”的金银首饰，还是让俄国人搬回了老家。这批绝无仅有的宝物，秘密地藏在莫斯科达半个世纪。之前，还矢口否认这回事呢！这批宝物是真正的无价之宝，因为它与《荷马史诗》的故事有关，是这个传奇故事的物质证据。有了这批实物，则证明瞎子荷马不是胡诌乱扯，而是有历史根据的。

当笔者进入到盼望已久的展览室，名家作品如此密集，价值天文数字般的一角地方，跟看别的画展心情不一样。尽管那些看守人，几个“百灵鸟”女士，凶恶地盯着每一个人，你走歪一步就给你喝了过来，你还是记吃不记打，看得特别认真，庆幸同时看到了那些不容易看到，尤其不容易同时集中起来让你看的作品。预展期间，你在报章杂志看过《协和广场》《夜中白屋》等三幅作品，现在你第一次看到原画。凡·高完成于1890年6月的《早晨，干活去！》，雷诺阿1892年的《弹钢琴的女孩子》，塞尚1897年的《圣·维克多山》，莫奈1872年的《鲁昂塞纳河段》等，无不使你赏心悦目。它们各有风格，各有笔触，不可混淆，不可代替，而你同时都看到了。不过，你也更加明白，不管外战、内战，不管打着什么旗号，为国为民，为理想，为主义，都是欺人神，欺天地，实质是为钱财，为利益，为权力。你眼前看到的每一张画后面，都隐藏着战火、杀戮、血腥、劫掠、纷争……一场疯狂的战争，带来一段乱七八糟的历史，这批画就乱哄哄地被挟带到这里来。这段乱七八糟的历史，就像一幅乱七八糟的抽象画，堆堆叠叠的颜料，任你横看直看倒头看，都看不出所以然。如果说每一种艺术都是某种现实的反映，那么，乱七八糟的抽象画，正好来自于乱七八糟的现实。我终于明白了抽象画想说的是什么，明白了它产生和存在的原因。

现代的弥诺陶洛斯

巴黎的毕加索（1881—1973）博物馆，原来是一座十七世纪的贵族府邸，华丽的萨莱大楼。为扩大面积和翻新工程，2009年开始关闭，计划今年6月重新对外开放。一项工程持续五年，时间是否长了些？都说博物馆领导人的计划和组织工作欠佳，其实，经济问题才是真正原因。该项工程耗资5200万欧元，但60%费用必须由博物馆自己掏腰包。工程一开始就需要1200万欧元。钞票从哪来？只好在翻新期间，将艺术品送到世界各地巡回展览，以便不断提供资金。到今年初，工程能否如期完成是个声音很高的话题，尽管文化部门一再担保准时开放。

管它准时不准时，于你都不重要，毕加索你一早看过。你看过了吗？什么时候？在什么地方？怎么，怎么，怎么总记不起来了呢！但不重要，看过与否，都是一样的。不费这个心。你印象中是有过一些框框，里头框着些什么，一些零零散散的，或圆或长或角形，或无以名状的件块，像木匠切割下来随手扔出的碎片。说是一张画，而你不敢肯定。记得瓦雷里的《达·芬奇方法入门》刚出版的时候，德加就来抢白他：“你知道吗，保尔·瓦雷里，你对这个什么也不明白。”面对那些作品，你也是什么都不明白，我的天！可艺术家告诉你说，这张是女人扔石头，以及之类的东西。原来是个女人，还会扔石头的哩！你可见过这个物种吗，零零碎碎的，你怎么也扶它不起来，哪来本事扔石头！你不知所以然，只感到木然，感到想象力丢失的茫然，只有失望的怅然。“你就看开点吧，既然来看毕加索！”你对自己说。但还是不甘心，因为人家将你当成个白痴，蠢钝儿，低智商，弱智，来骗你的真诚老实，来骗你口袋里的钱财。人家果然发了大财。这可怎么说呢？

《扔石头的女人》是毕加索画于1931年的作品。那时候，他已进入到什么都敢画的年代。人家说，你什么话都说得出口，而这个安达卢佬是什么东西都画得出手，直至强奸。1900年他从西班牙安达卢来到法国的时候，是个穷光蛋，跟居无定所的流浪汉相去不远，若非超现实主义诗人雅各白天工作时，将床铺让给他使用，他连个睡觉地方都没有。到1905年，热衷于“现代”的诗人阿波里奈尔在蒙马特区遇上他的时候，他已经在“洗衣船”上安顿下来，开始接待朋友，讨论一件天下大事：如何着手绘画的革新。莱热，德洛内，亨利·卢梭等都是座上客，但大伙讨论得来，总是没头没脑，抓不到要处，只知道要跟过去忠诚地反映现实的手法一刀两断。直到遇上阿波里奈尔：何不上我家喝一杯？就这样喝一杯，聚会一下，就生出故事来了，情况逐渐得到改变。这位在文学上和绘画上都十分“前卫”，一早就肯定“野兽派”的急先锋，赞扬亨利·卢梭作品的自然，天真，朴素，指出这是“纯粹的普罗大众的质朴清新”，一个奇异的世界。他给画家们组织艺术和音乐晚会，为他们撰写文章，没头没脑逐渐有了眉目。还将布拉克介绍给毕加索。须知艺术上不少名堂，都是文学家送上门的，“印象派”是评论家路易·勒鲁瓦送给莫奈的；“俄耳甫斯主义”是阿波里奈尔为德洛内的作品命名的。

1907年春天，毕加索的《阿维侬姑娘》出来了，都说它是立体主义，但无论毕加索或布拉克，都说不曾提过什么主义。但这不重要，重要的是，这个阿维侬不是法国城市阿维侬，而是巴塞罗那的阿维侬街，一条不缺少妓院的大街；姑娘也不是普通的姑娘，而是正在等待接客的姑娘，即“神女”。毕加索要画的是窑子生活。挑衅的架势一开始就摆出来了。画前那盘剥好了的果子，就像马奈的《草地上的午餐》那篮倾倒在地上的水果，所有人都可以享用。而手法呢，是原始艺术的笔法，画面简化到图表形式。尽是些角形和平面的重叠，颜色减少到只剩下赭、灰和黑三种颜色，一切都在同一平面上。远近距离和透视都没有了，不再清晰可读，效果就放在五个裸女身上。一幅绘画史上的大革命，现代艺术的代表作出来了，它成了立体主义的先锋作品。出身于巴塞罗那美术学院，参加过马德里皇家美术学院会考的毕加索，将古典画的叙述手法反手间扔掉，以形式的革新，以形状来对抗颜色。这张二十世纪颇冲击视觉的作品，连马蒂斯看了，也以一种诚恳的敌意耸耸肩头。所谓现代艺术，原来是他的同行以一个玩笑来揭开序幕的。他认为这张《姑娘》是对绘画的亵渎，是对“幸福地活着”的一种冒犯。但毕加索认为：“一张画应该是竖起的剃刀的刀锋。”

以扔炸弹的方式取得效应以后，就在一路的烟硝中冲锋陷阵。历代的艺术大师都必须站过一边，为他让路，剩下来的事就由他毕加索来管。毕氏自称为弥诺陶洛斯，希腊神话中的牛头人身怪物。它是克里特岛的弥诺斯王的王后，跟一头白公牛所生的半人半牛怪。这个安达卢佬果然拥有那头怪物的德行，但求出位，出位得冷酷无情而不顾一切，尤其充满疯狂的色欲，将性与绘画给他带来的乐趣当成一码事。他的非常之处就是风格的不断变化，以不断出新招来保持观众对他的新鲜感。所谓立体主义，到1925年诗人阿波里奈尔逝世，主义就宣告结束。他对马尔罗说：“大部分画家给自己做一个小小的蛋糕模子，然后，他们就做蛋糕，永远是同样的蛋糕。他们心满意足。一个画家永远不能按人家所想去画。画家最糟糕的东西就是风格。”他是说，他永远不会重复做一件事，而是反复地改变，反复地从头开始做一件事。评论界认为他没有最终的艺术风格，就像没有最终的爱情。

要明白一个人，才能更好地评价一个人。毕加索就不容易明白。这头半人半牛怪身上的标签太多，或者，打上了太多的记号。艺术上变化多端，跟布拉克一起创造立体主义，却带有超现实主义的痕迹；蓝色时期和粉红色时期作品交替出现，种类上有油画、素描、雕塑、雕刻、浮雕、版画、剪贴。他的生活一如作品，有自己的一套律法，他自恋，夸大，暴躁，粗鲁，歹毒，是女人的吸血鬼，女人是他的猎物。政治表现也疯狂，他反对弗朗哥，支持西班牙人民阵线，1944 年加入共产党，拥有一张党员证；1949 年为支持东、西方共产主义阵营的“和平运动”，他亲临波兰参加和平大会，画下一只著名的“和平鸽”，得到共产主义世界的喝彩，巴黎的大街小巷，到处招摇着这只鸽子，成为他参与政治成功的重要标志。他的政治意识也反过来在名声上给他帮了忙。这就得返回到 1936 年的西班牙内战时代，返回到跟他有过同居关系达八九年的第五个女人朵拉·玛尔的时代。朵拉，“一个哭泣的女人”；朵拉，一个被特别兽性的怪物性虐待，被强暴的女人。这个形象就跟毕加索联结在一起，贯串着她一生的历史。

在巴黎遇上毕加索之前，朵拉是个摄影师。她第一眼就觉得这个小个子大人物的目光，要嵌入到她的眼睛里。他那喑哑、快乐，有时也失望的声音，有点不可捉摸；他轻易地从一种表情进入到另一种表情，从法语讲到西班牙语。他称赞她的名字，这是流淌，是滚动，是滑行，真是火光四射！她知道他们会成为情人，但不曾料到会始于“强奸”这个字眼。后人谈到他们的关系，不知怎的，总不忌讳这个字眼。“要制造一只鸽子，必要先扭断它的脖子”，这是他的名言。他要她走上不归路，放弃她的摄影师生涯。但他老实地告诉她，或者，之前她已经知道，他的第三个女人，俄罗斯裔妻子奥尔嘉要求离婚，他拒绝了，因为他们的婚约是财产共有，一旦离婚，财产会带走一半。失宠后她带着儿子保尔过活，他说她每天写信来向他要钱。第四个同居女人泰蕾丝，是在拉法耶特商店门前看中的，当时她非常年轻，只有十七岁。他只喜欢非常年轻的，出身好的，长相漂亮的女孩子，这跟他画给观众看的丑女不一样。当时泰蕾丝正带着一个女儿过活。这些朵拉都知道。后来她在他的几个女人当中周旋，依然觉得自己跟他有过爱，如果不是爱，还有别样的爱吗？“我不是他的情妇，他是我的主人。”而这头怪物的状态，经常被心理学家认为是一种性虐待狂，一个罪恶的自我陶醉者，要以性和画来发泄身上的狂热。根据他的孙女玛利娜·毕加索的回忆录《祖父》记述，他习惯在夜间工作，模特儿得绝对顺从。他的画室就像禁闭着弥诺陶洛斯的迷宫，也是阴暗的斗兽场，画笔是斗牛的工具，情人模特儿就像牛一般被折腾得精疲力竭。当利器用钝了，就扔过一边。开始时，他将每一个女人当成女神，给他灵感的艺术女神。他需要这些女人，需要她们的养分，需要她们来充当不同时期的模特儿。再没有一个艺术家的作品跟私生活可以如此混为一谈，他要从性和绘画中得到同等的乐趣。他对第六个同居模特儿吉洛说：“我不知道为什么要让你到我家里来。比起去找婊子要惬意些啦！”

提起毕加索的艺术，就不能不提起他那一大串女人。当他把端庄美丽的芭蕾舞演员奥尔嘉娶过来后，她对他说：“你画我，就要人家认得出是我才好。”那段时期，他画了一批新古典主义作品。

但七八个有过同居生活，或跟他有过露水关系的女人，毫无例外地从最初的女神，最后变成擦脚地毯。总是一个关系未了，另一个已经暗地里，或公开来到。尽管让新宠得势，让旧人去心碎，去发疯。这个身高不到一米六的矮个子，总是得意扬扬地看着身边的女人争风吃醋。有一天，得宠的泰蕾丝带着孩子上奥尔嘉那里去，对她说："这是毕加索的杰作。"

朵拉原是个高傲的女人，拥有摄影和绘画的天分。人也具魅力。毕加索当初对她也算呵护，让她参与他的绘画工作。一如吉洛后来的回忆，每逢他上街，就留下足够的任务让她去完成。对朵拉也大抵如是。两个女人都是画家。他在西班牙内战期间抛出的巨制《格尔尼卡》，当代专家就发现，这是四只手的作品。1937 年世界博览会的西班牙厅的负责人雷诺，向当时停居法国的毕加索打招呼，请他画一张画来展出，毕氏犹疑不决。长期以来，他就围绕着弥诺陶洛斯这个题材作画，从 1931 年到 1937 年期间，在主题的发挥上踯躅不前。表现一场噩梦？一头怪兽陶醉在一场美梦或噩梦里？一匹母马四肢痉挛，嘴巴大张，伸出舌头，为痛苦？为陶醉？为受用？索尔邦大学的艺术哲学教授德·梅雷迪厄认为，《格尔尼卡》的前身是 1937 年之前他所画下的牛头人身怪物的草图之一，所透露的，是他的色欲永不满足的内在的艺术生活。那头怪物的眼睛流露出的，是强奸一匹母马的受用表情。

1937 年 4 月 26 日，西班牙的一个村庄格尔尼卡被纳粹飞机轰炸，那里聚集了七千个共和军士兵，这个事件将西班牙内战推向最高潮。传媒大力宣扬，在死亡人数和责任上大做文章，认为是弗朗哥屠杀平民的恐怖活动。毕加索得到消息后，马上得到启发。如果当初未能从怪兽的噩梦或美梦中获得清晰的主题，轰炸事件发生后，他马上将它套入到他的作品中，根据需要进行一些修改，画龙点睛，一幅所谓历史名画就这样点出来了。他马上通知雷诺，答应为博览会送去一张画。雷诺是西班牙人，左派作家，跟毕氏持同一立场，反对弗朗哥，站在由共和分子控制的人民阵线一边。毕氏根据事件的需要，夜以继日地将该画进行修改。因着朵拉是摄影师，照片很快就送到博览会，报纸以第一时间刊登出来。一个只有黑、白、灰三色的恐怖世界，先就与观众打了照面。彩色于这个世界不适合，必须全部被免掉。朵拉为他摄下不同阶段的修改或润饰画面。

这张 776.6cm × 349.3cm 的巨制一经面世，马上成为反对专制和现代恐怖的象征。画的底色全黑，像在一个暗室里。以简单的线条来描绘带有寓意的面孔。母亲痛哭死去的孩子；一匹马被开膛倒下，伸出锥形的舌头以示痛苦，以动物的痛苦来喻人的痛苦，以动物的轮廓来表达其不幸；手脚和身体失去比例的女孩子惊叫着奔跑，双手举向天空以示绝望。长矛折了，利剑断了，眼睛瞪大，嘴巴张开，要冲击和创伤观众的视觉，要发出强烈的煽情效果。但所使用的绘画语言显得极度贫乏，没有透视，没有远近，没有比例，只有一个平面，是原始、幼稚、粗糙的表达方法。因着反映了一个火辣事件，揭露战争的罪恶，经过人民阵线的大肆宣传，它越发倾向于政治。首先成为揭露弗朗哥和法西斯暴政的象征，然后是揭发战争的象征，就有了道德价值和隐喻的作用。毕加索马上大红大紫，成了人道主义者和二十世纪的大画家。该画也成了二十世纪的名画。后来所有文献和艺术史都写成格尔尼卡被轰炸使毕加索义愤填膺，数天后执笔作成该画，志在揭发战争的罪恶。毕加索就这样成功地将这个历史事件绑架了，将它据为己用。那个时期，他正好跟朵拉同居，她对那幅画的来龙去脉非常清楚，她的亲身经历可以做证。当代人深信，她参与过这张画的制作，痕迹非常明显。弗朗哥时代该画一直保存在纽约现代艺术博物馆，毕加索要求把它运回西班牙，直到

1981年10月，他逝世后八年遗愿才实现。目前它陈列在马德里的索菲亚皇后博物馆里。

1935年朵拉进入毕加索的生活时，毕氏五十五岁，朵拉二十八岁，八年后的1943年，同居，未正式分手，第六个女人吉洛已经来到。朵拉原来设想他们的关系能够维持到1946年，但一场仗已经逼近眉睫。朵拉这个被他从职业上连根拔起，被强暴，被欺骗的沉默寡言的女人，很快就精神崩溃了。生命的源泉已被吸干。分手后走不出“过去”，走不出毕加索这头怪物的阴影。像被施了魔咒，1946年发了疯，进入到圣·安娜精神病收容所。1958年前有一段时间显得正常，跟朋友恢复来往，好像要向他们证明，没有毕加索，她也可以独自生活。但忽然，又跟所有人切断关系，连电话也挂起了，把自己禁闭在巴黎寓所里，连百叶窗也关起来，在一室的古旧家具、杂物、赠书中，从暴君那里要来的作品中，在辛酸痛苦的回忆中，在极度贫穷的日子中，在孤独寂寞中，等死。等了四十年。她的日日夜夜，总摆脱不了那个曾经疯狂地爱过她，也疯狂地作践过她的人。当爱情逝去，就剩下神经错乱。也许她还不曾忘记，当年她极尽顺从温良地跟他过日子，还被他指着鼻子骂：“你对我没有吸引力！”分手后，大家只在朋友那里见过一面。他非常开心地侮辱了她，就像以往一贯的行径。“他给我的一切，都亲手取回了，我只是一个空朗朗的女人。但，我是个哭泣的女人？哭泣的朵拉？”朵拉将灵魂交给了魔鬼？也许是的，但这是命运，命运是不可能改变的。“毕加索之后，只有上帝。人家说我曾经说过这句话，我忘记有否说过，如果没有，我会觉得遗憾。”

她曾经跟著名左派诗人艾吕雅过往甚密，毕加索之后，他向她提议共同生活，她拒绝了。不就是这意思了吗？到1973年得到主子逝世的消息，竟给她带来丧父般的痛苦。今回真正变成孤儿了。

1997年她九十岁，7月份的一天，她在巴黎圣母院前面笔直地倒下。根据少有的一两个比较接近她的人说，她像“一条狗”那样死去。平日就生活在极度贫穷悭吝中，她的朋友们就将她像穷人那样掩埋了。这就是那个世纪画家笔下的《绿色指甲的朵拉》《哭泣的女人朵拉》《安乐椅上的朵拉》，还有无数正面侧面缝合的朵拉。

但，朵拉能算什么？当初他追求奥尔嘉才是一码事。奥尔嘉出身于乌克兰一个军人家庭，父亲是皇家军队的上校。这个沉默寡言的女孩子从小对芭蕾舞感兴趣，但那个年代，高尚人家的女孩子都不能涉足这门职业，她只好等到成年才从家里反出来，跟着俄罗斯芭蕾舞团，到世界各地巡回演出。她在欧洲遇上毕加索。她美丽，优雅，温柔。他粗鲁，野性，土气。一个美女被野兽追逐的故事开始了。他从罗马追到那不勒斯，又从那不勒斯追到巴塞罗那，在那里，他为舞蹈团画舞台布景。他终于有机会把美人儿带回家给母亲看。知子莫若母，这个善良的女人竟对眼前这位温文尔雅的女孩子说：“你不要嫁给他，没有一个女人会跟他过得幸福的。”老人家枉费心思，当舞蹈团出发到南美洲演出时，奥尔嘉留下来了。1918年3月4日，他们在一张简单的纸头上写下爱的誓言：“我们，奥尔嘉·柯乐娃和巴勃罗·毕加索，发誓生死和平相爱。违反誓言者将受死的惩罚。”7月12日他们在巴黎的俄罗斯东正教教堂举行婚礼。奥尔嘉不喜欢丈夫给她的形象施暴，“你画我就要让人家认得出是我。”她说。《安乐椅上的奥尔嘉》《沉思的奥尔嘉》《奥尔嘉肖像》《毕加索夫人》等，以新古典主义手法作成的作品，还保留着一个美丽女人的轮廓。但其他作品，则继续粗暴，渲染，变形。两年多后，他们的孩子保尔·毕加索出生了。

要弄清他的杂乱的艺术走向，以及所谓多样化不容易；要弄清他跟这个或那个女人，总之一大串女人的来龙去脉，同样不容易。

换女人为换风格，为换风格而换女人，可以各说各话。但他画的人总是超出了人的形状，还要模特儿来做什么？这个“心神不定”的矮子追女人不择手段，抛弃女人也绝不手软。奥尔嘉很快就失宠了。当初的誓言喂了狗，也别指望他会顾念这个女人为他放弃祖家，放弃芭蕾舞生涯，放弃梦想，放弃骄傲，把自己的身体与灵魂一起交托给他。她被侮辱，被污蔑：“奥尔嘉使我生气，使我发怒。我觉得她愚蠢不过，她使人恼火，没有出息。”他的孙女玛利娜·毕加索在回忆录中如是说。1927 年，他在巴黎拉法耶特商店门前看中一位女郎，她希腊鼻，很年轻，只有十七岁，而他已经四十七岁。他对她说：“我是毕加索。你有一张可爱的面孔，我来给你画肖像，我们可以一起来干一番事业。”玛丽·泰蕾丝就这样进入他的生活，成为奥尔嘉之后的模特儿兼情人，给他养下一个女孩子。1954 年，他追求雅克琳，一个离婚的二十六岁妇人，又发明了新花样。他告诉她说，你很像德拉克洛瓦《家居阿尔及利亚女人》的其中一人。还在她家的墙壁上画了一只鸽子。那时候他跟吉洛的关系已到终点，当她带着两个孩子外出一段时间回来，发现雅克琳已经住进屋，鸠占鹊巢了，她还说：“不能让这个可怜人就这么着，一把年纪了，我要来照顾他。”吉洛只好撤退了，当她带着两个孩子离开时，这头怪物竟冲着他们的车子大叫“他妈的”。

说这个女人是他的非洲艺术时期，那个是他的立体主义时期；这个是他的蓝色时期，那个是粉红色时期，等等，只是后人的编派。最明显的事实莫如是，除了奥尔嘉这个骄傲的俄罗斯女人，绝不让他强暴她的形象以外，所有女人的面孔都成了正面与侧面的缝合体，眼睛可以放到人体任何部位，或伸到脸庞以外。外形被玩弄，直至难以描述，无可表达。或者身体被肢解成件块，被剖成妇科解剖图，像肉店屠夫剖猪剖羊。那些件块看上去可以是任何东西，或不是什么东西，但他告诉你，这是《沙滩上的浴女》《女人头像》《椅子上的女人》《海边的女人》……毕加索为所欲为，什么都敢画，直至《弥诺陶洛斯强奸妇女》等等。大家会问，谁在强奸妇女？他画丑，画低劣，画下流，故意挑衅，用意不良。人体被彻底颠覆了，成了错体人，一切界线都被超越了。他的所谓多风格的创造，影响了好几个艺术流派。但二十世纪的艺术，被成就了，还是被戕害了？被带到新世纪，还是被带到穷途末路？当你去跑画廊，跑现代艺术馆，你就是去看“概念”，你弄不清是什么“概念”。你生不出情绪，遑论美感。艺术还能做些什么？我们的美感，所谓第六感觉，还能派上什么用场？

二十世纪也许是最缺乏美感，最没有口味的时代。思想的大堆头，物质的排山倒海，食物的大众化、同一化，房屋千篇一律的水泥板，大家习以为常。思想，是只容许一种思想；物质呢？低质量系列生产的成衣、日用品，满街的炸薯条、合成饮料，大家就囫囵吞枣，将这一切大口大口咽到肚子里。面对艺术品，在求变求新的前提下，也大抵如是，只要变化，新颖，其余不及。现代画家杜尚就说过：“从今以后，你可以使人把任何东西吞下肚。”因为，当我们长期缺少真正的艺术家，“真艺术美的意识”，跟“假艺术美的意识”就混为一谈。经历过两次大战，美好高贵的心灵设置，已遭到破坏，美感被扭曲变形，真正的美感，也许不复存在，至少不一样。美是丑，丑是美。毕加索不也有他的美吗？他的美就是粗暴，狂热，激昂。他以“暴力”登上艺坛以后，继续以“暴力”将不整洁的作品强加给观众。以简单的线条，以暴戾、挑衅的手法，将艺术一掌推回到原始状态。笔画都在同一层面上，单以线条来支撑局面。《阿维侬姑娘》右角的两个黑妇，是他对非洲艺术的原始、幼稚、简单的钟爱的表现。他着手这张画前，就不时到博物馆观摩非洲艺术品，后人把这段时期定为非洲艺术时期。而西班牙十六至十八世纪，曾经有过街头卖艺的画家，就像当时流行的骗子和无赖文学，里面不乏猥亵、诲淫，写的都是江湖骗子的怪诞和招摇撞骗，毕加索不会不知道这个西班牙传统。他 1905 年的作品中，就有一幅《江湖艺人》，目前收藏在华盛顿博物馆。

《阿维侬姑娘》给他带来的只是暴躁的名声。他的艺术在法国被官方承认也很迟，只是在二次大战之后。1947 年，由于国家现代艺术博物馆成立，毕加索一口气赠送出十张画。巴黎其他博物馆，外省的博物馆，甚至外国的博物馆，都得到他慷慨大方送上门的画作。而 1949 年他那只鸽子已经被世界炒作得很红，东方西方都知道他的大名了，作品不会不使人好奇，你喜欢与否是另外一回事。但最关键的还是 1968 年 12 月，文化部长马尔罗制定了一项法律：艺术品可以代替遗产税捐赠给国家。毕加索逝世后，他的继承人推出了 203 张油画，158 座雕刻，88 件陶瓷制品，3000 多张素描和版画，32 本素描簿，还有剪贴画、浮雕等等。再加上他本人以前的大赠送，巴黎的毕加索博物馆就这样成立起来了。到 1990 年，根据他最后一任妻子雅克琳的遗嘱，以代替遗产税的方法，给国家又捐赠了数量、种类相当的作品，巴黎和外省的毕加索博物馆就是这样建立起来的。他工作勤恳，作品的构图、线条、色调都原始简单，雕塑、剪贴也大抵如是。“我八岁已经成为拉斐尔，日后就以一生的时间来像孩子那样画。”他说。凭他这样的巧手和勤恳，像系列生产般地大量生产就不困难，这使他有可能在所有的博物馆和销售市场上占得位置。当他的作品跟世界名人（国王、国家元首等，不一定懂得艺术，却是掌权的人）挂上了钩，这个安达卢佬的故事越发没完没了，世界名声就跟着来了。

二十世纪物质的创造和生产速度飞快，多了物质少了梦；原子能的发现使人类有了自我毁灭的可能，人在精神上陷入危机。这个世界不再稳定。反映到艺术上，就出现了各种各样的现代流派，野兽派、立体主义、超现实主义、未来主义、俄耳甫斯主义、抽象派……都希望创造一个现实世界的补充世界，或解释现实世界的世界，但都是变形的和痉挛抽搐的世界。所有流派都成不了大气候，也没有出现一个比毕加索更具杀气，更敢于在艺术概念上大革命，更敢于思维错乱的人，毕加索就有了独据一方的可能性。他还以民间艺术家祖先为榜样，走江湖，卖假药，也在政治舞台上出尽风头。他在一切界限上都出了线，把自己单独地标示了出来。他浑身活力，是现实生活的强人，也是世界强人，但求成功，不择手段。现代艺术的支柱，二十世纪最著名的画家，这顶桂冠他不戴，谁戴？

然而，“我们只是他的艺术的炉渣。”他的孙女玛利娜·毕加索在回忆录《祖父》中如是说，“任何时候，我们这个家庭都不能省去这个天才的钳制，他需要血来在他每一张画上面签上大名，我父亲的，我兄弟的，我母亲的，我祖母的，我自己的……”

1973年毕加索逝世时，玛利娜二十二岁，就有了玛利娜眼里的毕加索。但有三十年时间她保持沉默，她要以时间来抚平、治疗数十年来几代人的创伤，她的祖母奥尔嘉的创伤，她的父亲的创伤，她的兄弟的创伤，她自己的创伤。祖父有生之年，她从来不曾叫过一声“爷爷”，不是不想叫，而是他不准叫，只能像其他人那样，称他为“巴勃罗”，她的爸爸也只能叫他“巴勃罗”，不能叫“爸爸”。她爸爸在他跟前总是喘着气说话。她永远不会忘记孩提时代，她和弟弟跟父亲一起上门看望祖父的屈辱。多少年来，有过多少个星期四，他们分别在他的三个住所前，那是两座大宅，一座古堡，他们站在铁栅栏前按铃，一个看门人从门缝中伸出头来，或者从对讲机传出雅克琳的声音：“谁呀？”“你们约了这个钟点的吗？”“我去看看大师能否见你们。”铁门再关起来。或对讲机的长久沉默。没完没了的等待。听到狗吠。当铁门再次打开，或者对讲机传来金属般的声音，经常是：“大师不能接待你们。”“大师不在家。”“大师在睡觉。”“大师不想人家来打扰他。”有一回，天在下雨。父亲的手心在冒汗。“你们回到车上吧。”父亲说。“不，我们要跟你在一起。”父亲抽完一根烟，开始第二根。被雨打湿的头发贴在头上。铁门再次打开，那个意大利老看门人还是说：“大师今天不能见你们。雅克琳夫人要我跟你们说，他在作画。”一家子只好湿着身子回家。当然也有被接待的时候，那时候，祖父就像从奥林匹克山上走下来的神，来到工作室。他也要扮演一下普通祖父的角色，以一双火炭般的眼睛看着他们：“我叫你们等了！”雅克琳不会不在场，她身后老跟着一只阿富汗犬：“小心呀，它会咬人的！”有一回玛利娜看见祖父从口袋里掏出一沓钞票，她的父亲保尔，奥尔嘉的儿子，像个听天由命的人，怯生生地接过：“谢谢，巴勃罗。”跟着就听见祖父一连串数落下来：“你负责不了你的孩子们。你没有本事找生活！你什么也不能做！你一无是处，永远一无是处！你浪费我的时间！”

吉洛在她的回忆录《与毕加索生活》中，提到玛利娜的父亲保尔。在她眼里，他跟毕加索的性格是南极北极，毕加索属侵犯型，偏执，狂妄，善变；保尔则温良，和气，总是喜气洋洋，他一出现，周围气氛马上变得和谐，而他本人却不自知。所有人都喜欢他。他是个诗人，以写诗和做古籍珍本买卖为生，还能维持收支平衡，但也有燃眉之急的时候，毕竟有家室有孩子。毕加索就给他一幅油画，一张素描或一本书，以应急时之需。据玛利娜回忆，当他们父子三人站在祖父的铁栅栏前，有时是去求救的，但经常被挡在门外，最后只有折回头。玛利娜成年后，有一回去应征工作，人家就当成笑话，怎么，毕加索的孙女还要出来跟别人争饭碗？毕加索这个姓氏，不曾给他们带来好处，先就带来了种种困难和尴尬。

还是在铁栅栏外面。那是1973年4月，毕加索逝世。帕布利托这个孙子，尝尽祖父的专横，却依然珍惜亲情，骑了一辆机动脚踏两用车到祖父家，希望跟他告别。看门人闻声出来，后面跟着两条阿富汗犬，说夫人雅克琳有令，不得进入。他坚持要进入。而那些下人早已习惯了倚仗主人之势对他们无礼："给我滚开，否则我将恶犬放过去！"跟着走出门来，随手把他的机动脚踏车扔进一个坑里。帕布利托受不了侮辱，回家后喝下了大量的漂白水，引起大出血，在医院里挣扎，体重降至二十八公斤，三个月后去世，得年二十四岁。当时成了法国的一件大新闻：毕加索的孙子自杀了！毕氏留下的华宅、古堡、别墅以及油画、素描、雕刻、陶瓷等作品，当时的估价是十二亿五千二百万法郎。但帕布利托和玛利娜手头没有一个钱，父亲也不会有，而保尔也失踪了，殓葬费没有着落。康城的大学生们得知消息后，静悄悄地为他们集资，帕布利托才得以葬到祖母奥尔嘉身边。父亲保尔到哪儿去了？原来他躲到康城基督教坟场的树林里，去哭他的儿子。儿子死后两年，他也逝世了。

祖母奥尔嘉的美丽端庄与生俱来，毕加索以她为模特儿的《丝巾奥尔嘉》《奥尔嘉在阅读》《沉思的奥尔嘉》《安乐椅上的奥尔嘉》《毕加索夫人》……是他的肖像画中最传统最耐看的作品。但这个为他牺牲了一切的女人，一早就被遗弃，被不断冷落、背叛、侮辱而尽失尊严，感到孤独的痛苦，带着儿子保尔过日子。后来半身不遂，瘫痪在床，但拒绝使用轮椅，一个仪态高雅的芭蕾舞演员，又怎能够使用轮椅？宁可用她的皮草大衣，得宠时候毕加索送给她的皮衣，遮盖着病腿，在床上接待孙女孙子，握着他们的双手，给他们讲俄罗斯故事。她也教导他们要端庄高雅，帕布利托去见她时，就不忘记皇子般装扮起来，穿上阔条法兰绒上衣和长裤，他知道祖母见了会高兴。1955 年，保尔因腹疝动手术，手术后得了肺栓塞，有好几天时间处于危险状态，医生给毕加索打电话，说有必要来看看他的儿子，毕加索拒绝了。他住院期间，刚好母亲奥尔嘉癌症恶化，入了康城医院，但保尔不能走动，没法去看她，知道她会孤独地死去，感到非常痛苦。毕加索是从来不去看她的，即使到了最后日子，他的住宅跟她的医院距离很近，就是不曾去看过她一趟。他曾经对吉洛说："没有一个人于我是重要的。其他人就像日头里飞舞的尘埃，一扫帚，都去掉了。"经历了长期的惨淡日子，奥尔嘉郁郁而终。她逝世后，毕加索这个不断背叛她的人，要独自去给她送葬。你能指望他会说，奥尔嘉，请原谅我，我依然爱你吗？

跟他有过婚姻或同居生活，给他当过无数作品的模特儿的八九个女人当中，极少有好下场的。他的非洲艺术时代的模特儿兼伴侣奥利维亚，一早跟他分手了；立体主义时代的爱娃因病早逝。他逝世后还有四五个女人在世，她们的命运使人战栗。进入修道院隐居的，已是相对好的收场。跟他同居了八年的泰蕾丝，1977 年上吊自杀，这是他进入雕塑时期的伴侣，是产生最疯狂，数量最多的色情作品的时期。版画和陶艺时期的朵拉，神经错乱，将自己关闭在"过去"中直至离世。瘫痪在床的奥尔嘉 1955 年逝世后，毕加索正式迎娶的，年纪跟他相差了四十六岁的雅克琳，1986 年 10 月吞枪自杀。当初她选择了黄金牢笼，至死珍惜这个牢笼，尊称毕加索为"殿下""大人""太阳"，但毕加索还是把她魇住了，走不出悲剧的结局。她们都曾经在画布上被捣碎，成为畸变和支离破碎的女人。是别有用意的奚落？是预设或预测她们未来的命运？是恶毒的深层心理学效应？他曾经对《艺术杂志》的创建者泽尔沃说："一幅画是一笔款项的进账，于我而言，一幅画是一个毁灭的数字。"

唯有吉洛是个另类。她二十一岁遇上毕加索时，后者已经六十一岁。她艳光四射，却个性复杂而具心思。在与毕氏九年的同居生活中，养了两个孩子。但高傲而我行我素，继续她原来的画家生涯，自由进出他的家，有时离开一两个星期或三两个月不等。“别以为我会永远跟你缠作一块，这个全无意义。”毕加索说。“我也这么想。”她回答。当1953年雅克琳乘虚而入，她卷起铺盖就走，去跟她的旧相识、画家西蒙结了婚。1964年，她出版了回忆录《与毕加索一起的生活》，得到极大成功。该书暴露了毕氏的私生活和隐私，他的神圣怪物的神话被敲碎了，致使他大发雷霆，直冒青烟，连她的两个孩子都拒绝再接待。一时神经过敏，连泰蕾丝的孩子都不接待了。1970年吉洛再结秦晋之好，今回是一位美国医生，婚后和谐到老，例外地赢得了个美好结局。吉洛是个了不起的女人，她破了毕加索的魔法，避免了成为他的牧场上供他啃嚼的草料。

而玛利娜·毕加索，也曾经陷入精神崩溃，就像她的家人那样。后来逐渐恢复，现在是五个孩子的母亲。她热心于人道主义工作，所创立的基金会活动频繁，尤其属下的“青年村”，目前收容了三百个孤儿。她写回忆录《祖父》，就像希腊神话中的雅典英雄忒修斯，进入到禁闭弥诺陶洛斯的迷宫里，把怪物杀掉。因为它每年要吞噬七个少男，七个少女。

一个世纪以来，毕加索使人害怕。毕加索就是丑闻。毕加索是新颖的象征，也是丑陋无比、不堪入目的象征。马蒂斯每砸碎一只杯碟，就拿着碎片说：“看！一个毕加索！”这位安达卢艺术家兴趣广泛，兼收并蓄，革新的热忱使他走向多种风格。他一身狂热，精力充沛，像魔术师那样花样百出，就是不让观众打瞌睡。二十世纪的画家中，没有一个像他那样目标大，远看近看都是个大山头，对新艺术造成巨大影响。玛利娜说：“我们弄不明白为什么有这么多人欣赏他。”1949年他应邀到波兰参加和平大会时，曾经被人在会上公开指责他的堕落艺术，可见还有其他人不明白。但他说：“我就是要证明，走相反路线或冒天下之大不韪，也可以得到成功。”

面对一幅画作，艺术评论家从艺术角度出发来注释；文学家从文学角度出发来寻求心灵对话；哲学家则把它放到思想史上，作为一种密码来解读。其实，最轻松自如的，莫如以一个业余爱好者的眼光去看。如果这幅画使你产生情绪，为它的美感到喜悦，为它的深刻而感动，那么，这就是一幅好作品。艺术的终极目的是美，是动人。美感与动情不是概念，更不是思想，而是能激发你的心灵，撩起你的想象的东西。只有使你产生情绪，你才会去承认它，这是简单不过的事。塞尚曾经说：“没有感受，一切都算不了什么。”最深刻的道理，往往是最简单的道理。“假艺术美”不会普遍，也不能持久。走江湖，卖假药的骗局始终会被拆穿。被歪导、被扭曲的视觉，最终会还原为正常的视觉。法国曾经有过一次民意调查，最受欢迎的画家是莫奈，倒数第一的是毕加索。可见人的共同标尺是存在的。法国有一部骂人大全《你阿妈》，其中一句是：“你阿妈丑成这个样，一边照镜一边说：‘嘿，一张毕加索的画！’”

柴可夫斯基的天鹅之歌

当乐池里的音乐声像空气那样飘忽地升起，弥漫着整个剧场，你的感官舒畅，心旷神怡，心头产生颤动，跟着乐声经历了悲喜，走过了情感的历程，你懵懵懂懂，忽然，又如梦初醒，有所会意，那时候，你就跟音乐家一起找到了共同的家园。你相信那首乐曲将会继续存在，甚至永远存在，就像画家的一幅作品，作家的一部著作，如果得到千人观万人赏，在观众、读者心目中占个位置，时间不能将它淘汰，它就是不朽了。一首乐曲也一样。

由柴可夫斯基作曲的芭蕾舞剧《天鹅湖》，银幕上，舞台上，观众都很熟悉。无论从舞蹈，从音乐来看，都是经典中的经典，一个空灵缥缈的世界。升半音，降半音，升得虚，降得邪，像天外来声，像精灵界的音响。你沉浸其中，反复揣摩，这个世界只可能是柴可夫斯基的世界，这种音符只能出自他梦幻般的脑袋。

传说柴可夫斯基有点神经错乱。都说，天才往往介乎常人和疯子之间。柴氏既然是天才，还能够不是疯子吗？他逝世一百年后，又有另一种传说：柴可夫斯基是个同性恋者，对他的侄儿有断袖分桃之癖；他的死因也不是当时所宣布的那样，死于时疫，而是死于自杀。当时的俄罗斯当局，为维护社会道德和纯洁的风气，下令他自杀。

俄罗斯的芭蕾舞编剧家波里·爱夫曼，把这段公案搬上了舞台，剧名就叫《柴可夫斯基》。纪念柴氏逝世一百周年的时候，这出舞剧就在圣彼得堡音乐学院上演，他当年在那里教授声乐的学院。

尽管所披露的事实已经成为历史，但柴可夫斯基到底是一位伟大的音乐家，在俄罗斯人的心目中，与诗人普希金一样，早已升格为神，神圣不可侵犯。一代伟大的艺术家，从外表到精神，都必须像神一样无懈可击，才能够载负得起大众的精神寄托。但，现在有人指他犯了世人所不齿的病症，神被摔到地上了，你教俄罗斯人怎样承受得了？舞剧上演的那天晚上，有一群人在圣彼得堡音乐学院门前，举起横额，吵吵闹闹进行抗议："这出可耻的戏是对俄罗斯人的侮辱！"

那时候，学院舞台上的柴可夫斯基，正在裂变成两个人物，分别由两个舞星扮演。一个代表作曲家本人，具有一颗纯粹的俄罗斯灵魂，在欧洲传统文化的熏陶下，对爱情，对命运，总是以瓦格纳式的梦幻目光来看待；而另一个柴氏，则怀着不可告人的欲念：一种黑色的激烈色欲，它把他啮噬，折磨，撕裂，使他沉沦到地狱的最底层。他的身体，他的思想，是战场，总有着激烈的战斗，天使和魔鬼之间进行的激战。

十月革命后流亡到法国，后来又转到美国的俄罗斯女作家尼娜·柏尔柏罗娃，写过一部《柴可夫斯基传》。其中对他与侄子波璞之间的同性恋，有着明显的描写。波璞是一个英俊潇洒，又聪明又开心的年轻人。在圣彼得堡的夜晚，柴氏总是推掉跟其他人的约会，以便在家里跟波璞单独相对。他靠近他身边，听他说话，凝视着他，欣赏着他的美，就像托马斯·曼笔下的艾森巴赫欣赏美少年达斯奥那样。他也喜欢看他在朋友当中嬉闹，不感到妒忌，只是觉得有点被伤害。"当我跟波璞在一起的时候，我有一种奇怪的感觉。”他这样写道，“我觉得他并不爱我，而且对我反感。”事实并非如此，侄儿对他的感情很深，知道这位叔父立下了遗嘱，死后将财产遗赠给他这位“可爱的男孩子”。

当柴氏应邀到美国华盛顿和费城访问演出的时候，他到处受到热烈欢迎，但他并不开心，想起侄儿就忍不住掉眼泪。他觉得去到美国的不是真正的那个“我”，还有另外一个“我”。一个“我”在发抖，另一个“我”在哭泣。在观众的掌声和热情招待中，“我”比任何时候更感孤独。他写信给侄子说：

> 我想你，比想任何人都更甚。我是这样想见你，想听你的声音，这对我来说是那么强烈的幸福，以致我想付出我生命中的十年，来换取你的出现，哪怕只是一秒钟。你知道我珍爱你到了怎样的地步……在这里，在外国，当我打发着没有你在身边的漫长日子，我测量着我对你的爱的强度和深度。

然而，当时的同性恋在欧洲是违法的。在俄国对这类人的惩罚，是流放西伯利亚，或罚做苦役，这点柴可夫斯基是很清楚的。为掩饰这种行为，他故意跟一位芳名依凡诺芙娜的女孩子结婚。这个白璧无瑕的女孩子，曾经在一间修道院读书。她美丽，善良，一心一意使她所爱的人幸福，她疯狂地爱上了柴氏，给他的信总是充满了爱的表白。她写道：“你来探访过一个独自生活的女孩子了，你这样做，就是将我们的命运联结起来了。假如你不愿意娶我为妻，我将会自杀。直到现在，我从来不曾在晚间接受过一个独身男人的来访。”

但柴可夫斯基只将她当成一步棋子来使用，不让她进入到自己的生活。他不止一次对她说："我不爱你，永远也不会爱你。"他说自己有一种"奇怪的性格"，不会使她幸福。还要求她保守秘密。虽然他们最终结了婚，但婚姻徒具虚名，柴氏不曾成为一个真正的丈夫。妻子痛苦万分，把手帕花边撕碎，扔了一地。而他自己也同样地摧心肝，发疯似的将自己的头撞向墙壁，直到疼痛难忍。最后将苍白的头颅抱在双手里，痛苦地啜泣起来。

但，对于喜爱柴可夫斯基的人，不能只停留在他的漫画式的歇斯底里中。他的侄孙沃可夫写道："他的生活与大自然之间有深切的联系，在某种程度上，一方是另一方的明显的化身。"晨曦微露的森林，使他无比热爱生活，感到一种深切的喜悦而下跪感谢上帝。"这种时刻，是不朽的承诺，在等待它来临之际，他渴望生活，以便让这种时刻再现。"

就在这种不寻常的失衡中，他写下了《第六交响乐》《天鹅湖》《叶甫盖尼·奥涅金》等不朽的乐章。生活中总有一种固执而强烈的欲望啮噬着他：逃走吧，有多远就去多远！但逃到什么地方去？什么地方都可以，他要去的地方，只是一个可以让他尽情哭泣的地方。他要哭自己，哭自己的青春，哭残酷的命运，哭谜团般的不幸。或者，他想看些什么东西，不论天空、大海、高山，或者只是一盏半明半暗的台灯。去，去，去找一个永远不能到达的地方，来疏解他内心的痛苦。于是，升半音，降半音，天鹅高歌，魔鬼吟哦，秘密的痛苦呻吟，带血的心灵嘶叫，一曲又一曲的美丽乐章就这样出来了。痛苦、丑恶就这样被超越了，他将丑陋制成了美。这可就是柴可夫斯基的天才历程？音乐领域中的浪漫主义到他手里，被推到一个前所未有的顶峰。他的成功给他带来了世界性的荣誉，也给他带来金钱和豪华的生活，却不曾给他带来幸福。

柴可夫斯基出身于一个富有家庭。母亲的早逝使他变得忧郁、孤独。他酷爱音乐、作曲，把自己的心思注入乐章里。为敷衍父亲，他最初学的是法律，但他始终沉迷在音乐世界里，把音乐作为自己的最后归宿。当他在这个领域中有一定成就之后，在莫斯科音乐学院得到了教席。教学工作之余，他谱写乐章。他的乐曲娱乐他人，而私底下的生活，却永远消沉、苦闷、漆黑，漫漫的暗夜中到处撞墙碰壁。

柴可夫斯基是个很有文化素养的人，他经常参观博物馆，米开朗基罗的一幅《摩西》，可以令他感动得发抖。他对法国文学很感兴趣，他阅读卢梭、左拉、缪塞和都德的作品。在俄国作家中，他尊崇托尔斯泰、陀思妥耶夫斯基和契诃夫。音乐家方面，他喜欢莫扎特，不喜欢贝多芬，后者的乐章所表达的强劲、粗暴、壮丽使他害怕。他喜欢平静、柔和，不喜欢狂风暴雨。对于天主问题，他也不断地进行探索。总的来说，他是一个很值得尊敬的人。

他与普希金有过一段不寻常的友谊，把诗人的《黑桃皇后》《叶甫盖尼·奥涅金》谱成了歌剧。在这些乐章里，他透露了隐藏于心底的秘密：人在命运前的无能为力。

在一片感情的沙漠中，他跟一位富有的寡妇麦克夫人，维持了十四年的友谊，她不断给他提供经济援助。他给麦克夫人的一封信中写道：

> 想到有朝一日我会得到一点光荣，想到人家由于对我的乐曲的兴趣，而引起对我个人的兴趣，我感到十分难受。

从这段表白中，可以看到柴氏对前途充满了恐惧。也许他已经想到，日后会让人翻尸倒骨，将他的阴暗面揭示出来。

尽管麦克夫人长期慷慨地在经济上支持他，但两人素未谋面。

麦克夫人把他看作音乐世界中的魔术师，开始跟他通信之后，就不断地寻找，希望找到他的深度和高度。她把他放得太高太深奥了。她希望他有思想，有修养，有成就，希望他对钱财不太贪婪。她设想他来信日见稀疏是因为工作太忙。但柴可夫斯基那边，将艺术作为一种取得荣誉的工具，当他获得一定成就以后，就不完全投入到音乐世界中，而是追求一些虚荣。每天给各方各面写二十多封信，却不肯写信给她。柴氏的虚荣心，他所得到的声誉，精神上的黑色欲念，肉体上的痼疾，使他与她之间的距离越来越远。最后麦克夫人跟他断绝了关系，他再三去信，得不到答复。柴可夫斯基因而深受打击。

有关柴氏的畸形生活传说，一直传到沙皇亚历山大三世御前，龙颜不悦。他批评柴氏对他的侄儿过于“关心”。知道这个消息，具有一颗敏感心灵的他，预感到不可抗拒的命运已经在窥伺着。他变得越来越紧张，越来越沉郁了。有一天，他突然对他的弟弟莫底斯特说：“好啦，咱们就来写那首《悲怆交响乐》吧！”

1893 年 2 月，他所居住的城市加里宁天气严寒，寒气幕天席地袭来。但他好像与现实脱节了，没有感觉到寒冷，形单影只沿着伏尔加河的支流，无穷无尽地漫步，来构思他的《第六交响乐》，他的兄弟把它命名为《悲怆交响乐》。这个乐章正好是柴氏的天鹅之歌，是他自己的安魂曲。同年 10 月 28 日，乐曲在圣彼得堡公演；11 月 6 日，命运来敲门，他与世长辞，得年五十四岁。当时说死于时疫，一百年后，却有了另一种说法。

为纪念柴可夫斯基逝世一百周年，1993 年 11 月，巴黎歌剧院曾经上演过爱夫曼的芭蕾舞剧。剧院外头没有人示威抗议，评论界还称赞它象征性丰富巧妙，编剧手法高明。

柴可夫斯基的秘密被揭出，一个真实的柴氏来到当代人的跟前，这使俄罗斯人十分痛苦。巴黎人反而觉得奇怪了，一代伟大的艺术家，不幸早已命中注定。生活原来就不完美，太完美反而显得不真实。而上帝创造人，不原来就有他的错失之处吗？因此，柴可夫斯基的过错在天，而不在人。到最近这几年，则既不在天，也不在人，一切过失或荒谬都是可以容忍的，法国不是最近通过了同性恋的合法化吗！从一个极端走到另一个极端，而两个极端都有着等量齐分的可悲。

普鲁斯特说，一部好的艺术作品，是用“内心深处的声音所唤醒的灵感”写成的。又说：“书是另一个自我的产物，不是我们在习惯中，在社会中，在怪癖中所表现的那个我。”这些话用到音乐领域中的柴可夫斯基的身上，也同样合适吧。

第五辑　历史的光影

带着古风的景物陌生得好遥远，一种无以名状的感觉涓滴细流，使你迷离恍惚。当你意识到被时光隧道带引着返回到远古，回到了地球的早晨的时候，便隐约明白，几天以来自己想寻找的是什么。以人的渺小来面对大化的演变，是夏虫之不可以语冰。演变是来去无门，迎不来跟不去，剩下来的，只有陈子昂的涕泪了。

亦冰亦火，亦黑亦白

红屋顶、蓝屋顶、绿屋顶、黑屋顶、黄屋顶……这就是冰岛首都雷克雅未克。雷克雅未克，干脆是红蓝黄白黑，像画家手中的一块调色板。

黑色的活动着的火山头，终年覆盖着白皑皑的冰川；焦褐色的火岩壁上，泻下瀑布的银白；冒着袅袅白烟的是蓝色的热喷泉，蓝得大西洋也为之逊色；赭红交织的锥形山头，散布着深绿的苔藓；大喙海鸭身上也是红白黑；一年过的日子，也是半年黑半年白。

飞机把我们降落到八月天子夜的日头底下，一个荒寂的白夜。穿过以木头筑成的候机室走出机场，一股清冷的大气迎面袭来，即便进入汽车里面，依然感到一种苍莽寒凉的原始气息。不太明朗的景致在车窗前掠过，浮雕般浸没在灰白的烟霞中，一个幻觉般的世界。无须以独特的眼光来看，这里一切都很独特，甚至陌生。

怎能不感到陌生呢？北极圈脚下，北大西洋北边的一片海洋上，浮着乾坤一舞台，粉墨登场的，都不是人类灵长。人类都站到观众席上去了，不无畏惧地，去看火山壮烈的爆发，看凝止于山头上的广漠冰川，去看从地球深处冒出的热喷泉，那热气腾腾的，滚动着，咆哮着的泥浆。你还可以看风，看云，看海，看冬日跳跃在空中的北极光。这里自然之声强于人类之声，自然逍遥在时间和历史之外。山头石块粗犷的大联盟中，深藏着天地的玄机。

正午十二时，月亮幽幽地挂在天顶上。这片土地还有什么不可能发生的？踏着白日的月色，我们来到西南部辛格瓦德拉湖北岸。这片高地背向欧洲，面向大西洋。今回看的是山岩峭壁，正在把自己撕裂开的峭壁。德国一位学者提出“大陆漂移论”，认为大西洋从北到南有一条地壳的裂缝，把美洲和欧洲大陆分开。根据他的理论所做的科学实验证明，离开玄武岩山石的那部分峭壁，每年正以四厘米的速度，逐渐离开陆地，向着海洋方向行进，沧海桑田，最后将会在深海当中消失。“大陆漂移”的理论，最先在这里找到证明。辛格韦德利镇，是 1944 年宣布冰岛共和国成立的地方。

在隆隆呼啸的风声夹杂着阵雨中，我们走在纵向横向或深或浅的地裂上。你看到一条在岩石山中裂开的通衢大道，你惊骇不过，深知绝对是神功，只有大自然才能创造的杰作。你沿着那条地裂往前走，不时回过头来看看，上下左右寻寻觅觅，有点慌忙失措，却不知道要寻找什么。北欧海盗维京人来到冰岛的 1100 年以来，较大的火山爆发有过 200 次，小型的爆发不计其数。1783 年爆发的勒奇火山，岩浆覆盖了 500 平方公里土地，火山灰一直吹到中国。这片活动着的新土，两百多年前才从地球的内脏冒出，因为诞生而震动过，痉挛过，地下冒出过烈火，陆地就在不断的喷发中扩展，泥土埋葬泥土，石头埋葬石头，眼下地底的躁动力还在活动着，但你不知道什么时候会爆发，发生在什么地方。八九年前爆发过的火山，现在仍然冒着袅袅轻烟。你不肯放过见识的机会，跟着一批愿意上山就近观看的人，从山脚下一口气走到山顶，在阵阵硫黄气味中稍稍伫立，好拍摄几张最接近火山口的照片。有人开玩笑说，千万不要现在爆发起来才好！

管它呢，最好不去想。在大自然的无常面前，冰岛人就有本事把每一天当作平常日子过，都习以为常了，又有什么可怕的。尽管放浪形骸于天地，寄精神于八方，哪怕世界末日就发生在街头转角处，日子也必须如常打发。男人继续出海打鱼，女人在家料理家务，老人仍旧每天上教堂。1973 年那回火山爆发，岩浆把一个 5000 居民的海港爱玛尔覆盖了三分之一，也就是 10 平方公里的土地，但作为冰岛第一大渔港的海岸，却因此增加了 3 平方公里的陆地。在火岩黑色的静寂中竖立起一个白色的十字架，以示感谢天主的恩典。你良久望着那个木头十字架，不知道他们感谢的究竟是什么。

闻说岩浆熄灭之前，妇女们因利乘便，在火岩上头烘面包。岩浆凝固后，各家各户又在原来的地方重建家园，重建生活。当然，地势比以前增高了。不久，五彩缤纷的花朵，又赶着短暂而清寒的夏日，在小花园里争妍斗艳。生活就这样继续下去，都说紧接着地狱而来的，是另一个春天。

这个两千万年前从大西洋冒出的小岛，比起非洲的阿特拉斯山脉，地球上最古老的山脉，可谓尚未成年，焦黑的火岩还未风化成泥，绝大部分地区光秃如手掌。这个岛国有地无土，土地的传统观念，在这里不适合。野地山坡，到处是一排排被狂风吹成的波浪，石头的波浪。中部地区，连续两三个小时的汽车路程，除了乱石还是乱石，一派月球景色。

一群群海燕、信天翁、大喙海鸭等飞禽，无枝可栖，只好在山丘上浮起的薄薄草块里面做窝。当你无意间走近，整片山丘聒噪之声顿时冒起，呱呱声音带着恼怒、威吓、警告，有的索性起飞在上空盘旋，甚至低飞到你头顶上，像每分钟都可能俯冲下来，跟你来一场肉搏战，谁教你侵犯了它们的神圣领土？你知难而退，连照片也不敢拍一张，连忙离开这片危险之地。它们学会的另一种因地制宜，是在背风的山崖峭壁的隙缝间，或凹凸地方，衔几根瘦草做窝。那些直上直下的峭壁上，就有一片叽叽喳喳的纷飞世界，当太阳下山，就不是飞鸟投林，而是飞鸟投石，成了这片新土上一幅特殊风景。

时间相距不会太长，报章杂志就会报道冰岛的冰川上火山爆发的新闻。冰川底下的火山突然爆发，喷出百丈火焰，冰川雪野一时冰火共舞，雪炭齐飞，通红的烈焰焚冰焚石也焚天，冰川顿时形成一股汹涌澎湃的急流，流量只有亚马孙河能相比。无端一场凄厉的恶斗之后，接着是各归各位，水火相容各自为安。只消一个冬日，冰雪又重新覆盖山头，依旧的坦然大度，依旧的和谐统一。面对天地间的玄妙，又怎能不仰首一问：为什么？在弗卢狄镇的农业中心广场上，竖立着一尊雕像，一位少女腰板弯后，脸庞平仰向天，眼睛遥向穹顶，姿势震人心弦。向天祈求？向命运乞怜？还是面对大自然而满腹疑惑，仰首问天？

来到这片处处升腾着地热和烟雾的地方，仿如置身于混沌初开的朦胧世界之中。云烟卷动着在你身边流过，像一首忽强忽弱、忽远忽近的古曲，它陪伴着你漫游这个小岛。游虚涉远中，你只感到一切皆不可捉摸，却为得万物之情而不胜喜悦。

汽车弯弯绕绕走着，在临时的石头公路上颠颠簸簸。一路是冰雪融成的，或深或浅的临时溪流或水滩，车子时而向上攀升，时而涉水过溪涧河流，时而从斜坡上直下山坳。纵向横向走了个把小时，还是离不开时远时近的一片大白。在隆隆呼啸的山风下，汽车终于停在海拔千把公尺的冰原山地上。那片云烟浩瀚的大白，与我们比较接近了，就在眼下。这条大名瓦特纳的冰川，面积相当于科西嘉岛，上头的积雪，有些地方厚度达 1000 米，平均厚度是 900 米。庞大的冰河和大小雪山，夏日受热融化成雪水，山头平川上就会出现无数大小瀑布。有的水势如浓烟，如云卷，重重叠叠，轰鸣着倾泻而下，迸溅而出的不是珠玉水花，而是混沌朦胧的一团团雾气，把荒野化作一个云烟大梦。

夏日这里没有夜，踏入十月，黑夜吃掉了白天。秋季，紫绿色的北极光在空中浮动，把小岛变成一个独特的奇异世界。十一月朔风呼啸，大雪纷飞，道路公园，住宅的花园，一律被深深埋掉，没有被抹平的，只有房子的屋顶。

无穷尽的漫漫长夜里，人们被迫退出户外生活，低矮的锌铁屋子就是一切，家庭就是一切，岛民深深退向自己。如何打发那半年黑夜？首都的居民除了看书，还可以驾着雪地摩托车去参加音乐会，去看戏剧。欧洲人拥有的物质和文化生活，冰岛人都拥有了，尽管档次低了些。散居在乡间、峡湾或山脚下的独门独户人家，面对着暗光浮动，星垂雪野，静静的天静静的地伴着静静的人过着静静的日子，天籁人籁如此协调，不用抬高声音，天帝就可以听见。返璞归真，与大化偕行，再不只是个美丽的童话。

从山中校舍一个虚静的白夜中醒来，我揉揉双眼，推开门户，走进无垠的云天底下，一列坦荡的黑色平顶山头，伸展在静思的天地中，散发着旷古的空寂。山头上尽是些写意泼墨，以白雪为颜料，狂放地点点划划，勾勾勒勒，全是超现实的手笔，疯子或天才的手笔。山脚下面，依然是黑的山地，白的冰带，透明的烟雾中，乾坤上下抽象成灰、黑、白。

带着古风的景物陌生得好遥远，一种无以名状的感觉涓滴细流，使你迷离恍惚。当你意识到被时光隧道带引着返回到远古，回到了地球的早晨的时候，便隐约明白，几天以来自己想寻找的是什么。以人的渺小来面对大化的演变，是夏虫之不可以语冰。演变是来去无门，迎不来跟不去，剩下来的，只有陈子昂的涕泪了。然而，你从老去了的土地来到这片新土，仿如越过了数亿年的时空，正陌生地蹑足于旷古寥廓，找到了地球蝶变的痕迹。你一时也放浪形骸，只管踯躅向前走，却不担心来时的亿万年之路认不清。

万物的荣谢，时之穷通，原是老天爷的一番事业，哪由人分说。循循不息中，来者自来，去者自去，来也匆，去也骤，一万年是昨日，一万年是今天。

冰岛，史前的自然背景。冰岛，亦冰亦火，亦动亦静，亦冷亦热，亦远亦近，亦明亦暗，亦古亦今，亦黑亦白……

面具威尼斯

都说威尼斯是水城，所以，威尼斯首先是水。交叉着，缠绕着的运河是水，桥下是水，屋前屋后屋里屋外是水；威尼斯也是雾，雾使它忽去忽留，忽隐忽现，随时雾失楼台，随时收复失地；威尼斯是夜，戴着黑面罩的夜；威尼斯是月，阴霾冬夜清冷的月。威尼斯是一切，或者什么也不是。威尼斯有一百张面孔，但真正的面孔只有一张：神秘，戴上面具的威尼斯的神秘。

那天，我们经历了一个雾海舟车夜，在午夜时分登上威尼斯，走经半明半暗的圣马可广场，蓦然抬头，心里不禁一震，暗地里叫见鬼。你第一次，又刚好在午夜时分看到这种“怪物”，两团贴在一幢大楼的残柱旁边的黑影。虽然明知道不是鬼，只是嘉年华中两个穿上黑袍，戴上面具的面具人。暗幽幽的灯光下，不是鬼影，胜似鬼影，泥塑木雕般静止不动，像根植在暗夜的大地中。你忽然坠入幻觉，好像没有抵达目的地，而是从方才浓雾带来的幻觉，进入到另一个更深沉、更神秘的幻觉。你不揣冒昧走近他们，看着服装和面具皆不带性别的黑影，一时怪念顿生，不怕冒犯，想去敲敲这两座秘密的大门，问问他们究竟是人，是鬼。不，是想问问他们的性别、职业，有过怎样的人生，为什么要扮鬼吓唬人，此时此刻想的是什么。但，面具本身，不正好是为掩埋身份，保持密不透风的秘密吗？你连忙打住。只是冷面对冷面，无言对无言，沉默对沉默。天哪，这个极冷，极深，极沉的世界，怎能算是嘉年华？嘉年华原应是敲锣打鼓，吵吵闹闹，有歌就唱，有舞就跳，尽管愉悦身心的呀！威尼斯人怎么好选择这样一个无声无息、神秘莫测、拒人千里之外的娱乐方式？

不对，你不曾到过威尼斯，不曾参加过这种嘉年华，就不知道冷极始知人更热。这个有着数百年传统的嘉年华的开创，原来出自于人心的温暖。十三世纪是欧洲十字军东征的年代，也是黑死病肆虐的年代。战争、疾病经常带来歉收、饥馑，那时候，国家和富有的人家，就大开慈善之门，组织救济活动，给饥饿者分派食物。有些人进入别人家里领取食物时，为保持面子，以各种方法将自己化装，隐去身份，领取食物后，以唱歌来向施主道谢。后来分派食物的时候，索性举行嘉年华狂欢节，为维持面子，尤其为不伤害朋友、邻居之间的和气，大家戴着面具，穿上隐埋身份的服装去领取救济品，数天狂欢，收受双方得其所以，原来的良好关系依旧维持着，避免了所谓世态炎凉和白眼，大家也忘记了一年来的种种灾难、艰辛或不如意。后来逐渐演变成一年一度的嘉年华节。

其实富有人家也喜欢有个机会来大吃大喝大吵大闹，来放纵一下自己，狂欢节就成为发泄情绪的节日。在面具的掩护下，王公、贵族、富有人家跟平民，直至贫民，一起跑到街头上胡天胡地。就连皇子皇孙，也乐于混到平民队伍中取乐。住在王宫或华厦里，丰衣足食的帝王将相们，不也会幻想自己是个穷苦的农夫，蹲在一间低矮的茅屋里发愁，今年小麦、马铃薯歉收了，要饿肚子了，怎么办？嗤嗤小民却梦想自己成为头戴皇冠的一国之君，或身穿紫袍的王公贵族，发指令于天下，甚至挟天子而令诸侯吗？一年一度的嘉年华节，就给他们提供梦想成“真”的机会，那时节，贵族扮平民，平民打扮成公侯贵族，大家的位置对调了，大家所希望的，在面具掩饰下都得到了。都说，人只有死后，大家躺在公坟里才得到平等，但在威尼斯，每年在面具底下，也可以得到平等。法国的亨利三世，也喜欢穿上嘉年华的服装跑上街头，向路人撩是逗非，打棍子，将淑女们的衣服弄脏。这些有失体统的行为，只为暂时放下万乘之尊的尊严，像平民那样放纵一下自己。

面具也有宗教色彩，它代表某一个神或者死去的人。欧洲和非洲之间的撒丁岛，每年也举行一次面具节。六个世纪以来，每年举行一次，场面极其奢侈浮华。但出于什么原因却鲜为人所知。他们穿上隐瞒性别的服装，戴上同样没有性别的面具，走在大路上，或在原野间策骑奔马，举起长剑摘星星，为当年的丰收祈祷。到晚间，面具会就结束，曲终人散，留下了大节后无边的静寂。仿如那些死去的先人，一年一度从墓中走出来，为子孙后世的土地和安乐日子祈福保平安。

而作为东方人，一贯的见识是，但凡坏事都是戴着面具来进行的，大事小事莫不如是，小偷戴着面具行窃，窃国者则以主义，以花言巧语和承诺来做面具。我们所熟知的就有王莽篡汉的故事："周公恐惧流言日，王莽谦恭未篡时。"谦恭，多么到位的面具！然则，如果可以戴着面具来做好事，为什么一定要戴着面具来做坏事？

走不出青山

北极圈是神秘的大北世界，拉普人是那个世界的神秘民族。你一旦进入拉普人的世界，你的旅行便带上极其鲜艳和浓烈的色彩。试想他们身上穿的，不论男人女人，长袍短褂，都是清一色的宝蓝色，袖口衣摆，全都绲上宽阔而鲜亮的彩色花边。披肩上的流苏，雨丝般罩着肩头流下。头上的高帽子是通红欲滴了，像雄鸡头上的鸡冠。在冬日一片茫茫大白的世界中，或者在短暂的夏日的绿色深海里，如果没有强烈夺目的色彩，拉普人又怎能够在自然世界中，将渺小的自己标示出来呢?

拉普人的歌声尖厉凌霄，充满了力的呼唤，寂寞心灵的嘶叫。那天我们在芬兰依纳丽区拉普人皮尔先生的帐篷里，他的夫人为我们高唱拉普歌。歌声急迫野性，尖厉刺耳，且摇头踏脚击着手鼓，数曲下来，你心颤神抖，自觉有点地动山摇。及至问起歌曲内容，皮尔夫人微笑着回答，说有一个拉普人想宰一只鹿，却在那儿苦恼着，犹豫不决，皆因不知道该宰哪一只才好。“白鹿白得鲜亮，灰鹿灰得沉着，幼鹿活泼可爱，老鹿来日无多，该宰哪一只才好呀，或者哪一只也不该让人宰？”她说话妩媚凄切，你不堪此答，眼眶里竟盈起了一汪浅泪。

如此凄厉的歌声，能唤起世人对他们的孤寂生活、孤独命运的注意吗？能明白他们柔情似水的内心世界吗？

拉普这个民族的神秘莫测，在于他们的来源于今未有定论。只知道大约一万年前，这个不称自己为拉普，却喜欢自称为“萨米”的民族，已经是大北世界最早的居民了。他们分布在挪威、芬兰和瑞典，俄罗斯的北极和北极圈，自由自在得像天上的浮云，来去全不受国界线和自然边界的约束。谁能阻止云的遨游飞翔？

那片绕着北极点约五十万平方公里的地方，是他们生活的世界。那个世界像梦一般诡异而极端，就连时间和空间都在那里变异了。试想一年当中有八个月，冬天在那里迷了路，它东南西北四处碰撞，无奈得愤怒顿足，咆哮嘶叫，把大雪风暴洒向人间。又有三个月时间，黑夜也丢失了它的方向盘，横走直走回头走上下八方走，却老在那儿团团转打圈圈，找不到走向太阳的通道。风雪接替风雪，黑夜接替黑夜，漫漫的风雪与漫漫的长夜交织着，织成了萨米人漫漫的孤独与人生。那时候，雪原上闪出一只妩媚而诡计多端的白色狐狸，使劲地把尾巴向上一甩，将一股白雪甩到天空上头，天际间便出现了一片北极光。在萨米人当中，自古以来就有这样的传说。北极光的颜色或紫或蓝或绿或洋红，成了雪原上半明半暗的幽幽的一盏明灯。那时候，散居在山林雪野之中的自然之子萨米人，便举起头来望着它，唱一首有关“雪”或者有关“鹿”的歌。

在一个“雪”字上头，萨米人有怎样的感触呀，脑子里有着不少于一百种最微妙的概念。而在一个“鹿”字上头，又有着怎样的情感呀，他们能够以三百多种最细腻的概念来向你陈述。萨米人以狩猎、捕鱼和养鹿为生，但主导他们生活的还是鹿，一切必须以它们为中心，甚至最微不足道的生活细节。青年人应该选择什么时候结婚？且问问鹿去；孩子应该在什么时候受洗，五月或六月？且问问鹿去。即使春天来了，春的节奏也必须由鹿来决定。什么时候该把帐篷放到雪橇上或者雪地摩托车上？什么时候该吻别妻子和孩子，把鹿群带到高地或峡湾上去放牧？明天？后天？或大后天？谁也不知道，只有鹿才知道。且去问问鹿吧，它们会给你出发的信号，因为母鹿必须在到达某一个峡湾的牧场上，或者到达某些小岛的时候，才会下崽。

一年当中，又有这么样一段日子，日头一下子爬上了天顶，在萨米人的头上转呀转呀转，转个没完没了，一转便是三个月。那时候已经是大北的春天了，一个零下二十度的春天。春天是爱情的季节，萨米人经常在那时候举行婚礼。结婚，是一件多么隆重的事，准备工作两个月前就要开始做了。无论主人或宾客，礼服一定要尽善尽美。新娘子一袭嫁衣要做一个星期，单是裙脚的绲边就需要三十米花边。腰带和披肩必须镶金镶银，二十个金牌银牌挂在胸口前。新娘子经过四个小时的穿戴后，等时针指向十三点，一顶红色的头冠戴到她头上，一场隆重的婚礼便正式开始。婚礼在教堂举行，由路德教派的神父来祝福。新人在神的面前表示“我愿意”，两人从此生死与共。

参加婚礼的宾客往往来自好几个国度，动辄千把人。宴会在浓郁的萨米色彩和气氛中从白日到白日。千把客人在什么地方过夜呀？不用发愁，有个解决的好办法。宴会上大伙喝的是一种烈酒，一种自己酿制的九十度的烈酒，狂欢到一定时候，大家已经醉眼昏昏，一头栽倒在什么地方，就在什么地方过夜啦，就是这么简单。

但这种婚礼在拉普人的世界中日渐少了，充满诱惑的物质文明，正向着孤岛般的拉普国度侵蚀。萨米女孩子为追求更热闹更舒适的生活，纷纷走呀走呀走，走出了青山，走向南边的城市，没入熙攘的人群和高楼大厦中。她们在那里工作，结婚，生子，不再返回青山去了。而青山里头的男人，也在走呀走呀走，却走不出青山。女孩子离开了家园，照顾老人的责任便落到男人的肩头上。到有朝一日老人归西，他们已经进入四五十岁的年纪。在那种环境中，年轻人娶妻尚且不易，一把年纪的人，更加没有希望了。

拉普男人健硕如山，也坚强如山，但也像其他男人一样，需要一个女人温柔的手来牵着，风风雨雨一起走过黑夜白昼，或者白夜黑昼。然而女孩子们却遗弃了鹿的王国，鹿的男人，去拜托青山白雪，和凄冷艳绝的北极光去给他们做伴，让沉默的鹿来给他们解愁。然而这一切都不能代替女人，代替不了女人心头和身体发出的热量。他们承受不起孤独寂寞，不少萨米男人因而自杀，倒在松、杉、白桦的莽苍树林里，在北极光下的雪原中。

你不堪导游的叙述，眼眶里再次溢起一汪浅泪。一个拉普男人的倒下，就像通向自然世界的一盏路灯的熄灭。这个从黑夜中走来的民族，路上还有多少盏路灯呀？

布尔热湖上的罗曼史

高卢人有个古老的神话：当山神把阿尔卑斯山造好后，上帝就派他去造喜马拉雅山。最后，还命他到那里当守护山神。山神舍不得阿尔卑斯山，离开时候掉下了三滴眼泪，一滴变作莱蒙湖，其余两滴是布尔热湖、安纳西湖。现在我们泛舟在布尔热湖——一个泪湖中，但我们很开心，乘槎浮于湖，绝非为“道不行”，而是为寻找诗人拉马丁（1790—1869）的浪漫脚印。

莱蒙湖为法国、瑞士共有，瑞士境内的湖边别墅，其外观的豪华，其价格的昂贵，令世人咋舌；而安纳西湖是个天鹅湖，天鹅只管自己逍遥自在地活着，到岸边向路人讨吃，却不惊扰岸上人家。唯布尔热湖使人动情，诗人拉马丁和他的情人朱莉的故事，以及他的杰作《湖》，皆与这里的水流树影密切相关。

产生一部文学作品，出现一个大作家的契机，它的偶然性、必然性，微妙的来龙去脉，经常使人感到神秘莫测。曹雪芹祖上数代富贵，为的是出一个曹雪芹？曹雪芹来到世上，为的是一部《红楼梦》？杨玉环“一朝选在君王侧”，是为一首《长恨歌》？歌德与夏绿蒂·布甫的邂逅，为的是一部《少年维特的烦恼》？而拉马丁与朱莉的相遇，是为一首绝唱《湖》？

布尔热湖跟其他两个湖比较，显得格外神秘。太阳底下浓雾不散，湖面整日轻烟袅袅，天空阴晴不定，无缘无故刮风起浪，对过船造成威胁。那天你很想见识一下那无端刮起来的风暴，很可惜，游船十分平稳，桌面上杯子里的汽水，只轻轻摇荡着。船上的播音器沿着一路的景点，向我们讲述当年湖中发生的故事：沙蒂永港口，是朱莉的船遇上狂风，巨浪抛入船舱，使她当场昏厥，让拉马丁发现，上前去把她救起来的地方，现在上头竖立着拉马丁一尊巨型石像；而奥特贡伯古堡，曾经是撒丁国王的王宫，它前面岩石下面那间小屋，是诗人将朱莉抱到里面救治的地方；特莱瑟尔维沿湖一带，当年有三棵栗树，是拉马丁等待朱莉赴约，未竟，在焦虑苦恼中，坐到栗树底下开始《湖》的创作，最后也在那里完成。游船在水光山色中环游一周，有关《湖》的故事，就这样在情在景地完成了。

出身于马贡贵族的拉马丁，最初想进入军界发展。1815 年投入陆军，却不曾遇上好季节，时值拿破仑大败滑铁卢，戎马生涯的梦想成了泡影。1816 年于他是具有决定性意义的一年，那时他健康状况不佳，肺与肝均出现毛病，生活的空虚也使他难以忍受，因此决定到埃克斯温泉区进行疗养。是年 10 月 6 日，他去到埃克斯，寄居在皮尔医生家里。疗养期间，他早上读书，下午独自到乡野和阿尔卑斯山散步，到布尔热湖划船。但日子过得孤独寂寞，他一边等待好友路易·维涅的来访，冥冥中也在等待梦中情人的出现。他在笔记簿中写道：

> 如果因为我的不幸，遇上一个我从前所梦想的女人，我要尽我的心所能爱的程度去爱她……我的心在我胸中跳动：我感觉到它，我听到它，天主才知道里面所包含着的一切是什么，它想要的是什么。

医生家里人丁稀少，一张偌大的饭桌，周围零零落落坐着三两个人，都像他那样来温泉疗养的。晚饭后的消遣总是靠在窗前，看看花园和园外的乡间景物。一天傍晚，他看见隔壁窗子打开了，一个女人靠在窗前，脸色苍白得几近透明。她用手拢起一绺黑发，正对着花园和远山月下的景色在沉思。出于好奇，他向房客打听该女子的情况，知道她也是来疗养的。但她从来不到饭厅，每顿饭让人端到房间，独自一人在里边吃。有时诗人见她从山间骑驴散步回来，大家会在楼梯间匆匆相遇。但有一回他终于清楚地看到了她的人和脸上的表情，诗人在笔记本里写道：

> 她坐在一张靠墙的长椅上晒着和煦的阳光，墙壁被日落的余晖照射着。她的嘴唇薄薄的，嘴角被一条习惯性忧郁的皱纹弄得有点消沉……椭圆形的脸向着太阳穴和嘴角上方开始消瘦……

她的套间与拉马丁的相连，中间只隔着一道锁起来的门。他可以听到隔壁的脚步声和衣裙的窸窣声响，有时甚至听到翻动书页的声音。他再次向皮尔医生打听，知道她是当时著名的物理学家约克·查理的妻子。查理发明了在热气球中使用氢气而名声大噪，被任命为法兰西科学院的终身秘书。

过了几天，拉马丁乘了一条船，到湖的另一岸去探望友人维涅的亲属，途中刮起了风，湖面涌起了白头巨浪，幸好他的船有四个健壮的水手把着。却看见沙蒂永港口附近，有一条只有一个船夫把桨的小船，在巨浪的冲击下失去了控制，直向奥特贡伯废墟流去。诗人马上命令船上的水手前去抢救。靠近小船后，他认出船上的妇人正好是他的邻居，第一眼就看见：

年轻妇人躺在舱底晕了过去，双腿，身体，双臂被冰冷的水和泡沫覆盖着，只有上身露出水面。头部像死去的人，靠在船尾一块木板上，头发在她的脖子和肩膀上浮动着，像一只黑鸟的翅膀泡在池塘边……

骤然看到这一幕情景，一种难以言说的超现实美，像晨曦的第一道阳光，使诗人大为感动，此情此景从此印在他的脑子里，神圣而不朽。妇人被救到他的船上，继续行进。船靠岸时，他把遇溺的人抱进奥特贡伯岩下一间渔民的小屋里进行抢救。妇人清醒后，看到自己的救命恩人，他英俊得像个天神。四目相遇，双方心里都有一番远雷般的震动。次日，病人可以坐起了，她向他透露了自己的身世：小名朱莉，时年三十二岁。母亲早逝，父亲破产，从小把她交给一位亲属抚养。二十岁上头，嫁给了五十八岁的物理学家查理。她身体有病，独自一人来这里疗养。客居他乡，她感到寂寞而空虚。

拉马丁立刻写信给友人维涅，把事情发生的经过告诉他，从此他的生活也改变了：

前天我救了一个在湖上遇溺的年轻妇人。现在她填满了我的日子。在老医生家里我不再孤独，不再生病，我感到年轻了，康复了，复活了。

以后的日子，他俩像一双情人，在山谷中漫步，采花，捡栗子，看瀑布，看太阳底下彩色烟霞的升起。诗人对这段日子有详细的记载，还给朱莉另起了一个名字“埃尔维”。两个星期之后，10月26日那一天，大家同时离开埃克斯。拉马丁返回故乡马贡，埃尔维返回巴黎与丈夫相会。

分别使拉马丁恋恋不舍，直至痛苦。次年1月初，他迫不及待地从南部马贡去到巴黎，寄居在一位朋友家里，每天去跟埃尔维相会。她把诗人介绍给丈夫认识。在巴黎逗留的四个月当中，每晚等年届七十、身体有病的老人上床后，他俩拥作一处，追忆在布尔热湖上度过的珍贵日子。直到诗人囊空如洗，大家才分手，相约9月初在埃克斯再相会。才8月下旬，诗人迫不及待提早到达埃克斯，相信埃尔维也会提前去到那里。到埃克斯后，他在皮尔医生家里焦急地等待，“缺少唯一的人，一切空空如也”，他在记事本中写道。为打发时间，他开始在湖边特莱瑟尔维的三棵栗树底下，去年他们经常到那里歇足的地方，开始写那首不朽的诗《湖》：

如是，不断被推向永新之岸，
在永夜中一去不复回，
是否，我们从未在岁月之洋上，
抛锚过一天？

湖啊，一年刚过，
她应在亲切的涛声中重来相会，
看，我来独坐此岩，
你曾见她在上头坐过。

直到9月17日，埃尔维消息杳然，诗人只好离开埃克斯。11月他收到她的来信，说因病重不能赴约。12月下旬，得到她的死讯，并附来她弥留前亲吻过的十字架。诗人一时失去理性，在森林里游荡了两天两夜。他不能到情人的墓地去痛哭一场，因为小气的丈夫查理，由于被人嘲笑而采取报复手段，拒绝将妻子葬入家坟，把她隐姓埋名，埋葬到没有人知晓的某一处荒地。

这段爱情悲剧，激起诗人强烈的浪漫情怀。爱情不幸诗神幸，完成了《湖》之后，继而写了《十字架》《永恒》《祈祷》《山谷》等名篇。1817 年是诗人丰产的一年，他称为“我青年时代的一个重大年头”。这段罗曼史就这样造就了一位伟大诗人。法兰西学院院士雷尼・杜米克说：

> 拉马丁只有跟朱莉相遇后才成为拉马丁。

就是这首《湖》，使当年整个浪漫的法国泪如雨下，也使沉寂多时的诗坛活跃起来。这首诗收在他的《诗与宗教的沉思》中，1820 年出版。这部被誉为第一部浪漫主义的诗集，超越了前人的唯理主义和说教，让真情自然流露，使法国诗坛耳目一新，拉马丁也一夜间声名鹊起。他打开了法国诗歌的另一个黄金时代，成为后来的浪漫派诗人维尼、雨果、缪塞等诗人的先驱。

当年笔者读《湖》的时候年纪还轻，读到“留住今宵，留住，这大好自然，至少留住记忆！”等佳句时，眼睛也是有泪的。这回我们去到米利和马贡参观了他的故居，在福尔博物馆中，看到他当年寄居皮尔医生家时使用过的家具。后来又跟着他的足迹，在埃克斯温泉区和布尔热湖上走了一趟。回到家里，打开《湖》再读一遍。突然想起游船上的餐牌，上头写着“拉马丁鸡尾酒”，还有一道“埃尔维尾食”，那滴泪，说什么也挤不出来了。我们的时代追求大众化，毕竟将某些宝贵的东西糟蹋了。但你相信永远不会妨碍这首绝唱在一代又一代的读者中传诵下去。

春去春来布拉格

经历了四十年铁幕后的世界，伏尔塔瓦河上的布拉格还剩下些什么？卡夫卡还在变形，昆德拉承受不了那份轻。你可以透过他们的笔去听听昨日的回音，看看眼下的情景。然而，最简单的方法莫过于你亲自去走走。其实，东欧的“天鹅绒革命”后，布拉格很快成为欧洲人旅游的热点。西欧一下子就将这座名城找回来了，一把就将它扯回到欧洲传统的文化中。在西欧人眼里，布拉格依然是欧洲首府，欧洲的中心。一切无须从头再开始。

布拉格人说，查理大桥是你一步也不用移动，就可以看到欧洲所有建筑形式的唯一地方。说得不错。你现在就站在查理大桥上，三十座庞大的青铜或石雕的圣人塑像，沿着大桥两边巍峨耸立，向过客叙述这座名城的故事。来到桥上，你才真正进入布拉格。宽阔的伏尔塔瓦河穿过视野内的数道大桥，环抱一个小岛后，向着易北河流去。河面上斜风细雨迷蒙，急流泛起了泡沫，水色随着浮云变换色调，就像卡夫卡笔下的超现实，也是布拉格日子长流中变幻莫测的象征。来自世界各地的游客，打着五颜六色的雨伞，在桥上音乐家演奏的乐声中，穿过画家、摄影家开设的小摊位，向着两个方向对流。你漫步在桥上，可以看到布拉格的脸色，也可以摸到世界的脉搏。你从雨伞上方放眼望向两岸，一边是老城，一边是建筑在七座山丘上雄伟瑰丽而密集的建筑物：王宫、古堡、教堂、塔楼；哥特式、罗马式、文艺复兴式、巴洛克式、洛可可式，一样不缺。城市之上，数十根纤丽的塔尖直指天空。六百年来的建筑精华，仿如是浮在伏尔塔瓦河上一条庞大的鬼船。入夜灯亮时分，在强力的射灯底下，你的视觉被催眠，现实世界说变就变了，布拉格像映射到银幕上的虚幻之城在城市上空升起。自从夏多布里昂和诗人阿波里涅描写过布拉格以来，这个城对法国人来说，一早成为一道梦想之门。你一脚踩进去，在时间与石头织成的梦境中，去寻求空灵、幽邈，或本质、实在。

然而，你不会在梦境中迷失。布拉格不是巴塞罗那，巴塞罗那只是卡塔卢尼亚人的幻觉，是建筑家高迪设想下的一座虚拟之城，它可以不存在；布拉格也不是印度的贝纳雷斯，它的河面浮着太多河葬的尸骸，只是一个通过恒河走向虚无的半阴半阳的城市，因此，它也可以不存在。布拉格则不一样，当你漫步在禁止车辆行驶的老城区，脚丫踩在以彩色花岗岩石块砌成图案的人行道或马路上的时候，你觉得鞋底薄了些，脚板被磨得火烫，你感到这个城很实在，它以特有的方式跟你沟通。历史上长期的帝王统治使它富丽堂皇，平民的手工能耐使它变得实在。布拉格人竟有这种实打实的心思，有品位不俗的工匠头脑，还有勤勤恳恳的双手。在有限的空间和条件里，尽量将一切做到尽善尽美。这种实在的精神使他们克服任何困难与困扰。你也会发现，这个古老得可以忘年的城市，看来依然青春绮丽，一似从水中冒出的睡莲。出于怀旧和对古物的珍惜，不少新建筑物依然保留着中世纪留下来的古老门面，新旧两个世界拥抱在一起，和谐得谁也不能将谁扔掉。每一座楼皆修葺得美观整洁，藏红色、西葫芦色或青铜色，像含着水汽的烟霞，带领你的目光在城市上空游历。从外墙看，你分辨不出楼宇的年月，它们一律簇新大方，一尘不染，仿如要将历史的尘垢尽洗，好寻回它的黄金岁月。

布拉格的确有过它的黄金岁月，这要回溯到查理四世时代。查理四世曾经是神圣罗马帝国的选皇。中世纪的皇帝还可以接受一个“选”字，我们的时代是进步了还是落后了？这位皇帝年轻的时候留学法国，娶了一位法国公主。他博学多才，是当时欧洲皇帝中知识最渊博的一位，可以运用六种语言。他思想开放，本身就是一道“大门”，不拘一格开向任何的艺术和宗教。是他，一心使布拉格成为欧洲的中心，一如俄国的彼得大帝，要将圣彼得堡建成北方的罗马。他是中欧第一所大学的缔造者，也是查理大桥、卡尔斯腾堡和布拉格许多建筑物的缔造者。奥地利诗人里尔克认为，布拉格之所以拥有史诗般堂皇的建筑，要归功于查理四世。在他的统治下，布拉格成为神圣罗马帝国的政治、经济、文化中心，最后成为帝国的首府。这就是它的“欧洲首府”之称的来源。一种可以抗衡异化的根基，从此建立起来了。历史上但凡有一朝好皇帝，日后子民的去向会明确得多。

一个城市，可以从艺术角度去了解，如巴黎；可以从浪漫角度去了解，如威尼斯；可以从音乐角度去了解，如萨拉斯堡。要了解布拉格，应该从哪一个角度去了解？

布拉格首先是水，伏尔塔瓦河经常泛滥，长期的抗洪斗争结果，使城市的地面不断加高，所有楼房底层都成了地窖，底层咖啡座变成地窖咖啡座。当年查理四世给查理大桥奠基，为向河水讨个吉祥，与星相学家作竟夜之谈后，决定选择1357年9月7日5时31分，这个可以向两个方向阅读的时间，作为奠基的日期。布拉格圣人让·尼波慕塞那的封圣，也与水有关。据说这位神父拒绝向皇帝韦塞斯拉四世透露皇后告解的秘密，而被皇帝从查理大桥上抛落河里。现在大桥右方第八座青铜像，就是为纪念他而竖立的塑像。作为文明进程中的野蛮的牺牲品，这位圣人得到最多游客的瞻仰。

布拉格也是火。中世纪的时候，这个城被大火焚毁，重建后成为今天的面貌。历史上它经常被战火蹂躏，多次被包围，被占领，再夺回。十五世纪的韦塞斯拉六世，曾经将一位新教的改革者让·于斯放到柴堆上，当众活活烧死。这位曾经在英国牛津大学就读的新教徒，还在柴堆上高歌，预言路德的到来。这把火从来没有熄灭过，一直延续到现代。1969 年 1 月，为抗议苏联坦克进入布拉格，查理大学一位年仅二十岁的学生让·巴拉斯在韦塞斯拉广场上引火自焚牺牲，震动了整个欧洲。

作为一个小国，在历史澎湃的潮流中，无可选择是它唯一的选择。查理四世之后，布拉格曾经被撒克逊人、瑞典人占领，从此走向式微，后来又被奥地利皇朝、奥匈帝国统治过。二十世纪经历过德国人的占领之后，1945 年又开始了接近半个世纪苏联的极权统治。然而，身份一再丢失，却一再寻回，一如春天的一再来临。当代人不会忘记“布拉格之春”。要了解布拉格，原来春天才是它的庐山真面目。

早在 1963 年，捷克共产党领导人已经企图实行经济改革，开放言论和新闻自由，为苏联入侵时期被镇压的牺牲者恢复名誉。到 1968 年杜布切克当上总书记，即以改革者的姿态出现，他痛下决心，准备让苏联坦克随时压到头上来。他要实行“人道社会主义”。大家相信春天要来了，像伏尔塔瓦河上的鸭子得到春的消息，开心得很。但是，春天不曾来到，苏联的坦克抢先来了。一如历史上多次的抵抗运动，布拉格人筑起街垒打巷战，却明知道，除了失败别无选择；也更加知道，柔弱、失败也必然有所孕育。后来，只有二十年上下的后来，大街上竖着的斯大林像，不都被扳倒了吗？抵抗的生还者和无数普通的捷克人，通过领导人给他们打开的国境线，逃向奥地利、西欧和美国。这个血洗的春天，使布拉格人的精华得到考验，也在法国左派知识分子中，引起极大的震动，成为他们觉醒的催化剂，许多人重新调整人生的航向，某些思想开始重新切割、定位。

到柏林围墙倒下，春天真的来了，布拉格人终于找回自己的身份。上天将原来属于他们的份额奉还。现在许多西方人涌到那里谋求发展，德国人、奥地利人捷足先登；美国人也不甘居后，目前在布拉格的人数已达三万五千至四万人之间；法国也是重要的投资者，已经建立了二百五十个企业，包括地产、新闻、银行、药房、电影院、餐馆业；俄罗斯人更是因利乘便，一早已经站稳了脚跟。但布拉格人却说，看见那些发了财的俄罗斯人还是觉得不痛快，这使他们想起过去，他们所不想要的过去。然而，重获自由，否认过去，还不是一切，否认之后所留下的空虚，去掉主义之后被掏空了的灵魂，该如何填补，如何选择未来？作家哈维尔当年组织过反对行动，现在他的政府一样贪污，行贿，腐化堕落。自从第一任妻子去世，他再次结婚，民意测验不断下降，眼下只得40%的拥护者。但一个从春天走过来的民族，一定不会迷路。

捷克是东欧中状况较好的国家，但柏林围墙倒下十二年，它的最低工资只相当于五百法郎（法国最低工资是六千法郎），国民平均收入相当于两千八百法郎。我们的导游小姐马莲娜懂五国语言，在中学当教师超过三年，工资还未到达平均收入。为维持生计，业余兼做导游和笔译。西欧拥有的一切，布拉格表面都拥有了，只是低了几个阶位。自动收银机、自动售票机不灵光；小小的停车场进出口排长龙，一排就是半个小时；出租汽车不按咪表收费，跟客人讨价还价，叫价高达三倍以上。马莲娜劝我们不要乘出租汽车，说司机个个都是贼。到达布拉格那天，笔者在机场上见一个妇人前来乞讨。一个外表宏丽的布拉格，到底掩盖不住半个世纪乌托邦统治的变形，卡夫卡笔下的变形。

面对着一个选择太多，欲望太多，物质太多的自由世界，一切都不容易。约束惯了，自由就不容易；沉默惯了，说话就不容易；严肃惯了，笑脸就不容易；重压惯了，轻松就不容易。昆德拉又怎能承受得了那份轻？说一切无须从头开始，还是必须从头开始的。不过，布拉格的春天毕竟来了。如果它的美丽建筑物，使建筑家感兴趣，伏尔塔瓦河上不断兴亡的帝国，使历史学家感兴趣，它的春天却使所有人感兴趣。春去春来，只有春天才是它的真面目。

二十一世纪的流浪灵魂

有这样的一个种族，四海为家，居无定所，你不知道他们的历史，来自何方，他们自己也不知道。能歌善舞，占卜，能预知未来是他们的特长。不与外界接触，固守自己的传统和生活方式，喜爱天空的星月甚于城市的灯火，使人感到神秘不过。他们独立自由，来去无拘束，不将文明世界和物质文明放在眼里。一场丧礼，女人呼天抢地，撒开喉咙嘶喊尖叫，男人捂着心头，痛苦地喃喃呻吟，将一个清朗的天地闹得黯然失色。一旦高兴起来，说跳就跳，撩起裙子团团转打圈圈："跳吧，跳吧，转圈圈，转圈圈，不要碰翻火炉子……"这就是神秘的吉卜赛民族。

对于文人、艺术家来说，就不单是神秘，还感觉到一种诗意，从中取得创作的灵感。于是，就有普希金的长诗《茨冈》，雨果的《巴黎圣母院》，梅里美的小说《卡门》。他们笔下的吉卜赛女郎，总是美丽、纯洁而善良，却活得跟普通女人不一样，可以在爱情与死亡之间，无怨无悔地选择死亡。梅里美的《卡门》说的就是这样一个故事。你看过跳成野人似的弗拉明戈舞吗？说是西班牙舞，其实是由吉卜赛人的舞蹈派生出来的。鼓瑟喧天哗地，大摇摆，大跳跃，大旋转，滴溜溜转动的双眼，鲜红欲滴的裙子晃成一团火；还有，比才的《斗牛勇士之歌》，远比《国际歌》还要流行。这个行踪不定的流浪民族，就这样成为文学、艺术取之不尽的源泉。

你生活在欧洲，有关这个种族的故事更是耳闻目睹，不会陌生。你去逛庙会，经常会看到一个特殊摊位，小小一角地方放上一张桌子，桌面上放着水晶球，图案特殊的塔罗扑克，还有一只猫头鹰。桌子旁边坐着一个穿红戴绿的女人，专门给人占卜或看手相；你去到东欧游客区的餐馆，会看到一些手捧吉他，穿梭于餐桌间的肤色黝黑的男士，为食客弹唱。如果你在郊区或乡村，看到一些空地、草场或河岸，凌乱地停着一队旅行车队，一定是他们在那里扎营。空场上烧起炊烟，女人在塑胶盆里洗衣物，花花绿绿的衣衫，就晾在树木间拉起的绳索上。孩子们在场地上玩耍，好奇地望向路人，像望向另一个世界……但，他们不会久留，明天或后天，黎明之前，就会像一阵风，去得无踪无影。吉卜赛人的流浪，是自古以来就存在的古老故事。

但有一天，你去到罗马尼亚的布加勒斯特，游览过城区后，汽车即将驶出城市时，导游小姐忽然指着窗外说，看，那是吉卜赛人的楼房，是最近几年才起的，屋顶上竖起的小塔尖是他们的特殊标志。睡意昏昏中，你忽然扬起头来看，呀，这倒是不曾听说过的大新闻，世代流浪，拒绝过常人生活的民族，居然停下脚步，住到房子里面去了？

长期以来，这个流浪民族的来源是个谜。来自埃及？摩洛哥？由于世代拒绝让孩子入学，本身没有文字，他们的历史从来没有文字记载，又不看重自己的历史，连口头传递也省去了。由于行踪飘忽，跟外界蓄意隔离，意识到自己身份低微而产生自卑感，不与外人接触，遑论通婚，外界对他们更加无从捉摸。直至十八世纪，有一位语言学家发现他们的语言跟印度西北部拉贾斯坦的语言很相似，遂派学生到那边调查，收集有关的语音、语义的资料，回来后，请吉卜赛人来辨认，发现他们的语音、语义基本相同；而印度那一带地方的人，属低等种姓，是永远的贱民，职业是伶人。这可以反证吉卜赛人的音乐天分和能歌善舞。肤色上的黑沉，略带灰暗，也相一致；女性的衣裙都同样花绿、鲜艳而俗气。由于他们跟外界断绝来往，原来的风俗习惯，一贯以来基本保持不变，尽管他们借以流浪的交通工具，已经由马车进展为现代的旅行车。有了这些论证，结论基本可以做出，印度的拉贾斯坦是他们最初的出发点。大约公元十世纪，这些善于歌舞的人当中，有一批人被波斯国王邀进皇宫，目的是为娱乐自己，为宫廷制造歌舞升平的局面。到他们必须离开波斯宫廷的时候，就不打算折回头，既然他们原来就是穷贱的流浪阶层，到哪里都一样，遂直向西北部行进，穿过拜占庭，逐渐分布到欧洲各地。

学者们千方百计为这些浪人寻找根源，但他们却不执着于自己从哪里来，到哪里去。过去，无论远近的过去，都随着昔日的马车或现代的汽车后面的尘土消失了，过去于他们全无意义。目的地也瞬息即逝，黎明前就得出发，另找营地。只有无止境的迁徙和不息的步调是永远的。将来？将来是什么？唯眼下的现实必须关注，如何在拮据的处境中，养活一个大家庭，再没有比这个更为重要的事情了。他们的家庭大多数人口众多，一个才五十岁的女人，可以有六七个曾孙。而生计呢，除了占卜、看手相、卖艺之外，在不断的迁徙生涯中，给人修理屋顶、打铁、补锅、修理椅垫，还做点小生意，比如采草药到市场上出售，以极微薄的收入来维持生活。偷鸡摸狗，讹诈行骗，甚至偷运毒品就难以避免。吉卜赛人声誉欠佳，是欧洲国家的社会问题。但凡他们来扎营的村落，大家就特别提防，避之大吉。尽管法律规定，每一个村子都必须提供一块空地让他们扎营，但这个法例执行得很勉强，一方是不得不接受，另一方也不大愿意在规定的场地落脚，宁可违例，自己另选择空地。罗马的游览区，小扒手、小骗子都是些吉卜赛人。法国向东欧国家开放之后，罗马尼亚人纷纷涌入，包括大批吉卜赛人。巴黎的超市、博物馆、餐馆门前，通衢大道的交通灯下，乞丐一时多起来了，男女老幼和残疾人都有。记得国内某杂志刊登过一帧颇令人瞩目的照片：一个穿黑色长袍，头戴黑巾的妇女在卢浮宫前行乞。这种装扮的女乞丐巴黎不少，很难判断她们是否吉卜赛人。但吉卜赛人随处可见，连阿拉伯人也看不过眼，说他们整个国家的人都来这里行乞了。事实上没有听说他们来这里从事什么职业的。有一段时间，巴黎的停车场和电话亭的收银机都被盗被砸，原来是被组织起来的罗马尼亚孩子所为。由于法律规定，被抓住的未成年孩子，拘留时间不得超过二十四小时，当警察抓住这些只有十二三岁的孩子时，还未来得及问话，又得马上释放。后来收银机改为使用信用卡，这些人就转为盗窃，给社会治安带来麻烦。前几年到捷克旅行，听说那年冬天布拉格来了一队吉卜赛人，撬门进入空屋过冬，将人家的楼梯拆下、地板撬起，用来烧火取暖。如果将这种行为解释为他们不看重物质，只看重精神，恐怕说不过去，事实上他们的道德和心态也值得研究。

法国出现吉卜赛人是六百年前的事，为娱乐贵族阶层到法国来。发生战争时，也参与过打仗，所以，不能说这个民族只管收受，不愿付出。法国一直设法让他们定居，1975 年成立了吉卜赛人协会，希望能通过协会来对境内的三十五万人实行行政管理，登记人口，让小孩子入学，纳入税收轨道，成立门诊所，建立预防疾病中心，维持营地的清洁卫生等。但他们不愿意，说国家没有给予足够的补贴，谁也不知道他们要怎样的补贴。要求他们定居？首先不要住廉租屋，要求另外拨土地让他们建房子。由于困难重重，直至现在，他们过的还是流浪生活。

洛林区香不莱村的居民，不会忘记2008年8月的某一天，村外那片荒废了的军用基地上，忽然来了四万吉卜赛人。天哪，不是外国人入侵了吧？统共只有一万居民的村落恐慌起来了，在不明真相之前，所有商店关起门窗，村政府通知居民回家留守。那时候，空场上一个巨大的黄蓝两色的帐篷搭起来了，电线拉起来了，垃圾箱、临时的卫生设备也准备好了。这里那里，在吉他的伴奏声中大伙唱起了圣歌。穿着圣袍的牧师出现了，他们以洪亮的声音赞美天主，帐篷里弥漫着热烘烘的气氛。原来是一场宗教活动，新教教会为吉卜赛人举行由天主教改信新教的宗教仪式。

分布在欧洲的吉卜赛人，以罗马尼亚最多，总共二百万，西班牙八十万，捷克三十万，其余国家，如匈牙利、保加利亚都拥有一定数量。吉卜赛人内部，分好几个种姓，叫法也不同，他们之间也有矛盾和斗争，只有语言是一致的。共产党统治时代，保加利亚曾经强迫吉卜赛人定居，不得流动迁徙，每年只准集会一次。但真正成功地使他们定居和融入社会的，是捷克南部的一个伏尔塔瓦河岸上的小城塞斯基·克鲁姆洛夫。该城人口一万五千人，吉卜赛人占百分之五。十多年前，市政府采取了一项大胆措施，将吉卜赛人两个大族的族长，纳入到市政府的高层领导中，让他们将吉卜赛人组织起来，参加该城的文化遗产的修理工程。该城拥有许多中世纪的古堡，一座出类拔萃的巴洛克剧院，曾经一度被荒废了，市政府做了一个庞大的修复计划，将吉卜赛人的泥水匠、挖泥工、木匠、电工等组织起来，参与修复工作。垃圾的清理，渠道的维修，也将他们派上用场，其中一个清洁合约里，三十个工人当中，有二十一个吉卜赛人。也有为博物馆当看守，为普通人家做园丁的。由于长期是社会边缘人，为自己身份的低微不自在，现在在社会上找到了自己的位置，扮演了社会角色，生活有了着落，心理和精神状态大不相同，表现也不同往日。自从实行了这个政策，城市治安改善，犯罪率下降至零。小城每年有一百五十万游客，包括欧洲怀旧的皇子皇孙们，从此再没有人报警说被扒去了钱包。吉卜赛人还尽量保持自己的净土，自动组织起来监视、提防外地扒手进入。这个实验会有怎样的下文？大家正拭目以待。

流浪生涯和浪迹精神，不只是吉卜赛人的根深蒂固的传统，对常人也有召唤力，就看机遇或出现什么特殊情况。数年前笔者到爱尔兰去参观莫尔峭壁的路上，曾经遇上一队流浪车队，但不是吉卜赛人，而是爱尔兰人。大约两百年前，爱尔兰遇上马铃薯歉收，导致大饥荒，部分人移民到美国，另一部分则选择了流浪生涯。到时年恢复正常，这批人再无意过正常生活。英国政府曾经提出资助他们定居的计划，但被拒绝接受，一直流浪至今。究竟是怎样的魔力驱使这些人不肯停下脚步，宁可选择贫穷、孤独、与世隔绝的生活？

但柏林围墙倒下以后，吉卜赛人的世界出现了新的征兆。自由经济时代来临，吉卜赛人特别受冲击。生活在保加利亚和罗马尼亚的，比当地人更快适应新环境。他们在流浪年代已经学会做生意，遇上经济大发展，驾轻就熟，很快发了财，起了新房子，还创造了一种为大家所接受的建筑形式——在屋顶上竖起小箭塔，有多少个孩子就竖立多少个箭塔。大家庭聚居在一起是他们的传统，孩子们结婚后单独住一层楼，就在同一座楼里面。现在面临的新问题是，他们的风俗、习惯和生活方式，要么是纹丝不动，千把年来故步自封，要么是一起步就走得太远。除了搞经济、做生意之外，还跟黑社会勾结，从事贩毒等不法行业。贩得毒来，自己也身陷囹圄，吸上了毒品。但在二十一世纪的经济、科技、物质的冲击下，融入社会的正常生活是一种趋势，他们内心很希望让人接受。怎样才能摆脱贫困、无知、闭塞和自觉的身份低微？子孙怎样才能够像一个吉卜赛牧师那样有出息？当上牧师是他们眼中最有出息的。过去不让孩子入学读书，现在已经有所改变，逐渐明白，原来笔也是一种武器。

“当你被圈在一所房子里面，自由还剩下些什么？”一个在法国定居的吉卜赛人，花园里还停放着家庭成员的旅行车队，那是他们当泥水匠挣钱买来的汽车。“这辆是我的女儿女婿的，那辆是我的儿子的，另一辆是我自己的。”他又说，“我必须老盯着它们，知道它们就在我鼻尖底下，否则我会精神崩溃。”一家子准备随时上路，继续流浪，这个意图的物质条件是安排好的。他们首先是吉卜赛人，然后才是法国人。生活在现代的欧洲，如何走出贫困，走出愚昧无知，又能够保持传统的古老生活方式，尤其是不丢失流浪者的灵魂，这是吉卜赛人的进退两难之处。

水城文波

——写在威尼斯

自从托马斯·曼的《死在威尼斯》发表以来，年年月月都道是威尼斯要死了，威尼斯快死了。但，威尼斯还在那里，风里浪里雾里，年年月月站在水边。运河上的黑色摇橹船“贡多拉”依旧穿梭往还，每年二月的假面具嘉年华会依旧魑魅魍魉，“叹息桥”依旧在叹息……不，威尼斯没有死。

到过威尼斯的人都说，你去威尼斯就不会只去一次。当年你第一次到访时，也不打算只去一次。这位亚得里亚海上的老女人，啊，不，老皇后，韶华是随风而逝了，却依旧风华绝代。她清愁，神秘，冷艳，拒人千里之外，却使无数人趋之若鹜。作家巴雷斯说过：

> 想起我世上的至爱，我想不会是一个男人，甚至不会是一个女人，而是威尼斯。我的一生，就是在威尼斯决定的。

巴雷斯的这番表白，不知得到多少作家的认同。一个世纪前，那些舞文弄墨的人，敲遍了现实生活的一千道大门，突然发现十九世纪给他们带来的，是一个转型的社会。工业的发展，使烟囱林立，环境污染，他们为此感到窒息。唯独远在水中央的威尼斯，与工业世界脱节，而且专门出售梦想和神秘。于是，他们纷纷跑到那里去，找寻灵感、情爱、慰藉、幻灭，甚至死亡。拜伦在那里如鱼得水，他说：

> 如果我的生命像锦缎的纺织，上面也织着一些快乐的时日，美丽的威尼斯，一部分就是你的颜色。

威尼斯人还记得这位跛脚诗人，一下水就变成一条鱼，曾经用四个小时一口气从丽岛游到圣马可广场；瓦格纳在那里完成了他的乐章《特里斯坦》，1883年，在温德拉敏宫死去；乔治·桑和缪塞，还有那位夹在他们中间的帕席罗医生，三个人在那里谱了一首浪漫的、一直流传到今天的爱歌；尼采在科莱奥尼的雕像下，进行他的“超人”的哲学构思；科莱奥尼将自己的财产，全部捐赠给威尼斯共和国；海明威对着运河的落日，写了一部引起争议的小说《过河入林》；阿拉贡想到那里去自杀……

最新的关于威尼斯的书，是1996年出版的《威尼斯的星期天》，作者是法兰西学院院士米歇勒·莫尔。长期以来，每年冬季，他裹在一件陈旧的大衣里，带着画架画箱，在威尼斯的运河、小巷或桥头上作画。“在威尼斯，每一个日子于我都是星期天。”

一百多年以来，这个没落的水城像一个大众情人，使无数作家、艺术家神魂颠倒。但有谁想到，这个美丽得像一出歌剧布景的小岛，以及它周围无数的岛屿，一千四百多年前，只不过是一汪汪渺无人迹的烂泥潭？

威尼斯的祖先是意大利东北部的威尼托人。公元五世纪，当罗马帝国崩溃的时候，他们被哥特人不断地烧杀抢劫，逃到那些满是烂泥的小岛上，用木桩打进沼泽里，在上头建立自己的家园。威尼斯的诞生，几乎是一种不可能的选择。他们以水作城墙，来抵御敌人和外来的骚扰。岛上唯一的敌人，是生活在海沟和沼泽地的水陆两栖的海狸鼠，它们把打进烂泥里的木桩啃掉。威尼斯人的精明、狡诈和喜欢要手段的性格，也许是在艰苦的建城时期形成的。由于水上交通方便，他们通过君士坦丁堡和亚得里亚海来垄断东方的贸易。在那个年代，欧洲人讲的是天主，是十字军东征，是骑士风度，但威尼斯人只讲发财。他们每天翻阅的不是圣经，不是书本，而是账簿。

十二世纪的时候，他们提供战船给十字军东征，到十三世纪初，君士坦丁堡陷落，威尼斯人连本带利，从十字军手中取得了对君士坦丁堡的主权，把土耳其的四匹铜马搬了回来，放到圣马可大教堂的屋顶上。又何止这些呢，就连大教堂里面供奉着的圣马可的尸体，也是两个商人从埃及的亚历山大港偷运回来的。发了财的威尼斯商人，成了威尼斯的贵族，却依旧发财不立品。莎士比亚的《威尼斯商人》，就有典型的描写。到文艺复兴时代，他们还算懂得赞助艺术，于是画家提香、丁托列托笔下软绵绵的裸体女人，开始布满了殿堂的屋顶。十八世纪是威尼斯享乐的黄金时代，那时候，它的嘉年华会，每年持续六个月之久。

但是，最初到威尼斯旅行的作家，如孟德斯鸠、卢梭、蒙田等，在水声舟影、雾霭沉沉的华丽城市面前，几乎不为所动，尤其不齿于威尼斯商人的奸狡行为。孟德斯鸠这位十八世纪的道德伦理学家，1728 年曾经到过威尼斯。在他的《从格拉茨到海牙之旅》中写道：

> 威尼斯使我大饱眼福，但我的心与神就不是那么回事了。我不喜欢一个不致力于使自己变得可爱，变得有道德

的城市。甚至它给我们的逸乐，那些作为补偿夺去了一切的逸乐，也开始教我不悦。

卢梭在《忏悔录》中描写了威尼斯的神女和他本人嫖妓的经过。由于他是个穷酸书生，当时在意大利默默无闻，威尼斯人的大门都不为他打开，他只好放荡于露水姻缘。有一回，他惊讶地发现，服侍他的那个女孩子不但年轻、善良，还美丽得像个女神。这么样一个女孩子，应该是皇孙公子拜倒的对象，然而，她却不得不以出卖色相为生。卢梭为此竟忍不住号啕大哭。

第一个惊艳于这个水城，并为它主持公道的是歌德。这位《少年维特的烦恼》的作者，晚年为完成一部作品而旅行意大利。在他的《意大利之旅》中，生动而充满怀念地描写了威尼斯的海：

> 我听到海涛喧腾，这一定是大海，便朝着岸边走去。我脱掉衣服。时当正午，正是退潮的时候。迄今我也亲眼看见过大海，那次站在退潮时留下的沙滩上，听任大海退去。我真希望孩子们来拾贝壳，我自己也孩子气地拾了许多贝壳。
>
> 一个从早到晚的美妙日子。

他还写了对抗海水的堤坝，雨天将大衣弄脏的泥泞，贡多拉船夫的歌，小岛上的渔夫。圣马可广场上的铜马他也描画了：

> 从下往上看，我轻易地看到马群都有斑纹，一部分有很好看的黄色金属光泽，一部分变成了铜绿色。

歌德为威尼斯揭开了面纱，以它最美丽的角度示诸他人。跟在他脚跟后面的，是老家英国对他冷淡，却誉满欧洲的拜伦。在他的长篇叙事诗《恰尔德·哈洛尔德游记》的第四歌中，诗人手握曼陀铃，以最高的音阶唱出了对威尼斯和意大利的赞美。打从叹息桥开始，他歌颂了威尼斯和意大利的古老建筑，歌颂意大利的光荣伟大，把它称为“世界奇妙的花园”“一切文化和艺术的十字路口”“自然美的一面镜子”。皇宫，圆拱顶，圣马可大教堂的宽阔无边，历史和艺术的名胜，都是他歌颂的对象，就连废墟中的残墙瓦砾，他也觉得洒脱可爱。诗人的恋慕之情，使一场老去了的文明辉光重现：

我站在威尼斯的叹息桥上，
一边是宫殿，一边是牢房。
我看着高楼从浪花中冒出，
仿如魔术师棒下的奇迹。
千年岁月的阴暗翅膀包围着我，
将逝的光荣向着遥远的过去微笑，
曾记当初，多少番邦回头仰望，
那插翼雄狮的大理石柱旁。
威尼斯以皇者姿态坐镇在百岛之上！
…………

记得你初读《游记》时正当“文革”，从图书馆借得此书如获至宝，关起房门读得如醉如痴。而门外呢，是铺天盖地的大字报。每看一回“打倒打倒”，便悄悄逃回房间，将房门紧锁，遁入诗中世界。那时，拜伦那管神笔就带领着你畅游希腊和意大利，就像贝阿特丽采引导但丁畅游上界天堂。却怎么也不曾想到，日后有机会流连在诗人笔下那方天地中。叹息桥，“一边是宫殿，一边是牢房”，还有那“插翼雄狮”，有了当初在特殊环境下的阅读，这一切于你，便不显得陌生疏远了。

这首歌是第四歌，可以说源出威尼斯，它一开始就提到叹息桥，犯人被押解上法庭，必须经过这道桥。想到在法庭上等待自己的不知是怎样的命运，难免在桥上叹息。跟着下来，诗人把威尼斯比喻为头戴三叠皇冠的斯白丽海神，“身披紫袍，她的宴会上，有着受宠若惊的各国君王”。这首响亮的歌，成了拜伦和威尼斯的定情之物。威尼斯一时红光满面，不胜娇羞，竟一头栽到拜伦的怀抱里。从此，他成为威尼斯众多情人中的第一号情人。

拜伦从小深爱着这个城，有文为证：

> 打从童年开始，我就喜爱威尼斯，我心上的城，梦中的城。它建立在水上，充满欢乐；奥特韦、拉德克利夫、席勒和莎士比亚已经将它的形象印到我脑子里。眼下的它依然美丽，现在的破落，比起它往日的辉煌，可能显得更加可爱些。

威尼斯熏陶着诗人的心，诗人亦最知威尼斯的心事。因着威尼斯，拜伦写了第四歌，因着第四歌，他的《游记》成为思想最丰富，内容最广泛，篇幅最长的一部长诗。

对于拜伦在威尼斯的情况，司汤达在《罗马，那不勒斯和佛罗伦萨》一文中，有这样的描写：

> 威尼斯，1817 年 6 月 27 日——是在一场表演中人家把我介绍给拜伦勋爵的。这是一张天使般的面孔，不可能

有更美丽的眼睛了。啊！一位才气横溢的美男子。这位英国的，也可能是世界的第一诗人，还不到二十八岁呢。当他听音乐时，简直是一张最完美的希腊面孔。

也许是文人相轻，夏多布里昂这位十九世纪法国的文坛巨人，对拜伦笔下的威尼斯不以为然。虽然知道在诗歌方面永远无法与拜伦匹敌，却跟这位诗人着实算了一回总账，在他的《墓中回忆录》中写道：

卢梭和拜伦对威尼斯的感受如出一辙，无论哪一个都不欣赏艺术。具有音乐奇才的卢梭，好像不知道在旭里热达附近还有绘画、雕像和名胜……至于拜伦，他讨厌鲁宾斯地狱般灿烂的色彩，他轻蔑那些充塞着教堂的有关圣人的主题。离他思想一里之内的绘画和雕塑他全看不见。他不喜欢那些骗子艺术，宁可喜欢那些山啦，水啦，几匹马儿啦，莫里的某只狮子啦，看着它在埃克塞特吃夜宵的一只老虎啦。这一切难道没有点偏见吗？

他索性变个花样儿，跟拜伦唱对台戏，将威尼斯这个“反自然”的城市打扮成另一个雅典，另一个迦太基。以他天生的忧郁个性，给威尼斯唱起了哀歌。瓦格纳给他作了回应，写了一出三幕的抒情悲剧《特里斯坦》。在这个悲剧中，只有死亡才将特里斯坦和绮瑟两个情人结合起来。德国著名作家托马斯·曼也来了，1912年他的《死在威尼斯》问世。1972年，小说在丽岛拍成电影。在这部闻名遐迩的著作中，他描写了一位以知识建立了自己的崇高地位，为世界和国人所尊崇的艺术家艾森巴赫，在威尼斯的丽岛酒店遇上了一位美少年，惊为美的化身，陷入了同性恋的渊薮。这位信奉希腊理性主义，追求和谐和古典美的作家，从此变得面目全非，道德规范彻底破产。他在运河、小桥、窄巷到处跟踪美少年达斯奥，精神上跟他作柏拉图式的对话。像个热恋中的人，害怕失去对方而感到痛苦。为讨对方欢喜而刻意打扮自己，衣服擦得干干净净，洗烫得笔挺，配上漂亮的领带，理发店也去得更勤了。他讨厌自己的衰老、白发和瘦削的身躯。一个意外事件忽然来了，威尼斯发生了霍乱瘟疫，人们开始撤离城市，美少年一家也准备返回波兰。他深感绝望而了无生趣，最后在海滩上看着美少年被同伴殴打虐待，看着他在沙洲上远去的影子，终于心力交瘁，死在了丽岛的海滩上。

从此，丽岛海滩变得惨淡凄凉；从此，威尼斯也变了调调儿。威尼斯要死了，威尼斯快死了，这首越唱越劲的副歌把你吓得匆匆忙忙跑到那里去。一看那水城，觉得夏多布里昂还是对的，泡在亚得里亚海上的，果然是一只垂死的天鹅，天鹅终究是要死在水里的。

八年后的今春二月，你第二次到威尼斯，目的是看看假面具嘉年华会。尽管1996年底那里有过一场大洪水，水位高涨超过警戒线一米，圣马可广场积水几乎淹没了广场上露天酒吧的台椅，但，威尼斯还在那里，不曾沉落到水底，或跟着洪水漂走了，这可要归功于竖立在水城周围的无数木桩吧？

出发前在巴黎一家旅行社订酒店，指名要订丹尼利酒店。闻说这间酒店住过不少著名的文人，狄更斯、巴尔扎克、普鲁斯特、科克托、音乐家瓦格纳等。但你想寻找的，是缪塞和乔治·桑的风流足迹。1833年这对才子才女到威尼斯去寻爱，就住在这间酒店的十号房间。一个是从二十岁开始便成为浪漫派宠儿的诗人，一个是著名小说家，两人结伴到水城，既为寻爱，也为寻找灵感，寻找某种秘密启示。但不幸得很，缪塞得了脑热病，请来了帕席罗大夫，乔治·桑和他一起照料病人，二十多天的危险期中，两人衣不解带地守护着他。也许是年近三十的乔治·桑习惯性的多情，也许是对病人的护理把他们联结在一起，这对异国男女双双共坠爱河，竟在病人的床头相爱起来。病眼昏花的缪塞，还看见他们搂抱着亲吻，在同一个酒杯里喝酒。这段插曲，在一代又一代的文人笔下和口头中流传。但如何判断这段风流公案？乔治·桑的说法是不痛不痒的：

两个情人之间，有那么多的事情，只有他们自己才能判断。

然而，于年仅二十三岁的缪塞，真是人生长恨，他的世界从此被弄得天翻地覆。

1834年3月底，病愈后的缪塞，知道自己的位置已经被帕席罗大夫代替了：

我独自垂着头，长久地望着墙和路。

诗人已经别无选择，作别了继续留在威尼斯的乔治·桑和大夫，携仆返回巴黎。

共同出发，独自归来，情海翻舟使缪塞伤透了心。但爱情不幸诗神幸，“痛不欲生之歌是最美的歌”。俯仰唏嘘叹息间，听见诗神对他有所呼唤：

诗人，拿起你的琴来；

给我吻一吻，
野蔷薇蓓蕾绽开，
春由此夜生
…………

于是，以成就最高的《五月之夜》为首，把浪漫主义发挥得淋漓尽致的《四夜组曲》诞生了。这组绝唱使缪塞成为法国十九世纪最伟大的爱情诗人。从组曲中，可以看到诗人的泪痕和一颗滴血的心。

记得我大学毕业留校后任教，有一段时间晚间仍然和年轻教师一起到梁宗岱老师家里上课。那《四夜组曲》，就是那时候跟他学的。浪漫的绝唱，由一个浪漫诗人来讲解，自然是绘声绘色，见地透彻。上完课以后，一行人腋下夹着书本，歪歪倒倒在清风静夜中返回宿舍时，那野玫瑰新出的嫩芽，那月夜芦苇丛中幼小鹈鹕的嘤嘤其鸣，就夹杂在宗岱师一连串的褒语或贬语中，一路萦绕脑际。

这双著名的情侣在威尼斯决裂后，缪塞在《十二月之夜》中有一段描写：

在威尼斯可怕的丽岛上，
苍白的亚得里亚海，
消失在一个坟头的青草中。
浩瀚天空下每一处地方，
我的心与眼都感到厌倦，
永不痊愈的伤疤依旧滴血。
…………

沿着道路的任何地方，
我双手抱着前额，
啜泣得像女人一样。
我到处像绵羊，
把羊毛留在荆棘上，
心灵逐渐颓丧。
…………

这个浪漫得几近滑稽，却不乏魅力的爱情故事，造就了一组永恒的情诗，还有《世纪之子的忏悔》《给拉马丁的信》《回忆》等作品。丹尼利酒店从此名声大噪，房间不容易订，旅行社向我们推荐了摩纳哥酒店。

到达威尼斯那天，遇上冬季经常性的大雾，从机场乘汽艇到威尼斯，一路上烟里来雾里去，你找不到任何标记。入住摩纳哥酒店后，从玻璃窗往外看，只见窗下码头的贡多拉船、汽艇、行人，都缠绕在浓雾中，一个不大真实的世界。你推开面向大运河的窗子，殊不知雾团一下子就涌进房间来，飘在桌子椅子和床铺上，从未有过的新奇经历使你惊诧不已，连忙将窗户关上，回头看着雾团慢慢消失，像看一场魔术表演。到次日浓雾变淡，才蓦然发现圣马可大教堂，隔着大运河与我们的酒店遥遥相对。

酒店离嘉年华会的中心圣马可广场很近，步行两三分钟就可抵达。因着这种近便，连续两个晚上，你游荡在浓雾弥漫的圣马可广场上。在那寒气袭人的隆冬夜晚，码头灯和街灯半明半暗，距离十公尺上下，行人已像鬼影憧憧。黑袍蓝袍底下的面具人，欲行不行，幽魂般在雾中摇摇晃晃，或泥塑木雕般倚着残墙灯柱静止不动。仿佛千把年前死去的人，一夜间都回到威尼斯来了。神秘，颓丧，没落，死亡，就这样年年月月铸造着威尼斯人的灵魂。

嘉年华会的高潮安排在最后一天，广场临时搭起的舞台上，有宗教审判等节目表演。广场一带人头攒动，拱桥，小巷，柱廊，到处载歌载舞。远离中心的一些院落，有小型乐队演奏音乐，与夜间的神秘气氛成强烈对照。游客与化了装的威尼斯人碰上，随搂随跳地跳起了舞，跳过了就搂着亲脸颊，亲个没完没了，同行的亲属或朋友，乘机拍摄或录像作留念。

为避开喧闹，我们乘船到圣拉萨尔岛，去寻找拜伦的踪迹，他曾经在那儿生活过。汽艇离开威尼斯后，进入两边打着木桩的航道上，二十来分钟便抵达目的地。诗人于1816年来到该岛，逗留了三个年头，在丽岛和威尼斯之间来回走动，圣拉萨尔岛就因诗人而成名。那天来参观的外国游客相当多。

徐志摩称之为“一个美丽的恶魔，一个光荣的叛儿”的纨绔诗人，天生个性强烈，内心永远躁动不安，因着行为不检个性乖张，在祖家遭到冷遇，却在威尼斯，在圣拉萨尔岛上得到安静和慰藉：

> 在寂寞的海岸上自有一番销魂的欢欣，
> 在大海之滨，有一种世外的境界，
> 没有人来打扰，海的咆哮里面有乐声。

圣拉萨尔岛上有一间亚美尼亚隐修院，属天主教派，受梵蒂冈管辖。修士们是清一色的亚美尼亚人，都是些熟读圣经，学问渊博，且深谙艺术的人，在孤寂中与上帝对话。他们对诗名远扬的浪漫诗人拜伦表示诚挚的欢迎。当时有好几位画家，以拜伦到达该岛，或以他的岛上生活为题材，画下了好些作品，保留在修道院的博物馆里，作为他在小岛上生活的见证。

拜伦对于这些命运类似犹太人，或希腊人的亚美尼亚人，表示深厚的同情。他与修士们关系十分和谐，每天跟他们一起坐在小岛的树下闲谈，跟神父奥赛尔学习亚美尼亚文。天资聪颖的他，半年时间就掌握了这门语言。三年留驻时间中，他帮助奥赛尔神父编写了两大卷亚—英和英—亚字典。后来奥赛尔旅居伦敦，给亚美尼亚人编写了英语语法，又给英国人编写了亚美尼亚语语法，得到拜伦的鼓励和帮助，并承诺资助他出版。

岛上有一个小山丘，也因拜伦而成名。《游记》中的第四歌，就是他坐在小山丘的橄榄树下写成的。小岛周围茫茫大海，像重力般压在诗人的脑子里，向他道出了最深沉的秘密。当他歌颂过意大利的光荣、伟大之后，最后为之折服，为之顶礼膜拜的，还是那片无边无际的大洋，这幅“永恒”的肖像：

你岸上帝国兴亡，只有你容颜不改，
亚述，希腊，罗马，迦太基今安在？
…………
你永恒不变，除了变幻不羁的波浪，
时间不能划皱你苍翠的面颜，
…………

威尼斯就这样成为英国和世界文学的摇篮，成为浪漫派作家的麦加圣城。后来修道院的另一位神父阿里桑把《游记》的第四歌翻译成亚美尼亚文，在圣拉萨尔岛上的印刷厂印刷出版。

目前修道院里有二十四位修士，所有藏书、古董、宝物都是亚美尼亚人捐赠的。这所修道院也像威尼斯的建筑物，显得古老残破。周围海域是见底的浅水，水中浮着绿色的海藻。比起威尼斯的喧闹，小岛像一个被遗忘在静寂中的世界。

次日清晨到圣马可广场，热闹已曲终人散。经过数日的狂欢之后，威尼斯摘下了面具，懒洋洋地回到现实中。广场上行人稀少，临时舞台道具拆走，地下打扫得干干净净。圣马可广场静悄悄的，像个散场后的剧院。只有岸边的汩汩水声，在浪涛中跳荡的谜一般的空船，还在向人们提起那个令人讨厌的老问题：二十世纪水城已经下沉了25厘米，1966年11月4日的洪水，超出零的标记1.94米，贡多拉船浮到广场上来，漂荡在教堂的柱廊间，殿内积水曾达1.5米。平常日子，超过0.7米警戒水位线是家常便饭。这些数据都是沉没的先兆。尽管出现过挽救威尼斯的“摩西计划”，但摩西能够带领威尼斯人从水中突围吗？当年“伦敦大桥倒下来”的时候，伦敦人依旧在桥上跳舞。而威尼斯人呢，洪水一再漫延到身边，但他们关心的是嘉年华，假面具舞会，赌场上的一掷千金，还有女人、文学、艺术。每年的嘉年华结束后，甫除下面具，就马上开始设计下一年度的服装和面具。威尼斯人就是威尼斯人。威尼斯就是威尼斯。作家泰纳说得好：

威尼斯是个除了做梦，什么都不可能做的地方。

做梦使他们忘记了老跟在后面的阴影，就连三年前上任的市长卡斯亚里，也宁可选择回避现实，说：“那些关于威尼斯的丧气话该刹住了，托马斯·曼已经不住在这里啦！”

这个在水中建立起来的乌托邦城，千把年来在乌托邦中经历着它的辉煌与衰落，却没有忘记继续向世人出售它的乌托邦。小说家、诗人、音乐家、艺术家去到那里，第一眼便认定这个城市是自己的知音、最爱、密友，向它倾诉自己的痛苦或心事，又从他们笔下生出无数的乌托邦世界。这个世界常用的建筑材料是一个“最”字，最美丽的，最神奇的，最神秘的，最魔幻的，最真的，最假的……所有“最”字当中，最可怕的是法国作家莫朗的“最”字，他说：

> 威尼斯沉到水底去，恐怕是它最美丽的结局吧？

青铜骑士之城

俄国作家比耶利的小说《彼得堡》中，有一段描写：

> 他把一道光闪闪的桥抛在后边。
>
> 桥的后面，在圣伊萨克教堂的底部，从混浊而暗绿的水中，冒出一块石头，一个谜一般的骑士伸着沉重的，被时光染上铜绿的手。

“谜一般的骑士”和“石头”，指的是彼得大帝的青铜塑像和巨石底座，它耸立在涅瓦河畔。这座塑像给普希金以灵感，写下了《青铜骑士》。铜像与圣伊萨克教堂，都是由法国艺术家和建筑师设计施工的。彼得大帝建城时代，邀请了荷兰、法国、意大利等国家的著名建筑师参与工作，圣彼得堡城就有威尼斯的水，阿姆斯特丹的运河，罗马的卡匹托尔的景观，巴黎的宽敞华贵，而超尺度的青铜骑士，则成为圣彼得堡的象征。圣伊萨克教堂是十月革命前帝国的第一教堂。作为法国游客，你会特别关注铜像和教堂两座建筑。

当你在莫斯科参观过克里姆林宫，到近郊看过圣三一修道院，再下莫斯科河，经伏尔加河，参观了乌里奇的圣阿历斯修道院，你的脑袋已塞满了宫殿、教堂、修道院屋顶上的圆拱形，那些金色、绿色、蓝色的大小“洋葱头”。去到奥涅加湖北岸的基日岛，当年为彼得大帝制造大炮，现在为游客摆设了一个纺织姑娘的小岛，你又看到那座木制教堂顶上，一大捆灰褐色的“洋葱头”。你不知道还要看多少“洋葱头”。但当你去到圣彼得堡，看到圣伊萨克大教堂顶上那个硕大无朋的圆拱形，你还是十分震动。它的直径达21.8米，外表的金色使用了一百公斤黄金，从芬兰湾也可以看到。教堂内部上下装饰着三百五十件精雕细琢的大小雕像和浮雕，一眼望去，尽是金属、彩石，是白石、孔雀石、天青石的大陈列大和谐，一个艺术的大综合。这座教堂造价比冬宫贵十倍，从1818年开始至1858年结束，历时四十年的工程，耗费了法国建筑师德蒙弗朗整整一生。

你拐个弯儿走向涅瓦河畔。白夜。徘徊不去的午夜落日。天空像一张透明的纸，罩着整个城头，涅瓦河水中半壁城池暗光浮动，浪漫神秘的北国风情，美得不实在。你想起陀思妥耶夫斯基的《白夜》，“这是奇妙的一夜，只有年轻时代才可能存在的一夜”，这是《白夜》中的第一夜，主角“我”在运河边遇上娜斯坦卡，她正对着河水哭泣。现在，你不企盼看到这样的女孩了，你想得更为实在。这样一座沿河的宫殿般的城池，三百年前怎可能只是几汪沼泽，一无所有的空间？彼得要有怎样宿命般的意志，才使南瓜变马车？法国作家拉尔博到过白夜城后，在日记中写道：“城池向各个方向扩大伸展，好像在不断繁殖，河流来与它相会，越过它，绕着它，穿越它，无休无止。”后来纪德又说：“我在彼得格勒所欣赏的是彼得堡。我没见过一个更美丽的城，没有见过石头、金属和水更和谐的搭配。仿如恰好是普希金和波德莱尔想象中的世界。”

你踯躅于水、石、金属的大和谐、大堆砌中，想发现什么，联想什么，到头来只像卓别林戏中的小人物，迷失在《城市之光》里，迷失在一个像涂上珐琅质的世界中。上下一片俄罗斯巴洛克，到处塞满希腊与罗马的仿制塑像，你从冬宫往外看，室内室外同样的宏丽华灿，几乎失去差别。三百年历史所蕴藏的梦和记忆，仿佛已超越一千年。

但作家们不喜欢这座城，只有普希金在《青铜骑士》中为它讴歌，却指出它的式微，称它为“海底之城”，怕马车变回南瓜。现在你站在青铜骑士前面，觉得铜像的超尺度，果然适合这座超尺度的城。当年叶卡捷琳娜二世要为彼得立像，法国的启蒙大师狄德罗向她推荐享有盛名的法尔科内。1766年，法氏抵达俄国后，深知这件工程太过庞大艰巨。于女皇来说，好像没有一件东西是太美丽的，没有一个梦想是太荒唐的，她只一心将俄国带入文化艺术的繁荣。法氏写信给狄德罗，劝他也接受女皇的邀请到俄国来，以便在那里见面：“如果我们再相见，将会在彼得堡。我负责的那件工程，当我完成后，恐怕只仅仅有时间去死！”

雕像是一种视觉，一个姿势，如何把活力充沛成就非凡的大君，以一个姿态来表达，来捕捉现在和未来观众的视线？既然彼得的人生超尺度，他的雕像也必须超尺度，底座又怎能不超尺度？但女皇不要以石块堆砌起来的那种底座，而希望是一块完整的花岗岩。她敢想。彼得当年建城，签署了一道法令，民居数年内不得使用石头建房屋，以保证皇城建筑的石头供应。现在要找这样一块巨石，首先要创造一回奇迹。后来彼得堡近郊一个农民捎来消息，说他家附近有一块巨石，被称为“雷殛石”，在一次风暴中被雷击下一条裂缝，缝中正长着几棵白桦树。石头终于找到了。单为搬运，就动员了四百多人，特制了一辆铜车，下面以圆球滚动，历时九个月，才抵达涅瓦河畔的上议院广场。加工时石头凿成水纹状，裂缝刚好用来固定铜像。

现在，你为迎风立马的大帝拍照也不容易，目标太大了，你拿着相机一再后退，直到路边。导游喝了过来：“小心啊，这里的汽车是不让人的，开车的都是皇帝！”上车后，他宣告一个消息，说昨天同船的德国旅游车，被驾驶大卡车的“皇帝”撞上了，两死，三五伤。次日，又看到船上通告，说陆路旅行团又有车子被撞，伤亡数字更大，还是德国旅行团。你一时思维混乱，拉七杂八，竟想起 1941—1944 年间，这个城被德军围困了九百天，城市人口死去了三分之二。

你眼中的立马骑士要直奔天宇。那个姿态你当是法氏想象出来的？人家画火烧战船，胖女皇一味摇头说：“不像！”非要扎扎实实烧起战船，来给人家提供一个实景。为那个立马姿态，着实有过一番惊动。首先以人工堆起一座小山，找一位跟彼得的身材与肩宽相似的将军，策马冲上山丘，在峰顶上勒缰立马，上落超过一百回，才把这个瞬息间的姿态拍板定格。到工程完成，历时十二年。开幕式法尔科内没有参加，他病倒了。返回巴黎两年后中风，再没有任何创作。而负责圣伊萨克大教堂的德蒙弗朗，二十五岁开始工程，画下二十四套图纸，从不参加宫廷或社交生活，很少外出，除了工作还是工作。六十五岁教堂竣工，开幕式前三个月逝世于彼得堡。

都说彼得堡的建城，是道德与罪恶双管齐下的。1703 年开始，工程铺天盖地而来，从全国各地直至边远地带，半强行地招募了三十万人，砍树，筑路，筑堤，抽干沼泽，开运河，把水倒灌到河里。工人体力超支，住房食物供应不足，体弱者死去，就近掩埋，再运来新的人手。后来在彼得堡附近起楼，工地不时挖到骨殖。但于彼得来说，要么是建城，以抵御瑞典和土耳其人侵，要么是带兵去打仗。他选择了前者。建一座防卫城的同时，顺便欧洲化，将俄罗斯从拜占庭赶回到欧洲营地。绰号“木匠沙皇”的大君，建城期间亲力亲为，住在工地一间小木屋里领导工程。大仲马说：“彼得忙着建城，没有时间去起一座房子。”这个“北方的罗马”，又怎能不既美丽又悲怆？作家们不喜欢它，因为它是从大自然手中强夺回来的？因为它反自然，太人工化？因为它建在人的骨殖上？或者，什么也不为，不喜欢就是不喜欢，作家嘛，你当他们是好侍奉的？

但一如《仲夏夜之梦》来自于夏夜，一个充满传奇的背景不会不滋生梦想。从十八世纪开始，作家、诗人纷纷从俄罗斯深处冒出，普希金领着他的“青铜骑士”跑在最前面。原来紧跟着白夜城的创世纪之后，是文学的创世纪；原来这个从梦想中产生的城，也是梦想的摇篮。它充满艺术挑战，给俄国文学以催化作用，影响既诗意又玄秘。作家们不约而同地把它与文学联结起来，向这个神秘的斯芬克斯发问。

曾记当初，彼得堡被称为“北方罗马”“北方威尼斯”“北方巴尔米拉（公元前十九世纪的叙利亚古城）”，但都不是它自己。冬宫、海军总部、圣伊萨克教堂、彼得铜像，都巍巍立起来了，在那个世界中，有殿堂，有冰封，有解冻，有白夜，有黑昼，但没有一个统理一切的神。直到1833年，普希金的《青铜骑士》出来了，一个与现实平行的精神世界出来了，白夜城的创世纪才真正完成。“面对荒寂的浪，他凝视远方，脑袋充满崇高的思想”“涅瓦河穿上花岗岩外衣”，彼得大帝的气势和彼得堡的面貌一笔画成。日后只要谈到彼得堡，都必须从《青铜骑士》出发，从最初的建城出发。彼得堡终于成为“青铜骑士之城”。

这个城，有陀思妥耶夫斯基的潮湿而令人恶心的院子，空空如也的饭桌，半腐的麦秆。在寒冷和饥饿中统治着的，是贫穷、不幸、罪恶。它是陀氏了解人、研究人、塑造人的工场；果戈理将熠熠生辉的背景，作为可怜的小人物的残酷世界，就有《疯子日记》《鼻子》里面的彼得堡人物，他们肤浅、平庸，却虚荣、有野心，在无意义的忙碌中耗尽生命，都是些死去的灵魂；比耶利写彼得堡，就像乔伊斯写都柏林，该城的式微，使他产生最辉煌的毁灭幻觉；曼德尔施塔姆描绘了十月革命前彼得堡最后的莺歌燕舞，后来死于古拉格。直到那时候，作家们将政治和政治舞台拒于千里之外，一如拒绝黑死病。

法国作家也喜欢到那里看看。莫朗 1925 年在欧洲大酒店有过独特的经验："酒吧是空的。偶然准备一客较精细的饭餐，就得端到房间里吃，以避开警察和税务官的耳目。在走廊能够看到的，只是装冰的小桶。"鱼子酱、小鲟鱼、羊排，皆以秘密通道送到外国客人嘴里。

1936 年，塞利纳先后两次到该城，觉得"这是世界上最美丽的城市，但讨厌它的官僚，秘密警察，医院的破烂，'一滴一滴淌出的痛苦'，可憎恶的俄罗斯贫穷"，还有它的腐败，精神堕落。在欧洲大酒店门前喊喊喳喳的人，是来做生意的："在彼得格勒，围绕着酒店，你作为游客，人家可以把你从头买到脚。"

读者们跟着作家的笔，去感受文化艺术的同时，也通过他们的三棱镜，去认识，去了解这个不同时期的城，去穿透它的秘密。

瓦雷里认为，俄国的十九世纪是人类历史的三个顶峰期之一。这也必须从那个梦想说起，一如谈起古希腊文明，就必须从爱琴海岸上的几个异人说起。但古希腊文明的诞生和文艺复兴距离我们太远，唯这座石头城，还可以将我们带回到建城年代，让我们听听斧凿之声，看看当年从帝皇到艺术家、建筑师，直至普通工人，如何为实现那个梦想而嘴爪疲敝，看到一个文明是怎样诞生的。建筑物上飞檐斗拱线条的轻快、飘逸，都有着搬运那块石座般的沉重。

弗洛伊德说："一个没有梦想的人，是死去的人。"梦想加行动，可以创造故事，创造奇迹，使人类为自己骄傲。从莫斯科乘船出发，通过运河系统，可以到达白海、波罗的海、黑海、里海、亚速海，莫斯科成为“五海之港”。筑于1930年代的伏尔加河—波罗的海运河，是将莫斯科运河、伏尔加河及人工湖雷宾斯克、拉多加湖和涅瓦河联结起来的庞大工程。为开凿白海和波罗的海之间的运河，建造运河上的水闸，所使用的古拉格囚犯在1931—1933两三年之间就死去了二十万人。所以，这个奇迹不值得骄傲。

记得游船在伏尔加河行进，当你浏览着两岸的莽苍、野性且玄秘的原始空间时，忽然迎面来了一座半淹在水里的小楼，危危欲坠的身躯似有所诉说。导游向游客介绍，说这是建于1654年的“三一教堂”的钟楼卡里亚津，为建筑运河与人工湖，将教堂和几条村庄淹没了。从莫斯科到圣彼得堡的水路，可以看到几处类似情景。

据说那不勒斯附近，弥漫着薄烟的阿维尔那湖畔，有一处地方是地狱入口。但于当年的古拉格囚犯，这一片由河流、运河、湖泊和五海连成的水域，到处都是他们的地狱入口。那些作践人，灭绝人的卑劣歹毒，又怎能跟彼得大帝住在小木屋里就近指挥，跟叶卡捷琳娜二世亲自参与那块石头底座的搬运相比拟？

随风而播

去年初，外子志侠从友丰书店携回四大本画册，精装，散页，每一册以三个布质蝴蝶结作封口。打开来看，是敦煌摄影册。第一册命名《伯希和在中亚细亚的考察》，六十四张摄影中，有敦煌周围的环境、地貌，从1号到30号的岩洞，洞穴内的布局、壁画、菩萨的塑像等，所覆盖的时间是魏、唐、宋三个朝代。这套摄影册出版于1920年，由于收藏得好，每一册的状态都显得簇新。然则，当你翻看的时候，首先联想起的，是岁月、烟尘。一如画面中敦煌世界的沙尘滚滚。

这个系列画册总共有六册，携回的四册中缺了第二册与第三册。据书店老板潘先生说，出版社已经易手，要将历来的书籍存货清理，保罗先生请潘先生到他家去，看看有哪些书籍适合他的书店销售。潘先生拣了个吉日，到他的古堡去搜罗，携回一批书籍，这四本册子，就这样被挟带回来。由于画册不齐全，难以出手，潘先生就连个朋友价格也免去，让他的老顾客免费带回家。于笔者来说，原来可以为自己的小篇小章找个话题，唯是伯希和、敦煌、莫高窟这个话题太大，太学术，太复杂，太敏感，一旦提起，大家所使用过的词汇就有“汉学之痛”“愤慨之思”“奇耻大辱”“焦虑”“敦煌之劫”等等。引起如此激烈情绪的事情，必然是严峻的。随着事过境迁，虽然有了另一种声音，“学术无国界”“如果没有这个法国人，汉学将是一个失去父母的孤儿”等，但这种声音陌生，不顺耳，甚至刺耳。

收藏着不少伯希和从敦煌劫回来的物品的纪美博物馆，离家不远，你就是不肯多走两趟，唯恐产生耻辱感，或愤慨，或揪心。罢了，你将沉甸甸的四册缺卷放到一堆杂物旁边，等候书柜腾出空位来，再把它们作为“二等公民”处置。谁知今年夏天，当你的心思都放在了准备出发度假的前夕，得到仁发总编的隔洋指令，要你写写伯希和。命中注定，避也避不开。试试看吧。

伯希和被奉为考古学、语史学、历史学、文献学的大学者，洋人治中国学的泰斗，超级的东方学家，这种大能人，一个世纪出得了几个？他的才智、灵活、记忆力、活动能力、学习语言的特殊才能，都超出了我们常人的极限。二十二岁之前，他不曾到过中国，却说得一口流利的中国话；二十九岁到敦煌的时候，他的东方学、东方文物的研究，已经名声噪起。他的老师沙畹对他如是评述：“大家都钦佩伯希和，他对于一大堆确实令人生畏的文献运用自如。深邃的学问使他对于有关中国、印度支那、印度的地理历史的所有出版物均了如指掌。此外，还有他确有把握的主宰番字汉译之语音法则的严谨态度，在广征博引史料时，一定要指出它们的时代及其使用的版本之准确性，他处理那些往往是几乎无法解决的问题之论证的高度清晰性，在最困难的情况下都能启发他产生对最有可能解决方法所做出的判断的正确性。”

沙畹着眼的是他的学术研究，对一个学人的治学能耐，评价不可能更高了。而沙畹更有必要大书特书他的特殊语言才能，这是助他一辈子成功的重要工具，它像楔子，一下子就助他切入他想到达的世界。如果他在俄国人、英国人、中国人当中很有“面子”，全凭他的语言能力和渊博的学识。他对语言的敏感，一经接触就能上口的能力，是一种奇迹。试想，到西域探险前，到俄罗斯只逗留了三个月，已经操得一口流利的俄语；在塔什干留了两个月，学会了东突厥语；跟乌兹别克翻译接触了两个月，学会了乌兹别克语；而他那口地道的中国话，就为他拉开了丰富、浓郁、喧闹的人生序幕。

但他到中国去不逢时，遇上1900年的义和团运动。作为法兰西远东学院的学生，在法国驻中国使馆当见习生和翻译。当外国使馆被包围，在7月11日的一次事件中，荣禄的军队在使馆前面的街垒上插了一面白色的信号旗，旗上有一个红色的“李”字。伯希和在两名水手的协助下，在街垒上放起了火，趁中国士兵忙着灭火的时候，他以一根带钩的长篙，将那面白旗夺了过来，使馆上下一时兴高采烈，举杯祝贺。他被奉为英雄，得到了骑士勋章，那年才二十二岁。

他到中国也正逢其时。“法兰西万岁！先生们！”他把这面旗委托英国使节带回法国，现在收藏在残废军人学院。一般人认为是义和团的旗，其实是荣禄军队的信号旗，荣禄表面站在义和团一边，实际上大有区别。事后使馆曾经遭到报复，但并不强烈，因为慈禧太后正在玩两面手法，企图以义和团制洋人，又以洋人制义和团。荣禄的军队包围使馆，实际上是保护使馆。外间传说慈禧给外国使团送食物和用品，以示“友好”和“慰问”，肯定有事实根据。7月17日，紫禁城发出停火信号，荣禄的士兵出现在法国使馆面前，并带来了西瓜、蜜桃等，向使馆人员发话。上校温特哈尔特、副官达尔西与伯希和一起走到街垒上，中方向他们打出友谊的手势。伯希和的机会来了，他以一口地道的中国话与中方交谈，并与伸过手来的中国人握手，他一个箭步跳过街垒，钻进中国士兵当中。他们没有向他动武，而是以一支十五人的队伍，护卫着他穿过市区，进入到一个衙门，三个清朝官员坐镇在那里，其中两人的顶珠是蓝宝石的，另一个是珊瑚的。他们向伯希和询问使馆武器的装置状况，有什么打算，还表示，如果他们愿意离开，可以在中国士兵的保护底下撤离。他避免正面答复，说自己没有资格作任何决定。他们领他去见荣禄将军。那时候，一个中国人给他送来一封信，是法国使馆副官达尔西的信，达尔西非常焦急，命令他立刻返回使馆。伯希和以中国话向来者说，他正在荣禄身边，跟他一起喝茶，吃水果。说将军对他非常友好，他决定继续留下来。见面过程中，荣禄对说得一口漂亮中国话的法国青年大为惊奇，表示了好感。

下午一时他被带离使馆，晚上六时才返回原地。回来后，他对这件事不大谈及，只给公使皮雄写了一份报告，而皮雄后来对这件事也守口如瓶，显然，他与荣禄谈话的内容，成为皮雄与他共同决定保守的秘密。伯希和的第三本记事本对这个问题也只字不提。即使对达尔西也只说“被带去见荣禄将军有点身不由己，他长久地询问我们的防守方法，我们的对策，我们的粮食，我们的军需品，等等”。后来中方以一队人马护送他返回法国使馆，保护他不受义和团的袭击。奇怪的是，他的记事本的记录，到那一天，也就是1900年7月17日就停止了，以后再没有任何记载。后来发生的事情，八国联军进入北京等，都与他无关了。他回到任务上头，继续在中国为法兰西远东学院的图书馆和博物馆购买书籍和文物。1901年初，他返回西贡，不久再次到北京，收购了一批釉器、绘画、青铜器、珐琅器等，以及将一批汉文、藏文、蒙文的珍本携回河内。同年受聘为该学院的教授。

他走上了学者之路，但学者身份以外的传奇也开始了，就开始于中国，中国话是成就他的重要工具。所有人都知道这个勇气十足、充满激情的青年，从义和团手里夺了一面旗；在非常时期与慈禧太后的心腹荣禄有过接触，或者说有过交手。1905年，“中亚与远东历史、考古、语言及人种学考察国际协会”法国分会会长瑟纳尔，有感于法国对西域的科学考察和探险落后于其他国家，很多考古挖掘地点，如喀什、敦煌、吐鲁番等都被英国、俄国专家捷足先登了，遂委任伯希和为法国中亚细亚探险队队长，与原职军医的测量师瓦扬、摄影师努埃特一起组成考察团。还有一位丁姓的中国人，他1900年因为参加世界博览会来到巴黎，从事过各种职业，最后成为作家施俄布的管家，作家逝世后，他想返回中国，伯希和把他作为厨师雇用到考察团里。探险队所需要的资金，由法国科学院、公共教育部、法国地理学会以及奥尔良基金会赞助。

委任未满二十八岁的伯希和为队长，出发点是他拥有丰富的东方学知识，精通中国语言，也因为他在法国使馆那段经历，中国政府对他不陌生，容易得到入境签证。清政府给他发出护照的同时，也发出一张标示着明确路线的纸头，准许他沿途进行各种考古挖掘，且没有明确指定挖掘地点，即可以让他随便挖掘。他学识丰富，学问精深，却不打无准备之仗，出发之前，他利用一年多时间做准备工作，到图书馆详细研究先行者和竞争者所做的报告，东方的各种写本。那时候英国的考古挖掘专家斯坦因已经到过西域，从敦煌带走了一批手抄本和绘画。伯希和把他作为自己最大的竞争对手，紧密监视他的行动，一心要超越他。1906 年 6 月 15 日，伯希和刚庆祝过二十八岁生日，一行人就在巴黎东站登上火车，开始了几近三年的西域考古探险。那时候，斯坦因也在西域活动，正向着罗布泊走去。考察团穿过德国后，发现华沙和莫斯科都处于局势动荡中，俄国人不可能给他们提供补给，也不可能有任何帮助了，遂转乘火车到奥伦堡和塔什干去。1906 年 9 月 1 日到达喀什，成为他们勘探挖掘的第一站。据瓦扬的记载，伯希和渊博的学识和运用语言的能力，无论在俄国人、英国人、中国人当中，总是一下子就赢得了荣誉，给考察团带来方便。喀什第一站的考古，就得到俄国和英国驻喀什的领事大力帮助。他们先在图木舒克发现一群佛教的大型遗址，后来又在库车绿洲的千佛洞附近，发现了几座露天的寺院废墟，挖掘了一大批木雕、钱币、印鉴等。到他们离开库车，向新疆的行政和文化中心乌鲁木齐行进时，他们的勘探和考古挖掘已经进行了一年。到乌鲁木齐的目的，是要将俄国钱币换成中国钱币，谁知1907年10月9日去到那里，一留就是两个半月。

那时候义和团运动尚未彻底平息，但慈禧太后已经从西安返回北京，重新紧握大权，康有为的改革派，光绪的拥护者，政府官员中的主战派受到惩罚，有的被放逐到乌鲁木齐。这些人当中，不乏文化修养甚高的文人，如翰林进士宋伯鲁，绘画收藏家裴景福等。伯希和逗留期间，与这些文人官员、上层社会人士的交往活动频繁，总是以博学和一口漂亮的中国话使他们折服，在他们当中赢足了威望。瓦扬写道：

> 毫无疑问，他们是第一次遇上一个欧洲人，对他们的古代学问如此精通，可以比得上他们当中最有学问的文人。
>
> 他跟很多地方官员交往不俗，货币的找换得到他们的大力帮助。

瓦扬曾如是记载：

> 最后这位是卓越的文人，头脑特别好奇。他为他的同胞们写了一部古希腊史，一本罗马史，一本从查理曼大帝开始直至三十年之战的欧洲战争史，自然还有一本拿破仑史；整个知识界都觉得伯希和是个非常机智的交谈者，毫

不犹豫地向他提出一大堆问题和查询。有人请他以几页纸来概括两个世纪以来欧洲哲学的进展。这些文人不会不知道笛卡儿、巴龚、莱布尼茨、康德……去参观乌鲁木齐高等学府时，在那间学府受教育的乌兹别克人和汉人同样多，当他们看到伯希和在俄语课、英语课中，很自然地使用东突厥语或汉语向他们提问时，他们设想，一个能够同时连续地使用四种语言的人，应该是什么都懂的。

然而，他在乌鲁木齐最具戏剧性的一幕，是他跟光绪堂弟载澜，伯希和称之为“澜国公”的官员的见面。载澜曾经力主借助义和团抵抗洋人。1900年7月17日，伯希和越过街垒，被一群士兵带入衙门，所见到的三位中国官员，其中之一就有载澜。他被八国联军指为祸首之一，《辛丑和约》明文指定：“端郡王载漪，辅国公载澜，均定斩监候罪名，又约定如皇上以为应加恩贷其一死，即发往新疆，永久监禁，永不减免。”1901年，在列强的要求下，载澜被永远放逐到新疆，但依然保留他的小朝廷，围绕在一帮官员当中生活。伯希和去到乌鲁木齐，载澜不会不知道，对当年接见过、询问过的年轻洋鬼子不会不感兴趣，是载澜邀请他参加宴会的吧，总之，两人见面了，一见面就搂抱在一起！显然，双方对第一次见面记忆犹新，现在时移势易，敌对关系已经转化，两个人在不同情况下从台上走到台下，以朋友的关系见面。那时载澜五十五岁，而伯希和才二十九，他感喟人事沧桑：“时间颇使这个义和团的首领变得明智，我们以大杯的香槟酒来庆祝我们的和解。”日后但凡有饮宴，载澜都把他邀请到家里，安置到主家席上，让他坐在自己身边。努埃特也成了载澜的顾问、常客，因为他对摄影感兴趣。

伯希和询问载澜，1900年一位道士在千佛洞附近发现了书写本的洞穴，他是否知道，载澜回答说，这个敦煌他到过，就是那位道士将一个卷轴送给他的。伯希和说他在乌鲁木齐第一次听说敦煌藏经洞。分别的时候，载澜把那个卷子作为礼物转送给客人，作为友谊的信物。中国运气再次落到伯希和头上，原来这件礼品远远超过了所谓朋友礼物的价值，他喜出望外："一眼看过去，我马上断定这是公元七世纪的写本。"敦煌，他去定了。

虽然斯坦因 1907 年 5 月已经到过敦煌，逗留了三天，王道士给他出示了一批佛经，其中有玄奘翻译的从印度带回来的佛经原文。斯坦因是印度考古学会的成员，对佛经特别感兴趣，从藏经室带走的手稿大多是佛经，其中最有价值的是《金刚经》，是唐朝以最早的印刷术印成的刊本。他不懂中文，中国知识有限，助手蒋孝琬对古文字一无所知，他的选择就不是最好的。进入藏经室后，也不曾做任何研究工作，将"买来"的手抄本、画卷，趁夜摸黑带离敦煌，秘密运回伦敦，算大功告成。

但伯希和的西域考察团就不一样，他们一行人于 1908 年 2 月 25 日去到莫高窟，抵达伊始，马上对千佛洞的所有洞窟进行编号、统计，他估计大约有五百个洞窟。点滴不漏，连墙壁上各种文字的题记也一并抄录下来，对每一个洞窟做简单或详细的文字记录。他对 163 号窟印象特深，写下详细的记载。负责地理测量的瓦扬着手制图，努埃特进行拍摄照片，对莫高窟进行了有史以来第一次全面而详细的考察，内外景被系统做了拍摄记录。直至 5 月 27 日才离开莫高窟到敦煌。他们终于遇上了王道士，这个穿着道袍的小个子，笑口吟吟地告诉说，是神向他报梦而发现藏经洞的。事实是 1900 年的时候，负责修理窑洞的工人，将当年堵塞洞口的碎石去掉，将进口挖出来的。一经打开洞口，就可以看到里面一卷卷上了颜色的卷状物。这件事官方是得到通知的。但里面没有金没有银，没有贵重物品，甘肃的一位亲王就给敦煌政府下令，让那些物件原封不动地放着，将石窟锁起来，让道士王圆箓负责看守。

你再次打开手头上的四册残卷，逐一翻看。敦煌周围的沙尘，外围大漠的烟尘弥漫，石窟的破败，缺乏维修的寺院，一切都使你再次想起岁月、烟尘。你也看到王道士的全身像，身材矮小，瘦削，像古画仕女的削肩膀，身上的道袍空朗朗的，看来从小营养欠缺，发育不良，在艰苦环境中长大。身上的道袍亦已陈旧，可能打过补丁，且脏兮兮的，就像他身后小寺的残破。据说他原籍湖北，因避难走到山西，再转到甘肃，为挣一口饭吃成了道士。修士生活也艰苦。王道士是疲劳的，就像周围的环境，就像数千年的历史。脸上那撮笑容已经难为了他，算是出家人的豁达了。这个人文化水平低，你不知道他受过几天教育，想来伯希和一眼就察觉到，如果文物落到他手里成了破烂，如果他将一室的文献当成任由他支配的私产，左一把右一把送给甘肃的官员，包括载澜在内，他可会意识到自己做了错事？那些收受的官员有谁指出他的过错？千载的文明记录，为了避劫而放到密室里，完全封闭，拜沙漠的空气干燥所赐，文件得以状态完好地保存下来，也真是一种幸运。偏是一室故纸，又落到王道士的手里，天意，人意，这个传奇故事也不知该怎样来写。伯希和看在眼里，就有他自己的算盘子好打，他与敦煌的故事就开始了。

在他的《敦煌藏经洞访书记》中，伯希和记载了不寻常的一天："3 月 3 日，钥匙终于到了，这是天主教封斋前的星期二（狂欢节最后一天），我得以进入到'至圣所'。我简直被惊呆了。自从人们从这一藏经洞中淘金八年以来，我曾经认为该洞中的藏经已经大大减少。当我置身于一个在各个方向都只有约 2.5 米，三侧均布满了一人多高，两层或三层厚的卷子的龛中时，你可以想象我的惊讶。……”这个洞窟堪称一座中国中世纪的图书馆，由公元1000年之前的手抄本和汉文刊本卷子组成。伯希和以他无双的渊博学识和清醒头脑，一下子就弄清楚这个密室是11世纪上半叶封闭的，大概发生于1035年西夏人入侵的时代。当他意识到自己面对一个古老文明的深海，应该胆战心惊，因而却步，拔腿就跑才是，但他肯定没有看过雨果的诗，“当一个入睡的大洋铺开在你跟前 / 你就在水面上游泳 / 或在岸边玩耍吧”“回来时候你会脸色发白”。但这个二十九岁的小伙子胆大包天，面对着一场古老的龙的文化，他没有脸色发白。“我迅速地做出了决定，至少简单地研究一下全部藏书。”他要将15000至20000个卷子全部打开。斯坦因到过不碍事，他有计划有目的地选取精华部分，要比那个英国佬选取的更精华，更丰富，不能忽略任何重要的东西，不惜代价要对方让出。至于次要部分，尽量争取，要点滴不留。在一根晃动着的烛光中，从卷子抖出来的呛喉尘埃中，他以每小时打开100个卷子的速度，在里面逗留了三个星期，携回6000多种文卷和绢画。这个小子将龙的鼻子捏了一把。

斯坦因取走的文卷大多是佛经，以汉语为主。伯希和则完全不同，由于他精通汉语，深谙中国古籍文献，出发前在图书馆详细研究东方手稿的时间没有白费，他选取的是少数民族的文字，粟特文、回鹘文、藏文、希伯来文、龟兹文、东伊朗文、突厥文，直至未知的文字，内容是宗教和世俗文献，古代汉文著作，最古老的刊本，全盛时期当地的民间档案、借据、经文、各种抄本、诗歌抄本，直至雕塑、绘画。淘到了圣若望的写本，是意料之外的惊喜。唐朝留下的文件极少，他一下子就带走了千多件。总之，他选取了最优质的、最具学术研究价值的文献。他拥有高深的专门知识，伶牙利爪，来自于新兴国家，浑身充满活力，且莫说古老而疲劳的王道士不是他的对手，就连斯坦因这个精英学者，学识丰富的考古学家，曾经组织过一次丝绸之路探险的老狐狸，也不是他的对手。所以，他不将捷足先登的人——俄国人、德国人、日本人放在眼里，认为他们绝对不碍事，连斯坦因那厮在内。因为他相信自己的目光磨得比猫爪还锋利。

逗留莫高窟和敦煌期间，他巧取豪夺。取走一些东西，但，也留下一些东西。他以一个真正学者做学问的态度，做了系统性的研究和整理，对日后敦煌的研究工作大有裨益。努埃特拍了440张玻璃干版和胶片，1914—1924年间出版了六卷本《敦煌石窟》，其中有108个莫高窟洞的照片，整套卷本总共有399幅。在这个卷本里，你可以看到1908年的莫高窟北区全景，第96窟的大佛殿，第46窟南壁佛龛的卧佛，在莫高窟做法事的僧侣，农历四月初八莫高窟中寺门前的庙会，赶着马车来参加庙会的信徒。使人感慨的是，103窟的观音坐像，395窟的志公和尚，459窟的塑像，1908年时候都还存在，后来都踪迹杳然了，那批照片就成了它们曾经存在过的见证。

“我随风而播”，这是拉罗斯字典扉页上的一句话，以蒲公英的口吻说出。现在敦煌所有的照片都放到网络上，大家都可以看得到了。

斯坦因从王道士手里取得文物，秘密运回英国后，有一年时间继续保密，紧盯着中国看有何反应。没有反应，才将事情公开，当是做贼心虚。而伯希和离开敦煌一年后，于1909年9月从河内到北京，为法国国家图书馆购得3万册中文图书后，就向北京的学者罗振玉、董康、蒋黼、王式通等，出示其随身携带的敦煌珍本秘籍。难得脸皮够厚，他没有做贼心虚。何况他一早声言，如果他两手空空回去，那些文献日后注定要遭到毁坏。他敢于摇摇摆摆带着赃物回来向失窃人家出示，是深信不会有麻烦。无论人身和赃物都不会有。果然没有。直隶总督兼北洋大臣端方，向他借去的珍贵文卷，六个星期后，不都归还了吗？那时节，伯希和唯一的后悔恐怕是没有将整个藏经室的卷子搬回家。他曾经这样想过。现在还得到学界的盛宴招待呢，到底是礼仪之邦。已经让中国学者过目了，得到默认了，这场好戏就合法了。他想得周到，顺势骑驴下坡，说了一番好话，说自己是国家派来的，敦煌得宝是偶然的。偶然之说你相信吗？说到了乌鲁木齐后才知道宝藏之事，你相信吗？斯坦因将秘密公开后，天下人都知道了，单是你伯希和不知道？唯中国不知道，倒是真的。其实他们两人一早就互相监视，乌眼鸡似的你盯着我我盯着你，甚至通过使馆来监视对方！然后又说，文化是世界共有的，日后你们有摄影和抄录需要，会得到方便的。这就给日后继续到访中国铺好了路。他在1910年的探险报告中说："我忙于为中国学者们发表我获得的文献提供方便……我完全有兴趣来满足他们的要求。"事实上他与中国学人一直保持联络，胡适是其中之一。1939年他被聘为"中国中央研究院"的通讯院士，他也设法使罗振玉被聘为"法兰西学院的通讯院士"，此是后话。

珍本一出示，就有中国学者的沉痛、焦虑、愤慨，就有敦煌"劫余"之说，就有"吾华尚有人乎"的感慨，群情激昂。如果马上有人到敦煌去走一趟，看一眼，会更加动人。然而没有。而洋鬼子们已经到那里走过好几趟，看过好多眼。端方虽然"惊感失宝之痛"，却不曾做亡羊补牢的努力。但无论如何，那个宴会成了一个标志性的事件，为中国敦煌学的研究拉开了序幕，就有罗振玉撰写和刊发的第一篇关于敦煌的文章《敦煌石室书目及发现之原始》。对着书本进行研究的时代结束，开始了一个可以对着原始材料进行研究的时代。

有了第一次公开跟中国学者接触，后来不时到访就不在话下，为购买图书，为到图书馆查阅文献，为访朋友，继续走他的上层路线。1910年10月、1916年7月的来访，都有中方学者留下记载。1932年底开始的数月访华，还轰动了华夏学术界，宴会上名流学者济济一堂，留下胡适与梁宗岱产生嫌隙的起因之说。据梁宗岱回忆："除伯希和外，参加者还有其他欧美人士，因此交谈语言有中法英三种。我躬逢其盛，担任义务口译。席上有人问伯希和：当今中国历史学界，你以为谁是最高的权威？伯希和不假思索地回答：我认为应推陈垣先生。我照话直译。频频举杯，满面春风的胡适把脸一沉，不言不笑，与刚才判若两人。……我和胡适从此相互间意见越来越多。"（根据《青年梁宗岱》戴镏龄的回忆）这是梁的说法。胡适1926年9月到英国参加中英"庚子赔款"会议的时候，曾经到法国，跟伯希和多次见面。根据他的日记，从8月24日到9月22日，两人有过四五次会面，伯希和还将旧作《有关六朝和唐朝几位艺术家的笔记》赠送给他。胡适则托他影印敦煌写本。后来在英国和德国也见过面。他对胡适应该是了解的。如果他更推崇陈垣，自有他自己的道理。

古代时候，敦煌曾经是中国文化走向西方的哨所，是亚洲与西方文化交流的连接点。打从公元前139年，张骞出使西域，首次打开了通往西方的道路以来，在7000公里长的尘埃弥漫的丝绸之路上，来往着波斯、印度、土耳其、蒙古、意大利等27个国家的商队。他们把丝绸、陶瓷、青铜器、漆器贩运到西方各国，同时也将活字版、罗盘、造纸、火药带到那里。这条路将中国与印度、波斯、希腊、罗马、埃及等文明古国联系起来，在交流意义上，敦煌一度成为世界中心。自从葡萄牙人的海路运输兴起，代替了丝绸之路，敦煌开始走向没落，逐渐被世人遗忘，直至人迹罕至。

因着伯希和这宗劫案，不但产生了敦煌学，敦煌的研究开始走向世界，敦煌也从泥尘中重新闻名于世，成为游客的目标。写过不少关于东方的作品和报道的作家弗朗德兰，赶着中国开放的热潮，于1984年夏天到敦煌走了一趟。他发现丝绸之路的入口处，竖着一个告示牌，揭发一个名叫伯希和的法国人，于1908年殖民主义大行其道的时代，如何收买了看守的道士，抢劫了敦煌图书馆，将公元七世纪至十一世纪的艺术和考古的无价之宝劫走，其中包括三千件中国、印度、吐火罗和希伯来文的写本和卷子，以及图画、雕塑、旗帜等等。弗朗德兰感到眼球刺激。返回法国后，他想深入认识一下这个被细数"罪行"的人，追踪了他一生的脚印，为他写了一本传记《法国清官的七命》。将一个法国人誉为"清官"，即清朝官员，自有他的巧妙处。伯希和在中国西域的活动，走的是上层路线，每到一处地方，首先拜访地方官员，道台、抚台、县长，他以地道的中国话和博学，在他们当中赢尽威望，使他们又惊奇又佩服。他也深知自己受欢迎，几乎要成为他们当中的一员了。据恽毓鼎关于六国饭店公宴的记载："伯习华语，专治中国古学。席间纵论版本，辨析真赝，即在吾辈，犹推博洽，况欧族耶？"1908年11月中，伯希和在南京的江南图书馆阅览古籍，当时的图书馆总办缪荃孙在日记中记述："法人伯希和，能中国语言，并知书，中国人罕能及者，异哉！"与缪荃孙同时任职江南图书馆的陈庆年，也有记载："法兰西文学士伯希和来图书馆看书，京话甚佳，于我邦书亦颇博览。"也有学人赞曰："伯希和对纯粹中国材料认识之多，在北平学界也大可惊人，旧的新的无所不知。"还有什么比得到普遍的赞扬，更使他在他们当中感到如鱼得水？

唯将伯希和的行为指为"劫经"，《敦煌劫余录》的"劫"字，使弗朗德兰感到难堪。如何看待伯希和在敦煌的所作所为？弗氏认为首先应该从科研角度出发，直至1945年逝世，伯希和一辈子不曾中断过研究从敦煌带回来的写本，不曾中断过发表这方面的文章，留下了难以想象的大量笔记、翻译。他对中国古代文献的探索和评论，开拓了西方人对东方认识的视野，加深了对它的理解，这是他之前之后，很少学者做到的。而丝绸之路的历史，不就是中国历史的一部分吗？他从敦煌带走了最有价值的东西，无意中成了一种拯救行动，因为十二年之后，敦煌被哥萨克的囚犯抢劫过一次。他觉得更不可理解的是，自从中国人从伯希和那里发现敦煌之后，中国政府才将石室清理，之前，敦煌好像从来没有过任何危险。

事实上，后来剩余的文卷从敦煌运回北京，一路上就发生过戏剧性的散失，究竟有多少卷子抵达目的地，只有故宫博物院才知道。

东方是世界文明的摇篮，西方人从来不否认。对文明发源地的好奇心，从古代就开始了，亚历山大大帝就相信东边有一个更为优越的世界。后来马可·波罗一直进入到蒙古帝国的心脏，回来写了《寰宇记》，将见闻公之于世。一开头就发出号召："爵爷们，皇帝们，国王们，公爵们，侯爵们，伯爵们，骑士们，民众们，你们想认识不同种族的人……来拿这本书去，让他们去读……"西方人对东方的长梦就开始了。梦想落到商人身上，就启发了他们的商业贸易，开拓了丝绸之路。对传教士和知识界，就有了使他们醉心不已的东方召唤，向中华帝国和日本东进。到十九世纪下半叶，西方掀起的西域考古探险热，是这种召唤的延续，也必然带上殖民遗风，虽然殖民主义已经到了尾声。当英国人、德国人、日本人、美国人都到过敦煌，你以为法国人肯认输？

弗朗德兰指出，伯希和作为法国殖民帝国的人，于他就有殖民者和殖民地土著之分，有本土和殖民地之分。如果将亚洲作为一个科学研究项目，殖民者是老师，土著是学生；殖民地的宝藏应该由本土国家保存，展出，研究。法国、英国、西班牙、德国、葡萄牙，甚至美国，都拥有本土国家的权利。这种观点为他对受支配的国家进行诈取和剥夺找到了理由。伯希和是否有这种思想，无从证实。但新兴国家由于文物和藏书的缺乏，为填补博物馆、图书馆的典籍特藏，一方面是通过正常途径收购，比如伯希和，在敦煌事件之前，1900年7月离开法国大使馆后，跟着就去为远东研究中心购买书籍和文物；1901年到中国考察，为法兰西远东学院购入大批汉文、藏文、蒙古文书籍和艺术品；1902年2月访华，收购了24000册汉语书；1908年从敦煌回来到北京，收购了30000册汉文书。后来的1909年、1910年、1916年也不例外。这个人脸皮真的够厚，你骂他劫贼，他不会不知道，还是一而再、再而三到中国来。另一方面，新兴国家对古老或相对古老国家进行文物诈取和掠夺，成为他们补给的另一种手段，并不罕见。伯希和的行为并非独一无二。他外交手腕一流，巧取豪夺本事过硬，使巴黎成为汉学研究中心。从伯希和时代开始，但凡要研究汉学或敦煌学的学者，必须首先学习法语，再到巴黎来搜查档案资料和原始文献。但顾此失彼，法国人也丢失了一个顶级重要的研究中心——法国启蒙时代的巨人伏尔泰的研究中心，就不在祖家巴黎，而在俄罗斯的圣彼得堡。伏尔泰写给叶卡捷琳娜二世的100多封信当中的26封，数年前在巴黎苏富比拍卖行拍卖，拍卖价打破了十八世纪手稿的纪录。

叶卡捷琳娜从德国嫁入俄国皇室后，意识到俄国文化艺术的落后，孜孜不倦地致力于它的繁荣。登基前已将伏尔泰看在眼里，1757年，请他为彼得大帝立传，撰写彼得大帝治下的俄国历史。她登基后，请他起草新的民法方案。1778年伏尔泰逝世，她马上通过一位男爵，要求他的侄女将伏尔泰的藏书全部出售给她。由于运营得法，随即以3万金卢布，购得总数达6814卷书籍，其中1687卷有伏尔泰的亲笔批注，包括女皇给他提供的资料手稿，请他起草法案的亲笔指示。

另一位启蒙巨人狄德罗也让她看上了，登基前三年，向他提议将他的《百科全书》送到俄国出版，登基后，索性邀请他到俄国继续编写，同时为她讲授哲学，讨论建立法制，进行社会改革等问题。也邀请他作为俄罗斯在法国购买画作的顾问。上台两年，女皇向法国和意大利购买的名画达 4000 张。后来狄德罗的藏书和手稿，也让女皇全数买下，与伏尔泰的藏书会合，成为“伏尔泰中心”藏书的一部分。这个中心就成为圣彼得堡的拥有 3000 万册藏书的俄罗斯图书馆的镇馆之宝，因为它拥有许多稀世文献，其中一本是每一页都有女皇亲笔批注的孟德斯鸠的《论法的精神》。

1789 年 7 月 14 日，巴士底狱被砸个稀巴烂，俄国驻法大使得到指示，乘机上门将藏书全部买下搬回老家。巴士底原来是一座皇宫，在里面举行过盛大宴会，大量藏书中肯定有不少无价之宝。巴士底被攻陷那天，狱长已遭杀害，大使先生以多少两白银，向哪一位“王道士”购买的？十六世纪巴黎议会的掌玺大臣塞吉耶，一个法官世家，他逝世后，他的 34000 册著名的藏书，好一部分也到俄国定居去了。这位女皇眼睛总是盯着邻居家里的好东西，但凡有机会，全不顾自己的万乘之尊，带个布袋马上登堂入室，思想精华她要，精英学者她要，精英的藏书和手稿也要，一件不遗漏地放到布袋里带回家。与伯希和相比，谁的牙爪更犀利？

我们天天讲文化交流，切磋，出版，交流知多少！而你觉得，去掉面具的你抢我夺的“交流”，于他们好像更方便，且效率高。难怪人家择易而行。2014 年 3 月，由欧洲太空中心 ESA 发射的彗星探测器，被命名为“Rosetta”，这个名字来自于一块埃及石碑 Rosette，上头以古埃及文、象形文字和希腊文三种文字，刻着埃及托勒密五世的通谕，这就是著名的公元前 197 年的“罗塞塔”碑，它是在 1799 年 7 月，拿破仑远征埃及时代，法国士兵筑堡垒时发现的。但法国军队在亚历山大港败给了英国，舰队都被击沉了，英国佬胜利了。如果你以为人家要的是胜利的光荣，你就错了，只有金银财物忘不了。英国人还不忘记玩一手“绅士风度”，对法国佬说，我们不将你们当俘虏看待，你们没有船回家，我们可以用船将你们送回去嘛，但是，你们在埃及掠得的东西，不带走也罢，全部给我们留下来！“罗塞塔”碑就这样落到英国人的手里，后来就堂而皇之放到大英帝国博物馆里，成为镇馆之宝。

笔者曾经在圣彼得堡的冬宫博物馆，看过一个名家密集、价值天文数字的特殊画展，里面有凡·高、雷诺阿、塞尚、莫奈、高更等一批印象派画家的作品，总共 74 幅的杰作，是二次大战末期，苏联红军从德国劫走的。同时被劫走的，还有在土耳其的希萨尔利克山丘上出土，总共 260 件纯金的被命名为“普里阿摩斯”的绝世珍宝，是关系到《荷马史诗》的实物，有了这批实物，史诗就不再是传奇故事，而是历史。勇敢的红军战士们很了得，仗打得出息，对别人家里的收藏也了如指掌，熟门熟路去翻出来，不声不响地带回家，成为国家绝密，收藏起来达半个世纪。

巴黎协和广场上所竖立的埃及柱，是富丽堂皇的广场上的当家花旦，只要你抬头望向广场，第一眼就可以看到它。该石碑高 22.55 米，重 227 吨，是埃及乐蜀神庙门前两根石碑中的一根。它之所以来到法国，是法国埃及学家商博良说服一位苏丹，把它作为礼物送给法国的。两根石碑都是以整块原石打成的，四个平面，每一面都刻着三行象形文字，是公元前 1550 年打成的，距离现在 3565 年。另一根石柱就孤零零地竖立在乐蜀神庙门前的右边。法国回赠了一座钟楼，算是礼尚往来。但法国并非是唯一得到石碑的国家，所有罗马皇帝都曾经得到，单是去到罗马的就不少于五根，其中一根就竖立在梵蒂冈广场上。英国于 1820 年得到一根，竖立在泰晤士河畔，还有一根去了美国纽约中央公园。而每一根石碑走出国门，都会有一个故事，在友好或不得不友好的商讨中，在被说服或各出奇谋中，才去到另一个国家立足，就像那批绘画和“普里阿摩斯”财宝，在战火、杀戮中转移到另一个主人的手里。战争时期有一种抢法，和平时期也有一种抢法。人类的历史原来就是一笔令人啼笑皆非的不光彩的财富！

如果将敦煌事件孤立起来看，说可悲，可恨，没有人反对；联想起起“外侮”“耻辱”“被欺凌”这类词，也可能。但如果将敦煌事件放在世界范围来看，你会想得宽阔些，这类事情历史上层出不穷。在嘴爪并用，甚至带着血腥的角力中，既没有奇耻大辱，也没有光荣伟大，一切就看你的牙力是否足够，就看你是否有本事理好自己的事，不让人家乘虚而入。谈到1900年发现的敦煌藏经室，伯希和说：“非常幸运，在此后的八年时间当中，没有任何一个学者前往那里实地研究这些文献，并确认其重要意义。”这个“非常幸运”使我们心里不是味道。他的幸运是藏经室被发现后，既没有引起各级官方的重视，也没有引起学人的注意。这件事上头是得到通知的，但主管文化部门和各级官吏不曾尽到保护文物的职责。里面没有金没有银，把门关起来了事，钥匙就放在大门口，谁来都可以，任君尊便。1907年斯坦因进入藏经洞如入无人之境，事前事后皆神不知鬼不觉，无人问津。若非伯希和主动出示所获，情况大抵一样。后来罗振玉促成学部致电陕甘总督，勿令外人购买古物，算是一大行动；端方曾向伯希和提出购回一部分文物，也是一种行动，虽然遭到婉拒。当时各级文化官员中，主管张之洞刚去世，其余官员，有长期请病假的，有为受处分而称病在家的，有为戒鸦片而请假的，都跟一个病字有关。学部成了一个病堂、空堂，当时就有《老大病夫国之现象》一文的出现。还是岁月，烟尘。不胜唏嘘！如果说，责己之声比责人之声更动人，我们是选择责己还是责人？

在那个年代，法国人调侃自己说，如果金字塔能搬得动，也会搬几座回来。纸头那么轻便，又怎可能不搬！但搬也必须讲究学问，斯坦因只将佛经搬回去，让伯希和笑掉了牙。更可笑的是，当年英国佬将“罗塞塔”碑抢到手搬回家，就像洋鬼子捡到李小龙的双截棍，无从入手。没有人知道是什么东西，因为没有一位专家能够解读上头刻着的文字，最后还得请法国的商博良去给解读了。所以，这些极专门的文物，只有到了拥有高深的专门知识的人手里，才是宝贝，落到普通人手里是垃圾。“罗塞塔”如果被一个埃及农夫发现，说不定就搬回家放在马厩旁边做踏脚。当年谢里曼曾经将“普里阿摩斯”送回给希腊，但希腊人不识货，一再拒绝接受，认为都是些赝品，是谢里曼为他的“伟大狂”行骗罢了。等到被鉴定为真正的绝世珍宝，又落到苏俄人手里，这才叫天叫地要人家送回来。历史折回头来，再做一次，谁见了？敦煌的文物也一样，斯坦因先于伯希和进入藏经室，但他不曾选取到最精华的东西，他的知识不曾到达这个程度。载澜也不识货，将到手的千佛洞写本，反手间作为人情送给了伯希和。假设当时有好事之徒，即时要伯希和归还，恐怕你打一棍问一棍，人家也不会还给你。伯希和的东方知识的全面、广博、精深，无止境的进入，对中国文献的熟悉，甚至有本事将国画的根源一直追踪到波斯，有本事流畅地读出、解释挂在中国客厅里的长联，他抵达了知识上难以抵达的极限，以及运用上的高度才智，使他的识货本事令人吃惊。这个人真教你恨也恨死！他使大家知道敦煌的卷子是好东西，“柳公权楷书金刚经”“老子西升化胡经”是好东西，墙壁上的题记、租约、借据也可以是好东西，又怎不教你咬牙切齿！“贵来方悟稀”，我们把那些文物珍贵起来，包括让他们取走的那部分。那些稀有文献遇上伯希和，就像掉到地上遇上牛顿的那只苹果，只有让牛顿看到，才产生了最大的作用，使他发现了地心引力，否则，唯一的出路是在地上烂掉。当然，不是所有掉到地上的苹果，都有运气遇上牛顿。

从藏经洞搬走文物的，除了英国人，还有日本人、美国人、俄国人，斯坦因掠走的数量不会少于伯希和。伯希和将文物运回法国后，随即组织了一批汉学家、突厥学家、伊朗学家、印度学家、希伯来学家进行研究，一个汉学国际研究中心，在巴黎建立起来了。他努力促进学术界利用他所提供的资料，数代人的研究也没法利用得完的资料。他本人则在法兰西学院开设了西域语言、历史和考古讲座。躺在密室里的文献是沉睡着的，文化的记载是死物，如果不把它翻出来研究、传播、弘扬，永远是一室死物。伯希和在石室里，在北凉、北魏、元朝的历史的长流中，在佛教、道教、密宗、喇嘛教中，在回鹘、粟特、突厥、婆罗米文等，你读也读不顺溜的文字当中，在当地的民间档案、租约、布施账单中，你可以把它们当成废纸扔掉的纸堆当中，魂游了三个星期，以他二十九岁所能做过的东方长梦，在那里梦想成真。“我当时该有一种什么样的令人心醉的激动心情涌遍了全身！”恐怕不止这个，他一定惊诧得眼睛放光！欧洲国家大抵年轻，这个时代的欧洲写本是绝对不存在的。日后汉学成了他最大的兴趣，一生的荣誉也跟敦煌，跟汉学分不开。他创建了敦煌学，敦煌造就了他的传奇。后来除了主持法兰西学院的西域语言、历史和考古讲座以外，他诠释于阗文文献，译注十三世纪周达观的文献《真腊风土记》，研究中国上古时代的青铜器、玉器，考究摩尼教在中国的流行，辑录印度支那编年史、安南史，对中国学人陆心源、王国维进行研究，晚年还注释马可·波罗的《寰宇记》。他的学术研究超越国界线，也无学科范围之分。如果说谢阁兰唯一要量度的世界是他自己，而伯希和是以自己的知识去量度世界。

无论过去或现在，敦煌研究不会给任何人带来经济利益，于伯希和也一样。他一头栽到里边，人家看着他头头是道，样样在行，都出了成果，“堆高于岸”，他反而成了众矢之的。在西域考古期间，每到一站，他都工作直至深夜，在藏经洞三个星期，“我对全部藏书都编了简目”，甚至以赌博赢钱，来为国家图书馆购买汉文书籍。但他让中国人揪着不放，也让欧洲人揪着不放。德国汉学家冯佐奇指他细致得像研究病理学，又表面又钻牛角尖；比利时汉学家肯特兹指他书本知识，幼稚无知。甚至有人怀疑他挖掘回来的文物的真实性。何况作为天主教徒，共济会的会员，又怎可以入屋为盗贼？而同时为盗贼的斯坦因们，有了伯希和成为众矢之的，反而站在干岸上逍遥自在。大家为他们鼓掌，立传，为伯希和立传的反而很少。然则，像伯希和这样的大学问家，你俯视、仰视、侧视，都没法把他看得完整，没法拥抱得了他的全部学问，有谁敢于随便为他落笔？

你再走了一趟纪美博物馆，想见识一下那批还愿幡旗，听说收藏在那里的幡旗达二百面。当年走在丝绸之路上的人，必须通过戈壁沙漠，喜马拉雅山，还要穿过今天的阿富汗、伊朗、伊拉克、叙利亚和土耳其，气候也恶劣，掺上石块的沙粒会突然向路人和牲口袭击。有时人和牲口必须躺倒在地上几个小时，等待风暴过去。那一千公里长的戈壁沙漠，也会因为风暴而改变位置，使路人失去了标志，在沙漠中打转。还可能受到游牧民族或强盗的袭击掠夺。有幸抵达国门的人，便凿山开建佛洞还愿，以幡旗表达对神的感谢。你想见识一下这种感谢。但幡旗没有展出。上下四层的博物馆大楼，展出的是柬埔寨、印度、越南、阿富汗等亚洲国家的艺术品。中国的艺术品方面，有从莫高窟取得的佛像，画在丝绸上的观音、铜器等。博物馆数量最多的大抵是些眼睛半开半闭、慈眉善目的菩萨，破破烂烂的佛头像，或断头折臂、或坐或立的全身佛像，祭坛或祭坛壁画的残块。丝绸上画的莲花观音、骑象观音、铜器等都是些祭神仪式上的用品。林林总总，大多与神有关。如果说基督教繁荣了欧洲的文化，佛教也繁荣了东方国家的文化。在这个文化领域里，有的是共同的心愿，共同的价值，共通的文化艺术语言。各国的文化以不可混淆的特色，存在于这个共同的领域中。印度的文化将永远是印度的文化，中国的文化也永远是中国的文化。敦煌文物来到法国，也永远是中国的文化。